绝佳拍档

JUEJIA PAIDANG

南野琳儿

作品

江苏凤凰文艺出版社
JIANGSU PHOENIX LITERATURE AND ART PUBLISHING, LTD

图书在版编目（CIP）数据

绝佳拍档 /南野琳儿著. —南京： 江苏凤凰文艺出版社，2018.5

ISBN 978-7-5594-1668-1

Ⅰ.①绝… Ⅱ.①南… Ⅲ. ①长篇小说－中国－当代 Ⅳ.①I247.5

中国版本图书馆CIP数据核字（2018）第045316号

书　　名　绝佳拍档
作　　者　南野琳儿
出版统筹　侯　开　黄小初
选题策划　李文峰　风染白
责任编辑　姚　丽
文字编辑　风染白　许　新
责任监制　刘　巍　江伟明
出版发行　江苏凤凰文艺出版社
出版社地址　南京市中央路165号，邮编：210009
出版社网址　http://www.jswenyi.com
印　　刷　三河市航远印刷有限公司
开　　本　700毫米×980毫米　1/16
字　　数　260千字
印　　张　19
版　　次　2018年5月第1版，2018年5月第1次印刷
标准书号　ISBN 978-7-5594-1668-1
定　　价　39.80元

影视版权抢订热线　13911704013

目录

绝佳拍档

目录

绝佳拍档

楔子

绝 佳 拍 档

砰的一声，子弹划破空气，险险地擦过夏乐葵的胳膊。

她迅速蹲下身，紧贴墙壁，竖起耳朵辨别不远处的脚步声。前方正在激烈交火，等到动静消失后，她小心翼翼地从转角处探出半个脑袋，估算冲到对面掩体需要的时间。

来不及打拖延战了，战友损伤惨重，此刻她只能突击。

夏乐葵咬紧下唇，深吸一口气，向着目的地狂奔。

连滚带爬地躲到一个集装箱背后，夏乐葵迅速架起武器，不料她试图偷袭的敌人早有准备，先一步转身，将枪口对准她。

电光石火之间，夏乐葵果断扣下扳机。

砰！

枪声响起时她眯起眼，然而并未等到预想中子弹的冲击。

对方没有动手？

夏乐葵睁开眼，身体忽然僵硬，她看见那个高大的男人慢慢地放下枪，如墨般漆黑的眼眸一动不动地看着她，仿佛能望到她心底。

她的子弹射中他的胸口，一发、两发、三发……

时间仿佛凝固。

几米外的裁判宣告对方出局，他却仍然定定地望着她，下颌线条紧绷。

夏乐葵的双手开始颤抖，她终于看清了男人掩在头盔下的容貌，俊秀清冷，眉目如画。他背光而立，阴影将他的脸切割成碎片。

她的心脏骤然狂跳，连呼吸都有些疼。

他是裴浠。

为什么他会在这里……

“厉害啊妹子，你干掉了他们的核心！”

背后突然被人大力地拍了一下，夏乐葵这才回过神。赶来支援的队友冲裴浠的方向仰了仰下巴：“那家伙的射速快极了，跟怪物一样，刚才一瞬间打中了三个人！有他占据B点入口，我们根本无法冲锋！”

队友说罢，兴奋地与夏乐葵击掌。不远处刚走了几步的裴浠猛地停下脚步，回过头。

他们身处美国，这场真人CS模拟野战使用的是BB枪，裴浠身着仿真迷彩服，胸口全是子弹破碎后溅开的液体，看起来有些触目惊心。

“怎么了？”队友瞥了眼裴浠，又看向夏乐葵，迟疑地问，“你们认识？”

夏乐葵慌忙摇头，又不自然地点点头：“以前认识。”

“以前？”

说话间，裁判催促裴浠赶紧离场，他却置若罔闻，紧盯着夏乐葵，眸色愈深。

游戏无法继续进行，裁判发怒，不耐烦地冲他大声呵斥。

裴浠站得笔直，微微蹙眉，薄唇抿成一条直线。

夏乐葵低下头，不敢接触他的目光。

过了许久，裴浠才挪动步子，高举武器，以投降的姿势从出口离开。

等到他的身影彻底在她的视野里消失，夏乐葵终于呼出一口气，低头看向自己的脚尖，眼前渐渐漫起水雾。

那一刻，他应该是辨认出了她，所以，他一下都没有还手。

方才的画面如同一帧一帧播放的电影慢镜头，在脑海中来回倒带，难以言喻的感情撞击着她的心扉，如海浪般将她淹没。

耳边仿佛有人轻轻地唱——

“在我心上用力地开一枪，让一切归零在这声巨响。”

Chapter 01

绝 佳 拍 档

【1】

夏乐葵提着两大包外卖回到基地时，整个人被大雨淋成了落汤鸡。她手指冰冷，脸颊紧绷，骨头被冻得发疼，她边哆嗦边小跑着经过训练室，听见里面传来响亮的嬉笑声。

“葵哥的神经粗得无下限，动不动就把牙膏当洗面奶用，上次还错拿染发膏把脸整黑了。”听声音是队友A。

“这算什么，她还好几次出门时袜子都不对称，衣服都穿反了。”队友B不甘示弱。

“哈哈哈哈，那她走在路上岂不是被无数人围观？”隔壁男队成员A笑得上气不接下气，“阿冬，你当心以后找个夏乐葵这样的女朋友。”

被唤为阿冬的人急得跳脚：“你可别咒我啊，男人婆不是我的菜！”

“胡说八道，夏乐葵才不是男人婆！”男队成员B顿了顿，“她是娘娘腔！”

男队成员C：“心疼夏乐葵未来的男朋友，和女朋友同居就像找了个糙汉子当室友。”

“你别吓我，她还能找到男朋友？”队友C声音颤抖，“你知不知道葵哥小时候有一次被不良少年扇了个耳光，她立马抄起凳子就往人家头上砸啊？”

“嘎——哈哈哈——”

一群人如同澡堂中被踩住的橡皮鸭般发出尖厉的笑声。

“葵哥威武！”

“铁血真汉子！”

夏乐葵两只手都提着沉甸甸的袋子，只能俯身用下巴转动把手，再哐当一脚踹开大门。屋里谈笑风生的男男女女表情卡顿片刻，但很快便自在如常，丝毫没有嚼舌根被当事人撞见时的尴尬。

“今天外出路过×坊烤鸭店，给你们带了点。”

夏乐葵将外卖摆上桌，才发现自己这是多此一举。隔壁男队全员来访，吃的喝的堆满了训练室，她的队友们个个儿妆容精致，美瞳短裙齐上阵，不知道的还以为身在联谊现场。

“乐葵辛苦了。”女队友A递来一个盒子，“栗子蛋糕，大伙特意为你留的。”

夏乐葵拨开盒盖，里面仅剩丑兮兮的一小块，她没找到叉子，便随意地用手拿起，塞到嘴里。不料刚咬了几下，整张脸就红得犹如火烧，她捂住嘴，跺着脚，咳得差点背过气。

他们故意在蛋糕里放了辣椒酱！

“想要水吗？”女队友B一把抽走离夏乐葵最近的饮料罐，晃了晃，“不给你。”

夏乐葵辣得眼泪直流，伸出舌头，用手在嘴边扇着：“水……水……我要喷火了……”

“哈哈哈哈哈哈！”

众人再次乐得前俯后仰。

有一个男队员看不下去了，接了杯水给夏乐葵：“你们别闹啦，她会生气的。”

“大家都是开玩笑嘛。”战队里与夏乐葵私交最好的顾晴走上前，亲昵地拍拍夏乐葵的脑袋，“我们家乐葵不会介意的。”

其他女队成员连连点头。

夏乐葵灌了两大杯水才缓过神，然而，经过一番捉弄，脸上却未见有怒意，她吹了吹刘海儿：“都散了吧，我要练习。”

顾晴无所谓地摆摆手：“你尽管练呗，难得男队来玩，咱们接着聊天。”

她的话音刚落，男生们便指着其他几个女队成员调侃道：“看看，这就是咱葵哥能大杀四方，而你们的操作始终菜得抠脚的原因。”

顾晴笑嘻嘻地说：“那当然啦，乐葵可是要当世界冠军的，我们没法和她比。”

“哇！求葵大大到时候让摄影师给我们个镜头呀！哈哈哈哈！”

“是啊，看好葵大大得个大满贯！苟富贵勿相忘啊！”

夏乐葵没多理会他们，默默地在自己的电脑前盘腿而坐，戴上耳机。

【2】

出道以来，夏乐葵每天都要问自己三个问题。

我是谁?

我在哪儿?

我在干什么?

每当别人问起她的职业，听见她的回答“电竞选手”时，对方的表情总会在顷刻间拐过好几个弯，最后以一种微妙的语调问道：“你们平时的工作就是打游戏？”

夏乐葵认真地摇摇头：“不止。”

铺草皮、贴墙纸、当水军、发传单，她甚至在俱乐部资金赤字时扫过厕所。

将真实情况和盘托出有些丢脸，好友顾晴教过她，这种时候什么都不说，露出一个意味深长的笑是最好的。

说回她的职业，电竞，即电子竞技，是以电子游戏为载体的竞技运动，国家体育总局列出的第78个正式体育竞赛项。近年来，随着科技的发展、直播平台的涌起，电竞行业的发展可谓是如火如荼，资本的注入为这个领域带来了生机，但也伴随着巨大的泡沫。

顶级职业战队的选手收入优渥，名声显赫，与其说靠打比赛而活，不如说比赛靠他们而活。然而，徘徊在二三线的队伍却还有成千上万。

越来越多的人打着“追梦”的名号涉足电竞圈，喊着高大上的口号，干的却是圈钱的事。其中，相较于男子战队的高要求、高标准，女子战队似乎更受捞金者的青睐。

比起技术，大部分人更关心女队的身材和颜值，许多俱乐部的宣传甚至毫不避讳地打出“诱人大长腿”“宅男女神”之类的标签。

夏乐葵就是这类女子战队中的一员。

她平时只能打女子线下比赛，工作的大部分时间都毫无意义——在直播平台开游戏直播，偶尔出席商业活动，离大型赛事最近的一次是去比赛现场，高举应援牌为俱乐部的男队加油。

与其说是“电竞战队”，不如说是“电竞文工团”或者“电竞啦啦队”。

正因低如蝼蚁，所以认真练习时被周围人阴阳怪气地调侃“要拿世界冠军”，实在讽刺。

曾经有个亲戚家的小男孩指着一张拍得犹如山寨版美少女战士的海报问她：“姐姐你是不是偶像女团的明星呀？”

夏乐葵胸口一涩，看向海报上自己那张被P得她妈都认不出的脸，艰难地摇摇头。

小男孩一个字母一个字母地读着她们战队的英文名：Super Baby，简称SB。

他每蹦出一个音，她便抖三抖，心中凄凄惨惨戚戚。

就算是偶像女团，那也是个无人问津的十八线野鸡团。

【3】

“夏乐葵，你拿脸滚过没干的油画吗？你想吓死爹啊！”

夏乐葵脑内正在进行日常三问的第三问——“我在干什么？”突然被领队大勇用卷起的杂志抽了下后脑勺，顿时疼得龇牙咧嘴。

“卸掉卸掉！你到底是不是个女人？”大勇拿手捂住眼睛，不忍心看她，“顾晴，你来帮这傻丫头化妆。”

顾晴正对着镜子给鼻梁打高光，闻言笑道：“你别为难人家，这就是乐葵独特的审美。”

夏乐葵向来素面朝天，偶尔被迫将自己打扮一番，总会化身为那天边最吓人的云彩，连迎面跑来的狗都会夹着尾巴乱吠。

领队大勇想起第一次吩咐夏乐葵盛装出席活动时的场景，她换上一条橙白相间的直筒型连衣裙，戴着尖头橙帽子，好端端地走在路上，突然从天而降一盆脏水，将她淋成了落汤鸡。

头顶传来肇事者的惊呼：“不好意思，没发现楼下有人，以为是个路障！”

屡次收到大勇的警告后，夏乐葵不再“作妖”，平时出门不是穿队服就是T恤、运动裤，素得如同一棵水煮的青菜。后来有一天她不知抽什么风，抄起大剪刀冲着脑袋咔咔一阵，将飘逸长发剪成狗啃的锅盖，从此愈加雌雄难辨。

大勇回过神，瞥见夏乐葵那张经卸妆油清洗过的脸，灯光下，小姑娘皮肤红润，五官精致，分明是个美人坯子。

大勇掩面哀叹，暴殄天物。

战队预约了场地和摄影师拍定妆照，成员们换装时，发现摄影用的服装中有一套是坏的，袖口掉线，肩膀褪色，背后还裂开了一道大口子。

大勇在装衣服的箱子里翻了又翻，没找到备用的，急得满头大汗。

女队成员各做各的事，谁都不搭腔。

见大勇为难地瞥了自己一眼，夏乐葵低头笑笑：“那套给我吧。”

其他人这才继续拿衣服换装。

顾晴笑嘻嘻地靠过来，帮夏乐葵整了整领口：“哎呀，其实无所谓啦，又不会拍到背面。”她回头，埋怨大勇，“都怪你，那么寒酸。”

大勇拔掉衣服袖口的线头，用别针扣住背后裂开的缝，然后变魔术般从口袋里掏出一支马克笔，在褪色的布料上一阵狂涂。

“我把预算全花在摄影师这儿了，你知道这摄影棚一小时多贵吗？俱乐部穷，能给你们拍就不错了，其他东西就将就将就。”

他将随随便便补救完的衣服递给夏乐葵，拍了拍她的脑袋：“委屈你了啊。”

夏乐葵弯起眼睛：“没事。”

大勇被她的笑容闪到，感觉仿佛有一阵清新温暖的风吹入胸口，抚平了他心头的烦躁。

看到小姑娘抿住嘴唇，正了正别针的位置，防止一会儿扎到肉，他移开目光，有些心疼。

等到夏乐葵换装完毕，大勇再次发出了暴殄天物的感慨。

她身材娇小，比例却很好，头戴贝雷帽，身着蓝衬衫和白色高腰短裤，露出一双又白又直的美腿，和之前那个鸡窝头的大兄弟判若两人。

十几分钟后，姑娘们全部整装完毕，在大勇的催促下走到摄影棚的布景处。

“我不要站在乐葵旁边！”

“我也不要！”

“乐葵，你别靠过来！”

摄影师要求女队成员们排好队形，她们却十分不配合地互相推搡。

大勇感觉自己的太阳穴又开始突突直跳。

不知从何时起，战队里流传起“站在夏乐葵旁边就会不上照”之类的“诅咒”，自那以后，除了顾晴外，几乎没有人愿意和夏乐葵合影。

摄影师和工作人员们不耐烦地低声抱怨。

女生们吵闹期间，夏乐葵独自戳在一边，尽管这样的情况时常会发生，但在那么多陌生人的注视下，她仍有些尴尬。

大勇只好下指令：“顾晴，你站乐葵旁边去，你们可是好闺密。”

顾晴躲到队友A的背后，冲大勇做鬼脸：“这可是关键的定妆照，不讲闺密情。”

“就是！”队友A附和道，“我们猜拳吧，输的人站乐葵旁边。”

“你们别坑我啊，我最不擅长猜拳了！”队友B尖声抗议。

夏乐葵眼神黯了黯：“你们慢慢讨论，我去下洗手间。”

她说完便扭头往走廊的出口走，脚步渐疾，连呼吸声都变得沉重，像有石头堆在胸口，而且越积越多，压得她几乎喘不过气。

夏乐葵跌跌撞撞地冲进厕所隔间，在马桶盖上坐了好一会儿才缓过神。

她洗了洗手，怕弄花了妆不敢乱碰脸，只能用力拍拍脑袋令自己清醒。

别在意，别在意。

【4】

回去的路上，夏乐葵被一道挺拔的身影吸引了注意力。

那个人长着一张极好看的脸，五官深邃，皮肤白皙。他倚墙而立，单手插在裤子口袋里，垂着眼，脸上没有任何表情。

看清他的长相后，夏乐葵惊愕地立在原地，霎时间，无数画面在眼前闪现重叠，有股电流沿着背脊一路蹿上后脑勺，电得她视野一白，头皮发麻。

对方突然抬起头，撞上她的目光，夏乐葵无所遁形，只能尴尬地咧开嘴，笑得如同地主家的傻闺女。

男人一愣，微微颔首，神情冷漠而疏离。

“乐葵，你没生气吧？”

夏乐葵刚回到摄影棚，顾晴便迎了上来，拉住她的手，晃了晃，声音有点委屈：“大勇还说你被我们气走了。”

“没有啦，我就是去上厕所。”夏乐葵竭力露出轻松的表情，“刚才很急很关键。”

队友A闻言，在旁边埋怨大勇：“我就说嘛，你瞎发什么火！”

大勇抬眼看向手拉手的两人，没回话。

顾晴将夏乐葵脸颊边的碎发抚到耳后，柔声道：“乐葵，大家是跟你关系好，所以才开你的玩笑。”

夏乐葵嘴唇微抿，点点头。

后来她们说了什么她都不记得了，像是被滤镜网住，周遭的话语淡化成了嗡嗡的细鸣，只有一道身影在脑海里不断放大，男人线条优美的五官愈加清晰。

夏乐葵如同在心里计算一道数学题，反反复复算了几遍，总觉得答案不可思议，可又似乎并没有算错，于是在开口时，她的声音都有些颤抖。

“我刚刚……好像遇到裴浠了。”

众人倒吸一口冷气。

“没看错吧？”

“Summit裴浠？”

“在哪遇到的？和他说话了吗？”

夏乐葵正组织语言准备回答，门口突然冲进来一个人，将她撞得如陀螺般在原地转了好几个圈。

“勇哥勇哥，我给你们一条信息！”男生的脸颊因兴奋而发红，鼻孔呼着热气，“Phoenix战队今天也在这拍宣传照！”

又是一阵倒吸气声。

“什么？！Phoenix在隔壁？”大勇双目圆睁，反手抽了那小哥的后脑勺一巴掌，“我捶死你个冬瓜皮！你咋不早点告诉老子？”

小哥揉着脑袋：“我也是刚发现！还偷拍了好多樱女神的照片！”

大勇一脚踹上他的屁股：“就你这蛇皮怪，还敢肖想季神的女人？”

小哥往他背后一指：“看，樱女神原味丝袜！”

大勇扭头：“在哪儿？！”

【5】

Phoenix，风靡全球的5V5团队即时对战游戏《Conquer》的中国王牌战队，去年在堪比电竞界“世界杯”的《Conquer》全球总决赛中勇夺冠军，此后以十连冠横扫各大赛事，开辟了中国《Conquer》的新王朝，荣获今年中国十佳劳伦斯冠军“最佳非奥运动员奖”，也是吉尼斯“最高电竞奖金”世界纪录保持者。

夏乐葵所在的俱乐部成绩稀烂，不争气的男队参加比赛大多是一轮游的炮灰，这还是她第一次见到立体的顶尖选手。夏乐葵整个人都剧烈地震颤了下，感觉自己如同领盒饭的十八线群演走错了片场，遇上了国际大牌，还是Phoenix战队的核心，她最崇拜的职业选手Summit，裴浠。

不知道她刚才那副蠢样有没有吓到偶像，门牙上应该没沾菜叶吧……

夏乐葵还在回忆裴浠的长相，突然被队友推了一下，大勇在后边赶鸭子一样催促着。

“早拍早收工，赶紧赶紧，我要去给裴皇请安！”

后来的几小时像是开了两倍速。大勇下了血本，请出顶级摄影团队，每分每秒都是钱，啪啪啪一阵狂拍后，队员们瘫倒在地，仿佛身体被抽干。

“勇哥勇哥，我再给你们一条信息！”

方才的小哥再次如太监传信般冲进门，刚蹦出两三个关键词，大勇立刻一个鲤鱼打挺站起身：“什么？！Phoenix约我们拍照？”

小哥手脚并用地解释了一下现状：Phoenix俱乐部刚刚创立电竞潮牌，设计并销售印有战队logo的时装，原本今天下午只安排拍摄男装宣传照，见时间充裕，摄影团队便临时起意加拍男女合照。

“他们俱乐部没有女队，正好得知你们在隔壁，便来问问有没有意向合作，有偿的！”

国内顶尖俱乐部抛出了橄榄枝，这是教科书级别的狗屎运！

大勇振臂高呼：“Super Baby，全军出击！”

小哥打断他：“不过Phoenix的队长季向峌和领队秋樱是情侣，女生只需要四个。”

这次，大勇还没开始为难，夏乐葵就抢先开口："正好，我不喜欢拍照，你们去吧。"

战队的其他人早已兴奋地整理起了行装，对她的反应毫不意外。

大勇静默几秒，哑声说："乐葵……有时候也得为自己想着点。"

"没关系的，勇哥。"夏乐葵笑得弯起眼睛，"我真的不喜欢拍照。"

大勇叹了口气，他认识夏乐葵那么久，"没关系""不用管我""我自己来"，是她最常说的话。他总会提醒她，忍让若是过了度，就变成了理所当然，可这傻丫头却执着地想，如果说人生是由一点点快乐和许多不快乐组成的，那么她希望能够成为身边人的"一点点快乐"。

夏乐葵不参与接下来的拍摄，便将衣服换回了平日里穿的宽松T恤和运动裤。

SB战队全员跟着人来到了Phoenix的摄影棚，队友们需要准备一会儿，留夏乐葵在角落里等着。顶尖俱乐部的排场非同一般，布景考究，器械完备，周围散着一圈工作人员，有的正举着手机做直播。

"哥们儿，帮忙拿一下。"

夏乐葵抬起头，看见了Phoenix的成员林亦轩，他染着一头棕发，说话时两颗对称的虎牙若隐若现。

"哎，我不是……"

她的声音太轻，林亦轩没听见，将手里的外套一股脑塞进她怀里："谢了啊，哥们儿。"

夏乐葵提高音量："我不是……"

这下林亦轩终于意识到不对，歪过头定睛看着她，发现并非俱乐部的工作人员。

面前的人打扮得土里土气，长相却令人眼前一亮。

有些婴儿肥的娃娃脸上嵌着一双漆黑晶莹的大眼睛，双眼皮的褶痕很深。灯光下，对方的眼眸中闪着光，令人联想起单纯无害的小动物。

林亦轩忍不住在心中暗叹，真是个漂亮的男孩子。

他将自己的东西收了回来，笑道："小兄弟，你是谁呀？"

夏乐葵想要解释，林亦轩却先她一步出了声。

"我知道了，"他左手敲了下右手的掌心，"你是我们的粉丝吧？"

"我……"夏乐葵刚发出一个音节，又被他打断："我现在正好有空，要合影赶紧的。"

话音刚落，林亦轩靠到夏乐葵身旁，拿起她的手机："脑袋凑近点，显得咱们亲密些。"

夏乐葵找不到插话的间隙，只能配合地露出尴尬的笑。

林亦轩试图揽过她的肩膀，手臂即将碰到她的身体时，突然被人一把抓住。

“阿轩，到你了。”

清冷的声音在耳边响起，夏乐葵闻声看去，不知何时，裴浠已经走到了他们背后，周遭的气温似乎都随之而转低。

他个子很高，鼻梁直挺，低头看人时，长长的睫毛在脸颊上投落一小片阴影。

夏乐葵没来由地有些紧张，用力咽了口口水。

林亦轩一愣，目光扫向舞台，面露遗憾：“兄弟，我得去拍照，下次、下次。”

他想拍拍夏乐葵的肩以示对粉丝的安抚，无奈裴浠抓得太紧，他动弹不得，只能像根拖把似的被队友拽着走。

裴浠拖了几步，突然顿住脚，回头看向夏乐葵，嘴唇微启。

当她对上自己的视线时，他垂下眼，转过头。

夏乐葵怔了一会儿才反应过来，看裴浠刚才的嘴形，好像是想说……抱歉。

【6】

夏乐葵的比赛项目是FPS（第一人称射击类游戏）《枪阵精英》，并非5V5团队即时对战游戏《Conquer》，但只要身在电竞圈，便无人不知Summit这个ID。

Summit裴浠，Phoenix战队的利刃。

出道时被誉为“新生代第一中单”。

《Conquer》国服常年排名第一。

全球电竞职业选手赛事奖金收入排行榜第五。

该如何形容这类人呢？

小说中的杰克苏，卡牌中的SSR。

夏乐葵时常会妄想，有朝一日能成为他这样闪耀的职业选手。

令她印象最深刻的是，裴浠刚出道时以“毒瘤”著称，比赛时只顾自己发育，不顾队友死活。他的打法凶狠激进，一旦交战，必定会血拼到底，好几场比赛直接将对手虐到心态崩溃。透过屏幕露出的戾气，仿佛在警告对方：“想对我动手，你得付出代价。”

虽然之前频繁地在电视、视频和直播中见过裴浠，但近距离接触后，夏乐葵仍不禁感慨，赛场上犹如嗜血战神的Summit，本人的气质却是这般孤高清冷。

等待队友拍摄的时候，夏乐葵也没闲着，她胳膊上搭着四件外套，兜里揣着三部手机，脖子上还挂着五颜六色的包包，活脱脱一棵行走的圣诞树。她一边金鸡独立，一边“身残志坚”地以高难度动作玩打地鼠练手速。

身边直播的妹子举着手机，用甜甜的声音全程解说。

“首先拍摄的是我们的季向崆季队和秋樱女神。请各位护好狗盆，戴上护目镜。哇，亲了亲了……”

……

“接下来是孙哥。说实话，像我们孙哥这样温柔贤惠的男人一直没结婚，背后一定有大隐情！”

……

“终于到夏陵啦，我们的小夏越长越正啦！”

……

“好了，你们爱看的阿轩来了。各位CP党少安毋躁，男子双人照稍后就来！”

……

夏乐葵找了块空地卸下身上的东西，算了算时间。下一组该轮到顾晴和裴浠了，她得把握时机多照几张Summit的照片。

“振奋人心的时刻到了，裴皇压轴出场……”

解说妹子慷慨激昂的话语还未结束，突然被人冷冷地打断。

“等一下，我想和她拍。”

声音来自聚光灯下的裴浠。

全场蓦地陷入寂静。

“她？”

众人的目光如探照灯般齐刷刷地扫向裴浠手指的方向。

夏乐葵摆弄手机的动作一滞，迟缓地抬起头，眨眨眼：“我？”

众人又仿佛多米诺骨牌般依次看回裴浠。

裴浠淡淡地嗯了一声。

顾晴尴尬地僵在他身旁，先前的笑容还未散去，脸上一阵红一阵白。

“咦？”

“哎？”

“哇！”

Phoenix的成员纷纷露出活见鬼的表情，尤其是林亦轩，惊得差点下巴落地。

SB战队这边，大勇冲向夏乐葵，激动得全身的肥肉都在抖：“裴皇为你开了金口！厉害了我的葵！”

他正想再夸几句，冷不丁撞见夏乐葵无措地玩着头发，顿时怒火中烧。

大勇轻车熟路地将报纸卷成一束，啪地往小姑娘脑袋上一抽：“夏乐葵，我叫你几天不洗头！我叫你不洗头！你这脑袋油得能当面镜子，站裴皇旁边当他的照相反光板吗？啊？”

夏乐葵捂着脑袋左闪右躲。

大勇用膝盖往她屁股上顶了一记：“赶紧的！大家都等着呢！”

夏乐葵还没反应过来，扭头看向裴浠的方向。他抱着双臂，偏头看着她，面无表情。

崇拜归崇拜，想起Summit比赛时那副凶狠的大杀器样，她仍忍不住打了个哆嗦。

简单地补妆完毕，夏乐葵换上Phoenix的女装，却被大勇拎住衣领，勒令戴假发。

夏乐葵扁扁嘴：“我不用戴，我不是秃头……”

“你还不如秃了！”大勇看着她仿佛被狗啃过的发型，气不打一处来。

推搡了一路，大勇终于将夏乐葵带到裴浠面前，他弯腰露出谄媚的笑，说话时眉毛跟着嘴巴一起动：“裴皇，您看我们家乐葵这么打扮，还合您心意不？”

夏乐葵鸡皮疙瘩掉了一地。他这架势，活脱脱一个将不争气的闺女送进贵宾客房的老鸨。

然而，裴浠低着头，一个眼神都没扫过来。

这位客官够冷漠的……

“靠近一点，再靠近一点，不要这么拘谨。”

夏乐葵闻言，往裴浠那边挪了几步，谁知裴浠又不动声色地离远了点。

两人之间始终隔着一个第三者的距离。

夏乐葵有种站在开了门的冰箱前，被吹得快要冻住的错觉。

她从小在男人堆里长大，直到步入花季，仍然大大咧咧不修边幅，将男生都视为同性，拍个合照实在没什么好羞涩的。现在的问题是，合作的大牌、尊敬的偶像点名要和她搭档，却又摆出一副不想理她的样，这到底演的是哪一出？

总不能是特意把她叫过来令她出丑吧？

那边Phoenix领队秋樱在同摄影师解释：“不好意思，裴浠他不喜欢别人离他太近。”她想了想，又说，“被女人碰了，他身上会起疹子。”

摄影师将信将疑。

秋樱语速放缓，煞有介事的样子：“是真的，不然你说他为什么单身至今？”

摄影师皱眉：“你这话傻子才信吧……”

他话音未落，夏乐葵已经当真，方才的不满烟消云散：“原来是这样啊，那我们各自摆造型吧。”

摄影师和秋樱同时沉默。

夏乐葵叉开腿，敛住笑容，抱着双臂站得直挺，仿若一个身穿铠甲扶剑而立的骑士。

“老哥，你看，”摄影师喜笑颜开，偏过头对大勇说，“你家姑娘有股王霸之气。”

裴浠在她右后方，比她高出许多，他微侧过身，双手抄在外套口袋里，神情冷峻。

很美好的构图。

大勇啧啧称赞：“他们俩站一起这气场，八个字总结：生死看淡，不服就干。”

这组照片意外地很成功。

乱哄哄的拍摄结束后，两支战队在一起寒暄了几句。

林亦轩走到夏乐葵跟前：“小兄弟……哦不，小姐姐，我、我刚才真不知道，我不是故意的……”

队友夏陵在旁冷哼：“别解释了，你的脸都快贴人脸上了，还好裴哥及时把你拉走，这叫性骚扰。”

“骚扰你妹！我以为她是个漂亮的男孩子！”

“漂亮的男孩子就许你动手动脚了？”夏陵往旁边挪了些，斜眼瞥他，“离我远点。”

林亦轩撸起袖管：“一会儿回去中路单挑，看老子放你的血！”

“来啊！”

眼见Phoenix的其他人打闹着跑远了，只剩下裴浠一个，夏乐葵鼓起勇气报上自己的游戏ID和名字，恭恭敬敬地向他伸出右手，掌心朝上。

裴浠没有反应。

见她盯着自己，他低下头，微咬下唇，不自然地移开目光。

夏乐葵的手臂僵在空中，头皮发麻，场面一度十分尴尬。

正当她觉得无法下台时，不远处的秋樱突然跨步上前握住她的手，笑道：“你别介意，他……”

“噢，他身上会起疹子！”夏乐葵挠挠头发，笑道，“不好意思，我忘记了。”

秋樱一愣，随后点头如小鸡啄米：“对对对，多可怜的毛病啊，除了他妈之外谁都不能碰，哦，也许他妈也不行，总之，我们要体谅他。”

裴浠瞥了秋樱一眼，眉头微拧，但很快又恢复成方才冷淡的表情。

夏乐葵没多话，只觉得他全身笼罩着一层凉凉的寒意，冷漠得像是不喜欢人类。

“洁身自好也不带这样的吧？”等到与夏乐葵他们彻底分开后，秋樱瞪了裴浠一眼，“你太不给姑娘面子了。”

裴浠转头看向她，表情认真：“她手上有灰。”

秋樱盯着他，嘴唇颤了又颤。

在有洁癖的人眼里，什么东西都是脏的。

秋樱猛地跺脚：“祝你和洗涤剂过一辈子！”

夏乐葵坐上战队的保姆车时，队员们还在讨论刚刚拍摄的事。

被临时换掉的顾晴仿佛受害者，接受着所有人的慰问。

“裴皇应该是不习惯和女生拍照吧，所以找了像男人一样的葵哥。”

“是呀，没关系啦。再说裴皇的女友粉那么恐怖，乐葵的微博没准已经被口水淹没了。”

夏乐葵嘴拙，不知如何开口，只能默默地在顾晴旁边坐下。

“乐葵，你以后别总找不熟的人搭话，”顾晴忽然开口，声音轻柔，“你自己可能意识不到……裴皇看上去觉得你挺烦的。”

其他队友纷纷搭腔。

“是啊，Phoenix这种咖位的大神，怎么稀罕认识我们。”

“今天就是运气好，缺模特儿，谁上都一样。”

“他们是因为礼貌才陪你扯这么久。”

“哦。”夏乐葵胸口发闷，抿起嘴唇，扭头看向车窗外。

【7】

晚上，Phoenix俱乐部《Conquer》分部基地，训练室内。

自从裴浠登顶全服第一后，他的单排比赛变得更加艰难，目前这局已经排了八十多分钟。

等匹配的间隙，裴浠面无表情地玩起了跳火车的小游戏。

操纵角色从一节火车车厢跳到另一节，小人满地乱窜，动作毫无流畅感可言，隔着屏幕透出浓浓的不耐烦，仿佛是操作者心境的写照。

哐当！小人头撞电线杆，死了。

重来，跳啊跳，哐当！滚下地面，死了。

再重来，跳啊跳，哐当！卡隧道，死了。

再重来，跳啊跳，哐当！跳下河，死了……

正当裴浠顶着张麻将里的白板脸，在小游戏中上演了九九八十一种花样死法后，秋樱看不下去了，目光带着怜悯：“唉，他只是想打一盘游戏。”

季向崆点点头：“强者真没意思，都找不到对手。”

他们两个一人一句地唱了起来。

“无敌是多么，多么寂寞。”

“无敌是多么，多么空虚。”

“独自在顶峰中，冷风不断地吹过。”

“我的寂寞，谁能明白我。”

啪的一声，裴浠摘下耳机，扭头盯着这对情侣，眼底寒霜弥漫。

季向崆与秋樱同时夸张地抱住胳膊，佯装被冻得直哆嗦。

裴浠下颌紧绷，脸色更难看了。

训练室里仿佛即将响起暴风雪的音效……

“排到了排到了！”林亦轩突然指着屏幕大叫，随后蹲下身，双手向裴浠递上鼠标，谄媚地笑道，“裴皇，比赛快开始了，您赶紧的。”

裴浠打完一局游戏，正打算起身接饮料，突然被队友按在了椅子上。

季向崆将矿泉水瓶放到他嘴边：“裴同学，请说出你的故事。”

他们对白天裴浠邀请夏乐葵拍照的举动十分好奇。

裴浠微微皱眉。

林亦轩用手肘推推他的胸口：“喂，说话啊，你干吗点名人家？”

裴浠没理他。

林亦轩不依不饶：“哎哟喂，难不成你喜欢她？一见钟情？”

众人唱出一声长长的“Only you”。

裴浠不太爽地偏过头，冷声道：“没有。”

下午的场景渐渐浮现在他脑海中——

俱乐部全员照拍摄完毕后，裴浠有事出门，在楼道里听见了那几个女生的对话。

“别看大勇表面上嫌弃夏乐葵，其实心里对她爱护得不得了，好几次向高层帮她要资源。”

“顾晴你也是老一辈啊，他这样有点偏心哎。”

“我没乐葵那么讨喜嘛，傻乎乎的，有些男人就爱这一款。”

“不过说实话，乐葵排位赛积分确实挺高的……”

“有什么用，真以为能和男人一起打职业赛？你见过哪支顶尖战队里有女人的？”

“电竞说白了还是男人的事。你们摸着良心说，谁还真觉得自己能得个国际大赛的冠军啊？”

几人纷纷摇头。

“乐葵觉得她能啊！”

“哈哈哈，人傻点挺好的，还能做白日梦寻开心！”

裴浠在她们的嗤笑声中迈开步子。

那条路走到底是进门的大厅，他看见一个小姑娘孤零零地坐在角落里，穿着同方才那些女生一样的衣服，正专注地用手机看着视频，脑袋垂得很低。

她身后是一幅巨大的向日葵油画，耀眼的金色绵延成一片花海，头顶的观景台遮去了大半光线，将她和画笼罩在阴影里。

裴浠定在原地，一动不动地看着她，嘴角慢慢收紧。

Chapter 02
绝 佳 拍 档

【1】

同Phoenix合拍电竞潮牌宣传照的几天后，对方寄来了精选后的样片，酬劳给得很慷慨，比她们打一个月的比赛都多。

衣服的设计是运动休闲风，时尚前卫，充满年轻人的热血朝气。Phoenix向来被称为电竞男模队，Super Baby身为女子战队颜值过硬，俊男美女的搭配十分养眼，堪比时尚杂志。

五套男女合照中，受到最高评价的是夏乐葵和裴浠这组。

两人虽然离得远，看似疏离，实则默契，竞技感很强，像是比赛获胜后得到“全场最佳”殊荣时的庆功画面，与电竞的主题格外契合。

被临时替换下场的顾晴似乎已经释怀，和队友们一张张点评得正欢。

她们没有评价夏乐葵，话题全聚焦在裴浠身上。

“好高哦，站得真挺。”

“瞧他那副禁欲样，谁知道私底下是什么德行。”

“裴皇还真没什么丑闻。”

“不过啊，看他平时干干净净、一尘不染的，我就特别想见见他衣衫不整、脸颊发红、额发凌乱地贴在脸上的样子。”队友A用力咽了下口水，“那种高冷禁欲款一旦失控起来……”

队友B捂住脸尖叫：“哎呀呀，你别说了，我脑海里都有画面了！”

“你能想象他屈起手指，解开领口纽扣的模样吗？”

“咦咦咦！”

“然后用力一拽，露出好看的锁骨……”

“啊啊啊！”

“喂喂喂，”夏乐葵皱着眉，斜眼扫向她们，“大白天的，你们矜持一点。”

顾晴笑道：“别假正经了。你站在他旁边，不会心跳加速吗？”

“这不是心跳加不加速的问题。”夏乐葵认真地说，“他是我最崇拜的前辈，你们这样肖想他，太无礼了！”

顾晴夸张地惊叫出声：“哎哟，还崇拜的前辈？他对你来说不就是颗土豆？”

夏乐葵一愣，半晌才想起这是她的名言。

作为一个恋爱绝缘体，夏乐葵对性别的认知很模糊，她曾说过，形形色色的男人犹如土豆，在她眼里，没什么区别。

队友一时兴起，找出了刚结束的《Conquer》亚洲邀请赛比赛集锦，数据栏那页，Phoenix战队全员霸屏。其中，裴浠以累积单杀数第一、经济输出转化率第一以及团战胜率第一获得“杀手本色”的称号。

SB战队全员围在电脑前看视频，解说的声音高亢激昂。

“Summit还在追！”

“越塔强杀！Summit这行为就像在警告敌方：你敢对我动手，越过大半张地图也得给我死！”

“我真是没见过比裴皇头更硬的人了！”

“看到季神，不敢打，怕他在演；看到裴皇，不敢打，因为根本惹不起啊！”

镜头切换到选手所在的玻璃房，裴浠的特写引来一阵尖叫。

他是偏柔和的长相，五官完美无瑕，可惜从来不笑。由于注意力十分集中，他比赛时的眼神带着慑人的寒意，令人背脊发凉。

夏乐葵专注地看着屏幕。她心中的Summit，长得好看，性格冷静，打法却很残暴，是一颗强到令无数国外玩家想“众筹买他一只手”的顶级土豆。

只可远观，不可下饭。

晚上，夏乐葵照例直播单排。等匹配时QQ聊天窗口弹了出来，来自她的后援会会长阿鑫，一个大一的小萌妹。

“我去拿外卖的时候，后援号一下子涨了十多个粉，吓得我差点噎住！”

夏乐葵咧嘴一笑：“真的吗？这么多呀！”

“对啊！四舍五入，那就是一个亿啊！”

“好棒哦！”夏乐葵在电脑屏幕前啪啪啪地鼓掌。

“对了，单挑赛的海选投票咱们还没入围。我已经动援过周围所有人了，明天继续想办法，俱乐部这边能帮忙再拉拉票吗？我看官博都没反应啊！”

阿鑫说的是两个月后举行的《枪阵精英》新秀单挑赛，受关注程度不亚于顶级职业联赛。届时将由八大直播平台同步直播，从全国各地海选出人气最高的三十二名职业新人共登擂台，角逐年度单挑王。

按照女队目前的情况，队友们训练散漫，态度敷衍，拿个女子比赛的冠军都难如登天，夏乐葵若想证明自己的实力，只能靠登上新秀单挑赛的舞台。

她已出道两年，今年是最后的机会。

虽然俱乐部这次为她提交了参选申请，但草草发了条微博后，他们便没了动静。

夏乐葵拉下脸央求过大勇为自己争取些机会，然而大勇每次去问，都是灰头土脸地回来，最新的进展是——

“我跟他们说了，他们答应会上心，不过……你别抱太大希望。”

同阿鑫聊完后，夏乐葵点开新秀单挑赛的投票网站，在页面最不起眼的角落里找到自己的名字，一百多票，几乎垫底。

她叹了口气，用力握紧上衣下摆，指甲将掌心掐得生疼。

虽然打职业赛的时间不短，但夏乐葵在电竞圈里仍是个小透明。

俱乐部与直播平台并无密切的合作，争取不到宣传资源，加上这年头技术主播人气远不如娱乐主播，而夏乐葵不开摄像头，不混圈，不营销，不和大腿组队开黑或商业互吹，几乎得不到任何曝光度。

她的粉丝群里也就那么一两百号人，大多还是为了跟她切磋武艺。

冷到北极圈。

微博三千多粉，几乎全是僵尸，她在上面更新自己的比赛日程，底下却是清一色求照片的留言。尽管如此，她仍有一些忠粉，虽寥寥无几，但足够让她感到温暖。其中，阿鑫是最热情的，小姑娘每天都来她的直播间报到，得了闲便去她比赛的现场加油助威。

一次网吧赛，路过的人对SB战队简陋的海报嗤之以鼻：“这年头，随便什么人没工作了都能称自己是打职业赛的。”

阿鑫不服，高举应援牌同对方理论，如数家珍般报出夏乐葵得过的奖项。

那些男生一愣，随即笑得肥肉乱颤：“瞎乐葵？听都没听说过，还你的女神，拿这种人当偶像说出来不觉得丢人吗？”

有人学着她刚才讲话的语气：“我妈刚得了我们小区广场舞第一名，我妈好棒棒哦！”

“我弟玩手游是他们小学一霸，就问你们怕不怕！”

阿鑫气得全身发抖，比自己被嘲笑还愤怒，最终还是夏乐葵将她拉走，劝慰了好久。

“是谁规定喜欢的偶像一定得是大神！”吃饭的时候，阿鑫用力吸了吸鼻子，“我佩服你！就冲你勇于追求梦想的这股韧劲，我挺你到底！”

夏乐葵眼眶湿润，双手渐渐握拳。除了变得更强，变得更耀眼，变成支持者的骄傲，她无以为报。

第二天是大型游戏展GD Show的首日，Super Baby这类十八线小战队没资格收到邀请函，便被安排到现场做直播。

入场前，大勇特意为夏乐葵开小灶，示范如何蹭热度，还嘱咐她一会儿去人多的地方直播职业战队的水友赛，想办法在其他热门主播的镜头前露个脸，打打广告，为《枪阵精英》新秀单挑赛的海选拉票。

“如果一会儿有人拍到你呢，记得站直，把腿秀出来。”

大勇说罢，双腿交叉，手掌相叠搭在腰际，摆出一个颇为女神的姿势。

夏乐葵的嘴角抽了抽。

大勇冲她的方向抛媚眼，娇滴滴地说：“我的直播房间号是394759，喜欢我的点一下关注哦。”

夏乐葵的眼睛差点被辣瞎。

大勇气急败坏：“笑屁啊！老子教的你学会没？”

夏乐葵诚实地摇摇头，被大勇一脚踹进游戏展大门。

接下来的直播时间相当难熬，夏乐葵一看别人比赛就手痒，恨不得把人从位置上踹开，自己上。她播了会儿便找了个无人的角落，捧着盒炸鸡同弹幕聊天。

夏乐葵身材娇小，说话带点娃娃音，安安静静站着不动的时候很容易令人产生保护欲，但普通玩家若在游戏的战场上遇到她，那绝对会跪下叫爸爸。

渐渐地，关注她的人多了些。阿鑫注册了后援官微，给粉丝起名“小瓜子”

直播间平时人气不高，零零散散的都是看她打游戏的小瓜子，出人意料的是，今天观众数量竟然涨了一倍。

阿鑫在QQ上告诉夏乐葵，由于她昨晚开了摄像头，将运动小背心穿在T恤外，被人截图挂微博，夸大为“内衣外穿”，引来吃瓜群众的慕名围观。

夏乐葵一个激灵，内心如有一万只羊驼奔跑而过。

当时她只图方便，竟没觉察哪里不对，等等，谁帮我开的摄像头？！

在直播间连绵不绝的“哈哈哈哈哈哈”声中，夏乐葵读起了评论。

“一位叫‘夏乐葵的黄瓜精’的水友留言：‘你们这么说就不对了。哪有什么女主播内衣外穿博出位，’”夏乐葵连连称赞还是这位水友讲道理，但读着读着，她的笑容渐渐散了，语速也越来越慢，“‘人家夏乐葵本来就是个男孩子，这么做顶多算个变态。’”

夏乐葵忍住了将手机摔个稀巴烂的冲动，接着往下念。

“另一位叫‘乐葵今天开摄像头了吗’的水友留言：‘内衣外穿的视频我也看啦，没什么限制级画面啊。’”夏乐葵再次扬起嘴角，但很快又黑了脸，“‘话说回来，这男主播好俊哦。’”

你全家都俊！

夏乐葵咬牙往下看，此类留言一句更比一句绝。

“我警告你们啊，别老拿我的性别说事！我虽然是个女儿身，但我有颗打职业赛的心！”

夏乐葵说罢，愤怒地抓起一只鸡腿，在镜头前大啖特啖。

小瓜子们刷着弹幕。

“把嘴角的油擦了再来说你是个女孩子。”

“葵哥，一顿能吃半桶饭的不叫女孩子，叫山地大猩猩。”

“葵哥，刚才你一声吼，我妈问我房间里什么东西炸了……”

吃饱喝足，夏乐葵心情愉快，打算在返工前给小瓜子们点福利。

“你们干吗？要我在这唱歌？”夏乐葵环顾四周，“行吧。”

情绪酝酿完毕，她清了清嗓，中气十足地唱道：“我站在，烈烈风中，恨不能，荡尽绵绵心痛——”

她脚踩上花坛边沿。

“望苍天，四方云动，剑在手，问天下谁是英雄——”

夏乐葵唱得渐入佳境，完全沉浸于自己的歌声中。

“我心中，你最重，悲欢共，生死同——你用柔情刻骨，换我豪情天纵——”

她还未唱完，便感到有冷冷的气流迎面袭来。不知何时，面前站了一个人，她挥出去的手停在对方的胸膛前，指尖几乎触到他的纽扣。

惊雷闪过，乌云密聚，进食的松鼠停止咀嚼，盘旋的飞鸟在空中定格，全世界一片死寂。

夏乐葵触电般收回手，放下脚，向后退了几步，脸上火辣辣的。尽管她觉得自己唱得还不错，但被偶像撞见还是很尴尬，更何况还唱破音了……

她挠了挠头，试图说些什么挽救自己所剩无几的颜面：“好、好巧啊。”

裴浠垂眼看她，漆黑的眼瞳清冷无波。

两人动作定格，对视了好几秒。

夏乐葵用力咽了下口水，猜想弹幕此刻已炸出无数朵烟花。

她还在做心理建设，下一秒，裴浠径直从她身边走过，一个多余的眼神都没扫过来，仿佛什么都没发生。

冷风吹过，咻地卷起几片树叶。

夏乐葵戳在原地，心里像被打翻了东西，七零八落的。

不管怎么说他们俩也合作过吧，连个招呼都不打？

她眨眨眼，又摇摇头，看向自己摊开的掌心，忽然想起当初试图与他握手时他冷漠的神情。

一股涩意无声地从心头蔓延开。

也许他已经把她忘了吧。

世界冠军怎么会记得她这种名不见经传的小人物。

在这颗尊贵的顶级土豆面前，她渺小如尘埃。

【2】

“我不答应的话会怎么样？”

“你不答应的话，战队也许就要解散了……”

听完大勇的通知，夏乐葵久久没有回应。

大勇的目光里带着些恳求：“难得俱乐部帮你争取曝光度，你不是想入选新秀单挑赛吗？这也许是个机会！”

与Phoenix合作拍照的事情传到了老板李晟的耳朵里，他一改对女队不闻不问的态度，决定趁热打铁，花钱将夏乐葵送上一档收视率极高的电竞真人秀节目，倘若效果好，便实行后续的营销方案。

“这几天我都在考虑你将来的发展计划，乐葵，要不你换项目吧。”大勇拉了把椅子让她坐下，“第一人称射击游戏在国内不是最火的，成绩也差，根本没机会上央视这类主流媒体。其他项目的粉丝基础比我们大好多倍，手游啊，MOBA（多人在线战术竞技游戏）啊，哪个热就去哪个项目，你打什么不都是打。”

夏乐葵的背脊像是过了遍电，她瞪大了眼睛看向他。

“你直播的时候表演点段子，设计一些梗，成为你的标签，我帮你给大V投稿。弄点表情包，和别的选手加在一起炒作，时不时就能上热搜。

“人设的话，比如学霸啦，高冷啦……哦对，你就吃，和身材有反差萌，大胃王和内衣外穿都是不错的梗，有记忆点。”

大勇说得兴奋不已，满脸红光，蓦地被夏乐葵打断。

小姑娘一双清澈见底的眼睛注视着他，语气认真：“勇哥，我不想做这些事，我想打比赛。”

大勇微怔，正习惯性地准备一巴掌呼上她的脑袋，手臂挥到中途却停了下来。他的神情有些凝重，垂眸盯着地板看了好一会儿，慢慢地露出了非常温和的笑：“也对，那这回你先参加着，晟哥都发话了。”

夏乐葵被他这反常的笑容激起了一身鸡皮疙瘩，抿抿唇，没回话。

大勇像是想起了什么，目光一亮："你往好处想，如果这档真人秀能提高人气，帮你突破新秀单挑赛的海选关，到时候咱们争取打进个八强四强的，没准高层就能同意你转入一队了！"

国内热门的电子竞技项目，官方比赛基本分三类：顶级职业联赛、次级职业联赛和女子职业联赛。俱乐部根据资源分配，通常拥有重点培养的一队、后备培养的二队、人才储备的青训营，还有女队。

如果能进入一队，获得更好的队伍配置和资源、更专业的指导和训练，就能离梦想更近一步……

夏乐葵的瞳孔渐渐放大，手渐渐握成拳，思忖了很久，还是没给答复。

晚上，阿鑫焦急地同夏乐葵更新新秀单挑赛的投票情况——眼看截止日迫在眉睫，她的票数依旧少得可怜。阿鑫发了段语音，声音带上了哭腔："乐葵，咱不是没有实力，是平台不对。大家知道你每年都很想参加，可我们的人数实在太少……对不起……

"乐葵，战队的其他人为什么都不帮忙拉票？每次和比赛相关的事情都只有你一个人在努力，这还算是个团队吗？"

夏乐葵的心狠狠地揪在了一起。她点开俱乐部的官方微博，首页几十条，没有一条关于女队的宣传，主页只在犄角旮旯里有几行介绍。她咬住下唇，太阳穴开始发胀。

阿鑫的消息继续弹了出来："你和卢青青的关系不是很好吗？她现在也是大V了，拜托她帮你拉拉票？"

卢青青同顾晴一样，是夏乐葵打职业时的第一任队友，在那个除了梦想一无所有的起步点，几个女孩子曾手拉手，发誓要做两辈子的好朋友。

夏乐葵点开卢青青的聊天窗口。自从她遇上贵人，转会去了豪门俱乐部VPG后，两人的交流愈加稀少，每回夏乐葵找她，总是聊了几句便草草收场。

尽管顾晴曾将人情冷暖直白地告诉夏乐葵，可她依然愿意相信，卢青青是真的很忙。

过了好几个小时，夏乐葵终于收到回信。

小青：不好意思呀乐葵，我微博的粉丝数太多了，转发东西得考虑下影响。

小青：而且这个比赛如果不是知名度很高的选手，是很难被选上的……

夏乐葵握住手机，盯着那两条信息看了好久好久，久到字迹化开，变成模糊的一片。

她今天发狠般训练了一天，心情不好，没有吃饭，此刻胃里如刀绞，酸疼得全身颤抖。像是一根紧绷的、固执的弦被突然切断，四肢百骸的力气在刹那间被抽走，她吸了吸鼻子，慢慢蹲下身，给大勇打了个电话。

“勇哥，你说的那个真人秀，我去。”

参加节目那天，大勇千叮咛万嘱咐夏乐葵上台后站着别动，不要暴露自己大兄弟的内心，谁知在才艺展示环节，她在舞台上大跳“猩猩舞”，以一记高踢腿差点踢断鼻梁的投入表演获得全场掌声，名声大噪。

一夜之间，她小丑般的舞蹈视频在网络上疯传，大大咧咧的个性和漂亮精致的长相形成了强烈的反差，微博粉丝暴涨了好几万。

大勇兴高采烈地公布这个消息时，SB战队的其他人正边看视频边笑得四仰八叉，夏乐葵坐在角落，脸上什么表情都没有。

“我们都是阴沟里的虫子，但总还是得有人仰望星空。”

——刘慈欣《三体》

【3】

Phoenix电竞潮牌宣传照全网发布的那一天，夏乐葵彻底火了。

Summit裴浠出道这么些年，与他在宣传照上同框的女人，她是头一个。

最劲爆的是，不知由哪个八卦的工作人爆料：这位小姐姐还是裴皇钦点的。

千万裴浠粉仰天长啸，气吞山河：“人才啊！”

Super Baby战队跟着水涨船高，一连参加了好几个大型赛事，可惜得到的并非正规赛的邀请，而是打水友赛作为中场休息的娱乐。

夏乐葵对此很沮丧，大勇安慰她：“慢慢来，都会好起来的。”

一年一度的电竞主题游轮嘉年华，夏乐葵的SB战队依靠娱乐效应蹭到了上船的门票。

总航程历时五天四晚，主办方邀请了众多电竞明星、解说、战队登船，集游戏、竞技和娱乐于一体。除了由卫星全程直播的游戏赛事外，还有海上见面会、真人秀节目等活动。

游轮共有十八层，全面覆盖Wi-Fi，健身房、酒吧、电影院、KTV等二十来个休闲场所遍布其中。SB战队没有入住海景房和阳台房的资格，被安排在最普通的内舱。由于报酬很少，他们只能去小餐厅吃饭，无福享受主办方为各位大咖准备的烤肉、火锅、自助餐。

“他们是被邀请来打比赛的，我们是倒贴来娱乐大众的，”经理提醒SB战队的成员们，“自己几斤几两，得掂量清楚。”

夏乐葵拿筷子的手一顿。

经理嘱咐道："晚上集合，拍几组漂亮的泳装照，回去俱乐部会发微博宣传女队。"

大勇满脸堆笑着答应："是啊，也该多给我们点宣传嘛。"

心中蹿起一股火，夏乐葵只能闷声吃炒面，大勇送完经理，回过头抢她的饭碗："马上就上台了，你少吃点，要是敢当众打饱嗝我就拧断你的脖子。"

夏乐葵不理，吃得更凶了，还泄愤般啃了大勇的手腕一口。

饭后全员整装待发，上了甲板。

游轮将甲板改造成了观战区，下沉式广场的中间有个泳池，广场边缘的甲板上整齐地排列着座位，座位面向舞台，巨大的屏幕正直播着赛况。

SB战队照例负责中场娱乐。Cosplay秀后，夏乐葵又表演起那段她跳吐了的"猩猩舞"——手臂挥舞、假发狂甩、胸口碎大石、抬腿断鼻梁。

现场观众笑得抽风般癫狂。

羞耻play完毕，进入采访环境。

被问到夏乐葵私底下的爱好，顾晴笑着对主持人说："乐葵的绝活是用脚自拍。"

What？！

夏乐葵瞠目结舌。

SB其他成员纷纷附和。

主持人兴奋地接话："这么厉害！快让大家见识一下！"

见夏乐葵一副死机样，顾晴凑到她耳边，低声说："这是为了节目效果，你配合些。"

防火防盗防闺密，古人诚不欺我，你咋不配合地给我伴舞呢？

夏乐葵咬咬牙，一忍到底，坐在舞台上，脱下鞋。

观众席掌声雷鸣。

脱袜子的时候，大海上突然刮来一阵妖风，将她的袜子吹飞了。

夏乐葵忙不迭地爬起来，伸手去抓，袜子却早已飞远，啪地盖在了不远处一个人的脸上。

全场蓦地安静下来，眼前的画面仿佛变成了一帧帧播放的电影慢镜头——

那个人用两根修长的手指夹着袜子从自己脸上摘下来，一张俊美如画的脸上冰霜弥漫，比他在赛场五杀时还恐怖。

恍惚间，夏乐葵仿佛听见了宇宙大爆炸的声音。

【4】

那场表演之后，夏乐葵的心情落到低谷。

嘲笑奚落声、起哄声、口哨声在耳边挥之不去，她一闭上眼，脑海中就是裴浠扔掉她的袜子起身离场的背影。

在最憧憬的职业选手面前出尽洋相。

做到这种地步，她又得到了什么呢。

《枪阵精英》新秀单挑赛的海选，真的可以成功吗？

晚上的自由活动时间，夏乐葵独自去了VR体验区。

VR，Virtual Reality，虚拟现实，是近些年来最热门的科技技术，戴上头盔和相关设备后，玩家会进入一个由计算机产生的虚拟世界中，享受沉浸式的游戏体验。

夏乐葵排队等的是一款叫《进击的丧尸》的游戏。玩家将手持武器，越过悬崖峭壁、刀山火海，进行一段冒险之旅。她已经等了半个多小时，前面玩游戏的小姑娘正双手把着枪型手柄，弓起身子，一边射击，一边左右躲闪着尖叫。

对面的大屏幕上正播放着游戏的画面：丧尸张着血盆大口，蜂拥着扑到她脸上。

"啊啊啊啊啊！"小姑娘扔掉枪柄，抱住脑袋躲闪。

围观群众哈哈大笑，拿手机拍下她的窘态。

夏乐葵正准备接过设备上场，突然被两个人挡住了去路，对方人高马大，她的头顶将将到他们的肩膀。

她不满地提醒："你们插队了。"

前面的人回过头，俯身冲她笑："妹妹，排这游戏干吗，你没看到那女的吓成什么样了？女人就去隔壁夹娃娃嘛。"

夏乐葵心情不好，阴沉着脸，一字一顿地重复："你们插队了。"

对方没搭理她，朝旁边喊："沈哥，你先来。"

夏乐葵顺着他们的目光看去，那边沙发里慵懒地坐着个男人，双腿敞开，手肘支在扶手上，撑着头，正似笑非笑地看着她。

夏乐葵转过头，眉头一紧，从插队者手中抢过手柄："下一个轮到我了。"

不远处有几个男人起身，向她走来，剑拔弩张的样子。

沙发方向传来了散漫低沉的声音："让她先。"

男人们闻声止步，围在一旁。

夏乐葵戴上头盔装备，架起枪型手柄，进入游戏。

伴随着她的操作，围观群众不禁发出一阵又一阵的惊呼。

"当心，背后有怪偷袭！"

"哇！枪枪爆头！"

“这击都能躲掉，走位够风骚！”

关卡难度逐步上升，夏乐葵换上冲锋枪，火力全开，对着扑上来的丧尸一顿扫射。

先前想拍她丑态的人此刻一脸蒙，这气势，活脱脱的特种兵啊……

夏乐葵站得笔直，神情冷静，浓稠的液体往她的脸上飞溅，她连头都没晃一下。

屏幕中央突然弹出一个金色的框。

Mission Complete（任务完成）！

积分破了目前的最高纪录！

夏乐葵摘下头盔，理了理刘海儿，在热烈的鼓掌声中嘿嘿一笑。

她经过沙发区时，先前那些人口中的“沈哥”长腿一伸，拦住了她的去路。

夏乐葵险些摔倒，她踉跄着站稳，茫然地看向他。男人站在她面前，个子很高，将她整个人笼罩在阴影里。他身着黑色夹克衫、黑色皮裤，耳钉泛着光。

沈奇弯腰凑近，手臂撑在她身侧的墙壁上，笑得不怀好意：“美女，玩玩？”

夏乐葵回视他的眼睛，摇头：“不约。”

沈奇轻佻地扬扬眉，在她耳边哑声说：“就陪我玩一会儿。”

他长得帅，骨子里透着股坏，声音磁性好听，多少美女靠近后便被电得软成一摊泥。

可惜夏乐葵如同绝缘体，毫无反应：“我不认识你。”

耳边响起数道口哨声，后面的人起哄道：“小姑娘，别怕，他不是什么好人。”

沈奇的嘴角弯起耐人寻味的弧度，食指调戏般划了下她的脸蛋：“现在不就认识了吗。”

夏乐葵抬脚就踹，沈奇脚一移，将将躲过。他抓住她挥拳的手腕，吊儿郎当地问：“你叫什么名字？”

夏乐葵作势又要踹。

小时候父母无暇管她，假期便将她送到亲戚家的武馆。武馆里全是男孩子，她整日跟着哥哥弟弟们到处撒野，童年回忆里完全没有洋娃娃花裙子。一直到十几岁，她仍穿着款式单一的深色衣裤，男孩子们闲暇时和她打闹，将她的脑袋夹在腋下，毫无顾忌地挠她的痒痒。有新来的熊孩子躲在树上朝她扔石子，她麻利地将他拽回地上，骑在他身上，一拳拳揍，揍得对方哭爹喊娘。

她一向如此，对朋友很好，对敌人很凶，就像现在。

后面的跟班们骂骂咧咧地想动粗，沈奇扬起手制止，侧身让出道。

夏乐葵狠狠地瞪他一眼，头也不回地往外走。

跟班见沈奇眼神不对劲，小心翼翼地问："沈哥，你想上她？你不是喜欢骚的嘛，改吃素了？"

"嗬。"沈奇嗤笑一声，冲夏乐葵的背影仰了仰下巴，眼睛微微眯起，"玩游戏而已，她很强，是职业级的。"

众人面面相觑。

"职业选手上这船的都是一线队的，没听说有女的啊。"

"她好像是和裴皇拍合照的那个！"

提到裴浠，他们顿时有了线索。

"我想起来了，她的战队叫Super Baby，那就是个野鸡俱乐部，他们领队跪舔主办方半天才混上来的。"

"下午还在台上表演抽风，袜子都扔裴皇脸上了，还想不想在圈里混了啊！"

"本人的打扮和照片上也差忒远了吧！"

"哎哟喂，我还当是什么大牌，"跟班不屑地提高音量，"下次见了，这娘们儿再横就把她扔海里！"

沈奇没搭话，后背往吧台边一靠，盯着前方，直到夏乐葵的背影彻底消失在视线中。他低头笑了笑，舌尖缓缓滑过下唇。

"有点意思。"

【5】

自由时间过后是去KTV聚会。

一大屋子的人好多夏乐葵都不熟，她想找角落待着，却被顾晴拉到身边，坐在人群中央。

顾晴人缘很好，总能轻易成为小团体的中心，但夏乐葵知道，她的擅长交际都是被现实磨炼出来的。

当初她们一起打职业赛半年后，俱乐部因经营不善倒闭了，梦碎得如此之快，她们担忧的转眼就从能不能夺冠变成了能不能吃上下一顿饭。

最绝望的时候，是顾晴带着队员们一家家找东家收留。她笑着面对别人的冷脸和漠视，被灌酒灌到胃出血，至今还会在压力大时干呕。

"女人能打什么职业赛？"

"我们不要女人。"

吃了无数次类似这般的闭门羹后，她们终于遇上了现在的俱乐部老板李晟，可对方只对顾晴感兴趣，开出了优渥的条件。

在那样大的诱惑面前，顾晴没有退让，坚持与整支战队共生死。

夏乐葵始终记得她说的那句话："你放心，我绝对不会丢下你的。"

那时候，顾晴掌心的温度暖了她整整一个寒冬。

正因如此，不管后来顾晴再如何令她不快，夏乐葵也未曾直接翻脸。

无论将来成功与否，她都不能对不起曾患难与共的朋友。

不知是谁起了话头，聊到Super Baby与豪门Phoenix战队的电竞潮牌合作，大家都很好奇，为什么裴浠会主动开口选夏乐葵。

顾晴轻描淡写地说："大概乐葵这傻丫头做了什么让裴皇看不惯了，他故意把她叫到聚光灯下令她难堪吧。"她亲昵地拍拍夏乐葵的肩，"你看，全程拍得那么不配合，人家完全把你当瘟疫啦。"

"没有。"夏乐葵身子一震，反驳道，"他不喜欢和别人靠得太近。"

顾晴不以为然："你想和他握手，他也没理你呀。"

夏乐葵表情认真："他会起疹子，他们领队说的。"

尽管裴浠向来冷漠，但也不像有故意整人的爱好。

"这你也信？"顾晴笑得轻耸一下肩，放软语气，"傻丫头，离了我，你可怎么办呀？"

不知哪支战队的男生出声道："无所谓啦，你都用袜子扔人了，裴皇这个洁癖以后肯定见你绕道走。"

"还能见面？估计会下令他参加的比赛都不许她出现吧。"

夏乐葵低头死咬着嘴唇，顾晴搭在她肩上的手令她觉得不适，她真想一把甩开。

有人起哄："夏乐葵，表演那个猩猩舞给我们看啊！"

全包厢的人随即有节奏地鼓起掌。

"夏乐葵，跳一个！夏乐葵，跳一个！"

声音此起彼伏。

夏乐葵不知道自己拐了多少个弯，终于找到一个角落，走到底是间看上去不起眼的储物室。

那间KTV包厢，再多待一会儿估计她就要抡桌子砸人了。

夏乐葵蹑手蹑脚地进屋，轻轻关上门，转过身。黑暗中，一个身影猛地撞进了她的视线中，吓得她差点滑倒。

那是个年轻的男人，倚墙而坐，长腿交叠着伸向前方。皎洁的月光从窗边投落，勾勒出他美好的五官线条。

夏乐葵一秒就认出了她的偶像裴浠。

刹那间，好几幅画面自她眼前闪过——

拍照被他点名。

唱歌被他撞见。

袜子扔到他脸上。

“大概你哪里得罪他了，他故意令你难堪啦。”

夏乐葵背脊贴着门板，听见自己干巴巴的声音：“好巧啊，我还以为这里没人呢。”

对方抬起头，那双冷冰冰的眼睛看向她。

夏乐葵顿时有些手足无措，找了个离他最远的位置坐下。

室内寂静无声，夏乐葵摸出手机，悲伤地发现，手机没电了。

唉，好无聊哦。

“你怎么一个人？”

裴浠的声音和本人一样冷淡，可能是因为长期没开口，稍微有些哑。

夏乐葵没想到他会主动搭话，不假思索地回答：“你不也是？”

裴浠没应声。

不过这句话给了夏乐葵勇气，她自顾自地接着说：“今天真的对不起，我不是有意的，风太调皮了……”

裴浠慢悠悠地朝她的方向瞥了一眼：“你很喜欢唱歌跳舞？”

“没有！都是意外！”夏乐葵将头摇成拨浪鼓，脸颊火辣辣的。

虽然之后裴浠又没了回应，但气氛缓和了许多。

夏乐葵大着胆子爬到他身边坐下，瞄了眼他的手机屏幕。

果然，在玩游戏。

裴浠戴着耳机，不知什么时候起，朝向她的那只耳塞被摘了下来，垂在胸前。

他正在玩《Conquer》的手游版，5V5团队推塔游戏，此刻准备上高地。

夏乐葵看得兴起，担心自己打扰到他，忍着半天不敢出声。

一波激烈的团战后，裴浠获得四杀，夏乐葵激动地为他助威。

“Nice！对面中单状态不好，继续追！”

“反手先控，真厉害！再破一路他们就该GG啦！”

她说话时，气息喷在裴浠颈侧的皮肤上，他的耳朵敏感地热了起来，操作都变得有些僵硬。夏乐葵为了看清屏幕，离得近了些，裴浠手一抖，突然被人杀了，画面灰黑，开始复活读秒。

夏乐葵缩了缩脖子，小声问：“我碰到你了？”

明明没有啊……

裴浠偏过头。她的眼睛很漂亮，看人时总有种水汪汪的感觉，像阳光下波光粼粼的湖面。

他状似无意地移开视线，手捂着脖颈，好看的眉头皱了起来：“你过去一点。”

他的脸颊泛着浅浅的红，一直延伸到耳垂。

夏乐葵这才想起裴浠会生疹子这档子事，往旁边挪了挪，脑海中浮现出顾晴的提醒，愧疚地问：“我是不是很吵？”

裴浠看着屏幕，半晌后淡淡地说：“没有。”

储藏室没开空调，坐久了感到丝丝阴冷，夏乐葵穿着短裤，一双雪白修长的腿在黑暗中格外刺眼。围观裴浠打了两局后，她抱住膝盖，缩成一团。

身边似乎有动静，她反应过来时，一件外套轻轻地罩在了她的腿上。

夏乐葵转过头，裴浠仍专心地看着手机屏幕，睫毛低垂，线条紧绷的下颌仍存有少年的凌厉感，刘海儿略微盖住了轻蹙的眉。

男式外套宽大，布料柔软，她的双腿像被人轻轻抱住，暖意自肌肤涌上心间。

【6】

“前辈，你也不想和队友在一起吗，所以一个人躲在这？”

夏乐葵有些困了，抱着膝盖，脸贴在裴浠的衣服上，侧过头看他，说话带了点鼻音。

裴浠若有所思地回视她：“没有。”

夏乐葵慢慢地闭上眼：“也是哦，不想在一起的话，为什么还做队友？”

她说完便笑出了声，越笑越觉得喉咙发涩，回忆涌入脑海，如同一部尘封已久的老电影。

夏乐葵的父母是商业精英，从小散养她，几乎不在家，她的生活习惯因而粗糙随意。

在空荡荡的大房间里茕茕孑立，形影相吊，为了排遣寂寞，她开始与游戏做伴，无论是街机还是网游，玩什么都能成为个中翘楚。

虚拟的世界是一片更广袤的天地，她偏爱团队竞技，大家并肩作战，输赢并非单纯的娱乐，仿佛肩负着更大的使命。

然而现实呢？

偶尔一家三口在一起，充斥的却是没完没了的吵架谩骂。

时不时碎掉的花瓶，动不动倒地的家具，伴上母亲歇斯底里的吼叫，父亲层出不穷的花边新闻，如同周期性摆上桌的豪华套餐。

“你想离婚，我话就搁这，这孩子我不要！你别想一个人过得逍遥！”

“你不要我也不要！”

夏乐葵戴上耳机，操纵着角色，十步一杀，将敌人打得溃不成军。

从伤心到麻木，时间总能将伤口磨成茧。

两年前，由于天赋异禀，排名出众，职业俱乐部向夏乐葵抛出橄榄枝，她的父母拒绝得非常干脆。

他们从来就不理解什么是电子竞技，也没想过去理解。

尽管这些年来为了让主流社会认可，无数电竞前辈付出了全部的青春，征战四方，为中国赢得一个又一个冠军，他们用成绩和奖牌反复强调，小孩子在网吧玩游戏不是电子竞技，就像你不能把放学后打篮球说成是NBA，可绝大多数人始终将游戏视为洪水猛兽，将孩子逃学、沉迷网游、花费过度等种种缺乏自制力的行为归咎于电子竞技带来的负面影响，连带着对整个行业都充满偏执的鄙视。

这是每个新兴行业在成长期必须接受的考验。

夏乐葵的父母态度坚决："不可以，我不希望我的孩子走上这种歪路。"

可是这一次，夏乐葵很固执。她拥有常人望尘莫及的反应和手速，在游戏服务器的顶尖分段受人朝拜，她想走上更大的舞台，成为下一个创造中国荣耀的人。

夏乐葵和家里闹得最凶的时候，是顾晴接过她的行李箱，给了她一座小小的避风港。

她说："你父母都不要你的话，你就跟我过。"

她们因游戏结缘，又同时被俱乐部录取，在战场上的配合亲密无间。

夏乐葵搬到顾晴的出租屋里，两个女孩子睡一个被窝，长夜漫漫，常有说不完的悄悄话。

早晨顾晴蒸会好包子叫夏乐葵起床，香喷喷的小馄饨一人一半。网吧有混混欺负顾晴，夏乐葵追着他揍，跑了大半条街。她们一起去超市抢打折货，去电脑城淘硬件，在路边摊边吃麻辣烫边唱歌，夏乐葵搂住顾晴的脖子，笑嘻嘻地说想和她过一辈子。

后来她们搬入俱乐部的宿舍里，正式开始职业生涯，终日奔走于各式各样的网吧联赛间，为了几百块的奖金同一群老少爷们儿争得头破血流，在路边搭的大棚里比赛，下雨时叫不到回去的出租车，被淋得发高烧的第二天依旧坚持打完全程。第一次得到女子组的省级联赛冠军时，两人开心得跑上大厦顶楼冲天空大叫。

虽然生活苦涩，但心里沉甸甸的，从尘埃中开出花来，因为有梦，连泪水都是甜的。

那时候天空湛蓝无云，那时候阳光明媚和煦，那时候她们并不明白，十几岁的花开得那么绚丽，只是因为没有经历过真正肃杀的冬季。

Chapter 03

绝　佳　拍　档

【1】

听到门外传来熟悉的说话声时，夏乐葵抱住裴浠的外套，手忙脚乱地试图找地方躲起来，嘴里喃喃道：“好烦人，就让我安静地待一会儿吧，我不想去K歌。”

“乐葵，你在里面吗？”

门被打开的那刻，走廊里的灯光照了进来，亮得夏乐葵猛地闭上眼睛。裴浠忽然起身横跨一步，高大的身躯挡住了她的视线，他走上前，将来人堵在门口。

几个女孩子难以置信地尖叫出声：“裴皇！”

顾晴留意着他的表情，小心地问：“里面就你一个？”

裴浠点头。

队友A撇撇嘴：“她去哪儿了？大家还等着她跳猩猩舞呢。”

队友B满脸诧异：“不可能呀，我亲眼看见她进去了。”

顾晴不甘心地往里瞄：“能进去瞧瞧吗？”

裴浠不动声色地往她视线的方向挪了下身子：“你们在KTV的哪间？”

顾晴的眼睛顿时亮了：“哎？裴皇你想参加？”

裴浠平静地嗯了声。

这下顺利转移了一行人的注意力，女生们个个面露花痴之色，跟嗑了药似的。

“我我我我们带你去！”

“就在前面，不远！”

“可乐葵……”

“不找她啦。”顾晴向她们使眼色，随后对着裴浠嫣然一笑，“来，往这边走。”

转身关门时，裴浠看了角落里的夏乐葵一眼。

清清冷冷的目光，很凉，却比皎月还亮。

夏乐葵熬到临睡点才从储物室出来，直接进内舱睡觉，第二天一大早出门就被人揪住了耳朵。大勇铁青着脸："你昨晚野哪儿去了？"

夏乐葵支支吾吾地说："在游戏厅玩……"

"裴皇昨晚来我们K歌的包间了，你没遇到真是亏。"

夏乐葵捧着马克杯，不自然地喝了口水。

"我听人说，四年前Summit刚出道那会儿，赛后跟着俱乐部的成员去KTV庆功，被不少圈内的女人盯上了，整晚围着他，个个跟饿狼扑食似的。"大勇摸着下巴，眯起眼，"也不怪她们，那时候的裴皇啊，啧啧，眉清目秀的小帅哥，长得真叫俊俏。"

想起队友们先前对裴浠的妄想——又想扑倒又想解扣子的，夏乐葵抱住胳膊，起了一身鸡皮疙瘩。

"裴皇不喜欢别人靠他太近，但那些女人就是要对他动手动脚，他的脸色冷得都快结冰了她们才离远了点，但也不放弃，领口拉得很低，在他的视野里各种拗造型。"大勇讲得入戏，一拍大腿，语气愤然，"哎，你说，女人这样冲着男人要露不露，晃来晃去的，算不算性骚扰？"

夏乐葵一口水喷了出来，边咳嗽边点头。

大勇虽是个男人，八卦起来却绘声绘色，神形兼备，夏乐葵几乎可以想象出裴浠当晚只能低头盯着自己鞋尖看的煎熬样了。

"有个靠外表出名的网红主播，拿着杯酒走向裴皇，随后娇嗔地叫了一声，佯装跌倒……"

大勇做了个妩媚的摔跤姿势。

夏乐葵屏息凝神。

"只见裴皇侧身一让，那女的直接栽倒在沙发里，鼻梁假体都被撞歪了。"

大勇捂住鼻子做痛苦状。

夏乐葵松了口气。

"尽管如此，他还是被泼了一身酒，腹部这顿时半透明了！"大勇手臂一挥，"好几个摄像头立刻对着他拍，啪啪啪的啊！"

夏乐葵的心又提到了嗓子眼，她想象了下画面，用力咽了下口水。

"后来这种活动，他再也没参加过。"

大勇八卦完毕，等着夏乐葵汇报感想，却见她专注地咕噜咕噜喝水，睫毛垂着，有心事的样子。

过了老半天她才开口，嘴唇还覆在杯沿上，声音很含糊：“那他昨晚去你们K歌的包厢，唱歌了吗？”

大勇摇头：“没唱歌，也没搭上话，他谁都不理，也不知道干吗要来。”

夏乐葵耷拉下脑袋，胸口闷闷的，愧疚感如同黑云压境，搅得她心神不宁。

大勇在旁边怎么想怎么不对劲：“难不成……他看上我们队哪个姑娘了？哦对，是顾晴把他带来的，八成是这样没错……”

早饭依旧在小餐厅，想起她给裴浠的绰号“只可远观不可下饭的顶级土豆”，夏乐葵心念一动，点了许多芝士土豆球。

餐厅的电视上正在播放一部电竞选手的宣传片。

重金属的背景乐中，选手的剪影连贯地切换。

有的身着黑色卫衣，阴影浓厚。

有的仰起下巴。

有的手慢慢握拳。

有的摘下帽子。

或桀骜，或热血，或酷拽。

场景切换，一人白衣白裤，身形颀长，站在摄影棚的聚光灯下，微微低着头。

镜头不断拉近，给了他脸部特写：鼻梁高挺，睫毛长而密，薄唇紧抿，神色清冷，如同夜空中的一轮孤月。

画面黑白处闪现出两行字：Summit，裴浠。

在背景乐的一记重音节拍下，他突然抬起头。

顷刻间，夏乐葵呼吸一窒，像是被什么东西堵住了喉咙。

耳边传来了规律的撞击声，咚，咚，咚……

她瞪圆了眼，呼吸不顺，整张脸慢慢憋成了猪肝色。

大勇火急火燎地差遣其他队员：“快拿水来，这蠢货吃土豆噎住了！”

【2】

游轮之旅接近尾声，最后一天，其他队友通宵玩德州扑克，夏乐葵一个人在VR体验区扫射丧尸。

每次她刷新游戏纪录后，很快就会被另一个人破掉，对方的ID只留了一个字母：S。

好气哦。

战况正酣，夏乐葵戴着头盔往后退了一步，后背突然撞上了什么东西，一股热气随即喷在头顶，吓得她惊叫出声。

有人轻轻搂住了她的腰。

夏乐葵猛地摘下头盔，转身就是一个回旋踢。

沈奇动作敏捷地躲过，嘴角一扬，笑得无赖：“哎，有没有人跟你说过，你想打人的样子特可爱。”

夏乐葵忍无可忍：“你神经病啊！”

她再次扬起手臂向他打去。沈奇没有躲，结结实实地挨了一拳。他微微低头，舌头顶着下唇，居然在笑。

夏乐葵没了继续通关的热情，将设备放回原处，抬腿就往出口走。那个神经病还在背后不正经地喊：“喂，你叫什么名字啊——”

出口处有几个男人正聚在一起喝酒聊天。

“那秋樱可是个尤物。Phoenix的人真能耐，基地里住了个前凸后翘的大波妹，换我肯定夜夜春梦睡不好觉。”

“嘿嘿，她的胸都是季神揉大的呗。”

夏乐葵胃里涌上一阵不适，真恶心。

她加快脚步往前走，另一个名字却如鬼魅般钻进耳朵里，让她的心跳冷不丁慢了一拍。

“你们听说没，裴皇当年签约Phoenix拿的是赔本价，比新人还低，好像也是因为秋樱……”

走到休息区时，夏乐葵见到了那群人刚刚谈论的Phoenix领队秋樱，她正在与一个红帽男商量事情，人美声音甜，棕色的鬈发垂到腰际。

“秋领队，这个是赞助商要求的活动，都安排好了。”

“真不是我为难你，最近比赛太密集，队员压力又大，阿轩和向崆都失眠好几天了，连裴浠都憔悴了不少……”秋樱说着说着眼眶发红，几滴眼泪猝不及防地往下掉。

红帽男慌了神，急忙抽出一张纸巾递给她：“唉，确实不容易，让他们好好休息……我再跟主办方商量一下。”他越想越觉得自己不占理，“唉，真是的，马上打季后赛了，赞助商还搞这么多无聊节目！我尽力帮你们推了！”

对方忙低头找手机，秋樱偏过头，咧嘴一笑，方才的悲伤烟消云散。不慎撞上夏乐葵的目光，她的表情瞬间定格，五官扭曲，看起来十分滑稽。

夏乐葵憨厚地冲她回笑。

“秋领队。”

“哎，我在，我在。”秋樱一个激灵，又恢复成泫然欲泣的模样。

两人又交流了几句，红帽男忽然被电话叫走，留下秋樱和一个大纸箱。

纸箱看起来很沉，秋樱用脚踢了踢，纸箱纹丝不动。

夏乐葵走到她身边："需要帮忙吗？"

秋樱笑着同她打招呼，随后摆摆手："没事，这些是新送的外设，一会儿等他们签名会结束后过来搬吧。"

她话音未落，夏乐葵已经蹲下身，轻轻松松地抬起那个比人还高的大箱子。

秋樱目瞪口呆地看着夏乐葵从箱子边缘探出小脑袋问："搬到哪儿？"

活动大厅内，Phoenix战队的"海上见面会"已进入尾声。

顾晴在一旁等候已久，因紧张而不断调整呼吸。

她从裴浠刚出道的时候就开始关注他，印象中的Summit骄傲冷酷，目中无人。

然而，就在前天，他主动与她搭话，还同她一起去了KTV的包厢。他几乎从不参加这种活动，这次破例，很可能是因为……

顾晴忍不住抿唇一笑，起了旖旎心思。

有了优势就得即时利用，据说秋樱打算复出做解说，到时候领队位置空缺，现在也许是个很好的机会。

见粉丝群散去，工作人员开始清场，顾晴三两步上前，轻轻唤了裴浠一声。

她微弯下腰，将一丝垂下的长发捋到耳后，语调温婉："旅行马上就要结束了，以后有机会再出来玩吧，先前忘记留联系方式了。"

"抱歉。"裴浠没有抬头，不紧不慢地用湿纸巾擦着手，"我不认识你。"

顾晴身子猛地一震。那天晚上他还坐她旁边呢，现在怎么就不认识了？

"我是顾晴呀，Super Baby战队的，我们还一起……"

她话未说完，裴浠从椅子上站起来，双手插在长裤口袋里，面无表情地走了，自始至终没有看过她一眼。

四面八方投来异样的目光，顾晴戳在原地，惊愕地张着嘴，脸上火辣辣的。

夏乐葵搬箱子刚搬到一半，就遇上了Phoenix的成员。

林亦轩一路小跑冲了过来："哎哟喂，小妹妹，快放下。"

夏乐葵摇摇头："没事，不沉。"

秋樱帮她把着一边："我都说不用麻烦啦。辛苦了，走那么久都不带喘的，你真厉害！"

夏乐葵放下箱子，不好意思地冲秋樱笑了笑："我以为你要等很久呢。"

她笑起来太可爱，林亦轩忍不住伸手想揉揉她松软的短发，冷不丁被一股寒意阻止了。

他回头，对上裴浠的冰山脸："你站我后面啊，难怪我脖子突然冷飕飕的。"

夏乐葵闻声看去，裴浠穿着一件新队服，白底，黑条纹，领口立着，干净得没有一丝灰。

她瞬间失神，悸动不已。

他就像一阵清新的风，她刚刚在VR区累积起的那些恶心感，此刻被吹得无影无踪。夏乐葵抿唇，不禁多看了他两眼。

在他察觉前，她匆忙移开视线。

临别时，夏乐葵走到裴浠身侧，小声说："前辈，你的衣服，我回去后洗了还给你。"

裴浠偏过头，神情疏冷："不用。"

夏乐葵想起来了，他是个出了名的洁癖。

她没多话，怔怔地待在原地，看着他离开的背影，宽肩窄腰，高大挺拔，美好得像个耀眼的梦。

不还也对，下次两人不知道什么时候才能遇见。

毕竟，他在金字塔的顶端，她只能在塔底遥望，职业生涯毫无交集。

夏乐葵用力眨了眨眼，有些怅然若失。

前方的裴浠突然停住脚步，回过头。

"你……"

他嘴唇微启，目光在她运动短裤下的大长腿上匆匆扫过，又移开。

夏乐葵下意识地屏住了呼吸。

裴浠垂眸看向地板："昼夜温差很大，晚上别穿这么少。"

【3】

游轮之旅结束后，夏乐葵又被迫参与了几个商业活动。尽管她的微博粉丝数涨了几十倍，直播间人气爆炸，可新关注她的多数为娱乐粉丝，没几个真正把她当成职业选手来看待。

更令夏乐葵心寒的是，她不惜自毁形象为俱乐部增加了不少曝光度，可关于她参加《枪阵精英》新秀单挑赛海选的事，官方仍然没有一丝动静，首页依旧每天只推送热门项目的男队战况。

阿鑫气得跳脚，天天痛骂俱乐部眼瞎："他们重金捧的战队万年吊车尾，你有实力却不给机会。好好的玉不琢，扶烂泥雕朽木翻咸鱼烫死猪倒是样样精通！"

阿鑫怂恿她换一个东家，夏乐葵无声地叹了口气。

这个世界上高端玩家数不胜数，可并不是人人都能成为职业选手。

首先，得找到一支队伍。

很多人喜欢用职业选手的单排分来衡量他的实力，事实上，单排分只能代表一部分。

职业战队是训练有素的军队，阵容和战术打法都是五个人长期在一起磨合出来的体系。

一个高手独自闯不出一片天。

尽管电竞发展得如火如荼，可绝大部分俱乐部每年都在亏损，稳定的很少，愿意接受女人的更少。最初夏乐葵虽是在顾晴的坚持下才能全员入队，但俱乐部创始人李晟终究对自己有知遇之恩，她亲眼目睹俱乐部曾经辉煌，后又没落，明星选手被挖走，成绩低迷，赞助商撤资。

夏乐葵当时很天真，她想，就算俱乐部哪天维持不下去，真的要倒闭了，她也会是最后一个离开的人。

一直没有出头的日子，她还固执地相信，天道酬勤，只要实力出众，总能进入一队，登上正式比赛的舞台。

“听说没，俱乐部用我们女队上通告的钱，给《枪阵精英》一队换了一整套的硬件设备，说是让他们努力准备晋级！乐葵，你的舞都白跳啦！”

“乐葵，我还听经理他们讨论，想送你上相亲节目。恭喜你啊，马上就要更火了！”

晚上，夏乐葵照例进行单排冲分，刚打完一局，两个队友便兴冲冲地围了过来。

“你还不明白吗？你打得再好也没机会去职业联赛的。”见她没有反应，顾晴边敷面膜边补刀，“对俱乐部来说，你作为选手的价值不如一个打着电竞标签的网红。”

夏乐葵像是猛地被人打了一棍子，热血上涌，整个脑袋都在嗡嗡作响。

队友A嗤笑道：“更何况，你的表演天赋很足呀，不继续发展真是浪费了。”

“哈哈，对呀！最近关于乐葵的视频都成集锦了，各个电竞大V都在转发，我怎么就没这么好的待遇呢？”

夏乐葵一句话都说不出来。

女队原本熬不过这个夏天就要解散，因为她而延长至今，然而，队友没有丝毫的感谢。

胸口仿佛被开了个孔，冷风呼呼地往里灌，心脏很酸涩，但她已感觉不到痛。

第二天是周末，夏乐葵向大勇请了病假，一个人躲在被窝里躺尸。

头发胡乱披散在脸上，她脑袋清醒，毫无倦意，可四肢沉甸甸的，仿佛在无声地罢工。

不知道和天花板大眼瞪小眼了几个回合，她突然想起一件事。

从洗衣店取回裴浠的队服后，她将它藏了起来，生怕其他队友发现后多想，给他惹麻烦。

她脑海中浮现出裴浠冷淡英俊的侧脸，仿若静寂的齿轮被用力拨动了一下，紧闭的大门随之裂开一条缝，带着暖意的光不动声色地涌入心间。

夏乐葵从床上坐起身。

留着总不好，还是拿去还给他吧。

去Phoenix俱乐部的路上要坐轻轨，她对面的男孩子一边吃三明治，一边哭。

夏乐葵不知道他经历了什么，眼眶却渐渐跟着发红。

到达目的地后，她对前台说明来意，称自己捡到了裴浠的东西，将衣服留下后便离开了。

回去的时候太阳正下山，天边的云红得犹如火焰，夏乐葵的步子放得很慢。不远处有个小女孩正在过马路，扎着双马尾，漂亮的小脸蛋红扑扑的，实在太可爱，她不禁多看了几眼。

交通灯由绿转黄，只见一辆飞速行驶的汽车呼啸着冲向小女孩，丝毫没有减速的意思。

刹那间，全身的血液仿佛一下子涌上了脑袋，等到意识过来时，夏乐葵的身体已经有了行动——她疾奔着冲向小女孩，抱住小女孩滚向路边。

落地的瞬间她翻转过身，手掌用力将孩子的脑袋按在自己怀里。背脊撞到地面，钝痛令她呼吸一窒，好在她学过点武术，不至于摔得太惨。

汽车从她们身边擦过，扬长而去。

风平浪静后，夏乐葵手臂撑着身体从地上坐起来，四周围了一群路人，问她要不要帮忙。

夏乐葵笑着摇摇头，右手碰到膝盖，掌心一片鲜红。

怀中的小女孩见到那么多血，顿时吓傻了，哇的一声哭了出来。

夏乐葵忙不迭地将右手在身上擦了擦，安抚般拍拍她的脑袋："别怕，我没事。"

像是为了印证这句话，她咬牙起身，不料牵扯到伤口，身形一晃，狼狈地向后倒去。

下一秒，肩膀被人从身后扶住。

鼻尖传来薄荷味的清香，夏乐葵心中一惊，匆忙回头，目光扫过白色卫衣的logo，再往上是对方线条紧绷的下颌。裴浠垂眼看着她，微微蹙着眉。

见她站稳了，他便不自然地收回手，移开视线。

"裴浠哥哥……"

小女孩跑到他面前张开手臂，忽然一个急刹车，收回手，不敢抱他。

她一边哭一边胡乱地抹着眼泪："我错了，我不该乱跑！我只想去对面看一眼，马上就回来的……结果害得姐姐她……她……"

夏乐葵一瘸一拐地往前迈了几步，笑嘻嘻地说："姐姐没事啦，看，还能走呢。"

小女孩的哭势渐收，她吸着鼻子，小手在空中比画着："刚才好危险的，我吓得腿都动不了……姐姐好勇敢，就像书里的小魔仙，是个大英雄……"

"嗯。"裴浠淡淡地应道，"跟着我，别乱跑。"

小女孩点头，怯怯地扯住他的衣服下摆。

裴浠走到夏乐葵身旁，轻问："你自己可以吗？"

夏乐葵又往前走了几步，冲他比了个OK的手势。

裴浠跟在她身后，手臂抬起又落下，最终隔着些距离，横于她腰间虚扶着。

他们找到干净的台阶坐下，夏乐葵小心地卷起自己的黑色紧身裤："没什么大问题，就是擦破皮了。"

"你等我一下。"

裴浠说罢，起身离开，很快便提着个袋子回来了。

他在她面前屈膝半蹲，从袋子里拿出一副手套戴上："上药，别乱动。"

什么东西轰地在脑袋里炸开，夏乐葵顿时坐得笔直，目光不知该往哪儿放，最后落到他的衣服领口，那里干净得像崭新的一样。

裴浠低垂眼帘，握住她的小腿。他神情凝重，全身的肌肉线条仿佛都绷成了直线。

夏乐葵想，和异性接触就会起红疹真是不方便啊。

裴浠的手手指修长，骨节分明，这双在赛场上顷刻间便能掀起血雨腥风的手，此刻正捏着棉签，一点一点擦拭着她的伤口，动作轻柔温和。

夏乐葵不禁想象，他的指尖若是滑过她的肌肤，是不是像冰块那般凉。

裴浠突然停下动作，低声说："不要看着我。"

夏乐葵一愣，老实地将脑袋偏向旁边。

没了美色转移注意力，她突然感到火辣辣地痛，不禁倒吸一口冷气，小脸皱成一团。

裴浠抬头，轻问："疼吗？"

夏乐葵紧咬下唇，摇摇头。

"幸好没伤到别处。先前抬重物也是，太不注意了。"裴浠处理完伤处，将东西收回袋子里，目光扫过她的手臂，"你是职业选手，不要轻易受伤。"

职业选手。

一股莫名的酸涩涌上心头，夏乐葵干笑出声，肩膀随之耸动："伤了也没事，我打不了什么比赛。”

说到后几个字的时候，她的声音猝不及防地带了点哭腔：“很可笑吧，像我这样的人也敢自称职业选手。明明只能参加不入流的小比赛，只能在别人中场休息时装疯卖傻，我还想和男选手一起踏上舞台，还想得世界冠军。听过的人都会嘲笑我，就连我的队友也……”

“没有。”

夏乐葵的絮叨声戛然而止。

“登山者的目标当然是山顶，就算达不到，往上爬的人也远比什么都没做的站得高。”

裴浠站起身，低头，直直地看向她的眼睛：“不是吗？”

刹那间，夏乐葵听见自己心脏剧烈的跳动声，势如破竹的洪流猛烈冲击着心灵的堤坝，委屈、不甘、愤怒……压抑已久的情绪击碎了最后的屏障。

夏乐葵手心紧紧地握成拳，胸腔剧烈起伏。

裴浠平静地重复道：“你是职业选手吗？”

不要管别人的评价，不要因失败而自我贬低，静下心来倾听内心的声音。

“是。”

夏乐葵红着眼眶，全身因莫名的激动而战栗起来：“我是！”

将小女孩送回俱乐部后，裴浠开车带夏乐葵去了医院，检查结果确实并无大碍。

途中，他们有一搭没一搭地聊着天，大多数情况下，是夏乐葵在自言自语。

“那个小姑娘才八九岁吧，是你亲戚吗？”

裴浠手扶着方向盘，面无表情：“不是，队友的妹妹，拜托我帮他照顾一下。”

夏乐葵瞪圆了眼，Summit带娃？真是难以想象……

想起他刚刚出现时手里捧着的那本《小魔仙华丽大变身》，夏乐葵一个激灵，迟疑地问：“你……之前在童书签售会排队？”

“嗯。”裴浠专心留意前方路况：“队伍很长，她大概觉得我无聊，就偷偷跑走了。”

不知道是不是夏乐葵的错觉，她居然在裴皇的脸上看到了一丝……失落。

几小时前，主办签售会的书店里，裴浠和一群带着孩子的妈妈奶奶站在一起。

相貌出众，个子又高，他这个鹤立鸡群的存在太过扎眼，引来阵阵窃窃私语。

有位阿姨见他带着个漂亮的小女孩，八卦地问：“这是你女儿吗？”

裴浠冷淡地摇摇头。

衣服下摆被人拉了拉，他垂眸看去，孙茜指着漫画书上的两个小魔仙，声音软软糯糯："裴浠哥哥，你喜欢粉色的还是黄色的？"

裴浠："……"

孙茜一动不动地看着他，大眼睛里闪着星星。

裴浠："粉色的。"

他话音未落，四周的阿姨妈妈们态度愈加热情。

"哇！原来是妹妹！"

"小帅哥，留个电话吧？"

"交女朋友了吗？"

裴浠："……"

有两三个小孩子跑到他面前，奶声奶气地问："哥哥你不会笑吗？"

裴浠嘴唇紧抿，挺得笔直的背脊开始冒汗。

林亦轩总说他板着脸的时候会冻死人，面对萌萌的小朋友，还是亲切一点吧。

亲切一点。

孩子们惊呼出声："哥哥你为什么嘴角抽搐？"

裴浠："……"

他还没从挫败感中回过神，小腿就被一个两三岁的小奶娃紧紧抱住。

裴浠向来不喜欢和陌生人靠太近，对孩子也不例外，可就算不适他也没法直接挣脱。

女娃的妈妈掩嘴笑道："哎呀，我家囡囡真是的，小小年纪就被美色迷惑了……"

其他孩子也争先恐后地拥过来。

"哥哥，要抱抱，要举高高！"

"我也要哥哥举高高！"

"我要亲亲！"

太阳穴突突直跳，裴浠觉得这地方没法待了。

等到他终于从重重魔爪中挣脱出来，转身，却猛地发现，孙茜消失了。

队友的宝贝妹妹他可不敢弄丢，裴浠出门找了一圈，在十字路口看见了夏乐葵飞奔救人的那一幕。

她身材娇小，但似乎有无穷的力量，奋不顾身的样子令他心跳慢了一拍。

【4】

裴浠将夏乐葵送回她的俱乐部。她径直回到自己的房间，钻进被窝里，满脑子全是这个下午发生的事。

也许是因为裴浠太像一面墙，她便不再拘谨，将他当成树洞，肚子里憋着的一堆话倾泻而出。

她同他讲自己与顾晴的过去，讲两个除了梦想一无所有的女孩如何相互依靠着度过那些年，又怎样渐渐变成了攻击与忍让。

现在的顾晴对她说的每句话都像带着刺。

“我不知道到底是哪里做错了，为什么会变成现在这样……”

“也许你什么都没有做就已经伤害了她。”

夏乐葵偏过头看向裴浠俊美的侧脸，他定定地注视着前方，不知到底是在说给谁听。

“离太阳越近，越容易被其光芒灼伤。”

一语惊醒梦中人，那些被夏乐葵忽视的事实，此刻像是拼图终于回归了原来的位置。

刚加入俱乐部时，战队的其他人都是沾了顾晴的光，老板欣赏她，队友感激她，走哪儿都是众星捧月，直到——

“你真厉害，我练了那么久，都没有这么准的枪法。”

夏乐葵的实力随着训练突飞猛进，她没有注意到顾晴笑容中的落寞。

夏乐葵排位赛积分远超顾晴。

战队的资源开始向另一个方向倾斜。

队伍的战术核心从顾晴换成了夏乐葵。

哪怕如今战队濒临解散，岌岌可危，上综艺时依旧以夏乐葵为噱头，她得到了最高的曝光率。

……

“你知道什么是‘零和博弈’吗？”

裴浠的声音不带一丝情绪。

夏乐葵用手机查询百度词条。

零和博弈（zero-sum game），又称零和游戏，指参与博弈的各方在严格竞争下，一方的收益必然意味着另一方的损失，博弈各方的收益和损失相加总和永远为“零”，双方不存在合作的可能。

裴浠沉默了一会儿，接着说：“简而言之，你的队友没有和你共荣的打算。对她们来说，俱乐部资源有限，战队的核心只有一两个人，她们得到更多的前提是，你得到的更少。”

“因为自己的无能，而想把闪闪发光的人拉下悬崖。”

“这样的团队，你还愿意为之牺牲吗？”

夏乐葵用力抓着衣服的下摆，听见自己沉重的呼吸声。

阿鑫曾向夏乐葵倾诉，最好的闺密步入高三后，向她传达“努力也没用”的负能量，偷藏她的试卷，怂恿她看电视玩游戏，自己却在背地里疯狂刷题。

当时夏乐葵还感慨，真是可笑啊，竞争对手明明不是身边的朋友，而是全省乃至全国的考生，将周围的好友拉下马，她在年级的排名能提高几名，考上心仪大学的概率又能增加多少?

然而，这世界上的很多人总以为自己能看到的就是全世界。

裴浠清冷的声音又在她耳边响起：“这样的友情，还值得留恋吗？”

夏乐葵嘴唇颤抖，闭上眼，往昔的画面如海浪般扑面而来。

那个女孩子笑着走向自己。

“你打得真好，我们组个队吧？”

她将绝望哭泣的自己抱在怀里：“你放心，我绝对不会丢下你的。”

她说：“乐葵，我想和你做两辈子的好朋友。”

裴浠回到基地时，队友们已经自由活动完毕了。

秋樱坐在季向崆身侧，一边剥橘子，一边喂到他嘴边。

季向崆正在查看青训营的资料，培养新人向来是他的爱好和长项。他伸了个懒腰，感慨道：“在一个圈子里待久了，成了所谓的前辈，就很容易对得不到养料的幼苗产生恻隐之心，希望能帮他们挡一些风雨。”

秋樱将信将疑：“是吗？我感觉还是前辈打压后辈的例子多些。”

季向崆漂亮的桃花眼笑得弯起来，语调拖得长长的：“那是他们没体验过看着幼苗在自己的帮助下，重见阳光后茁壮成长的成就感。”

裴浠目光沉了沉，拉开自己的电竞椅坐下。电脑桌面上摆着电竞潮牌宣传照的文件夹，他鬼使神差地点开了同夏乐葵的合照。

季向崆冷不丁探过头来：“我说得对吗？”

裴浠迅速关掉了图片窗口，没应声。

季向崆将一个袋子搁到裴浠桌上，笑得意味深长：“人家捡到了你的东西，特意送回来的，是个小姑娘。”

裴浠状似无意地往里瞥了眼，袋子里装着他借给夏乐葵的外套。

他喉咙轻微地动了一下，脸上却依然没有表情：“扔了吧。”

季向崆点点头，将东西收过去。

裴浠突然抓住袋子，一本正经地说：“我自己扔。”

季向崆观察着他的表情，眉梢向上挑了挑，笑得更开心了。

裴浠起身往外走——别人碰过的衣服，他向来是不要的。走到一半他却又折了回来，去往自己的房间。路上遇到打闹的队友，他便闪身躲进角落。

进屋后，裴浠关上门，落锁，将袋子放进储物柜。

方才看到外套的那一刻，他忽然想起黑暗中夏乐葵的那双腿，匀称光滑，洁白修长。

裴浠闭上眼，屈起手指用力按了按太阳穴。

【5】

收拾完情绪后，夏乐葵从被窝里爬出来，去餐厅吃饭。

电视里正播放着捕捉甲鱼的节目，男队和女队成员坐在一起，看得津津有味。

“你看这只鳖，虽然没有猎豹豺狼那般尖利的牙齿，但它一旦咬住什么东西，便会死咬到底，绝不松口。”顾晴往嘴里夹了口菜，笑道，“这点和我们乐葵真像啊。”

男队成员笑道：“你骂她王八呢？”

顾晴笑得肩膀颤抖：“没有没有，我这是在夸她。”

队友A夸张地补充：“你们是没见过，乐葵有次单排输了一整晚，在直播间里痛哭流涕，一边抹眼泪一边继续打，那样子可吓人了！”

见夏乐葵走了过来，队友们笑着挤对她：“这位兄台，请大声说出你的梦想——”

夏乐葵表情一僵，半天说不出一句话。

众人齐声喊：“世！界！冠！军！”

“葵大大，今年的新秀单挑赛我们是不是可以去现场看你夺冠呀？”

“葵大大，你得先努力走出海选呀！要不要我帮你买点水军？”

“哈哈哈哈哈哈！”

之前被压下去的情绪再次喷涌而出，夏乐葵将碗往桌上一扔，大声喝道：“到底有完没完！”

队友们停下动作，目瞪口呆地看着她。

胸腔中有热火在燃烧，全身的血液随之沸腾，夏乐葵眼中浮现出年少时将男生骑在身下打的狠劲：“我每天起得最早睡得最晚，我的单排积分比你们所有人都高，我的操作数据完爆你们不知道多少条街！你们在插科打诨的时候我在训练，你们在直播偷懒的时候我在训练，你们在睡懒觉讲八卦的时候我在训练，你们在眼红嫉妒的时候我在训练！”

她眼眶发红，额头青筋暴出，撕心裂肺地怒吼道：“我花了无数汗水想要达成的梦想，不是用来被你们嘲笑的！”

所有人都惊愕得说不出话来，没想到这个总是大大咧咧的小姑娘，娇小的身躯能爆发出这般力量，整个房间都回荡着她的声响。

夏乐葵抬起手指，一个个用力指过去。

“你们就是因为混吃等死才没有成绩！我告诉你们，这是职业圈，竞技你们懂吗？这个圈子里，没有成绩连呼吸都是错的！你们还笑！你们哪里来的脸笑！”

众人脸色愈加苍白，连动都不敢动一下。

夏乐葵怒意滔天，全身散发出强者特有的气势：“以后再拿这事嘲笑我的，自定义模式单挑，地图你选，谁输谁退圈！”

没有人敢应声。

“我打得你爬不起身，信不信？！”

她说罢便摔门而去，震得地动山摇。

Chapter 04

绝 佳 拍 档

【1】

夏乐葵走进训练室时，围在一起谈笑风生的队友们蓦地冷下了脸。

她到自己的座位前坐下，队友A突然起身招呼其他人出门吃夜宵，女孩子们叽叽喳喳讨论起去哪家店点什么餐，全程没有人往夏乐葵的方向多看一眼，将她视为空气。

那些故意拔高声调的欢声笑语如细针扎着背脊，夏乐葵肌肉紧绷，直到四周都没了动静，她才轻轻吁了口气。

队内氛围终究是被她搞砸了。

自从在餐厅发完了那通火，夏乐葵与队友们的关系迅速陷入冰点。起先众人只是打照面有些尴尬，有的队友也自觉理亏，向她服软，直到顾晴突然在大庭广众下将夏乐葵拦住。

“乐葵，大家和你关系好才开你的玩笑，可你说的话也过分了，原来我们在你心里那么不堪！”顾晴委屈地扯着衣服下摆，眼泪滑过脸颊，一路掉到地上，停也停不下来，“说我们混吃等死，说我们厚颜无耻，对，你厉害，谁不知道我们战队你最厉害啊！”

顾晴猛地抹干眼泪，激动得全身都在颤抖，眼底一片猩红：“我们其他人都是废物，阻碍你夺冠了，你想说这句很久了是不是？！”

夏乐葵紧紧咬着下唇，听见心中某根弦被切断的声音。

又来了。

因为关系好所以开玩笑。

每一次，每一次，她都在这句话下妥协了。

真是打得一手感情牌，明明是犯罪人，却要问出受害者的问题。

夏乐葵垂在身侧的手慢慢握紧，听见自己磨着后槽牙发出的声音：“是。”

刹那间，围观的其他成员纷纷恶狠狠地看向她。

顾晴嘴角上扬了一瞬，短暂几声笑后，她突然捂着脸失声痛哭。

所有人都上前安慰顾晴，夏乐葵神情疲惫地转过身，耳边是排山倒海般的斥责。

“夏乐葵，你凭什么看不起人！”

“有本事真去新秀单挑赛拿冠军呀，你算个什么东西！”

她径直往前走去，将那些纷繁杂乱的话语屏蔽，直到脑海中再次回响起裴浠清冷的声音。

“这样的团队，你还愿意为之牺牲吗？”

“这样的友情，还值得留恋吗？”

“骂得好，做人就要有忍耐底线。”大勇从大盘鸡里夹了好几块鸡肉到自己碗里，随后将土豆塞给夏乐葵，“顾晴她们确实训练不认真，拖你后腿这也是事实啊。”

夏乐葵耷拉着脑袋，心情不好，饭只能吃下半桶。

“哎哟妹子啊，你现在的能力比队友强太多了，遭遇这些很正常。我跟你讲，冰山大魔王Summit裴浠，刚出道的时候也没少被队友排挤。”

见夏乐葵心情低落，大勇难得软下语调来安慰她。

“不过裴大神跟你不同，本来就比较孤傲，谁都不理。”

夏乐葵盯着碗里的土豆看，差点看成斗鸡眼：“前辈他……他人挺好的。”

大勇挑挑眉：“嗯？你和裴皇很熟？一副很懂的样子。”

“没……”夏乐葵有些不好意思地低下头，又傻兮兮地嘿嘿笑了一声。

“干吗笑得这么恶心，你该不会是在春梦里见到他了吧？”大勇斜睨了她一眼，用手指戳她脑门，“龌龊！”

夏乐葵无辜地摆摆手：“没有没有。”

大勇喝了口水，将裴浠的过去娓娓道来。

“Summit的职业生涯太顺利了，出道即巅峰，多家一线俱乐部抢着要，可惜好景不长，队友不知道是不是有意的，比赛时对他不管不顾，在他被敌人包围的时候从来不支援。战绩差，装备差，操作再行也没用，他因此崩过一段时间。那时候舆论可疯狂了，扒他学历，扒他隐私，想尽办法证明他名不副实，圈里不知有多少人仰着脖子期待他掉下来。”

夏乐葵虽崇拜裴浠，看了无数他的比赛录像，但鲜少关注选手赛场外的事，听闻此言忍不住打断："故意这么整他，他的队友不想赢了？"

"那时候裴皇还是个新人，所在的战队有许多前辈队霸，他们对外称让他抗压是战术安排，然而输了就让他背锅，目的就是让他出局，防止自身核心位置被夺。"

夏乐葵倒吸一口冷气。

"每次我看着几个人追着他杀就心痛。他被击杀，现场甚至有其他俱乐部的选手拍手称快。"大勇眉头紧皱，口吻愤然，"所以说，做人要低调，太过锋芒毕露容易被一群红眼病盯上。后来频频爆出裴皇冷漠不合群，其实内部也能打听到，是队友孤立他。"

说到这里，大勇停顿片刻："这种感觉，你能体会吧。"

夏乐葵抿唇不语。

"不过裴皇很快就从低谷中爬了上来，成为有名的'毒瘤'。"

"毒瘤？"

"出一切刷钱快的装备，只顾自己的发育，不顾队友死活，在最短的时间内让自己成为场上最强的那个人。后来就有了那个团队输出50%、一杀二、一杀三的Summit。"大勇的表情终于松了下来，笑道，"我们都猜，不是他的队友心甘情愿地保他，而是抢资源根本抢不过他。"

夏乐葵往嘴里塞了块土豆，啧啧称奇："够霸道！难怪他的打法如此凶狠激进，这内心得多压抑啊……"

"但是，他参加的毕竟是团体比赛，获胜需要五个人的努力，这样扭曲的方式总归无法长久。直到他遇见了Phoenix的队长季向崆，那就是另外一段故事了。"大勇感慨道，"季神可是个奇人。"

同大勇一起在外面吃完饭，夏乐葵心间的迷雾散去了不少，尽管与队友们的关系深陷僵局，领队大勇却对她不离不弃。

"强者总是寂寞的，要么强到刀枪不入，要么找到真正的盟友。"临别前，大勇叹了口气，意味深长地说，"战队是几个人在一起磨合，而太多人将磨合当成了凑合。"

【2】

月底战队休假，姑娘们依旧玩着排挤游戏，大勇从朋友那搞来了票，带夏乐葵去了现场观看Phoenix的比赛。散场后他们在后台堵了好久，也没见到战队成员的身影。

大勇凭着天生的狗仔嗅觉，带着夏乐葵从挤得像沙丁鱼罐头般的粉丝群中开出一条血路，占到了好位置，踮起脚就看见从楼上战队休息室里走出来的裴浠和秋樱。

撇开秋樱和季向崆的情侣关系不谈，这两人男的冷峻女的甜美，摆一起很有CP感。

他们在门口等人，趁着空闲，秋樱从口袋里掏出一本笔记："我帮你们约了明天下午的推拿，你除了肩膀颈椎还有哪里需要特殊关照？"

裴浠斜倚着墙，表情冷淡："没了。"

"下个月要去趟G市，行程已经定了，你跟阿轩一间房。"

"嗯。"

"新来了一批赞助的外设，待会儿回俱乐部测试一下，都是新款。"

"嗯。"

将笔记本收起来后，秋樱变戏法般从外套口袋里掏出一个面包，递给裴浠："吃了。"

裴浠摇头："我不饿。"

"赶紧的，"秋樱将面包塞进他手里，"明天就过期了。"

裴浠嘴角向下撇。

从夏乐葵和大勇的方向看去，秋樱不知说了什么话，只见裴浠眉头微蹙，拿起面包就咬了一口，两人之间有种说不出来的默契。

夏乐葵的心跳顿时慢了半拍，耳边响起游轮上那些男人的对话。

"裴皇当年签约Phoenix拿的是赔本价，比新人还低，好像也是因为秋樱……"

不知道为什么，她的胸口突然又胀又凉，还有点涩。

"真听话。这些你不吃完，我就让向崆全解决了。"秋樱冲裴浠挤眉弄眼，"你舍得见他拉肚子？"

裴浠没理她，低头又咬了一口。

知道裴浠对季向崆兄弟情谊深厚，秋樱便总拿自己男友当威胁冰山的工具。

秋樱往楼下瞥了一眼，突然开口道："咦，那边是不是夏乐葵呀？"

裴浠顺着秋樱的目光看去，腮帮因咀嚼而微微鼓起。

夏乐葵正和大勇并肩往大门处走，聊得很开心，她不时仰起头冲大勇笑，漂亮的大眼睛弯成了月牙。

秋樱脖子伸得老长，恨不能掏出一架望远镜："怎么才他们两个，这是在背着队友谈恋爱吗？"

裴浠神情渐寒，目光紧紧地盯着他们的背影。

只见夏乐葵像是有点愣神，差点被人撞到，大勇手臂一揽，搭住她的肩膀让她往自己身边靠。

秋樱八卦地扬了扬眉毛，偏过头正想同裴浠说话，不料猛地打了个寒战："喂，你脸色怎么这么难看？"

裴浠周身的低气压冻得她头皮发麻。

裴浠状似无意地移开视线，突然将吃了大半的面包扔进了垃圾桶，动作一气呵成，像是憋了股劲。

秋樱惊得瞪圆了眼："哎，你干吗？浪费食物是要下地狱的！"

裴浠不作声，脑海中浮现出他们上次分别时的场景：夏乐葵执意提前一个路口下车，带着腿伤自己回基地，走了几步路后又折返，在车窗外向他恭恭敬敬地鞠了个躬。

"谢谢前辈指点，我会加油的！"

裴浠降下车窗玻璃，看见夏乐葵弯下腰后露出一截瓷白的脖颈。

她的肩膀很窄，衣服大了一号，衬得身形愈加娇小，整个人因激动而微微颤抖："如果、如果我有资格参加《枪阵精英》新秀单挑赛的话，能邀请前辈来现场观战吗？"

裴浠微怔，沉默许久，还是没说出什么话来。

夏乐葵有些忐忑地抬头看他，四目相对，裴浠的喉结无意识地动了一下。

她脸颊素净，不施粉黛，可架不住底子好。他不禁回想起先前帮她上药时，隔着手套，指腹下是她白皙细腻的皮肤。

想起她孤零零地坐在角落，恍惚间与他曾经的身影重叠。

想起她明明疼得皱起脸却强忍着不哼一声，想起她明明冷得脸色苍白却控制着不发抖。

想起黑夜中她的双腿，匀称修长，竟令他一时无法集中注意力。

迟迟没得到答复，夏乐葵意识到不妥，有些局促地给自己台阶下："不好意思，我就是随便说说的，你很忙吧，不打扰了。"

裴浠面无表情地点了下头。

待她转身离开后，他手肘搭在车窗上，慢慢地闭上眼。过了好一会儿，他才发动引擎，开回俱乐部。

身后传来队友的说话声，裴浠收回思绪，跟着大部队往前走。

"就是那个救了孙哥妹妹的女孩子，她今天来现场啦，我们得找机会好好感谢人家呀。"

听着秋樱绘声绘色地同众人描述起刚才看到的那一幕，眼前又闪过大勇将手搭在夏乐葵肩膀上的场景，裴浠皱眉，没来由地有些烦躁。

她信誓旦旦地说要准备比赛，居然还有心思谈恋爱。

同一时刻，大勇正与夏乐葵商量一周后的《枪阵精英》女子职业选手粉丝见面会。活动由D社官方举办，届时可谓大牌云集，顶尖俱乐部的女队明星选手会悉数出席。

当然，夏乐葵是俱乐部想尽办法硬塞进去蹭热度的。

先前的综艺和商业活动没为她在《枪阵精英》新秀单挑赛的海选中拉到多少票，这次是她的第二次尝试。大勇千叮咛万嘱咐让她一定要把握机会。

他同夏乐葵详细讲述即将与她同台的嘉宾背景，其中，渊源最深的就数卢青青了。

卢青青是夏乐葵打职业赛时的第一任队友，感情曾亲密得如同姐妹，后来她通过认识VPG俱乐部的工作人员，得到了参与年会的机会，从而被俱乐部高层发掘，鲤鱼跳龙门。

VPG俱乐部是电竞圈四大豪门之一，很快便将她包装成了励志的美女偶像。她的直播间曾默默无闻，但仅仅与一线大神双排了几个晚上后，观看率便迅速在直播平台名列前茅。

“他们的《Conquer》战队的队长是卢青青现在的绯闻男友。”大勇问，“Jaguar，出名的暖男，宠粉模范，听说过没？”

夏乐葵摇摇头，她对其他项目的情况并没有太多了解：“她男朋友的名气比裴浠前辈还高吗？”

“那不可能，谁能跟我们裴皇比？”大勇的语气满是得意，“《Conquer》是目前全球最受欢迎的电竞游戏，裴皇又是中国《Conquer》人气最高的选手，见谁都是王之蔑视好吧。”

夏乐葵双眸发亮：“没错！”

大勇激情澎湃：“裴皇的游戏ID Summit，那在《Conquer》圈里就是个形容词，等同于‘杰出’！”

夏乐葵连连点头，解说们时常会将精彩的操作夸奖为“Summit式走位”“Summit式先手”“Summit式输出”。

大勇红光满面：“裴皇的低调是出了名的，可人气照样火爆，所以说，在绝对的实力面前，什么暖男人设，什么热血鸡汤，都是渣渣！”

夏乐葵跟着喊：“渣渣！”

夸完男神，大勇昂首挺胸，胸口的红领巾仿佛更鲜艳了。

夏乐葵也昂首挺胸。

见身边的小姑娘笑得阳光灿烂，大勇敏感地眯起眼：“我可提醒你啊夏乐葵，咱们虽然撞了狗屎运跟Phoenix有过一次合作，但这就跟一夜情一样，天亮后拿钱走人，最忌讳纠缠不清，你可别对裴浠有什么不切实际的妄想。”

夏乐葵一愣，随后将脑袋摇成了拨浪鼓。

她怎么能对尊敬的、崇拜的、给自己鼓励的善良前辈产生歹念呢？优质土豆，只可远观，不可下饭。

【3】

两周后，《枪阵精英》新秀单挑赛的海选即将结束，夏乐葵的投票情况却始终不见起色，阿鑫愁得痛斥新增的那些粉丝不是真正的小瓜子。

夏乐葵心里明白，她先前哗众取宠的表演吸引来的人只是把她当成搞笑博主，并不会为她的比赛投票。她忽然有些理解，为什么那些偶像明星总会在采访时强调“请大家多多关注我的作品，不要总聚焦我的花边新闻”。

圈子不同，但有些规律是一样的。

夏乐葵不知道的是，有一支王牌战队也在悄悄关注这次的海选结果。

Phoenix俱乐部《Conquer》分部基地训练室内，结束战术分析会后，队员们边吃夜宵边聊天，谈到夏乐葵，便好奇地刷了下她的海选结果。

见她票数几乎垫底，林亦轩不禁感慨：“乐葵妹妹怎么人气这么低？就她这长相和服务器排名，不红没道理啊。”

夏陵在一旁科普：“我听同学说，她的颜值算是《枪阵精英》圈的谜团了，高峰期随便往路边一站就是道风景，低谷期鸡窝头夹脚拖画风无比魔性。不过，主要还是俱乐部不给力。”

看着屏幕上夏乐葵参与海选的宣传照，秋樱双手捧脸，感慨道：“好小一只，不笑的时候很有气势，笑起来又很可爱，气质干净单纯，暖洋洋的。”

孙则毅点评：“她看起来就像个老好人，会吃亏的类型。”

秋樱说：“可是，不管会不会吃亏，大家都喜欢好人啊。”

林亦轩摸着下巴：“她还单身吗？”

全程沉默的裴浠忽然往他们的方向瞥了一眼。

秋樱摇摇头：“还没男朋友，之前我差点以为她和她的黑大个儿领队是一对呢。”她像是想到了什么，推推林亦轩的肩膀，“阿轩，你去追她吧，这样我就能经常看见她啦。”

林亦轩懒洋洋地回道：“向我投怀送抱的妹子那么多，我还用得着追别人？”

这话引来一片嘘声。

“你让裴浠上吧，概率大。”季向峵歪过头，用食指和中指夹住夏乐葵的照片，吊儿郎当地在裴浠身旁晃了晃，拖长了音调问，“有兴趣没？”

裴浠眼皮都没掀一下："无聊。"

秋樱不屑地摆摆手："我之前打探过，她喜欢幽默那类的，裴浠没戏的。"

裴冰山按着手机的手指一顿。

夏陵补充道："阿轩也追不到，向日葵看上去喜欢强硬一些的男人。"

林亦轩一拍大腿："嘿，你这么说我倒偏要试试了！现在我就问他们领队要电话。"

"你打啊！"

林亦轩在一片起哄声中打开微信，查找联系人。

他刚兴致勃勃地打了几个字，突然手里一空。

裴浠居然以迅雷不及掩耳之势抢走了林亦轩的手机。

众人的表情在一瞬间定格。

林亦轩保持着打字的姿势，僵硬了几秒后抬起头："喂！你……"

他话还没说完，就感到迎面刮过一阵寒风，裴浠站在他面前，居高临下地垂眸看着他，整个人挡住了光，将他锁在阴影里。对方气场太强大，林亦轩差点在这高压下化成一摊泥。

裴浠面无表情的脸此刻有些慑人，他冷冷地说："别打扰她，她想好好打比赛。"

整个房间的温度似乎降了许多，没一个人敢应声。

在大家的注目礼下，裴浠若无其事地转身走出训练室，关上了门。

众人神情复杂地交换了下眼色。

林亦轩后知后觉地叫道："喂！我的手机！"

【4】

《枪阵精英》女子职业选手粉丝见面会选在"梦旅人"举办。

"梦旅人"原是一家高端连锁网咖，由中国第一位夺得《Conquer》世界冠军的退役选手Summer创立，近些年规模不断扩张，已成为国内顶尖的电竞馆。五层的建筑内，大厅、包厢、餐厅、咖啡馆、对战房、放映厅、VR体验区等一应俱全，是许多高端玩家和职业选手常出没的地方。

夏乐葵是独身一人到达现场的。大勇在俱乐部有事走不开，其他队友依旧不跟她说话，她在出门前与她们打了个照面，嬉笑打闹的女孩子们突然安静下来，看向她的眼神里带着毫不掩饰的鄙夷。

夏乐葵穿着大勇为她准备的行头——从头到脚都是借来的。

"来，装备上你的战靴战袍！"一小时前，大勇拍拍她的肩，"咱们就是要去台上同人争奇斗艳的！"

他嘱咐她把握这最后的机会，为自己的海选出线拉拉票。

粉丝见面会现场盛况空前，队伍在“梦旅人”大门口排了好几圈，粉丝们高举着彩色的灯牌。夏乐葵在后台遇上了那几位ID永远排在直播平台巨星榜上的大咖选手，再次有种十八线小明星走错片场的感觉。

大腕们围在一起聊天，谈着最新接下的代言、网店的收益，几乎没人和夏乐葵打招呼。

余光扫到呆愣在门口的夏乐葵，卢青青笑道：“你怎么也来了？”

夏乐葵背脊一僵，被其他人的目光盯得不自在。

卢青青恍然大悟道：“哦对，你也是今天的嘉宾。”

另一位女选手说：“是夏乐葵吧？我看过你的猩猩舞视频，真的很有才啊，笑死我了。”

夏乐葵只笑笑，没作声。

粉丝见面会开始，主持人一一介绍嘉宾。前几位选手起身时，全场掌声雷鸣，轮到夏乐葵瞬间冷场，偶尔还有些嘘声夹杂着笑声。

夏乐葵扯了扯嘴角，眼睛干涩，坐下时看见了挂在椅背上的包，心里顿时轻松了一些，耳边响起大勇的话：“这包小羊皮的啊，你敢刮坏老子活埋了你！”

女选手们依次站到台前发言。卢青青被VPG打造为“励志女神”，便在聚光灯下将自己丑小鸭变天鹅的经历娓娓道来。

她说她曾经自卑、敏感、不起眼，十几岁时，为了追逐梦想，每天吃泡面度日，在高负荷强压下打比赛，生病了也不敢去医院，还不断被克扣奖金。

“最危难的时候，我爷爷生病……”卢青青说到动情处，眼眶发红，几乎哽咽。

台下有许多她的粉丝，边听边泣不成声。

“此刻，我能够站在这光鲜的舞台上，是因为我从未放弃。我希望你们能像我一样，靠自己的奋斗到达理想的彼岸。”

夏乐葵抿唇，心头涌上一股难以言说的情绪。

曾经一起组队时，卢青青是最不认真的那个，比起提高技术，她更关心如何获得“资源”，找到更适合自己发展的平台。

顾晴总说，卢青青的成功并不仅仅是灰姑娘的运气，而是她看得比其他人都远。

卢青青之后是夏乐葵。她是第一次在这种场合正儿八经地介绍自己，一时竟有些放空。

“大家好，我是Super Baby战队的夏乐葵。”

台下没什么反应。

她简单地说了几句，收尾时想起大勇再三嘱咐自己记得拉票，于是背课文般继续说：“目前我在全服的排名是第十五，请大家在《枪阵精英》新秀单挑赛海选中投我一票，谢谢。”

在一片鸡汤式的发言中，这种风格很不和谐。

“这个智障，广告能打得再生硬一点吗？”俱乐部里，用手机看直播的大勇差点捏碎屏幕。

接着是签名环节。

其他选手台上都摆满了粉丝送的花，长长的队伍一眼望不到头，夏乐葵面前空荡荡的，什么都没有。

其他选手的队友纷纷上台应援，夏乐葵身后空荡荡的，谁都没有。

时间一分一秒地过去，无数个镜头扫过夏乐葵，又移开，偶尔有一些粉丝在其他人处签完后会顺便捎上她，但大部分时间里，她都对着自己摊开的掌心发呆。

中场休息时，夏乐葵离开大厅四处转转，在卫生间附近听见许多人的声音。

“恕我直言，电竞圈的职业女选手，除了我们青青，其他都是垃圾。”

“哈哈哈，对，她们很多根本不会玩游戏，就是为了蹭热度，但我们青青是实打实的职业选手出身。”

“夏乐葵好像打得也挺好的，服务器排名前二十。”

“你说那个‘猩猩舞’？low破地心好不好，谁给她的脸今天坐我们青青旁边的！”

“鬼知道是不是代练冲的分。何况，真有实力为什么在那种十八线俱乐部？”

“夏乐葵的后援会会长阿鑫是我同学，乡下来的。这种哗众取宠不入流的选手，也只能吸引一下没见过世面的农村人了。”

夏乐葵本不在意她们奚落她，但在听见阿鑫的名字时，全身的血液刹那间冲向脑袋，太阳穴突突直跳。

她愤怒地冲向她们，一巴掌拍在墙上：“你再说一遍？”

所有人似乎都跟着震了一下。

那个说阿鑫的小姑娘仰着下巴回击：“怎么了？她就是从小地方考过来的乡巴佬！爸爸做生意发了点财，是个暴发户！”

夏乐葵一步步走向她，慢慢眯起眼睛：“继续说。”

她个子不高，长相精致秀美，此刻却带着令人背脊发凉的压迫感。

那女生顿时偃旗息鼓，声音越来越轻：“怎、怎么了……你还想动手不成？”

“她比你这种人强多了。”夏乐葵神情严肃，盯着她的眼睛，一字一顿地说，“其他人是不是垃圾，还轮不到你们来下定义。”

那群人散去后，夏乐葵找到一个角落独处，这是她心情不好时经常做的事。

不远处的大厅里播放着五月天的《米老鼠》。

夏乐葵低头跟着唱：“谁是草莓族，你才是榴梿族，一身伤人顽固，伤害我还要我不哭。”

紧绷的弦仿佛被突然切断，她越唱越动情，眼眶渐渐湿润：“梦中城堡里面跳舞，醒了世界依然残酷。”

耳畔蓦地传来清冷的男声：“你们战队其他人呢？”

夏乐葵一个激灵，视线从干净的跑鞋、笔直修长的双腿、宽松休闲的连帽衫一路移动到对方英俊的脸上。正对上裴浠深黑色的眼瞳，她顿时紧张得身体僵硬。

像做梦一样。

夏乐葵匆忙抹了抹脸，对他笑：“她、她们有事，都没来。”

裴浠没作声，静静地垂眸看着她，似乎试图透过她的表情捕捉更多的情绪。

他的五官生得非常好看，明明是柔和的线条，却偏偏被冷峻的气质覆上了一层冰。

不过，在夏乐葵心里，裴浠一直都很温柔。

她看着他，嘴唇收紧又松开，最终用力将一股猝不及防蔓延而上的难过狠狠地压了下去。

大厅传来的歌声在角落回荡。

“以为我爱着孤独，以为自己不会迷路，以为自己跟自己，再不用谁照顾。以为我爱着孤独，却又崩溃地无助，谁能让我拥抱着尽情地哭。”

【5】

粉丝见面会的下半场是互动环节，被选中的幸运玩家可以上台与偶像玩小游戏。

夏乐葵返回舞台时已经整理好了思绪。方才裴浠站在她身侧，陪她度过了余下的中场休息时间。他背靠着墙，双手插在裤子口袋里，全程一句话都没有说，却没来由地让她觉得心安，就像独自走在寂静无人的漆黑森林里，突然望见前方隐约有火光。

无声的陪伴，胜过千言万语。

夏乐葵离开后，裴浠终于接听了振个不停的电话，季向崆那漫不经心的声音在他耳边响起：“怎么，你还在浇花？”

裴浠垂眸不语。

当她湿漉漉的大眼睛有些惊慌地看向自己时，他竟无法移开脚步。

她在角落里卸下往日的铠甲，缩成一团，如同一只柔弱的小动物，可又在被发现的那刻，狼狈地将防具重新堆回自己身上，连滚带爬地站起来，笑得仿佛什么事都没有发生。

如果说，一开始他注意到她仅仅是因为看见了自己的影子，那么现在，他忽然想让这棵阴影里的幼苗晒晒太阳。

舞台上，主持人正在挑选各位职业选手的粉丝搭档，夏乐葵紧张得手握成拳，做好了轮到她时会冷场的准备。就在此刻，大门忽然被推开，一群人风风火火地跑入场。

他们穿着整齐的衣服，胸口印着一朵向日葵，领头的人高举着灯牌，是阿鑫。

随行的工作人员上台同主持人说了几句话，他便让夏乐葵下去互动。

“乐葵，我们来晚了，阿鑫在群里把时间通知错了！”

夏乐葵走下舞台后便被团团围住，不过三四十人，却胜过千千万万。

他们给她看手机屏幕，直播间内，一条条弹幕跃入眼帘。

“乐葵，我们在这里！”

“乐葵，小瓜子们都在！”

“乐葵加油！今天特别漂亮！”

阿鑫怯怯地拉了拉她的衣角：“都怪我。让你……”

心脏像是被小手用力揉了揉，暖流涌入四肢百骸，夏乐葵鼻尖一酸，将阿鑫抱紧，脑袋狠狠地蹭了蹭她的额头：“谢谢你们来看我。”

这样就足够了，茫茫人海中，有一群人，为我而来。

【6】

粉丝见面会结束，将小瓜子们送走后，夏乐葵又回到了“梦旅人”。

分别前，裴浠约她晚上八点在顶层VIP包厢见面。一路上，夏乐葵忐忑不安，前辈没说明理由，不知找她有什么事。

打开包厢门的那一刻，夏乐葵以为自己产生了幻觉——Phoenix战队的四个人竟然都在里面!

“哟，乐葵妹妹。”坐在最外面的是林亦轩，他起身，十分自来熟地同她打招呼。

紧接着是季向峌和夏陵。裴浠坐在另一侧，抬头看向她，淡淡地点了下头。

他们在玩D社新出的生存类网游——《荒岛求生》。

5人组队，每一局由100个玩家在荒岛互相攻击，直到只剩下一支队伍。

Phoenix的队长季向峌笑着向夏乐葵解释现状：“听说你主攻FPS，枪法很棒，我们四缺一，邀你一起。”

夏乐葵不可思议地张了张嘴，眼睛瞪成了铜铃。

这剧情太魔幻了！世界冠军要和她开黑？！

十八线死跑龙套的搭档好莱坞影星？！

SB战队俱乐部里，大勇点击进入狸猫直播平台全站收视率最高的直播间，听见夏乐葵的声音时，他差点一口酸梅汤喷满屏幕。

他再一看游戏ID，哎哟我去，还真是她！

现在正值黄金时段，加上Phoenix战队几乎全员直播，游戏又火，观看人数不断飙升。

只见小队乘坐的汽车开到一间加油站，察觉对方早有埋伏，季向崆一声令下：“全员准备，跳车开战！”

手机铃声忽然响起，季队说了句“秋樱找我”便立刻起身接听，游戏角色随之坐车里挂机了。

林亦轩愤怒地喊破了音：“喂！你还是不是人！”

话音未落，林亦轩被敌方的车迎面撞飞。

夏陵被林亦轩撞飞。

夏乐葵跳车后麻利地跑向掩体，正欲转身拔枪，谁知角色卡入死角，动不了了。

战况不忍直视，眼看即将全军覆没，系统嗖嗖嗖地刷出了一连串消息。

Summit击杀了Viper，场上还剩56人。

Summit击杀了Koko，场上还剩55人。

Summit爆头击杀了MK，场上还剩54人。

Summit击杀了TNT，场上还剩53人。

Summit爆头击杀了Swag，场上还剩52人。

加油站清净了。

弹幕纷纷刷起：“裴皇：好累啊，带不动你们这帮坑货。”

随着游戏不断推进，夏乐葵的实力逐渐展露在百万观众面前。

与一中弹就哇哇乱叫的林亦轩形成鲜明对比，她勇敢冷静，一旦受到攻击便迅速伏地，敏锐地找到敌方位置，给予反击。

因为是悠闲游戏，Phoenix的队员们全程插科打诨，就连裴浠都打起了支援，为夏乐葵的攻击做掩护。

他们仿佛在说，舞台已建，请开始你的表演。

“小姐姐好酷炫！”

“小姐姐真大腿！一个打九个！”

“小姐姐男友力爆棚了！”

“左右左右左右左！蛇皮走位！”

“旋转！跨步！跳跃！”

“Z字形乱跑，子弹射不中！”

看着弹幕上一片为夏乐葵叫好的，大勇咬着手帕，老泪纵横：“电竞男团为你陪跑，厉害了我的葵！”

“梦旅人”包厢内。

林亦轩突然问道：“乐葵妹妹，你是不是要参加《枪阵精英》新秀单挑赛？”

夏乐葵回：“想是想，但票数现在还不够呢。”

她并不知道现在自己已经上了电视，还迅速吸了好大一拨粉。

弹幕很快就有了反应。

“求传送门！”

“我要为小姐姐投票！”

一连串的遭遇战后，小队只剩下夏乐葵、裴浠和林亦轩三人。

作为一个迷妹，夏乐葵捡到什么东西自然第一时间上交给偶像，但每次都有林亦轩这个“第三者”干扰。

“我捡到了四倍镜，裴浠前辈你需要吗？”

“嗯。”

“哎呀给我啦，你裴前辈视力好，不用四倍镜也能直接打爆对方狗头。”

……

“我捡到了三级防弹衣，裴浠前辈你需要吗？”

“嗯。”

“哎呀给我啦，你裴前辈身体棒，不穿衣服也能活蹦乱跳。”

……

“我捡到了能量药剂，裴浠前辈你需要吗？”

“嗯。”

“哎呀给我啦，你裴前辈很持久，不嗑药也能大战八百回合……”

林亦轩话音未落，突然被敌方射中了屁股，鲜血飞溅一地：“谁？！谁在打我？！”

裴浠躲在他附近，对林亦轩被攻击这事无动于衷。

又中了几枪，林亦轩屁股炸开了花，血量见底，只能匍匐在地。他喃喃道：“我不要死……我爬也要爬到对面去……我爬……我努力爬。”

砰！

裴浠一枪毙了林亦轩。

在弹幕一片“哈哈哈哈”的背景下，裴浠若无其事地走到林亦轩的尸体边，把他背包里从夏乐葵那要来的装备统统装到自己身上。

林亦轩差点掀桌：“装备这么好还搜我的尸体，你的良心不会痛吗？！”

裴浠淡淡道：“不会。”

林亦轩气到晕厥。

裴浠没搭理他，低声对夏乐葵说：“NW，300方向，150米处有一队，你躲好，别暴露位置。”

地图上残留不到十人，可供生存的土地只剩一小圈，中间是间残破的警察局。

夏乐葵在四周探查了一圈：“窗户下面有人，他们已经占点了。”

裴浠正打算让夏乐葵躲在自己身后，她却先一步开口：“我先冲，吸引火力，让他们暴露位置，前辈你在后面狙击。”

她说罢便换上了射速高、火力猛的冲锋枪，向着建筑物一路狂奔。

果然有人按捺不住开始攻击，迅速暴露了自己的位置，被裴浠点杀。

夏乐葵砸开窗口跳进屋子里，一个敏捷的侧空翻，两枚子弹擦肩而过，她转身回击，蓦地看清了对方的游戏ID。

是卢青青。

激烈的交火后，弹夹已空，夏乐葵掏出匕首，挥拳将卢青青撂倒，一击封喉。

她还来不及松一口气，左臂就冒出一阵血光，埋伏在后方的人已经欺身上前，眼看枪口即将抵上夏乐葵的额头。

砰！

攻击者身侧的墙壁突然裂开，好几发子弹不偏不倚打中了他的脑袋。

穿墙爆头！

那人应声倒地，是卢青青的绯闻男友Jaguar。

透过墙壁上打穿的大洞，夏乐葵看见了不远处裴浠的角色。

系统适时弹出游戏结束的标语，全地图仅存夏乐葵和裴浠，他们是最终的胜利者。

夏乐葵倒吸一口冷气，下意识地偏过头看向裴浠，他戴着耳机，眸色很浅，没有任何情绪。

她忽然想起了先前与大勇的对话。

“卢青青男朋友的名气比裴浠前辈还高吗？”

“那不可能，谁能跟我们裴皇比？”

几局游戏结束，大家点了些夜宵吃。裴浠出门接了个电话，回包厢时，看到夏乐葵正和林亦轩坐在同一台电脑前嘻嘻哈哈，脑袋几乎抵在了一起，他的脸上顿时寒气森森。

听到门口的动静，林亦轩转过椅子，用手肘推推夏乐葵的肩：“乐葵妹妹，你想不想玩冰块？”

夏乐葵开心地笑：“好啊好啊。”

“看着啊。”林亦轩伸出食指刮了团蛋糕上的奶油，迅速起身上前，往裴浠脸上一抹。

裴浠浑身剧烈地抽搐了一下，面瘫脸上终于有了表情，脸色忽白忽青，十分生动。

见他冲去卫生间，如同一道闪电，林亦轩和夏乐葵抱着肚子，笑成两只快乐的土拨鼠。

“学会没？”

“会了！”

过了一会儿，裴浠洗完脸归来。

夏乐葵有样学样，刮了团更大的奶油。

她从小人来疯，被林亦轩壮了胆，便将先前在偶像面前的拘谨抛于脑后，兴致勃勃地去试。裴浠这次条件反射，一巴掌啪地将她的手按住。

夏乐葵的呼吸慢了半拍。她的手覆在他的脸颊上，他的手掌盖在她的手背上，凉凉的，像冰。

两人同时一怔。

裴浠垂眸对上小姑娘的目光。她仰头看着他，眼眸清澈，干净无辜，嘴唇泛着湿润的光泽。她的手比他的小很多，柔软细滑，温度自掌心散开，热得发烫。

裴浠目光微动，眸色渐深。

意识到自己挑战失败，夏乐葵有些紧张，条件反射般屈起手指，指腹不小心在他脸上刮了一下，和着奶油，又滑又痒。

裴浠全身像是过电般一颤，他慌乱地松开手，后退数步。

夏乐葵眨眨眼，表情依旧茫然。

在旁边围观许久的季向岭瞥了他们一眼，意味深长地笑道：“哎，裴浠，被小姑娘摸一下就这么害羞，你以后和女朋友接吻怎么办？”

话音刚落，裴浠的脸色更难看了，他低下头，手虚握成拳抵在嘴边，连带着夏乐葵都有些不自在。

她看见，红晕染上他白皙的脸颊，一路蔓延至耳郭和脖颈。

Chapter 05

绝 佳 拍 档

【1】

“前辈……你起红疹了？”

夏乐葵难以置信地瞪大眼睛，踮脚凑近裴浠，试图看得更清楚些。

咦，皮肤红透了，但好像没有疹子啊。

近距离对上一张漂亮的脸，裴浠躲瘟疫似的继续后退，长腿猛地被身后的电竞椅绊到，他重心不稳跌进椅子里，一路滑到了对面，撞上墙壁。

“哈哈哈哈哈！”

Phoenix的队友们个个儿笑得飙泪，林亦轩第一时间掏出手机录了下来。

“我帮你做成gif，你这是要火啊兄弟！”

夏乐葵在这笑声中凌乱了，看看这，看看那，不知如何是好。

裴浠起身整了整衣领，拍了拍衣服下摆，板起脸坐回自己的位置，气压低得仿佛谁一靠近就会被扇出去。

夏乐葵的位置在他旁边，她跟着坐回去，眨巴着眼睛，可怜兮兮地说：“前辈，对不起，我不该开这种玩笑。”她一边道歉，一边小心翼翼地观察他的表情。

裴浠别过头，不给她看。

气氛顿时有些僵硬。

季向崆笑够了，终于出来打圆场：“别介意，裴浠他不习惯和异性接触。”

夏乐葵嗯了一声，耷拉下脑袋，悻悻地想：被她碰了，前辈肯定很不舒服吧，所以反应才会那么大。

她吸了吸鼻子，胸口又开始酸酸涩涩的。

接下来的时间里，裴浠再也没理过夏乐葵。

尽管其他人还是对她照顾有加，可就像有什么东西忽然沉了下去，不断下坠，下坠，夏乐葵觉得心里空落落的，思绪乱飞，无法集中。

不开那个玩笑该有多好，她太没分寸了。

“很晚了，我先回去了，今天谢谢大家带我一起玩。”

收拾好台面，夏乐葵准备回俱乐部，于是同包厢里的大神们逐一道别。到裴浠时，她做好了被他无视的准备，感谢的话语说完后，还恭敬地鞠了个躬。

始终沉默的裴浠慢悠悠地站起身，披上外套：“我送你。”

这回，其他人出奇安静，个个儿假装四处看风景。

夏乐葵连连摆手：“没关系的，地铁站就在附近。”

裴浠拿起车钥匙：“走吧。”

刚刚才得罪过前辈，夏乐葵不敢乱吱声。

跟着裴浠走出包厢，她依然觉得不妥：“不用麻烦了，我们领队说，我跟前辈就是一夜情的关系，不该过多纠缠……”

“什么一夜情？！”

所有躲在门后偷听的人同时尖叫出声。

夏乐葵吓得直摇头：“不不不，我就是打个比方！”

“藏得够深啊裴浠，你个衣冠禽兽！”

夏乐葵还欲解释，裴浠已经砰的一声把门关上了，差点拍碎他队友们的脸。

他看了她一眼，嘴唇微动，什么都没有说。

一路无言，两人坐进车里，见裴浠的神色稍有缓和，夏乐葵继续怯怯地道歉：“前辈，今天真是对不起，我以后不敢了。”

想起大勇先前说的那些女人对裴浠的所作所为，她越想越愧疚。前辈始终不和她对上视线，一定是因为她犯了大忌。

过了好一会儿，裴浠才应道：“嗯。”

得到答复后，夏乐葵终于心安。奔波了一整天，疲劳席卷而来，她靠在椅背上，歪着脑袋，渐渐跌入梦乡。

车到了目的地，夏乐葵还在睡梦里，裴浠没叫醒她，将空调往上调高了几度。

夜很静，身侧传来女孩子的呼吸声，他忍不住偏过头，垂眸看她。

头发长长了啊。

发丝松软地在白嫩的脖颈上散开，有几根划过脸颊，停在她殷红的唇瓣上。她睡得很香，乌黑纤长的睫毛轻颤，胸口规律地起伏着。

裴浠喉头发紧，心头仿佛有细雨落地，密密麻麻，轻柔地敲击着心扉。

他回想起被她触碰的感觉，当他手掌盖住她的手时……

见夏乐葵慢慢醒了过来，揉了揉惺忪的眼睛，裴浠瞬间收起所有的情绪，转过头看向前方，恢复成往日面无表情的冰山样。

意识到自己在别人的车上睡着了，夏乐葵从座位上蹦起来，惊慌失措，给了一连串唱山歌般的“对不起”。

裴浠没有看她，很敷衍地嗯了一声。

夏乐葵以为这是他等得不耐烦的信号，立马连滚带爬地拎起背包走人。

“前辈，再见。”她走到驾驶座旁边，毕恭毕敬地鞠躬。

裴浠颔首，等她走出一段距离后，他落下车窗，淡淡地说：“比赛加油。”

夏乐葵匆忙回头，裴浠的车子已经开走了。

裴浠风尘仆仆地推开包厢门，队友们正边吃西瓜边看视频，见他若无其事地坐回原位，他们同时嘿嘿嘿笑得不怀好意。

裴浠戴上耳机，谁都没理。

“梦旅人”贵宾区特别设有客房，大家今晚都在此过夜，两天休整期过去后，便会进入联赛最后的地狱集训模式。

且玩且珍惜。

裴浠录像看累了，去吧台接了点饮料，正巧经过林亦轩的位置，一瞬间，夏乐葵与林亦轩并肩而坐的景象毫无防备地浮现在他眼前。

她叫林亦轩一口一个“轩哥”，轮到他就是老十岁的“前辈”。

她同林亦轩谈笑自如，打打闹闹，轮到他就是一步三鞠躬，尊卑有别。

裴浠心里突然莫名其妙生出一把火，他冷着脸走过去，一脚将林亦轩的椅子踹飞了。

“喂！”西瓜皮盖在脑袋上，嘴角还沾着几颗瓜子，林亦轩坐在地上气势汹汹地吼，“你今天更年期啊！”

【2】

翌日，夏乐葵破天荒地尝试了一回被人捧上天的滋味。

她原以为Phoenix成员找她开黑是真的麻将三缺一，毕竟大佬坐镇，狗上狗也行，谁知人家昨天是在直播，带着她这个乡巴佬在百万观众面前混了个脸熟。

一夜间，她的操作集锦传遍全网，小瓜子们趁热打铁，卖出无数份“安利”，为她拉票。

几天后，夏乐葵竟然从海选中脱颖而出，入围了《枪阵精英》新秀单挑赛！

心愿终于成真，夏乐葵瞪着干涩的眼，不真实的眩晕感令她好久都没回过神。

所以说，比起什么鸡汤人设，什么搞笑逗乐，职业选手最吸引人的还是实打实的技术。

只不过，这些技术得有一座展示的舞台。

她自己折腾了那么久，完全比不上别人的举手之劳，所谓每个圈子都需要有伯乐提携，大概就是这个原因吧。

大勇同夏乐葵分析事情的来龙去脉，她才知道“梦旅人”的创办人是裴浠的表哥，她先前去的那家分店早已归到裴浠名下，难怪她会在粉丝见面会中场遇见他。

“所以这都是运气？”大勇摸着下巴，“我怎么觉得他是在故意帮你。”

夏乐葵不好意思地低头，忍不住咧开嘴角笑：“嘿嘿，也许吧。”

大勇正狐疑地眯起眼睛，怀疑这其中有什么不可告人的粉红交易，却见夏乐葵敛住表情，目光灼灼，一本正经地说：“前辈是个好人，我不会辜负他的期望的！”

如果此处有面旗，她这架势仿佛立马就要高举拳头宣誓。

小姑娘的眼睛清澈见底，大勇觉得自己方才的念头简直太龌龊了。

晚上，夏乐葵焚香沐浴，在裴浠的照片面前磕了三个响头，还将一个擦得锃亮的土豆当盆栽般摆到显示器旁边，上面写了个“裴”字。

这场景如同中邪，大勇吓得风中凌乱。

夏乐葵戴上耳机进入训练模式，慢慢地念出了电影《翻滚吧！阿信》里的台词：“如果你一生只有一次翻身的机会，就要用尽全力！”

人的潜力果然无极限，新秀单挑赛开赛前一周，夏乐葵的单排分已经冲上了国服前十。

正当前路低开高走，一切向着最好的方向发展时，一个挂人帖突然在各大论坛、社交网站上传播开来。由于夏乐葵票数飙升，有人恶意造谣，称她单排用的是外挂，一时无数人跟着喊打喊杀，满地乱带节奏。

对于竞技游戏来说，公平是最重要的元素，职业选手被爆出代打都是莫大的丑闻，更别提用外挂了。排位赛都能为了成绩作弊，其他什么事做不出来？

在挂人帖中，帖主将夏乐葵的精准射击歪曲成使用外挂“自动瞄准”，配上短视频和数据，看起来言之凿凿。这帖迅速引来其他项目的粉丝，事情越传越离谱，甚至把游戏英雄自带的“红外侦测”技能硬说成是透视外挂。

只要稍微留心查证，就能知道这些所谓的“证据”漏洞百出，大部分是故意剪辑，可大部分人不思考就跟风，甚至连视频都没点开过。

“我看过这个女的的直播，屡次公然使用外挂，难怪入圈那么久还是只野鸡。”

“之前就觉得她装疯卖傻巨恶心，没想到还蹭着裴皇的光干不要脸的事，垃圾！”

“上分婊，谁给你的勇气用外挂伪装高玩的？谁给你的勇气来电竞圈圈钱的？谁给你的勇气用作弊剥夺其他职业选手的参赛机会？希望官方严厉惩治，取消她的比赛资格，永久封了这条狗的号！”

“把她挂上天！让她退圈！”

网络还没有实名制，留言“出口成脏”，各项罪名信手拈来，往人脸上泼脏水后转身离开毫无代价。

成千上万的人对夏乐葵和她的后援肆意围攻辱骂，阿鑫气得组织管理团队同前来讨伐的人讲长帖里的逻辑漏洞，可这群人从一开始就是确定夏乐葵有罪而来，根本不想了解真相。

“你乐葵妈怎么没把你拴好？”

“脑残粉就知道瞎洗地！跟着你乐葵妈一起爆炸！”

“你是不是觉得自己靠外挂进职业圈还挺牛的，要不要给你鼓鼓掌？上分婊真恶心！”

“就凭你还女子战队？给男队陪睡人还嫌技术差吧！”

刷到这几条评论时，裴浠眼底寒霜弥漫。

他一般不登录Summit的微博账号，太多杂七杂八的转发评论，海量粉丝还爱往他的私信箱发艳照，男女皆有，尺度无下限。

他有个私人的小号，窥屏专用，从不发博，夏乐葵就在他悄悄关注的列表里。

她的微博很私人，几乎每天都会打卡般更新自己的训练状态，偶尔记录一些日常的琐碎小事。闲暇时刷一刷她的主页，观察幼苗的成长状况，已经变为了裴浠的习惯。

这几日是CPL的季后赛，在体育馆线下举行，日程紧密。今天刚赢了一场硬仗，中午休息时，裴浠找了个偏僻的角落，点开应用，神情骤冷。

没想到夏乐葵清净的微博竟已被糟蹋得满目狼藉，几乎每一条下面都是冷嘲热讽和谩骂。到处可见标题耸人听闻的爆料，论坛贴吧建起了她的高楼，配上许多她之前搞怪扮丑的截图，一路从惨淡的职业生涯喷到不修边幅的打扮，隔着屏幕都能感受到满满的恶意。

她名字的搜索已经带上了“外挂”“作弊”之类的关键词，再这样闹下去，甚至可能因负面舆论被官方取消新秀单挑赛的参赛资格。

“好啊，你在这玩手机呢。”

领队秋樱的声音冷不丁在耳边响起。

裴浠身体蓦地绷直，像是小学生被老师抓包，下意识地将双手背到身后。

“备战期禁止外界打扰，”秋樱秀眉紧蹙，“手机给我。”

裴浠抿唇不语。

“给我。”

“……”

秋樱眉毛一挑，使出了撒手锏："不交是吧，我跟向崆告状去了啊！"

裴浠立马听话地将手机递给她。

秋樱正得意地笑，目光扫到屏幕上的字，顿时动作一滞，神情越来越凝重。

裴浠静静地等她看完，向来清冷的声音有些急促："怎么样可以短期辟谣？她下周就要比赛了。"

"你不要分心，好好准备后天的决赛。我认识几个朋友，能帮她把舆论导向正回来。"秋樱边看边感慨，"他们俱乐部也真是的，自家选手被这么诋毁，什么都不管吗？"她又看了几页，"证据很拙劣，转发的都没过脑，闹不大。"

裴浠抬头看她，目光少了些往日的冰冷。

秋樱神情笃定："你放心，这事我有经验，一路被喷过来的。"

她本想八卦地说一句"你很关心她哦"，话到嘴边，一个急刹车吞了下去。大赛将临，她还是不要触发什么冰山怀春的剧情了，太不可控。

"我只是觉得……"裴浠沉默片刻，低头看着自己摊开的手掌，哑声道，"她挺不容易的。"

全天下不容易的人多了去了，你什么时候这么好心了？那些满世界追着你跑，直播间礼物不要钱一般送，只求见你一笑的粉丝容易吗？

秋樱忍住满肚子的吐槽欲，开口说："我明白，你不提我也会帮忙的。"

"他们在血口喷人！他们怎么可以这样恶毒？！"夏乐葵激动地将手机拿到大勇面前，"你看这两条，什么'外挂上分板上钉钉'，谁给她的权利这样造谣！"

"我叫你别刷了听见没？你去打听打听，电竞圈知名的选手主播有谁没被骂过？这是每个人都要经历的一关！"

大勇说了什么夏乐葵根本没有在听，巨大的屈辱感令她整个人都在发抖，呼吸加快，心脏抽搐般疼。

她可以不在乎别人笑她是小丑，笑她是个十八线的野鸡，笑她不知天高地厚蹭热度，可是她不接受自己兢兢业业为了梦想付出的努力被人这般践踏，她不接受自己的职业生涯被泼上这样的脏水。

排位赛的每一局胜利都载着她日以继夜从不间断训练的汗水。

全服前十名是她身为一个默默无闻的职业选手最后的骄傲。

眼泪不受控制地自脸颊淌落，五脏六腑仿佛都绞在一起，夏乐葵歇斯底里地喊道："我没有用外挂！我没有！所有的操作都是我自己打的，都是我自己赢的！"

"你冷静点，明眼人都知道是在污蔑……"

"我没有！我没有！"

大勇扬起手，她以为他会给自己一巴掌，下意识地闭上眼，他却忽然吼道：

“夏乐葵，你是不是暗恋我？”

“我不敢！”夏乐葵猛地清醒过来，双手高举做投降状。

“那你为什么隔空报复我尚未出现的女朋友？”

“我哪有？”

大勇吼得比她更响：“你整天气我，让我习惯对你大吼大叫，将来我也习惯这么对我女朋友，我女朋友得有多惨！”

夏乐葵顿时语塞。

好像很有道理。

大勇喘着粗气：“你不听我说话就别来找我商量，自己对着墙哭去！”

失控的情绪终于平缓下来，夏乐葵耷拉下脑袋，瓮声瓮气地说：“对不起呀，勇哥。”

大勇脑袋一甩：“哼。”

见她胡乱用袖子抹眼泪，像个小可怜，大勇气不打一处来：“你说你，平时多能忍的人，关键时刻怎么就玻璃心了？”

夏乐葵撇着嘴不答话。

“都过去多久了？马上要比赛了，这事浪费了你多少时间？还想不想赢了？！

“他们骂你又能怎样？激得起多大水花？你又没犯事，他们还能阻止你参加比赛不成？

“你在这被他们气得睡不着吃不下，那群造谣生事的泼完脏水就走人，很快也许连你叫什么都不记得了，而他们照样该吃吃该睡睡，抄抄作业挂挂科，然后赶往下个集合点，继续在键盘前激情敲打，幻想手握四十米大刀站在道德制高点大杀四方，热血沸腾得仿佛这就是挥洒在战场上的青春，殊不知在他人眼里就是个上蹿下跳的小丑！”

大勇拍拍夏乐葵的肩膀，语调放缓：“为这种人生气，不值得。”

晚上，结束了一天的赛事，Phoenix全员回酒店休息。裴浠趁秋樱不注意，顺回了自己的手机，悄悄躲进楼梯间。

电话接通后，裴浠沉默许久，终于下定决心，别扭地叫了声：“哥。”

下一秒，他迅速将手机拿得离自己远了些。

那头传来一阵高分贝的爽朗笑声：“哈哈哈哈哈哈哈哈，你叫我什么？风声太大我没听见——”

裴浠半个字都没有搭腔，等对面终于消停了，他言简意赅地将夏乐葵的情况说明了下，末了，嘱咐道：“记得让官方尽早给出公正的评判，发表澄清声明。”

说罢，他垂着眼帘面无表情地任由对方用咏叹调般的语气轰出一系列疑问，每答一句，他的脸色就更阴沉一分。

“是我很看好的一个新人。”

“是男是女与这事无关。”

“我没她照片。”

“你也别想有。”

回答最后一个问题时，裴浠蹙眉，唇抿成线，语气坚定地说：“我相信她不会。”

忍到对面给出肯定的答复后，他猛地把电话挂了，扶着墙壁，长舒了一口气。

【3】

越是单纯率真的人，越是受不了诋毁。

夏乐葵几天没有胃口吃饭，严重失眠，洗澡到一半时突然天旋地转，恶心耳鸣，差点一头栽倒在地。她关了淋浴器，艰难地扯过浴巾裹住身体，坐在浴缸里大口大口地喘息，像一条濒死的鱼。

过了好久，她才缓过神，穿上衣服。

比赛日近在咫尺，她必须快点振作起来。

夏乐葵将手机“封印”了一整天，卸了社交软件，开单机在极端苛刻的条件下练枪法练得意识模糊时，大勇忽然张开双臂Z字漂移，滑到了她身边。

他同她更新近况：在她闭关期间，雨后春笋般冒出好几个知名电竞记者发长文声援她，条理清晰地指出挂人帖的种种漏洞，令舆论风向骤变，而就在刚刚，那个满世界劈头盖脸挂她的发帖人道歉了。

始作俑者是个戏精，在被人指证发布的“夏乐葵作弊”视频实为恶意剪辑后，她又自导自演，声称自己受到人身威胁，不能放更有说服力的证据，但能肯定，夏乐葵就是用了外挂刷分，她认识的电竞圈高层也持同样的意见。

几十分钟后，《枪阵精英》官方发表声明，查实夏乐葵没有用外挂刷分。

群众表示，戏精认识的那些也许尚在读小学的“电竞圈高层”还是别出来祸害人间了。

官方澄清后，发帖挂人者声称一切都是她的错，在微博发表道歉声明，并振臂高呼“向我开炮！好英雄好烈士！不尿不匿好担当！”

半小时后，她弃号遁地走了。

本以为事情到此结束，没想到这群黑子依旧不依不饶，一边潜进夏乐葵的粉丝群装路人捣乱，一边继续在网上散布谣言，采取“精神胜利法”感动自己。

“你们不知道官方的系统有多松啊，当年那个×××明明就是用外挂了，官方硬说没有，毕竟这个圈子水很深嘛。”

“她怎么解释视频31∶45时那个奇怪的操作？那种角度的穿墙爆头，一帧鼠标移动了那么远，我不信三流职业队的选手能强成这样。”

“她不承认也无妨，反正明眼人都知道她干了什么。”

粉丝群连日充斥着阴阳怪气的论调和纯正小瓜子愤怒的抗议，阿鑫只能将群关闭，逐一清理成员，往日其乐融融的氛围被破坏殆尽。

最可笑的是，这帮人叫嚣着，如果夏乐葵问心无愧，那就给出证据证明自己没用外挂。

网上围观的吃瓜群众一口西瓜汁喷在屏幕上。什么时候开始，键盘侠随便一句话就能认定人“涉嫌犯罪”了？挂人不是该拿出证据吗，怎么变成无缘无故要求选手自证了？这剧情太魔性了吧！

秀智障惹众怒，吃瓜群众扒出这些人都是卢青青的粉丝，粉丝见面会那会儿夏乐葵把几个嘴碎的骂了，她们回去后便在圈子里添油加醋地泼脏水，煽风点火后闹出了这么大的风波。

现实给她上了一课：小强是不能乱惹的，一拳打不死，被缠上后又很恶心。

夏乐葵深吸一口气，对着显示器旁刻着“裴”字的土豆露出一个灿烂的微笑，然后重装微博，屏蔽喷子，开始几天断更后的新打卡。

最近一系列的事已经令她切身体会到，喜欢你的人无条件相信你，讨厌你的人你说什么都不会听，多说无益，清者自清。

之后喷子们的胡搅蛮缠她再也没有理会。

不过，就像落下了后遗症一样，很长一段时间里，她看到微博上大数量的@时，手还是会抖一下。

一朝被蛇咬，十年怕井绳。

她暗骂自己，真没出息。

夏乐葵入围《枪阵精英》新秀单挑赛后，大勇担心她与队友不和会影响训练状态，护犊心切，便将俱乐部空余的小房间打点了一番，给她单独使用。

晚上，大勇提着外卖螺蛳粉准备投喂夏乐葵，进门看见她正对着两台电脑，一边打单机地图，一边看比赛，白皙的脸上泛着可疑的粉红色。

Phoenix刚刚以3∶1战胜强队Legend，斩获CPL秋季赛冠军。

显示屏里，裴浠正坐在MVP沙发上，从暗处浮现。聚光灯下，他五官英挺，神情清冷，唇抿成直线，如同紧绷的弦。

难以想象这样一个人，方才在战场上凶狠激进，侵略如火，一言不合就大开杀戒，极强的进攻压得对手几乎没有片刻喘息的机会。

夏乐葵的心脏骤然狂跳，向往之情如浪涛般阵阵击打着胸腔。

赛后采访环节，身为MVP的裴浠今天像是从冰窖里出来的，整个人带着生人勿近的气场，主持人没法撬开他的嘴，只好找队友林亦轩救场。

“裴皇今天的表现特别勇猛啊，是队伍最近的战术体系偏向游走gank吗？”

林亦轩想了想：“他大概心情不好。”

几个与比赛相关的话题结束后，主持人开始八卦。

“阿轩能不能悄悄透露下裴皇喜欢的女生类型？”

“他喜欢的女生？”林亦轩将手掌缓缓伸向镜头，晃了晃，“不存在的。”

“之前你们和一个叫夏乐葵的女选手开过黑吧，据说是裴皇第一次带妹子？两人是什么关系呀？”

屏幕前，夏乐葵停住动作，没来由地有些紧张。

“噢，他们那是一夜……”林亦轩正欲搞事，不知何处突然飞来的“眼刀”令他脖颈发凉，他艰难地把最后一个“情”字吞了下去，干笑道，“种花，哈哈，也就是前辈对后辈的赏识。”

大勇激动地拍着夏乐葵的肩，差点拍断她半排肋骨：“出息了啊我的葵！你什么时候傍上大腿这么粗的一根前辈了？”

他的熊掌拍散了少女美滋滋的小心思。

“什么‘一根前辈’，前辈的腿又长又直，哪里粗了！”夏乐葵顿了顿，梗着脖子补充道，“明明是结实！”

大勇呆若木鸡。不得了，这个没什么性别概念的小姑娘，居然一本正经地评论起了男人结实的大腿，在他看不见的地方发生了什么？

哎呀，好气啊，除了大腿结实外她还知道别的什么？

新秀单挑赛前夜，夏乐葵收到了一条私信。

里面只有一幅画，画着几株在黑夜里散发着微光的向日葵。

发件人没有头像，显然是个小号，ID只有一个字母：S。

夏乐葵看得愣神，尘封已久的往事忽然浮上心头。

学生时代她经常跟着父母应酬，客户则带上家人孩子，同在一桌吃饭却如同演戏。

中考完，她考上了重点高中，父母一句表扬都没有，照旧带她去晚上的饭局。客户的女儿与她同年，只进了一所三流高中。

闲聊时，夏乐葵的母亲笑道：“我们家乐葵就是运气好，成绩也就一般啦，生活能力一塌糊涂，还是你们家的好，又是文艺委员，又会诗朗诵，多优秀啊。”

夏乐葵拿筷子的手一顿，她的成绩明明就很好。

客户的夫人很高兴，夸起自家孩子来赞不绝口：“老师可喜欢她啦，班里组织活动都是她带头。其实啊，高中是不是重点的根本就不重要，花点钱把孩子送去国外，回来文凭还值钱呢。现在国内的名牌大学生，毕业后还不是拼不过海归？”

夏乐葵的父亲跟着应和：“是呀，而且像你女儿这样能力强的孩子将来有出息，不像我们家乐葵，整天就知道打游戏，长大成不了器。”

客户夫妇乐得眼睛弯了起来：“这可得戒掉，打游戏总归是不好的，我女儿就不碰这些。乐葵啊，你得多和朋友出去玩。”

夏乐葵垂下脑袋，闷头吃饭，没有任何反驳。

这样的场景她已经习惯了，一开始也会委屈难受，时间久了，心就变硬了。

从进职业圈开始，她收获的快乐很少很少，最低谷的时候常常会想起年少时的往事。每当她闷闷不乐时，大勇总会陪在她身边。

“勇哥，我真的一无是处吗？为什么爸爸妈妈总不夸我？”

“有没有人夸你并不重要，人不是为了别人而活，你能看清自己很厉害就行了。”

“可是，我看不清。”

“我问你，夜里没有太阳，向日葵怎么办？”

夏乐葵摇摇头。

大勇宽厚的手掌盖上了她的脑袋，他低声说：“没有太阳，向日葵自己就是太阳。”

【4】

《枪阵精英》新秀单挑赛首日。

夏乐葵在入场时与大勇走散了。装着外设的背包在他手里，她顿时急得像热锅上的蚂蚁。

肩膀被人轻轻点了点，夏乐葵以为是大勇，气鼓鼓地转过身发动攻击：“找你好久，跑哪儿去了？”

没想到对方比想象中的高，被她钩住脖子后毫无防备地弯下腰来。

她力气太大，撞上了对方挺拔的鼻梁，顿时疼得哎呀一声。闻到有些熟悉的薄荷香时，她才意识到搞错人了。

眼前的人戴着黑色的口罩，垂下眼帘，低头俯视她，睫毛又密又长，清浅的眸色渐渐变深。

他的喉结动了一下，哑声说：“松开。”

夏乐葵一个激灵，倏地将双手收到背后，后退一步，垂下脑袋，像个做错事的孩子。

她偷偷抬头看他，怯怯地问：“前辈？”

完了完了，她又犯大忌了。

裴浠正了正口罩，耳朵通红，低低地嗯了一下。

见他独自一人，夏乐葵问：“前辈，你特意来看我的吗？”

裴浠抿唇，目光微动：“没有。”

夏乐葵的眼神黯了黯，后悔自己说了这种蠢话。前辈这样的大神，赞助商的活动都经常不配合，怎么可能特意为了她过来。

裴浠状似无意地伸手捂住开始往脖颈蔓延的红晕，俊眉紧蹙："你和你的领队平时就这样？"

隔着层布料，他的声音闷闷的。

夏乐葵没听懂，迷茫地眨眨眼："嗯？"

她的目光干净得没有杂质，裴浠心头涌上莫名的烦躁，别开脸不看她，却听见小姑娘没心没肺的笑声："哎，勇哥，我在这儿！"

意识到她开始往远处走，裴浠不爽地啧了声，隔着衣服，突然抓住了她的手腕。

夏乐葵回过头，心跳不可遏止地慢了一拍。

裴浠微怔，触电般松开手："抱歉。"

大勇在旁边围观得感觉自己正在发光，他迟疑片刻，上前将背包塞到夏乐葵怀里，笑道："我还有事，这丫头第一次参加线下职业级大赛，裴皇您多……多提点下。"

他本就随口一说，没想到裴浠真的点头了。

大勇大喜，先前对潜规则的顾虑迅速被抛到脑后。搞什么，这可是他的男神，就算真的潜了，那也是夏乐葵占便宜！

想到这里，他悄悄对夏乐葵比了个拇指，用口形说：加油，把握住。

夏乐葵不解地问："勇哥，你说什么呢？我听不见。"

大勇呼吸一窒，转身赶集般离开了。

夏乐葵依旧表情茫然："前辈，勇哥刚才说什么呢？"

裴浠没答话。他刚注意到了这个细节，胸口的阴霾顿时散去不少。

去选手准备室的路上，夏乐葵同裴浠汇报自己一路的训练成果，裴浠基本都在听，偶尔会插上一两句。

"对了对了，恭喜夺冠！前辈真厉害！"

夏乐葵偏过头，仰着脑袋看他，漂亮的大眼睛里写满了敬仰和崇拜。

裴浠不自然地轻咳了一声："谢谢。"想起这是她第一次登大舞台，他淡淡地问，"害怕吗？"

夏乐葵笑着搓搓手："没有，嘿嘿，很兴奋。"

这一天，她等了很久很久。

选手上台前，裴浠默默地看着大勇叮嘱夏乐葵各种注意事项，末了，大勇指着观众席的某个位置："我就在那儿，你要是慌了，就看看我。放心，你勇哥我不会走的。"

夏乐葵乖巧地点点头。

这情景，令裴浠联想到家长送孩子去考场。

观众入席时，裴浠特意坐到大勇旁边，位置有点小，他的长腿差点摆不下。

旁边就是自己崇拜的偶像，大勇的少男心怦怦直跳，他谄媚地问："裴皇，您不去VIP席？"

裴浠专心看着舞台，没答话。

他穿着白衬衫、亚麻色的休闲西裤，扣子扣到最上面一颗，领口挺立，肩线流畅。大勇鼻孔喷出一口热气。就算戴着口罩，裴皇的侧脸依旧美如画，是光，是电，是人间的瑰宝！

裴浠并没有注意到身侧迷弟越来越不对劲的眼神。舞台那边，夏乐葵果然看了过来，冲他们挥挥手，笑得阳光灿烂。

镜头随之扫向他们。裴浠不想被认出来，迅速蹲下身佯装系鞋带，留大勇一个在大屏幕上笑得宛如智障。

"接下来的这位选手大家可能有些面生——来自Super Baby战队的选手SF，夏乐葵。哇，她笑起来真的好可爱！"

"SF是sunflower的简称吧，笑得这么暖，真是人如其名。"

"她的对手是Chaos战队的SUT，这应该是她第一次与职业男选手对决吧。"

"让我们拭目以待。"

在两位解说的介绍下，夏乐葵坐到自己的位置上，调整外设，戴上耳机。

比赛开始的那一瞬间，她全身立刻因专注到极致而散发出压迫感。

解说感慨道："进入战斗模式后，她的眼神都变了。"

1V1的solo赛，为了增加比赛的精彩程度，英雄的血量和防御加强了几倍。

赛制为BO5，即五局三胜，每场十分钟，优先击杀对方即获胜，若打满十分钟，输出伤害高者获胜。

第一轮结果很快就出来了，夏乐葵2∶1击败对手。

坐在裴浠和大勇身后的几个男生全程惊呼："天哪，她的打法风格和外表太不符了，好凶啊，把对手按在地上打啊！"

"被这么好看的妹子打我心甘情愿啊！"

摘下耳机后，夏乐葵一秒恢复成原来那副有点呆萌的模样，赛后握手时，她冲对方边笑边鞠躬，那个大男孩紧张得差点同手同脚，引来观众一片起哄的笑声。

裴浠的眉头又皱了起来。

她想要专心打职业赛，就不能被这些乱七八糟的男人打扰。

养花除了浇水晒太阳，还得除虫。

他陷入了沉思，神情愈加肃穆，最终决定回去问季向崆该怎么除虫。

【5】

《枪阵精英》新秀单挑赛首日结束后，网上铺天盖地全是“励志美女职业选手卢青青打入十六强！巾帼不让须眉”的新闻稿。

豪门VPG俱乐部向来擅长营销，在卢青青的身上贴满了标签“女子职业选手的骄傲”“女玩家们的信仰”，顿时又吸了一拨儿粉。

相比之下，同时进入十六强的夏乐葵备受冷落，俱乐部官方就草草发了条微博，连活动都不做。有路人在吹捧卢青青的微博下留言“她不是十六强唯一的女选手，还有一个SF”，立刻遭到了卢青青粉丝的围攻“蹭个屁热度啊”“哪里来的野鸡给自己乱加戏”！

原本扬眉吐气打算庆祝一番的小瓜子们见夏乐葵几乎没有报道，愤愤不平地想找俱乐部算账：“这种时候都不出来宣传一下乐葵，这老总是瞎了吗！”

夏乐葵嘱咐阿鑫，告诉大家不要闹事，粉丝行为偶像埋单。

“没关系的，成绩可以证明一切。”

十六进八，夏乐葵对上卢青青。

和卢青青强大的粉丝团相比，小瓜子们如同路边摊几块钱一碗的牛肉拉面里的牛肉，几乎可以忽略不计。

由于先前的泼脏水事件，双方剑拔弩张，卢青青的粉丝仗着人多势众嗓门大，硬生生地帮偶像打出了主场优势。当初闹事的那群人为了报复夏乐葵，堵在她出场的入口大喊：“女子职业选手，除了我们青青，其他都是垃圾！”

比赛开始，夏乐葵选择了装备火箭筒的突击英雄——脆皮，高机动性，重火力。她对准卢青青就是狂风暴雨般的轰炸，一路将她压着打，没给丝毫反击的空隙。

“好机会！切她！”

“哇，就现在——被躲了啊……”

“哎呀！好可惜！”

卢青青好几次试图近身，可夏乐葵总能敏锐地察觉，进而防守反击。

卢青青的粉丝反复进行着准备欢呼、喝彩声哽在喉中、遗憾叹息的循环。

局势愈加往一边倒，卢青青狼狈地四处逃窜，但夏乐葵每次都能很快发掘出她的行踪，发起劈头盖脸的猛攻。

小瓜子乘胜追击，整齐划一地发出喝彩声，大勇也高兴地一起喊：“SF！SF！SF！”

卢青青的粉丝们气得捶椅子跺脚。

“浮空扫射！”

“青青快将她击落！”

“乐葵，轰死她！”

裴浠被这些声音包围，耳膜被震得生疼。

大勇还笑着推他的肩膀：“裴皇，来，我们一起喊！乐葵，你最棒！乐葵，强无敌！”

动静太大，周围人纷纷侧头看过来，裴浠只能再次低头假装系鞋带。

下次还是去VIP包厢吧。

大屏幕上，夏乐葵灵巧地利用作战服的推进器在空中不断变换位置，躲避卢青青的狙击。

地图上火光四射，建筑物碎片落地，不断炸出蘑菇云。

解说啧啧称奇：“这是要将敌人彻底击溃啊，一点面子都不留！”

“不愧是跟裴皇合照的妹子，凶起来跟他一模一样！”

裴浠嘴角一抽，下意识地正了正自己的口罩。

很快，夏乐葵打飞卢青青的武器，将她逼进角落。

烟雾渐渐散去，人影浮现，夏乐葵操作的女英雄长发飘扬，将重型火炮扛在肩上。

卢青青的粉丝们瞪着干涩的眼，看到他们的女神为了躲子弹，狼狈地在地上爬着，最终被夏乐葵定在墙上一阵连轰至死。

卢青青全程僵直，无法反击，如同一条在砧板上绝望扑腾的鱼。

输得太难看了。

第一局，夏乐葵胜。

卢青青的粉丝们全程无法喝彩，憋得满脸通红。

小瓜子们热烈鼓掌。

第二局卢青青依旧完败，和上一场一样，结束时夏乐葵几乎满血。

卢青青的粉丝们鸦雀无声。

小瓜子们起立欢呼。

第三局夏乐葵更是简单粗暴，迅速用“震荡冲击”将卢青青推落悬崖，用时不到一分钟。

解说们瞠目结舌。

卢青青的粉丝们面如死灰。

小瓜子们昂首挺胸。

大勇猛地抱住裴浠。

裴浠黑着脸想回家。

最终，夏乐葵3∶0击败卢青青。

赛后握手时，夏乐葵破天荒地没有笑，在卢青青耳边低声说：“你比以前退步很多啊。”

从观众的角度看去，卢青青的脸瞬间煞白。

这一场仗打得无比解气，夏乐葵在小瓜子们高喊的口号声中走下台，对上卢青青粉丝们探照灯般愤怒的目光时，她无所谓地冲他们笑笑。

大勇为她的表情配音：“不服憋着。”

打入八强后有几天休息时间，等夏乐葵与粉丝们拍照合影完毕，大勇决定为这场里程碑般的胜利庆功，盛情邀请裴浠一同去他新发掘的一家烤肉店。

面对大勇笑得灿烂如菊的脸，裴浠状似无意地扫了夏乐葵一眼，淡淡地嗯了一声。

大勇心中乐开了花，这几日他与裴皇同坐了那么久，果然日久，哦不，坐久生情。

夏乐葵走到裴浠身旁，仰着头，脆生生地问：“前辈，你最近来现场是有正事吧，看我的比赛没耽误吧？”

裴浠一怔，表情不太自然：“没。”

大勇好奇：“裴皇你有什么正事啊？”

裴浠充耳不闻，垂眸看向夏乐葵，声音冷冰冰的：“一天都没吃东西？”

夏乐葵的肚子很合时宜地叫了一声，她嘿嘿笑着低下头，有些不好意思。

大勇觉得自己产生了幻觉，他竟然在她脸上看到了“娇羞”……

这一定是个假葵哥！

裴浠抿唇，取出一直放在口袋里的右手，递给她一块巧克力。

方才踌躇着开口时，巧克力被他在口袋里捏了太久，包装袋上都印出了手指的压痕。

夏乐葵双手接过，鞠了个躬：“谢谢前辈！”

裴浠低头，没应声。

到达烧烤店后，他们成“1”字队形走入店内。夏乐葵先落座，大勇顾及裴浠不喜欢与别人靠得太近，正打算坐夏乐葵旁边，身旁忽然吹过一阵风，他再一眨眼，裴浠已经坐到了夏乐葵的旁边。

大勇觉得自己再次产生了幻觉。

他刚刚是在我后面吧？

大勇在他们对面坐下，幸好位置宽敞，这两个人中间还能再坐一个人。

店内很热，夏乐葵大咧咧地将外套和毛衣都脱了，裴浠端坐在一旁注视着面前的茶杯，背脊直挺，跟雕塑似的动都不动。

夏乐葵只穿着一件单衣，侧过头问："前辈，你不脱吗？"

她这话没有别的意思，但裴浠一怔，耳根莫名其妙地渐渐泛红。

察觉到大勇探究的目光，他目不斜视地慢慢喝了口茶，没答话。

服务员上完菜，桌上只有两把烤肉夹，大勇和裴浠一人一把。

裴浠妥协地将袖子往上挽起，自己烤自己那份。他注意到大勇烤肉的时候，夏乐葵双手捧着碗，眼巴巴地等着，等大勇将烤完的食物夹到她碗里，小姑娘笑着说"谢谢勇哥"，声音又甜又亲热，整个过程连贯得好似已经上演了无数次。

裴浠突然觉得自己嘴里的烤肉味同嚼蜡。

不仅如此，夏乐葵和大勇的吃相简直如出一辙，狼吞虎咽，饿死鬼投胎。

见裴浠的脸色愈加难看，大勇想起他是个洁癖，赶紧在桌子下踹了夏乐葵一脚，挤眉弄眼地暗示："擦擦你满嘴的油，恶心到人家了。"

夏乐葵听话地抹了抹。

"还有。"

夏乐葵又抹了抹。

"哎呀，是这里！"

大勇急了，抽了张纸巾，起身帮她擦干净，夏乐葵一声不吭，乖乖任他摆弄。

裴浠差点掰断筷子。

手机突然振了振，他先前问的关于"如何为花苗除虫"的问题有了回复。

季向崆："昭告天下，你是她的男人，谁敢碰就打断他的腿。"

裴浠蹙眉，回道："我对她不是那种想法。"

手机迅速又振了一下。

季向崆："昭告天下，你是她干爹，谁敢碰就打断他的腿。"

"更不是这种想法。"

季向崆："昭告天下，你对她什么想法都没有，但是谁敢碰就打断他的腿。"

裴浠觉得跟这人无法交流。

他阴沉着脸放下手机，身侧的夏乐葵不慎将饮料洒在了烤架上，刺的一声火花飞舞，热油乱溅。她还没反应过来，裴浠匆忙伸出手挡在她面前，将她整个人往后一推。

他的手臂上顿时起了一片红点。

刹那间，有什么东西撞击着胸口，夏乐葵听见了自己的心脏剧烈跳动的声音。

Chapter 06

绝 佳 拍 档

【1】

“前辈！”

夏乐葵急红了眼，试图抓住裴浠横在自己身前的手臂查看伤势，对方却先一步收了回去。

裴浠垂眸，摇摇头：“没事。”

大勇赶紧叫服务员拿些冰块包来，然后厉声责备道：“你这丫头怎么总毛手毛脚的！伤了裴皇的手你怎么赔啊！”

夏乐葵手足无措地张了张嘴，还欲说什么，裴浠已经起身去了洗手间。

他用冷水冲洗完手臂，将冰块包敷在伤处，直到感觉不到疼痛。

裴浠俊眉紧拧，衣服脏了，全身都不舒服，幸好没有起泡，但还得回去继续处理。

庆功饭局草草结束，大勇将剩下的食材打包，三人没吃完就提前走了。

整个过程中，裴浠没有说一句话。

和大勇一起回俱乐部的路上，夏乐葵撇着嘴，耷拉下脑袋，如同一只挨了主人骂的小狗。

她又惹前辈不高兴了。

前辈这么照顾她，她却没做过一件好事。想到这里，她胸口发紧，连喘气都吃力。

见她这副模样，大勇下不去嘴继续责备。夏乐葵本就是根朽木，线条粗得不像个女的，他大概一时鸡血上脑，才会妄想这两人能有什么火花。

夏乐葵吸吸鼻子，声音闷闷的，带着些少有的扭捏："勇哥，我长这么大，还是第一次被人护着呢。"

大勇被她这语调恶心出一身鸡皮疙瘩："小没良心的，你勇哥我没护过你吗？"

夏乐葵斜眼："上次遇上混混，你还躲我背后呢。"

大勇嘴角一抽："那是对方太弱了！不是三五下就被你打趴下了吗？"

夏乐葵不想理他，垂下头，满脑子都在回放前辈护住她的那个瞬间，双颊泛起绯色，她便将脑袋垂得更低。

大勇以为她还在沮丧，拍拍她的肩："别多想啦，你能走到今天多亏了裴皇帮忙。接下来好好备战，打个好成绩，我再去向俱乐部争取下转进男队的机会。"

听到这句话，夏乐葵的眼睛顿时亮了。之前丢过的脸再也捡不回来了，她得亡羊补牢，多让偶像看到自己光鲜耀眼的那一面。

Phoenix俱乐部《Conquer》分部基地，训练室内。

大赛刚刚结束，离正式放假还差几天，成员们兴致勃勃地商量着之后去哪里度假。

林亦轩环顾四周："裴浠跑哪儿去了？"

其他人纷纷表示不知道，夺冠后好几天没见了。

队长季向崆轻描淡写地说："他跟我请过假，去花圃查看之前浇过水的幼苗。"

"我去，那面瘫什么时候这么有爱心了？！"脑海内浮现出裴浠头戴园丁帽，俯身修剪枝叶，眼底满是柔情的画面，林亦轩不禁打了个寒战。

"不是真的种花，是去看夏乐葵的线下赛。"

"乐葵妹妹和我们的比赛项目都不一样吧，特意请假去看她的比赛，他该不会真的……"

季向崆弯起桃花眼，语调拖得长长的："阿轩，看来你觉悟不够高啊，天下电竞游戏是一家，关爱下一代的成长，是为了中国电竞的未来嘛。"

林亦轩顿时醍醐灌顶，连连点头："也对。他表哥是电竞圈创世神，办个聚会几乎整个圈子的名人都会到场。裴浠在这光环下独断独行了那么些年，是该带带新人做点贡献了。"

训练室内的话题很快便转向了另一个方向。先前关于裴浠和夏乐葵的种种，队友们也就是跟着瞎起哄，打心底里没往那方面想。

毕竟这座冰山大杀器自带"雌性勿近"的光环，众人实在难以想象何方神圣能将他收了。

晚上，“梦旅人”的贵宾套房内，裴浠正在观看《枪阵精英》新秀单挑赛的相关录像。

夏乐葵击败卢青青打入八强后，各方媒体逐渐关注起了这位出自不知名的俱乐部，没有老将推荐拉票，尝试了各种方式哗众取宠蹭热度，最终靠与豪门冠军队开黑而获得海选资格的女选手。本以为她只是个绣花枕头，怎料实力居然如此强劲。

赛后对几位参赛男选手的采访中，主持人问及他们对夏乐葵的评价。

“她反应特别快，玩远程的时候近身很难，每次我还没靠近她就跑了。”

另一个附和道：“对，超难追的。”

话音未落，一群人笑得意味深长。

主持人：“你们都加她微信了吗？”

“赛前是想加微信的，赛后头都被打肿了，不敢要啊。”

主持人：“你们希望自己战队里有女选手吗？”

大家一致摇头。

“在战队里，我们几个男的相依为gay，互相搓背，有个女生在多不方便。”

“不希望啊，女孩子比较脆弱，脸皮薄，万一比赛输了，谁敢责怪她？”

“尤其像夏乐葵这种长得好看的，在队伍里的话，很难不分心啊。”

采访结束后是彩蛋环节，主持人问：“你们赛后和她握手了吗？”

场下各种起哄声：“手感怎么样？”“什么感想？”

夏乐葵初战对决的那个大男孩羞涩地低下头，说话都有些不利索：“手很小……软软的……”

另外一个说：“她一直看着我笑，好可爱——”

裴浠猛地关掉了视频，面色平静，脸上什么表情都没有。

那天他下意识地抓住她，女孩子的手腕比想象中的纤细，他迅速收住了力气，生怕弄疼她。

如果当时不是隔着衣服的话……

他闭上眼，深吸一口气，再睁开，随即上网店搜索女式手套，将自己觉得不错的统统买了下来。

于是有了现在这幕：裴浠端坐在书桌前，对着满桌规整摊开的手套，神情冷肃。

他打算选一副送给她。

与自己同款的不太好，容易被用来做文章；其他的材质，厚薄会影响手感；好不容易找了个既舒适又存在感很低的款式，问题又来了——戴着手套握手，是对人很不尊重的行为。

这事有过先例。

在裴浠还不是裴皇的时候，就曾因为洁癖不想与人碰触，在赛场上戴着手套与对方握手，遭到舆论的疯狂抨击：区区新秀，骄傲自大，目中无人。他被迫空手上阵。

线下打比赛时，他因为觉得不卫生，鼠标下永远需要垫一张纸巾。

此后，观众们便时常看见，对战玻璃房内，其他队员热烈地进行着赛前讨论，裴浠则在一旁专注地将纸巾从小包装袋里拿出来，重新展开叠好，码得整整齐齐。

舆论很快就倒向了另一个方向。

“都打比赛了他在干吗啊？强迫症不是这时候该犯的吧？”

“他是不是手汗严重？”

“啧啧，长得这么帅，却是个肾虚。”

尽管裴浠没什么手汗，肾也不虚，但这些行为还是损害了俱乐部和他自己的形象。

高端游戏玩家通常性格比较随意，有各式各样的习惯，例如比赛穿夹脚拖，比赛不穿鞋，比赛蹲着打……进入职业圈后，身为聚光灯下需要注意形象的运动员，这些臭毛病都得改。

裴浠也不例外，学着适应的过程很难，加上他表哥自告奋勇的协助，痛苦往事不堪回首。

现在，夏乐葵若想继续打职业赛，就无法避免赛前赛后与人握手的环节，这个问题无解。

裴浠沉思许久，最终揉了揉太阳穴，将这堆手套归入收纳盒，放进了储物柜。

【2】

夏乐葵打入《枪阵精英》新秀单挑赛八强后，大勇又一次卑躬屈膝地同俱乐部高层商量，希望能让夏乐葵转入更好的队伍。

开始职业生涯的那刻起，夏乐葵的目标就很明确：凭本事进入俱乐部一队，打入顶级联赛，站上世界级比赛的舞台。对此，大勇没少做尝试。

“作为主力一队不行，二队也行吧。”大勇的脸上堆满了讨好的笑容，“我们乐葵真的不比男人差，她……”

《枪阵精英》项目经理不耐烦地打断他：“都说了，不行。”

大勇声音发涩：“你们不试试怎么知道？就给她一次机会吧。”

“怎么这么啰唆啊，我们一会儿还要开会。”

“你们以前说她没价值，我可以忍，可最近明显有好转了。”大勇的脸憋得通红，声音因竭力压抑着情绪而颤抖，“你们之前拿她辛辛苦苦赚的通告钱扶植一队，却不为她参与新秀单挑赛做任何拉票的宣传，这也太过分了吧？”

经理瞥了大勇一眼，如同开发商试图打发闹事的农民工，轻描淡写地说：“俱乐部有俱乐部的规划和资源分配，你们不用问这么多了。为什么一队二队被叫作‘男队’？因为不说顶级联赛，次级联赛也没听说过有女的能打。我们俱乐部开先例，承担得了风险吗？如果就是为了拿来当作话题，她现在的定位就不错啊，猩猩舞跳得很贱、很传神啊，给我们招了不少商演。”

回想起在网络上疯传的夏乐葵的舞蹈视频，她将五官扭曲成各种奇怪的形状，一次又一次高踢腿差点踢断鼻梁，时不时在地上滚出一身灰……包括经理在内的众人不禁大笑出声。

“对对对！保持这个定位不错啊！”

“努力一把，争取成为电竞圈第一女谐星！”

“都是你们逼她做的！她不想做这些，她只想专心打比赛，为此不惜妥协，不惜放下尊严！”大勇强忍的愤怒达到了极限，说话都破了音，“她到底得做到什么程度，你们才能给她好队友、好资源？！”

经理的声音跟着拔高：“做到什么程度都不会给，因为不值得，你懂了吗？！对俱乐部来说她就是枚棋子，不配合随时给我滚！她不想干的事有的是人求着干！”

大勇的脑袋像是被人抄起凳子狠狠地砸了一下。

棋子……

那个女孩为了一个目标拼尽全力，不管姿态有多么难看，跪着也要爬到最后，而事实上，对方从一开始就没打算给她机会。

他们把一个黄金期不过五六年的职业选手当成棋子，当成供人消遣的赚钱工具。

大勇猛一拍桌，目眦欲裂，吼道：“怎么会有你们这样没良心的俱乐部高层！”

有人见气氛不对，拍拍大勇的肩：“较什么真儿啊。俱乐部是商人不是慈善家，你就是个领队，把俱乐部的意思传达给她就行了，管那么多又拿不到绩效，何必呢？”

另一个高层嗤笑一声，搭腔道：“知足吧，咱们俱乐部至少发工资，你去问问，有多少职业选手打比赛累死累活，赢了比赛奖金都拿不到，要饭似的到处催。尊严？那是明星选手才配有的东西，夏乐葵算什么？拿过世界冠军还是粉丝几千万啊？”

经理后背靠上椅背，不怀好意地笑道：“要不，你让她来求我啊，没准我就改变主意了呢。”

其他几个人跟着笑起来：“夏乐葵也就打扮得不像个女人，身材还是很不错的。”

经理舌尖舔了舔下唇，眯着眼：“衣服都太宽松了，球大不大，估计也就我们老板知道。”

话音未落，他结结实实地挨了大勇一拳。

【3】

夜已深，夏乐葵收拾完毕，正打算上床睡觉，大勇忽然敲了敲她的房门，进屋与她谈话。

她把椅子让给他，自己坐在床边，笑嘻嘻地问：“这么晚进行战前动员呀？”

大勇没有坐下，反常地沉默不语，双手握拳，握得关节泛白。

过了很久，他才开口，像是积了一肚子的情绪，全身的线条都是僵硬的。

“我刚进这个圈子时，热血正燃，想带出一支有成绩的队伍，打比赛，拿冠军，可现实很快便扇了梦想一个耳光。离得越近，越能看清那些阳光照不到的阴暗角落。遭遇接二连三的打击后，我不断妥协退让，做了许多违背初衷的事……”大勇苦笑着摇摇头，“到最后，回头看来时的路，满地狼藉。”

夏乐葵的脸色跟着凝重起来：“发生什么事了？”

大勇低下头，轻轻摇了摇。

“乐葵，我之前安排你打那些不入流的比赛，让你做那些营销博眼球的事，都不是我的本意。我与高层抗争过、努力过。”他嘴唇轻颤，声音带上了哭腔，“可是我太弱了，我什么都要不到。”

心脏像是猛地被人用力攥紧，夏乐葵的视线一下子变得模糊：“勇哥……”

“我明明知道你有成大器的潜力，明明知道俱乐部的决定不对，我不赞同，却无力改变。”

他的脸被懊悔和悲伤覆盖，声音变得更加颤抖，甚至有些语无伦次。

“每一次，每一次，我只能亲口将这些不合理的要求告诉你，我只能眼睁睁地看着你不甘心，你难受，还要强忍着对我笑着说‘没关系’，我只能眼睁睁地看着你的职业生涯黄金期被践踏，我的心也跟着痛苦。”

他的声音一点点轻了下来，到最后，像是低沉的呜咽。

“对不起，乐葵，对不起，不能帮你争取更多……”

高大的男人缓缓蹲下身，双手深埋入发间，头垂得很低很低，像是被雷劈断枝干的树。

夏乐葵急忙上前扶住他的肩膀：“别这样说，这些都不能怪你。”

“乐葵，答应我一件事好吗？”大勇深吸一口气，抬头看她，眼底布满血丝，

“成为了不起的职业选手，让现在所有看扁你的人高攀不起，好吗？”

酸楚的感觉猝不及防地泛上鼻间，夏乐葵咬住下唇，用力点点头：“勇哥，我会争气的！等我这次比赛夺冠了，俱乐部就会重视我了，我们都会好起来的！一定会好起来的！”

大勇嘴唇微动，却没有发声，他目光沉沉地看着她，缄默许久后，拍了拍她的脑袋：“我回房了，你早点睡。”

“晚安。”

他走到门口，忽然脚步一顿，转过身来，一眨不眨地看着昏黄灯光下的娇小身躯。

“乐葵。”

“嗯？”

四目相对时，大勇的脸上慢慢浮现出她从未见过的非常温和的笑容。

“再见。”

【4】

翌日下午，夏乐葵出门，迎面遇上结伴而行的女队队友，本以为会同往常一样被无视，没想到她们却径直向自己走来。

停在她跟前后，队友A冷冷地说：“勇哥已经被高层开除了。他本想陪你打完这次新秀单挑赛再走，可俱乐部一秒都不许他多待，勒令他连夜卷铺盖走人。”

霎时间，胸口像被钝器击中，夏乐葵惊呼出声：“高层开除勇哥？为什么？！”

队友A表情阴沉了下来：“具体不清楚，经理说是因为你。”

“嫌弃我们不够，现在还要弄走领队！”

“你真能耐啊，新秀单挑赛还没夺冠就作威作福，勇哥之前瞎了眼才对你那么好！”

尖利的声音刺痛了心脏，夏乐葵倏地一阵耳鸣，头晕目眩，她只能弯下腰扶着膝盖站稳。

其他队友还欲责骂，一人甚至情绪激动地想挥手打她，却被顾晴拦下，她挡在夏乐葵的身前：“事已至此，什么都别说了。”

顾晴说罢拉着其他队友往旁边走，一段距离后，回头深深地看了夏乐葵一眼。

“对不起，您拨打的用户已关机……”

夏乐葵挂了电话，跌坐进椅子里。

大勇像是人间蒸发，各种方式都联系不上。

她用力拍着自己的脑袋。昨天晚上怎么就没察觉到异常呢？！勇哥什么时候温柔地笑过？！

拍得脑袋都大了一圈时，夏乐葵突然想起了什么，迅速打开微博查看私信，找到了那个ID为S的发件人，历史记录里还有他之前发的那幅画。

黑夜里的向日葵，和这一情景相关的，她只能想到一个人。

“勇哥？”

私信很快便显示已读。

见对方没有回信反驳，夏乐葵更坚定了心中的猜想，先前因不断失望而死寂的心又活跃了起来。

尽管大勇平时总是凶巴巴的，一言不合就一巴掌拍她脑袋上，可夏乐葵知道，他其实格外照顾她，他陪她训练单排，帮她打点出门行装，教她规划未来，鼓励她追求梦想，他是这个残酷的职业圈里对她最好的人。

眼眶渐渐变得湿润，夏乐葵咬着下唇，明明有满肚子的话想说，可思来想去只打出了一行字——

“勇哥，不要离开我。”

视野迅速模糊成一片，她忙用手背胡乱地抹去眼泪。

很快，私信显示已读。

夏乐葵双手捧着手机，紧紧地盯着屏幕。

S始终没有回复。

夏乐葵死气沉沉地在床上瘫了一晚，意识仿佛脱离了身体，恶心、难受、压抑，什么都吃不下，什么都不想做。

如果勇哥还在的话，现在一定会软硬兼施，一手狼牙棒一手肉蹄髈，用尽浑身解数将她从被窝里拖到训练室吧……

脑海中大勇的身影一闪而过，夏乐葵蓦然清醒。

她在干什么？！

勇哥不可能无缘无故离开，高层在骗人，他不可能放弃她！

纠结在一起的情绪被用力打碎，夏乐葵混沌过后，闪着亮光的记忆碎片扑面而来。

在参加新秀单挑赛的前几天，她曾再次因俱乐部对自己的无视而心态失衡。

“为什么？我到底哪里不如别人……我明明比一队成员更强……”

“因为他们不看好你。”大勇坐在她身旁，满脸疲惫，“金字塔行业就是这样，对顶级的追捧讨好，对草根则肆意践踏。”

夏乐葵嘴唇轻颤，一个字都吐不出来。

“不要用‘公平’两个字来绑架别人对你的付出，他们愿不愿意寄希望于你，是他们自己的选择。”大勇偏过头看她，语气坚定，语速缓慢，“你无法左右别人的选择，那就证明给他们看，他们错了。”

生气是没有用的，沮丧是没有用的，自怜自艾不过是在白白浪费时间。

倘若心存不甘，就用铁一般的事实宣布，自己值得更好的。

不要逃避，站起来直面生命中的肃杀，一帆风顺不会使人脱胎换骨，挫折才会。

夏乐葵从床上蹦了起来，双手握拳大喊了一声，耳膜震痛，全身的血液仿佛都在燃烧。

“勇哥，我答应你！”

她指甲深陷掌心，四肢百骸仿佛都在因激动而颤抖。

“我要成为了不起的职业选手，从下场比赛开始，一直赢下去！”

【5】

《枪阵精英》新秀单挑赛，八强循环赛首日。

没有大勇的陪伴，夏乐葵一个人孤零零地到了现场，在入口处见到了熟悉的身影。

那个人高大挺拔，戴着副遮住大半张脸的口罩，只露出一双漆黑幽深的眼睛。尽管如此，还是能让人感受到一股拒人于千里之外的冷漠。

夏乐葵咧开嘴，蹦蹦跳跳地跑了过去：“前辈！”

裴浠蹙眉，微弯下腰，食指抵在口罩上，示意她小声。

夏乐葵对不开心的事情忘得很快，看到他的手臂时才想起先前烧烤店的那幕，急忙踮脚在他耳边轻问：“前辈，你的手好了吗？”

裴浠身子一僵，耳根被她呼出的热气吹得发烫，上半身猛地往后倾：“别总突然靠上来。”

夏乐葵眨眨眼，乖乖后退一步：“噢……”

身后有人叫她的名字，夏乐葵回头看去，是这次比赛认识的一些选手和工作人员。见她上前与他们聊天，裴浠不想被认出来，便默默地走到了不远处的阴凉地里。

他倚靠在墙上，看向她那边。她与这群人有说有笑，上翘的睫毛眨眼时一扇一扇的。

裴浠忽然有些晃神。

他曾以为夏乐葵与从前的自己一样，被排挤，不合群，终日与孤独和寂寞为舞，事实上，他错了。她如太阳一般耀眼，令人忍不住想靠近，又怎么会和他相同。

他以为经历了一系列变故磨难，她会憔悴不堪，但她总能在很短的时间内恢复朝气。

裴浠抿唇，低头看向手机，微博客户端最上方显示着他的小号ID：S。

“勇哥，不要离开我。”

他想起夏乐葵看着其他选手有战队成员相伴、有教练和领队的指导时满脸向往的模样，心脏骤然收紧。

她希望那个能一直站在她身边的人不是他。

“你们先走吧，一会儿赛场见。”

你们……

裴浠站在阴影里，看见夏乐葵从阳光充足的地方向他跑来。

她在他面前驻足，仰起头，漂亮的大眼睛弯成月牙：“前辈，我们走吧。”

我们?

裴浠目光微动，沉默片刻才开口：“好。”

两人走远后，方才与夏乐葵聊天的那群人开始议论纷纷。

“那个戴口罩的高个子，是不是她男朋友？”

“不是吧，感觉不亲密啊。”

“他一直盯着这边呢。”一位男选手抱住了胳膊，心有余悸，“我刚才顺手搭了下夏乐葵的肩膀，那瞬间他的眼神，好恐怖。”

“你和他们一起去备战厅？”

到了分岔路口，裴浠顿住步子，下巴冲不远处大部队的方向仰了仰。

夏乐葵摇摇头，对他笑道，“我和你在一起就行。”

裴浠一怔，偏过头看她，眼眸中有什么她看不懂的东西在蔓延。

夏乐葵说这话的时候坦荡荡，语毕才觉得不妥，怕他误会自己有非分之想，赶紧解释：“啊，那个，人太多的地方会分心，还是找个角落……”

裴浠打断她，双手插在口袋里，脸上没什么表情：“好。”

他们去了主办方为参赛选手准备的独立训练房。关上门，大勇不在，夏乐葵战队的其他人也没有来，顿时成了孤男寡女共处一室。

好在夏乐葵神情自若，气氛才不至于太尴尬。

“前辈，谢谢你总来看我比赛。”夏乐葵双手托着下巴，食指无意识地敲着脸颊，“在你身边，我觉得……我觉得特别有力量。”

裴浠到她对面找了个最远的位置坐下：“为什么？”

夏乐葵不假思索地说：“因为前辈很强啊，我喜欢和强者在一起。”

裴浠抬头看她，目光微动，身体紧绷如拉满的弓，用了几秒钟才控制住自己的情绪。

一些记忆里的声音毫无防备地开始在脑海中回荡——

“你的存在，就是对别人的伤害。”

“我不管你的本意如何，你说的每一句话，对我来说都是在炫耀。”

“我们不要带他玩啦！有他在什么都没意思了！”

“你以为大家都为你高兴吗？大家都在盼着你输啊！大家都恨不得见你摔得头破血流啊！”

现实里，女孩子接着说：“如果能和前辈这样的选手做队友的话，那就太好了。”

裴浠没有应声，置于身侧的手缓缓握成拳，又松开，仿佛听见了风吹树摇，什么东西破土而出的声音。

夏乐葵做了一会儿战前准备，阶段性地休息时，她不知不觉趴在桌子上睡着了。这阵子她很累，闭着眼，在白皙皮肤的衬托下，黑眼圈明显可见。

电脑里的视频还在播放，十几分钟后，一阵惊天动地的巨响将夏乐葵炸醒了。她似乎还没回过神，整个人看起来有些呆，刘海儿被压乱了，有几根翘着。

意识到裴浠的视线凝在她脸上，不知看了多久，她顿时一个激灵，慌忙用手背擦了擦嘴角。还好还好，没流口水。

房间里有点热，裴浠屈起手指，解开一颗扣子，夏乐葵注意到了便目不转睛地盯着他，被他发现后，她用力咽了口口水：“我刚才，想起我队友以前说过的话。”

“什么？”

也许是因为清晨的阳光将小房间里的氛围渲染得太过柔和，给了夏乐葵一种与前辈关系亲近，可以没大没小的幻觉，她吞吞吐吐，垂下眼帘后又偷瞄他，半晌才说：“她们想象……那个……你解开衣领，用力一拽，露出锁骨……”

“……”

裴浠低着头，动作定格，眉头紧蹙，下颌线条慢慢绷紧。

就在夏乐葵以为他会阴沉着脸不理她时，他神色平静地撩起眼皮，慢悠悠地、凉凉地瞥了她一眼：“你想看？”

夏乐葵的心跳慢了半拍，脸颊毫无预兆地开始发热。她连连摆手，将脑袋晃成了拨浪鼓：“没没没……不敢不敢……”

裴浠抿唇，没作声，把解开的扣子又扣上了。

“都是她们说的，我连想都没想过……”夏乐葵还在澄清，越说越觉得自己态度不够真诚，于是双手撑在桌子上，身子前倾，用无比肯定的语气说，“真的，我一点兴趣都没有。”

这下，裴浠眼神冷了下来，再也没搭理她。

【6】

八强选手将轮流与其他人打一组BO5，根据积分排名，前四位进入下一轮四强争霸，后四位淘汰。

夏乐葵首轮碰上的，是来自四大豪门俱乐部之一——Newland战队的新秀沈奇。

这位选手很特殊，并非由海选脱颖而出，而是唯一破格入围的空降兵，在此之前，他没有参加过任何线下的职业大赛。

虽然他的存在刚开始引起一片哗然，但其处女秀的发挥惊艳全场，技压群雄，出众的相貌更是吸引了一大票女粉。

夏乐葵与沈奇先前并未分在一组，这场比赛是两人初次对决，不过她在赛前见过他几次，感觉无比眼熟。能令她眼熟，说明对方确实长得相当帅，土豆中的转基因款。

毕竟上一个令她有这种感觉的，是只可远观不可亵玩的裴浠前辈。

与沈奇的这场对决，是夏乐葵职业生涯中最刻骨铭心的一役。

尽管她事先做了充足的准备，仔细研究过他小组赛的比赛录像，但真正对决时，她仿佛熟记例题的学生，进入考场后，面对试卷却毫无思绪，怀疑自己看了假的教科书。

“沈奇最强的点在于他超乎常人的动态视力。”

“据说就是因为这点，俱乐部给他起名Hawkeye，鹰眼。”

解说台上，两位解说开始例行科普。

动态视力，即眼睛捕捉、感知、分析移动目标影像的能力。在传统体育竞技项目中，选手可以通过动态视力迅速捕捉对方行动前的抬手动作，在极短时间内选择躲避或是还击，球类项目更是需要靠此捕捉球的旋转方向和移动轨迹。

电子竞技也不例外。对顶尖的第一人称射击游戏的职业选手来说，他们甚至可以通过几帧像素的瞬间变化察觉异样。

沈奇就是将“鹰眼”能力演绎得登峰造极的人。

“他看得见别人，别人看不见他。很多时候，敌人都没发现他，就被狙死了。”

“自带望远镜和穿墙挂，今年他出道，多半会成为新生代第一狙击手！”

赛场上，夏乐葵怀疑自己瞎了——她完全没有见到敌人的影子。

沈奇使用的是射程超远的狙击步枪，每打完一枪便会迅速换个掩体，永远不暴露他的具体方位。

在观众的上帝视角里，夏乐葵总是在被攻击后才四下寻找目标，被对方耍得团团转。

见她不是走向错误的方向，就是猛地拔枪冲着空气乱打，场下观众频频发出哄笑声，弹幕更是一片冷嘲热讽："这是在遛狗呢？""毕竟是三流队出来的，遇上豪门就原形毕露了。""小姑娘，你对力量一无所知。"

"我觉得Hawkeye今天的打法有些……改变。"解说A想了想，将那句"他没用全力"咽了下去。

解说B点头："没错。其他比赛中，他多少会故意暴露自己的位置，让别人先攻击他，然后根据枪声方向进行反击，但对上SF似乎就没必要了。"

"夏乐葵最大的问题在于太过坦荡，几乎每场都直接正面冲锋，突出一个骑脸打。"

"是的，我几乎很少看见她绕后偷袭。"解说B感慨，"还是稚嫩了点。"

舞台上，夏乐葵全身紧绷，一滴汗顺着额头缓缓流了下来。

眼睁睁地看着血量一点点降低，她不知如何进攻，更不知如何防守，战战兢兢，每走一步都如履薄冰。

太快了，他几乎在她抬手的瞬间就预判了她的行为，不论她如何尝试用脚步声和经验猜想他可能埋伏的地点，没有一次是准确的。

心脏怦怦直跳，巨大的挫败感令她的呼吸都变得急促。

几小时前，她还豪气冲天地喊着要夺冠，热血沸腾地幻想踏上世界之巅。

可笑，简直可笑至极！

这场比赛，与其说是对决，不如说是单方面玩弄。对手的实力和她根本不在一个级别，枪法、走位意识全面碾压。

最恐怖的，是这种完全无法还手的绝望。

夏乐葵死死地咬着下唇，握着鼠标的手开始不争气地颤抖。

不行！还不能放弃！

她深吸一口气，将注意力集中到极致。就算对方真的是鹰眼，也不可能不给她留下丝毫痕迹！

在劣势与强压下，夏乐葵的五感跟着提升，察觉到左后方轻微的脚步声，她鼠标一甩，一百八十度视角转移，无间隙地接上一个横跳。

两位解说同时大吼："躲得漂亮！"

子弹将将擦过，射在背后的围墙上。

趁现在！

全身的血液刹那间往上涌，夏乐葵紧咬后槽牙，额头青筋暴出，打开伤害屏障，呼啸着冲向枪声的源头。

观众席发出一阵排山倒海般的惊呼。

“找到他了！”

火光四射，整面墙被她轰出了一个窟窿，靠近后她才发现——

没有人？！

夏乐葵条件反射地转过头。

莫非沈奇已经绕到了她身后？

这不可能！到底是什么时候？

砰——

一声枪响结束了这局比赛。

最终，三比零，夏乐葵完败。

她全程没有完整地见到沈奇的身影，直到摘下耳机的那刻，她整个人都还是蒙的。

“哟，你真不记得我了？”

双方在舞台中央会面。之前只觉得这人眼熟，听到声音后，夏乐葵终于想起来了。

在那次游轮比赛中，他身着黑色夹克衫、黑色皮裤，轻轻松松地将她圈在自己的身体与墙壁之间，歪着头凑近，一脸不正经的坏笑。

后来她戴着头盔玩VR射击游戏时被他搂住腰，她打了他一拳，他却乐在其中。

握手时，沈奇的手指在夏乐葵的掌心轻佻地刮了下，用只有两个人能听见的音量说：“当时让你陪我玩玩，你不同意，现在后悔了吗？”

“你！”夏乐葵猛地想抽手，却被他握得更紧。

沈奇低头轻笑：“别冲动，那么多人看着呢。”

夏乐葵蓦地脸颊通红，瞪圆了眼睛，一副要喷火的样子。

“赛后一起玩吗？”

“不玩，滚！”

不远处的解说只能看图说话：“输了比赛，夏选手好像很生气啊。”

“何止生气，我感觉她想揍人呢。”

观众席上，裴浠紧盯着舞台，眼底寒霜弥漫。他手里紧抓着一副女式手套，骨节因用力而微微发白。

【7】

“哈哈，夏乐葵再输一局就要被淘汰了！”

Super Baby俱乐部里，女队成员们聚在训练室里看夏乐葵的比赛，吃着零食聊着天，满脸难掩的兴奋。

“八强这些人之前比赛都隐藏了实力，只有她用尽了浑身解数，现在到头了吧，也就这点本事。”

“活该！仗着自己服务器排名高就瞧不起人，不就是训练时间比我们长了些嘛，还真觉得能得职业比赛冠军了。

“现在成了别人的提款机，人见人欺，看着真爽！”

自从夏乐葵在新秀单挑赛海选中脱颖而出，踏上这个精英荟萃，被全国玩家聚焦的舞台，她的队友们便憋着一股气。朝夕相处的人仿佛一夜之间飞上枝头，将其他人远远甩在身后，这种突如其来的巨大落差感如同巨石压在她们心间。

此刻，看到夏乐葵血淋淋地惨败，她们的情绪终于找到了宣泄口——

其实她也没这么厉害嘛。

之前不过是幸运罢了，本质还是和我们差不多嘛。

体育馆内，夏乐葵正在对战八强循环赛中的最后一位选手。

场上目前比分2:0，第三局渐入尾声，夏乐葵依旧身处劣势。

现实狠狠地抽了梦想一记耳光，也如一盆凉水浇醒了她发热的头脑。

国服前十又如何，普通玩家和职业选手玩的根本就是两个游戏。

手指在键盘上飞舞，鼠标不断滑动，夏乐葵耳边不断回响起记忆里的声音。

“你以为自己有多怀才不遇呢？扔到人群里一点儿都不起眼。”

脚步声从左后方逼近。

“这年头，随便谁，没工作的都能说自己在打职业赛。”

敌人大招放出的冲击波从她脸颊边呼啸而过。

“你是职业选手，不要轻易受伤。”

激烈对射，血花四溅。

“俱乐部认为你没有价值。”

机甲爆破。

“答应我，成为了不起的职业选手，让所有看扁你的人高攀不起，好吗？”

夏乐葵被逼入角落，不断后退，抓着手枪垂死挣扎。

霎时间全场哗然，解说猛地停下慷慨激昂的战况描述，不可思议地说：“她哭了……”

观众们看见，舞台上戴着耳机的女孩子一边操作一边死死地咬着下唇，眼泪滑过脸颊，滴落在键盘上，停不下来。

比赛结束，又是一轮三比零。

夏乐葵抬起胳膊，使劲擦着自己的脸颊，擦得脸颊通红，她剧烈地喘息着，恶狠狠地将在眼眶里打转的眼泪憋了回去，可这一幕还是被无数人捕捉到了。

最终，她的总积分为最后一名，第一个被淘汰。

【8】

一天的比赛结束后，外面下起了大雨。

裴浠找遍了整座场馆，最终在室外广场的一个角落里发现了夏乐葵的身影。

她同之前几次一样蜷缩成一团，肩膀和背脊的线条不住地颤抖。走近后他才发现，她在哭，哭得隐忍而悲伤，一点儿声音都没有。

裴浠站到她跟前。

夏乐葵从胳膊中抬起头，大眼睛湿漉漉的，过了好久才开口："前辈，对不起。"

对不起，让你失望了。

裴浠抿了抿唇，低垂着眉眼："就算是我，也输过。"

夏乐葵没有答话。她全身都湿透了，衣服紧贴在身上，勾勒出少女曼妙的曲线，近乎透明的布料映出暧昧的肉色，内衣线条若隐若现。

雨水沿着她洁白如玉的脖颈蜿蜒而下，滑过锁骨，钻入她的领口……

裴浠蹙眉，移开视线，夏乐葵却突然拉住他的袖子。

她的嘴唇被自己咬得发红，几根发丝沾在嘴角，看得他眸色渐沉。

"前辈……"女孩子纤长的睫毛沾了泪珠，"我不想回俱乐部。"

她深吸一口气，直直地看向他的眼睛，像是下定了什么决心："你能带我去开房吗？"

啪，裴浠握着的手机掉到了地上。

雨越下越大，全世界仿佛只剩下无休无止的沙沙声。

Chapter 07

绝 佳 拍 档

【1】

裴浠初次遇到这样的情况。

他性格清冷寡言，平时总有人以各种方式吸引他的注意，他向来直接无视，可现在情况不太一样。

自己关注的小幼苗，居然提出……

“不行吗？”

夏乐葵歪着头看他，双眸清澈见底，几缕发丝垂到肩膀上，弯成一个好看的弧度。

脑海中浮现出她在赛场上紧咬着双唇，在极大的劣势下，一边殊死相搏一边不住掉眼泪的画面，他再一眨眼，是散着松软发丝的脖颈、黑夜中白皙修长的腿……

裴浠的胸腔微微起伏，心头泛上一股无法言喻的感觉。

他没有接她的目光，不动声色地捡起手机。

他起身的那刻正好近距离对上夏乐葵的脸，女孩子鼻尖通红，满脸泪痕，定定地注视着他，表情逐渐变得凝重：“前辈，你也嫌弃我不够厉害吗？”

裴浠蹙眉，她怎么能直接说出这种话……

这不是厉不厉害的问题……

为什么要说“也”？！

裴浠神情骤寒：“你还和别人……”

“嗯。”夏乐葵点点头，“和勇哥、男队成员，还有其他俱乐部的人。”

裴浠的手机差点又掉到地上。

夏乐葵放缓语速，认真地说：“不管房间设什么样的条件，我从来没输过。”

裴浠一怔，半晌才反应过来，她指的是在游戏里建房间打自定义模式。

意识到自己的想法完全走偏了，他耳根发红，低下头，单手盖住额头和眼睛，沉默不语。

夏乐葵见状顿时清醒了不少，暗恼自己又不知分寸，提的要求逾了界，慌忙补救道：“前辈应该很忙吧，不打扰了，我先回去啦。”

她说罢便起身走了几步，却忽然抱住胳膊，打了个喷嚏。

裴浠回过神，脸色冷峻：“站住。”

夏乐葵应声停下，维持着扭曲的姿势，迈开步子的小腿微微发抖。

裴浠目光扫向她，闭上眼，几不可闻地叹了口气。

这副模样想跑哪儿去？

他踌躇许久，最终决定将她带回俱乐部，交给领队秋樱。

裴浠冲完澡走出浴室，拿毛巾擦干头发。

换了套衣服后，他正准备去训练室，忽然想起回来的路上夏乐葵不断地打喷嚏，他脚步一顿，转身走向最远处秋樱的房间。

隔着几步路，女孩子们嬉笑的声音隐约从门内传出。

“乐葵，你的胸明明就很大呀，内衣没选好呢，完全没聚拢效果。”

“哎，是吗？我都没注意过……嘿嘿，你弄得我好痒。”

“试试我这个，能大一个罩杯。”

“嗯嗯，我自己来。”

裴浠：“……”

他低下头，嘴唇紧抿，头皮微微发麻，正打算离开，冷不丁听见秋樱提到自己的名字。

“乐葵，你悄悄告诉我，是不是喜欢裴浠呀？”

房间里传来了什么东西重重滚到地板上的声音。

“没有没有，你别误会，我对前辈什么想法都没有！”

裴浠身子微微一震。

“请你们不要再开我和前辈的玩笑，我们只是普通朋友，啊，也许连朋友也算不上……”

隔着房间门，不用看，他也能想象出夏乐葵认真摇头的模样。

下颌的线条收紧后又松开，他没有继续偷听她们的对话，垂下眼帘，迈着长腿离开了。

"裴帅哥，你这是什么操作？"

下楼后，裴浠在走廊上迎面撞上林亦轩，对方满脸恨铁不成钢："妹子无家可归，你体贴带她回家，她楚楚可怜求你收留，你嘴上说不行身体却很高兴，一来二去双人瑜伽，冰山逢春一球入魂，从此过上没羞没臊的幸福生活，剧情应该是这样的啊！"

话音未落，林亦轩只觉得有阵劲风袭来，裴浠的手掌擦过他的脸颊狠狠地拍在了身侧的墙壁上，啪，他和旁边的柜子同时一震。

林亦轩瞬间腿软。他本就比裴浠矮半个脑袋，此刻对方居高临下地俯视他，眼底宛如冰潭，寒气森森，带着巨大的压迫感。

"我我我错了……我我我就是开玩笑的……"

"不好笑。"

裴浠警告般扔了句话就离开了，林亦轩怔了半晌没回过神。

这家伙一点玩笑都开不起，生怕别人不相信他对女人没兴趣吗?

等到裴浠走远后，林亦轩赶紧掏出手机，噼里啪啦给队友发微信。

"我的天，我刚被裴面瘫壁咚了！"他平复了呼吸，抬手摸脸，"还有点小刺激呢。"

【2】

秋樱带夏乐葵进训练室时，里面的人同时眼前一亮。

夏乐葵刚洗完澡，穿着秋樱的圆领娃娃袖碎花连衣裙，露出线条优美的脖颈和锁骨，刚刚长到肩膀的头发束在一侧，编成短小可爱的麻花辫，发梢微微带卷。

"哇，真是不可思议！"林亦轩用手肘推了推身侧的夏陵，"之前总觉得乐葵妹妹由内而外都散发着一股漂亮的男孩子的气息……"

夏陵嗤笑道："那是你有眼无珠。"

突然成为焦点，夏乐葵有些不好意思地干笑了几声，余光扫到裴浠的位置，他对着电脑屏幕，没看她一眼。

夏乐葵抿唇，心里顿时又变得空落落的。

休赛期晚上没什么正经训练，俱乐部又与直播平台签了合约，选手每月都得播够规定的小时数，因而此刻都在补时间。

难得来豪门战队参观，夏乐葵自然得把握机会，便坐在没开摄像头的林亦轩和夏陵后面围观他们打游戏。

前辈那里她不敢去，气压实在太低……

一局获胜，裴浠抬头，看见夏乐葵凑到林亦轩耳边轻声说了几句话，两人低头憋着笑，他忽然冷声道："很晚了，你可以回去了。"

其他人吓得赶紧闭了麦。

过了将近30秒，在所有人的注目礼下，夏乐葵才蓦地意识到裴浠在对自己说话。

被尊敬的前辈直接下了逐客令，她睁圆了眼睛，张了张嘴，如同一只挨了板砖的呆鹅。

秋樱跑到夏乐葵边上，一把将她抱入怀中："她今天心情不好呢，别回去啦，跟我睡。"

林亦轩摆摆手："留外人过夜是违纪啊秋领队。"

夏乐葵头埋在秋樱丰满的双峰中，艰难地发声："我得回去，不然俱乐部会记过，勇哥会骂死我的……"

秋樱松开手，问道："勇哥？你的领队？今天他人呢？"

视野瞬间模糊了，夏乐葵嘴唇轻颤，压抑已久的委屈、不甘、愧疚、伤心排山倒海般涌上心头，她狼狈地抬起手捂住眼睛，肩膀微微颤抖。

气氛变得很糟糕，始作俑者却如冰块般低着头不说话，幸好队长季向崆适时解围，招呼大家出去吃夜宵。

夜宵地点选在基地附近的烧烤店，吃烤串。

夏乐葵最后一个进店，裴浠和林亦轩旁边各有一个空位。一个冷着脸看菜单，另一个冲她热情招手，她想了想，坐到了林亦轩旁边。

斜对面，裴浠面无表情地将菜单翻了一页。

烤串上来后，一群人边吃边聊，夏乐葵坐在长桌最外侧，虽偏过头与林亦轩及对角线方向的人说话，目光却不受控制地飘向裴浠那里。

上一回她就注意到了，裴浠的吃相特别斯文，细嚼慢咽，没有一点声音。其他人都张大了嘴用牙齿拽，只有他眉眼低垂，慢条斯理地将食物用筷子拨到碗里。

看着他高挺的鼻梁、长而密的睫毛，夏乐葵不禁暗叹，前辈应该是个家教良好的贵公子吧，相比之下，她好似荒野村夫。

心弦像是被人轻轻拨动了一下，她用力咽了下口水，拿纸巾抹了把嘴边的油，准备动作斯文些，于是有样学样，夹住竹签上的肉，用力往下扯。

不料她力气太大，肉飞得老远。

她倒吸一口气，偷瞄四周，见没人发现，赶紧把东西从桌上夹起来，打算放入嘴里。

"别动。"裴浠忽然开口，皱眉看她，"不干净。"

夏乐葵动作瞬间定格，仿佛有股电流从背脊一路蹿上头皮。

裴浠不动声色地挪到她对面，淡淡地说："筷子给我。"

"噢。"

夏乐葵双手递上，战战兢兢，如同犯人上交作案工具。

裴浠接过，伸长手臂，越过大半张桌子，帮她把竹签上剩下的烤肉弄到盘子里。

目睹这一幕，其他人面面相觑，表情都很精彩。

夏陵正欲开口，被林亦轩飞快地捂住嘴："乐葵妹妹，别在意，他这是洁癖犯了。"

裴浠瞥他一眼，闷声不吭。

夏乐葵见裴浠终于搭理自己，受宠若惊，鼻子发酸，哑着嗓子说："前辈，你不生我的气了？"

耳边响起她那句"我对前辈什么想法都没有"，裴浠动作一顿，绷着脸，凉声道："我为什么要生气？"

夏乐葵撇撇嘴，可怜巴巴地观察着他的神色："我以为你在气我比赛打得差……"

"没有。"裴浠抬头看她，很快又垂下眼帘，"我没生气。"

夏乐葵微怔，就算迟钝如她，也能感觉到裴浠全程散发的低气压，但既然前辈都这么说了，她心头的大石终于卸了下来。

她冲他甜甜一笑："前辈，你开心就好。"

裴浠眉间微不可察地皱了皱，哐地重重放下她的筷子："可以吃了，别说话。"

"噢。"

"乐葵，你不要气馁，也千万别把自己当成三流选手，你能只身打入八强，说明你有成大器的潜力，就差了点机遇。"

吃饱喝足，听Phoenix的大神们讲了许多圈里的事，夏乐葵心头的阴霾散去不少。

这次《枪阵精英》新秀单挑赛的八强选手，除了她之外，清一色为一线俱乐部重点培养，即将投入到顶级联赛中的新秀。

短短几天内，她见到了顶级的战术教练和数据分析师，见到了身经百战的老将、经验丰富的领队，他们在赛后谈论的内容，高度都是她自己摸索再久也到达不了的。

连番惨败过后，夏乐葵不得不面对残酷的现实：哪怕自己将操作优化得无比精准细致，熟背一切主流技巧，没有职业联赛的实战经验，她一开始起点就与别人不同，对方的大局观、预判力、地图解读能力、心理素质，每一项都远超于她。

与业余的高端玩家不同，与二三线小打小闹的比赛不同，这才是真正的职业圈。

在电竞愈加职业化的今天，草根逆袭已经近乎神话，几人独闯天下都难，更何况孤身一人。摔得痛彻心扉，才能打破迷雾般的妄想，现在的她，离世界冠军还很远很远。

一个念头逐渐在内心变得清晰。

若想成为一条翻江倒海的龙，必须先进入汪洋大海中。如果仅仅生活在浅水洼里，无论自己用力扑腾出多大的水花，在真正的蛟龙面前，也不过是渺小的鱼虾。

【3】

后来的几天，夏乐葵依然联系不上大勇。

人生第一次大型比赛以提款机的形象悲惨落幕后，她踏入俱乐部的大门时，空气中都能嗅到一股酸味。

“哎哟，我们的冠军回来啦。”

“咖位大得不得了，又是痛骂队友不给力，又是开独立训练室，又是逼走领队，整天跟高层要这个要那个，以为全俱乐部都欠她呢。”

“结果确实厉害啊，场场零比三，垫底出局。”

眼前“热情欢迎”自己的队友以及同俱乐部其他成员在夏乐葵眼里如同蹦跶的虾兵蟹将，她不怒反笑：“我再差也进了八强，你们呢？”

队友A阴阳怪气地说：“能得参赛资格还不是靠抱大腿，我们没你这么会把握机会啊。”

“行。”夏乐葵点头，挥臂往训练室方向一指，“自定义模式单挑，地图你选，来吗？”

“嗬，在这儿横有什么用？”队友被她的气势吓得一愣，仗着背后人多，梗着脖子呛道，“就算打不过你，我们还不能点评了？”

耳边回响起秋樱说的那句网络流行语：“人生就像愤怒的小鸟，当你失败时总有几头猪在笑。”夏乐葵微眯起眼，给了他们一个“关爱智障”的眼神：“能啊，你们开心就好。”

她说罢便示意他们让开，见对方无动于衷，夏乐葵敛起表情，慢条斯理地揉了揉指关节：“怎么，还想和我动手？”

其他人交换着眼神，互相推搡，最终憋着气，识相地让出一条道。

嘁，一个能打的都没有。

经历过被网络黑子污蔑，又不必继续为了“队内氛围”忍气吞声，夏乐葵感觉自己升了级，这种程度的冷言冷语如今她只当苍蝇在叫。

然而，俱乐部接下来做的事，突破了夏乐葵对“底线”二字的认知。

夏乐葵当年与俱乐部签了五年长约，内容跟卖身契没什么区别，这次赢来的奖金照例被瓜分大半，但大勇该拿的部分一分都没给他，反而进了什么事都没做过的新领队的腰包。不仅如此，SB战队经费也被削减，过去与大勇关系不错的员工都被以各种理由扣薪，一队一名选手甚至因帮他说话而被降级二队。

最令夏乐葵心寒的是，曾经看起来与大勇最亲密的几个人，为了与他撇清关系，将他在私密群里的聊天记录截图散布，曲解句意，歪曲事实。

“这个人毫无职业操守，到处跟人诋毁自己的俱乐部，什么话都敢往外乱说。”

“他是为了夏乐葵顶撞高层了吧？他们什么关系啊？”

“为一个女选手出头，还能是什么关系。”

“没本事还逞匹夫之勇，祸害别人，也不想想那女的是不是只爬了他这一张床。”

流言越传越过火，到后来甚至演变成“泄露选手资料”“陪睡频率决定资源分配”，每一桩都是毁人职业生涯的罪，而大勇的圈内好友大部分都选择性失明。

患难之际方见人情冷暖。

夏乐葵多次想和经理谈判，希望高层能公布真相，但每次都被拒之门外。

经理那句带着嘲弄口气的话，每个字都冷得没有温度，好像是从她的脊柱一针一针地刺进去的。

“和人谈判前得清楚自己有什么底牌，你有吗？”

她的不甘，她的不满，她的种种情绪，在别人眼里，一文不值。

夏乐葵回到自己房间，打开电脑，后援阿鑫的消息如机关枪般响个不停，仔细一看，原来网上又有大动静。许多人将她被淘汰时的哭相做成表情包，配上诸如“输出不够，眼泪来凑”“电竞只是个孩子，求花瓶们放过”之类的文字，视频博主也不甘落后，“夏乐葵被虐集锦”“夏乐葵的100种死法”争相出炉。

卢青青十六进八被夏乐葵淘汰后发过一条微博，称自己高烧坚持打完比赛，并配上例行的自拍和鸡汤，文绉绉一大段，翻译过来就是：人生难免被小人绊倒，阴沟翻船。

评论区一片“心疼青青”“虽败犹荣”。

如今夏乐葵惨淡出局，卢青青的极端粉仿佛大仇已报，打了鸡血般群蛇狂舞，聚众狂欢。

“如果进八强的是青青，才不会被打得那么惨！”

“对，青青肯定能进四强！”

“什么四强！是冠军！我们青青巾帼吊打须眉！”

擅长营销的VPG俱乐部趁势又是一阵宣传，推出好几件卢青青做模特儿的电竞潮牌女装。

夏乐葵看着这一切，心中五味杂陈。曾经并肩战斗的好友实力倒退至此，还不加反省，睁眼说瞎话，将精力全用在与竞技无关的地方，可回顾自己走过的路，为了得到比赛的入场券，她何尝没做过一样的事？

她们这些人，到底要在这条歪路上继续走多久？

一阵敲门声唤回了夏乐葵的思绪，她打开门，看见了顾晴的脸。

近些天，顾晴与往日不同，没有再说那些令人不舒服的话，甚至好几次替夏乐葵解了围。

恍惚间，夏乐葵又想起了初遇时的那个女孩，在追梦的路上与自己后背相抵，发誓不离不弃。

她侧身让对方进屋，听见顾晴轻轻的一声叹息："乐葵，你感受到差距了吗？"

夏乐葵微怔，抿唇不语。

顾晴笑了笑，神情有些疲惫："我很早以前就看懂了，平台决定了一个人最终能站多高。"

她像是试图将积压已久的情绪倾泻而出，语调渐渐变得急促。

"你以为艺人成功靠的只是明星本身？不是的。艺人的背后有经济公司，有一整个团队包装、宣传、公关，运用资源接通告，打造星途。

"现在的电竞圈也一样。一支战队的成功，背后的团队非常重要。教练、领队、数据分析师、管理层、营销组，每个职位都必不可少。没有顶级职业战队的训练模式，打造出来的队伍就像用马车和汽车赛跑，个人实力再强，依然出不了头。

"乐葵，我真的忍了很久很久了。"

夏乐葵始终垂着脑袋，手渐渐握成拳。

那个这段时日她才想明白的念头在脑海中不断放大，最终满世界横冲直撞，就差冲破理智的牢笼。她死死地咬着唇，听见自己心脏剧烈的跳动声。

不是你的实力不行，是没有机会。

濒临极限的那一刻，顾晴猛地抓住了她的手臂。

"我们向俱乐部提出解约吧，倘若有什么风险，大家一起扛！"

【4】

夏乐葵与顾晴聊了整宿，回忆苦涩却充实的曾经，时哭时笑。

"乐葵，你还记得你离家出走的那晚吗？"

"记得。我妈当时气疯了，说要送我去电击治疗，我逃出来后打算在网吧通宵过夜，结果和一群混混争地盘，打得头破血流，最后被你捡回了家。"夏乐葵吸了吸鼻子，声音有些哑，“那天很冷，你只有一床被子，还让给我盖。”

“我比你大几个月，应该照顾你。”

“后来你发烧了，却坚持出门帮我买外伤的药，在路上晕倒了。”

“哈哈，那时候我们还真是难姐难妹。”

“嗯，遇到一点点好事，就能高兴好多天。”

顾晴目光微动，柔声道：“乐葵，就算现在还是只有一床被子，我也会让给你。”

胸口蓦地泛起一股暖流，夏乐葵眼眶微微泛涩。人心是肉长的，谈及过往，她怎能不被触动？毕竟相伴多年，以前的顾晴就像现在的大勇，是圈子里对她最好的人。

曾给予的伤害是真的，但爱，同样也是真的。

寂静的夜晚总能将情绪无声地放大，两人一起卸下盔甲，仿佛能走入彼此的内心。

顾晴的声音逐渐带上了哭腔：“乐葵，之前那些事，我是在跟你开玩笑，我不是故意的……”

夏乐葵一眨不眨地看着天花板，过了好久，她放松般垂下肩膀，轻轻地嗯了一声。

第二天，在顾晴的牵头下，夏乐葵与女队的队友们握手言和，一起数落俱乐部的不是。

“说是女子战队，挂羊头卖狗肉，这些年我们打过几次比赛？”

“不是不想努力，是训练了也没机会啊！”

越说越群情激昂，她们热血上头，挥舞起拳头，决定为自己的梦想奋勇反抗，集体提出解约。

同一时间，俱乐部老板李晟的办公室内，《枪阵精英》的项目经理正在做阶段性汇报。

“Super Baby这支女队，本来今年夏天就要解散了，但夏乐葵愿意上综艺，不顾形象，豁得出去，确实帮我们赚了不少。”

经理的眉头皱了起来，握着的笔在桌上用力敲了敲：“但她没摆正自己的位置，整天嚷嚷着要进一队，要打职业比赛，这不胡闹嘛！各大俱乐部成立女队只是为了吸引眼球，不是让她们出去拼冠军的啊！”

回想起大勇先前为夏乐葵打抱不平的模样，经理摸了摸挨过揍的脸，气不打一处来。

“电子竞技主要还是我们男人玩的，女人做好花瓶就行了。不是我性别歧视啊，世界上出过几个顶尖女选手？

“好好利用自己的外貌优势，靠直播和代言就能躺着赚钱，没有男选手那样的比赛高压，多好的事！VPG的卢青青就是很成功的案例，商业广告接得不比男队少，没拿过冠军粉丝们也排着队送礼，赚钱跟收割麦子似的。咱们虽不是豪门，但要把夏乐葵捧成低配版卢青青完全没问题。人家走励志女神路线，咱们走搞笑谐星路线，肯定能大火！”

李晟背靠在椅子上，懒懒地掀了掀眼皮：“这些道理，你跟她们领队说了吗？”

经理整张脸皱在一起，眼珠都瞪出了血丝：“大勇就是个废物！我让他跟夏乐葵沟通，换热门项目，打造讨喜的人设，平时多蹭些热度，炒一些梗给大V投稿，他什么都没干成！”

李晟问：“那你不直接找夏乐葵说？”

经理更气了：“找了！她倔得很！我之前亲自提醒了她一回，这家伙倒好，回头就把自己的头发剪得像被狗啃过一样！”

李晟点点头：“大勇现在什么情况？”

经理嗤笑一声，满脸得意：“我跟圈里的朋友知会过了，敢对上级动手，这种人别家谁敢要？”他想到了什么，神情渐渐凝重，低声对李晟说，“圈里最忌讳选手不服俱乐部的管。夏乐葵现在翅膀还没硬，以后要真有了粉丝跟我们叫板，舆论上可麻烦了，咱得把这傲气尽早折了。”

【5】

下午，夏乐葵出门办事，发现地铁站里铺天盖地全是Phoenix战队代言的广告。

墙壁上、圆柱上、轨道边……他们五人抱胸站成一排的宣传画无比引人瞩目，一排排世界冠军的头衔更是亮得夏乐葵睁不开眼。

不断有人群前来与宣传画合影，夏乐葵愣神的间隙就被挤到了好几层之外，人越聚越多，尖叫声此起彼伏，甚至惊动了保安维持秩序。

“Phoenix现在这状态真是猛！季队的战术永远领先对方一个版本！”

“决赛那局夏陵残血眩晕四个简直秀翻了！”

“啊啊啊啊！最中间站的是我裴皇！”

“为什么季队没和裴皇站一起？”

“因为裴皇更喜欢阿轩啊！”

“你胡说八道！前几天官博还发了他们俩的糖！”

夏乐葵使出吃奶的劲杀出一条血路，发现最大的那幅宣传画已经“惨遭毒手”，她尊敬的不可亵玩的前辈的脸上布满了各种色号的唇印……

Phoenix俱乐部《Conquer》分部基地里，裴浠正在看直播，微博ID为S的小号突然跳出了一条私信。

他垂眸一看，私信来自夏乐葵。

自从上次他收信后没回复，她便将他当成树洞，从一日三餐到人生感悟，事无巨细，刷屏汇报。

“勇哥。”

一股莫名的烦躁在心头腾起，裴浠阴了脸，准备拉黑她，不料夏乐葵发来了一张贴着他单人宣传图的柱子的照片，还配了句话：“前辈好帅哦！”

裴浠微怔，取消了拉黑的操作。

倏地，夏乐葵又发了另外两张。

“轩哥和季神也好帅！”

还是拉黑吧。

又来了一张，夏乐葵站在“裴浠柱”的旁边，笑得一脸甜蜜。

“我和前辈的合影。（爱心）”

裴浠的食指停留在拉黑选项上，抿了抿唇。

算了。

过了数秒。

“前辈脸上的唇印不是我的，我没亲他，别误会哦。”

裴浠身子一僵，耳根蓦地发烫，转瞬就被“别误会”三个字泼了盆冷水。

那边，夏乐葵还在继续发。

“勇哥，我要和大家一起去做一件不得了的事。不成功便成仁，保佑我吧！”

裴浠将“合影”照片存了下来，想起什么，又皱着眉删掉，过了一会儿，再次打开，保存。

忙完这些后，他仔细地读了遍夏乐葵的信息，打了一行“你要做什么”，沉思片刻，还是没有发。

回复的话，她就知道认错人了。

私信那头消停了后，裴浠将窗口切回直播间，有些意兴阑珊。

他正打算退出，突然刷出了满屏的弹幕。

“Summer上线啦！”

“Summer开摄像头啦！”

“Summer开始讲故事啦！”

裴浠嘴角抽了抽，条件反射般开始头疼。

远古大神Summer，他的表哥。

上次夏乐葵被污蔑开外挂上分，他给表哥打了电话，很快《枪阵精英》官方便发表了澄清声明。

如此给面子，只因Summer不是一般人。

在电竞还是小众的时期，Summer就以职业运动员的高标准要求自己，仪态端正，彬彬有礼，成为圈内独树一帜的存在。随着电竞大环境越来越热，主流媒体陆续开始相关报道，于是名牌大学毕业又战功赫赫的世界冠军Summer便成为电竞圈的门面，频频上电视，吸引了无数圈内圈外的粉丝。

Summer退役后，不同于其他职业选手除了玩游戏外别无长处，他凭借自己英俊的外貌、幽默的谈吐、渊博的战术知识，制作了一系列风靡全国的游戏教学视频，更开创了视频结合淘宝店的全新商业模式，逐渐发展成一条完整的产业链，为所有退役选手增添了新的出路。

不仅如此，他开连锁网咖，建俱乐部，创外设品牌，投资直播平台，成功从竞技选手转型为企业家，并且收获了“电竞圈创世神”的称号。

在无数电竞迷妹心中，Summer另一个伟大的贡献，就是将自己的表弟裴浠领入电竞圈。

如果说裴浠是个杰克苏，那么Summer比他还高了个级别——杰克苏他哥。

Summer很少开直播，每次一开，整个直播平台便会陷入狂欢，观众们奔走相告，主播们集体查房。相比高超的操作技巧，这位杰克苏他哥更擅长讲故事。

比如现在，他坐在豪华欧式大沙发里，一边左右手各撸着一只猫，一边讲电竞大神们刚出道时不为人知的趣事。

耳边回荡着机关枪般不带喘的声音，裴浠的嘴角渐渐往下弯。

他们表兄弟从小一起长大，Summer原先话并不算多，但由于裴浠实在太沉默，他总需要说两人份的话，久而久之，就成了习惯。

弹幕问得最多的，自然是关于裴浠的八卦。

Summer换了个撸猫的姿势，不紧不慢地回复。

“我宝贝弟弟的择偶标准我怎么能随便告诉你们。”

“他对我可冷淡了，想方设法跟我撇清关系。”

“他才不爱我，他只爱他的季队长。当年为了跟季向崆成为队友，这家伙可是想尽了办法，还差点毁了人家的情缘。”

“他带的那个向日葵小妹妹？别说你们怀疑了，我也怀疑，他这人从小看美女就跟看木桩似的……”

始终冷静自持的裴浠蓦地阴沉下脸，发了条信息：“闭嘴。”

“再说下去会被打。”Summer收到后，在镜头前指指手机，满脸凝重，“知道我为什么直播间隔那么长吗？你们给我的直播间刷的礼物，都是我的医疗费和安葬费。”

【6】

到了与女队成员们约好的时间，夏乐葵来到集合地点，只有顾晴在等她。

她环顾四周：“其他人呢？”

顾晴面色有些苍白，失落地摇摇头。

夏乐葵顿时了然，她们先前的义愤填膺，不过是逞一时口舌之快。

她叹了口气，竭力露出爽朗的笑容：“没事，就我们俩吧。”

走到李晟的办公室门口，夏乐葵偏过头问：“我敲门，然后一起进去。准备好了吗？”

顾晴郑重地颔首。

夏乐葵深吸一口气。敲门得到回应后，她拧开门把，走入房间，回过头，却发现背后空无一人。

过道的墙壁刷得雪白，干净到刺眼。

她张了张嘴，最终什么都没有说。

大勇很早以前就告诉过她，这个世界上勇敢的人很少，大部分人都很懦弱。

又或许，这件事从一开始就是陷阱，而她也早已有了心理准备。

夏乐葵轻轻地笑了，在心中低语：“我明明知道你在骗我，但我不拆穿你，因为我最后还想相信一次，你是我的朋友。”

“乐葵，就算现在还是只有一床被子，我也会让给你。”

夏乐葵慢慢地闭上眼，身体仿佛渐渐下坠，彻底被孤独埋没。

“顾晴，从很早以前就已经变成了，如果只剩一件东西，我肯定会让给你。”

“李总，我在俱乐部的这两年，相信您也清楚，没正经比赛可打，收入分成也远低于圈内的平均水平。对于签约前的承诺一一落空，我没有抱怨，而是勤奋训练，配合你们安排的活动当小丑。我已经尽了一个职业选手的本分，事实也证明，尽管不是俱乐部力捧的选手，我还是在新秀单挑赛上打进了全国八强。

“当初签约基于对您和俱乐部的信任，我从来没有想过谋取过分的利益，只希望自己的实力能被认可，能得到应有的尊重，希望您能理解。恳请俱乐部与我协商解约。”

听完夏乐葵的一番话，李晟的回答只有两个字：“不行。”

夏乐葵事先做了许多准备，可合约是自己亲手所签，不占法理，她在谈判中节节败退。

见对方态度强硬，她按捺不住压抑已久的怒火：“我到底差在哪里，为什么一直不能进一队？”

李晟慢条斯理地说：“高层的决定没必要向你汇报。”

夏乐葵的眼睛蓦地发胀，热血上涌，她整个脑袋都在嗡嗡作响。

“这几个赛季一队和二队拿过什么好成绩？”她的胸腔剧烈起伏，情绪上头，“你看过我的数据吗？他们明明都不如我，凭什么不让我上场？！凭什么？！”

李晟不紧不慢地喝了口茶：“你以为抱上一条圈里背景雄厚的大腿，就能冲我大吼大叫了？”

夏乐葵气得喊破了音，目眦欲裂：“我没有抱大腿！我是被裴浠前辈承认的职业选手！他还来现场看过我的比赛！”

李晟夸张地笑了起来，笑得肩膀颤抖，五官扭曲，眼底的讥讽不断地放大，他倏地阴下脸，冷冷地道：“啧，一口一个裴浠，人家真把你当回事了吗？”

夏乐葵被呛到，无法回答，心头涌上一抹涩意。

李晟缓缓眯起眼睛，故意将语调拖长：“当年我只想签顾晴一个，你们几个没人要，是她硬塞给我的。我还记得你那时候的样子，灰头土脸，眼巴巴地看着我，像条摇尾乞怜的狗。”

夏乐葵脸色倏地发白。

“合约上白纸黑字写着五年，所有的收入分配写得清清楚楚，你还有没有契约精神？在自己屁都不是的时候愿意牺牲利益谋取资源，现在反过头过河拆桥控诉俱乐部了？没有我，你能进职业圈？你能认识裴浠？你能参加《枪阵精英》新秀单挑赛？”

夏乐葵瞪大双眼，像是被他掐住了脖子，喘不上气，仿佛有无数只蚂蚁啃食着四肢百骸。

李晟冷冷地道：“解约？你想都别想。”

心脏阵阵发疼，夏乐葵手紧握成拳，梗着脖子与他对视：“我会走法律程序。”

“一个有点不满就跟东家打官司闹得沸沸扬扬的选手，你觉得其他俱乐部会要吗？”

李晟走上前，轻蔑地用手机拍拍她的脸颊。

“我只要动一动口，就能让你永久禁赛。”

Chapter 08

绝 佳 拍 档

【1】

夏乐葵被俱乐部关了禁闭。

公告栏贴出了处罚警告，夏乐葵宿舍被断网，社交账号被查封，一日三餐都不得出门。

训练室里，Super Baby其他成员围在一起窃窃私语。

“我们也不是故意害她，那天就是情绪激动了说说而已，谁知道她真的会去和老板谈解约，做事怎么不过脑子！”

“是啊，闹僵了前途不保。我看那些明星选手就算人气再高，只要俱乐部不安排打训练赛，不给上场，粉丝骂成一片也没用。”

“咱们这行都这样，全国冠军被欠薪后在直播间曝光，还不是不了了之。”

顾晴静坐在一旁，听着她们的话题从对现状的愤怒、不满、无奈，逐渐转移为嘲讽夏乐葵不自量力，以卵击石。

“大家都在忍，怎么就她不能忍？”“是该挫一挫她的傲气了！”

人一旦想改变现状就会产生压力，当身边有人尝试并失败了，她们就松了口气，并认为这种想法是徒劳的，甚至暗中庆幸还好自己没有行动。

最终得出一切都是夏乐葵咎由自取的结论后，几个女生终于心安理得地回归日常生活，仿佛先前说的所有话只是看完偶像剧后的闲谈。

顾晴轻轻叹了口气，眼眶发涩。

房间里，夏乐葵正对着天花板面壁思过。

她打比赛时永远是冲在最前方的那一个，开足火力对准敌人猛攻，这是她的强项，也是最大的弱点。

现实中，因为冲动莽撞，她在俱乐部老板李晟面前溃不成军。

夏乐葵闭眼，脑海中浮现出大勇同她解释自己名字由来的情景。

“人情有所不能忍者，匹夫见辱，拔剑而起，挺身而斗，此不足为勇也。

“天下有大勇者，卒然临之而不惊，无故加之而不怒。”

他说，遇事沉着冷静，无故受辱也不怒，才堪称“大勇”。

不论对方做得多么过分，大吼大叫只能发泄情绪，解决不了任何问题。

门外忽然传来了不小的动静，听声音来了一群人，有男有女，像是在接受采访。

夏乐葵侧身将耳朵贴在门板上，听见了《枪阵精英》经理侃侃而谈时浮夸的声音。

“我们俱乐部女队的宿舍是两人一间，夏乐葵是重点培养对象，单独住一间，还有自己的训练室。这次的《枪阵精英》新秀单挑赛，俱乐部为她配备了顶级的教练和数据分析师，付出了不少心血推广宣传，整个团队助她从海选中脱颖而出，打入了八强。”

夏乐葵差点破门而出。

胡说八道！哪儿来什么教练和数据分析师！哪儿来的团队！备战录像和资料都是勇哥一个人准备的！

可是，她必须忍耐。

经理开始介绍成员，声称夏乐葵身体不适，在房间休息。采访的团队为她而来，因见不到真人而惋惜不已。

“这位是我们女子战队的领队，杰尼。”

记者感慨：“能带出夏乐葵这样的选手，真厉害啊！”

杰尼笑道：“过奖了，她自己也很用功很努力。”

隔着一扇门，夏乐葵气得咬牙切齿：冒牌货！不要说得我好像跟你很熟的样子！

经理接着说：“我们是认真做女队的俱乐部，投入的资源同一队二队基本一致。”

基本一致？

腾腾怒火倏地熄灭，她心中只剩几声冷笑。

夏乐葵为他们的无耻所折服。

几天后，SB战队初次收到主办方直邀，去参加一场颇具规模的《枪阵精英》女子比赛——“华盛杯”。

然而，夏乐葵并没有出战的资格，经理逼她发微博，宣布自己因故无法参加。

他们迅速招到了替补，并且恢复了顾晴队内核心的地位。

所有的事就像是在响应老板李晟的那句话——“换个人照样可以”。

在一群人带着轻蔑与讥笑的目光中，按下微博“发送”键的那一刻，夏乐葵另一只手紧紧地抓住衣服下摆，抓得骨节发白。

她想起了裴浠先前跟她讲过的故事。

当年，裴浠的表哥Summer初出茅庐，带队在美国打比赛时，与赞助商发生激烈的矛盾，被对方指着鼻子喊“滚”。濒临落崖之际，他才得知队友早已准备赛后四踢一，集体出卖他。最终，他离开酒店，寒冷的冬天，他在大街上睡了一整晚。

那天，他对自己说：“要记住，你受过的所有委屈和欺负，都源于你的弱小。”

【2】

周五，D社在中国的代理方腾游集团宣布，指定国内最大的连锁电竞馆“梦旅人”为全民赛事的报名点及比赛场地，合作项目包括“高校争霸赛”“全民实力赛”等。

发布会现场群星荟萃，“梦旅人”创始人Summer主持演讲，多支顶级战队参与捧场，八大直播平台同步直播。

聚餐结束，一群人换地点进行下半场活动，裴浠照例谢绝邀请，独自提前离场。

他刚踏进俱乐部大门没多久，就接到了一通电话。

“裴皇，你表哥被灌醉了，嚷嚷着要你接他回去。”

裴浠将外套放到衣架上：“不接。”

几乎在同一时刻，电话那头传来了Summer的声音：“他是不是说了不接？不接我就讲他的故事！我小姨怀他的时候几乎没什么不适的反应，这小子在娘胎里安安静静，长辈们都说应该是个女儿，害得我高兴了半天……”

裴浠脸色一沉，太阳穴突突直跳：“我现在就去，叫他闭嘴。”

裴浠赶到酒吧时，Summer正在打台球。他俯身瞄准，长杆一击，两球落袋，动作优雅流畅，哪里有半点喝醉的样子。

Summer直起身，冲裴浠扬了扬眉毛：“惊不惊喜？意不意外？”

“……”

“别总缺席聚会，多和圈里的人交交朋友。”

裴浠脸色阴得发黑：“下次别人说你被沙尘暴埋了，我都不会理你。”

见他转身就走，无情得很，周围几人不禁感慨："夏天哥，你表弟对你好冷淡啊。"

"被我骗了十几年啦。"Summer走到台球桌的另一边，找准一个好角度，俯身时勾起嘴角，"但他每次都会来。"

裴浠本想直接打道回府，经过沙发区时，听见好几个人在谈论《枪阵精英》新秀单挑赛。

"正常的新人在大庭广众下被虐了这么多局，心态早就崩了，可她没有。不仅如此，她每一盘都有进步，是越挫越勇的典型。"

"在极端的劣势和压力之下毫不退缩，一定拥有超乎常人的自信。"

裴浠停下脚步。

他们在讨论夏乐葵。

"她的天梯排名很靠前，我们早就关注到了，可惜是个女的。"

"不是说家里出事要休赛一阵吗？"

"那是忽悠人的。她不听话，他们老板要给她点教训。"

裴浠状似无意地找了一个空位坐下，不动声色地观察四周。

这些人都是各大俱乐部的老板或高层，还有些知名的解说和选手。

"她这次进了前八后，回头就想跟俱乐部解约。"

"怎么，嫌钱少了？"

"说出来你们可能不信，她想去一队，想跟男选手同台竞技，老板不肯，她就闹解约。"

裴浠拿杯子的动作一顿。

一群人面面相觑，有几个哑然失笑。

"这也太为难人家老板了吧，现在哪个俱乐部的主力有女人啊？个人项目还有点可能，但这团体项目，平时吃住都在一起，不方便啊。"

"他们老板在我们俱乐部高层的群里说了，大家都站他这边。"起话题的俱乐部经理A说道，"要是她真敢闹，就封杀她。"

俱乐部高层B口吻愤然："是啊。现在电竞大氛围好了，选手粉丝多了就容易膨胀。如果有点不满意就在直播间开新闻发布会，微博长文见，不惯着就离队，俱乐部对选手失去控制力，赞助商怎么敢继续投资？没有投资哪来的正规化和后续发展？"

"这些道理大部分玩家不懂！"俱乐部老板C将杯中酒一饮而尽，又将杯子重重地砸在桌上，"我真的很烦选手的粉丝团没事就到俱乐部官微骂街抗议提要求！我们是竞技队伍，冒着巨大的风险，一切都是为了赢。高层有战略目标，教练组有自己的人员安排，不可能因为情感和舆论就破坏规矩！”

俱乐部管理层们惺惺相惜，越说越激动，直到有个人将他们跑偏的话题带了回来。

“电竞圈很多女的就是蹭个职业选手的名号炒作，没胆上赛场动真格，夏乐葵这点我很佩服啊。”

这个声音低沉懒散，出自裴浠身侧。

裴浠眉心一拧。室内灯光昏暗，方才入坐时，他竟没注意身边人的脸。

“哟，沈公子。”俱乐部经理A揶揄道，“你们俩当初在台上握手那会儿，我就觉得你的表情很不正常。”

其他人不约而同地搭腔，表情暧昧。

“就差把‘我想泡你’这几个字写脸上了。”

“虐哭她是为了吸引她的注意吗？”

沈奇躺在沙发里，嘴上叼着一根烟，衬衫领口大敞，露出流畅结实的肌肉线条。他无所谓地耸耸肩：“随便你们怎么想。”

这句话引来一片起哄声。

有个风情万种的女人走到沈奇身旁，身体前倾，手指轻佻地划过他的脸颊。他歪过头，取下烟，冲她一笑。

众人陆续去舞池狂欢，沙发区只剩裴浠、沈奇以及他的女伴。

裴浠手肘搭在膝盖上，轻晃着酒杯，冷冷地警告道：“别打夏乐葵的主意。”

意识到他在同自己说话，沈奇眉骨一抬，若有所思地看向他。

裴浠依旧盯着酒杯：“她有喜欢的人了。”

“你？”

裴浠不语。

“她和喜欢的人拉过手没？”沈奇搂住女伴的腰，将她抱坐在自己的大腿上，轻咬她的脖颈，提问的话语含混不清，“亲过吗？”

裴浠的表情蓦地变得不自然，嘴唇紧抿成直线。

沈奇轻车熟路地低头与怀中人激吻，唇舌交缠，呼吸渐沉，发出些微舔吮的水声。

过了好久，沈奇松开被亲得气息不稳的女伴，看到身旁的裴浠目不斜视，全身肌肉线条僵硬得如同雕像，他莞尔，漫不经心地眯起眼：“裴皇，没看出来，你还很纯情啊。”

见对方没有反应，他低笑着问：“耳根红透了，不会是在幻想和她这样吧？”

裴浠猛地偏过头对上沈奇的视线，眼底冷若冰潭。他全身散发出比赛时惯有的慑人寒意，一字一顿地说："我没在跟你开玩笑。"

【3】

夏乐葵缺席"华盛杯"《枪阵精英》女子组比赛的消息在网上掀起了不小的风浪。

许多人是通过Phoenix战队那次直播认识了她，随后被她在新秀单挑赛上的表现圈了粉，加入到小瓜子的队伍中来的。

夏乐葵停博数日，QQ也联系不上，评论区一片担心慰问。

后援会会长阿鑫与夏乐葵私交最好，闻知此事不禁心生疑惑：家里有事？她早就和家里断了关系，怎么可能在比赛关头突然有事？

另一方面，那些先前跟风造谣她"靠外挂上分"的黑子蠢蠢欲动，冷嘲热讽"她也许比赛也开了挂，被抓包后遭俱乐部雪藏"，编造各种阴谋论来证明自己当时没错，夏乐葵越无动静，他们便越是高兴。

Super Baby首战对手是卢青青带领的VPG女队，想一雪前耻的卢青青粉丝们更是叫嚣着夏乐葵尿人不敢应战。

亲友心乱如麻，敌人虎视眈眈，依旧被关禁闭的夏乐葵也在紧急寻找对策。

她曾想过写篇长文曝光入行以来俱乐部的种种，但这毕竟只是下策。

关系到职业生涯，她不能轻举妄动。

几天前，经理逼她发微博宣布因为身体欠佳不参加比赛，她故意将"身体欠佳"改成了"家中有急事"。

接下来就看比赛日的运气了。

"你搜集了这么多她的资料？这几个月的业余时间都花在这儿了？"

"哪些可以提交给《枪阵精英》项目组？"

秋樱翻看着裴浠硬盘里的文件夹，除了比赛和直播的录像、数据，他还整理了定妆照、日常照、采访回答……

"她小时候在武馆长大……"秋樱指着其中名为"夏乐葵履历"的文件，"这你都知道？！"

裴浠注视着电脑屏幕："她在群里说的。"

秋樱微怔："你除了微博用小号悄悄关注，还有小号在人家的粉丝群里？！"

裴浠默不作声地喝了口水。

"厉害啊。我以前佩服我妈跳个广场舞回来就能把新认识的大妈家底套得清清楚楚。"秋樱郑重地挑起大拇指，"裴浠，现在看来，你丝毫不逊色于我妈！"

两人说话间，屏幕上突然弹出了一张红红绿绿的人际关系图。

“这个不是……”

裴浠想关屏幕，秋樱先一步扑上前用身体罩住键盘和鼠标。

只见图上列出的每个人，旁边都有标注。

大勇：疑似暗恋对象。

林亦轩：危险。

沈奇：相当危险。

男队成员ABCDEFGH……

秋樱操作鼠标的手定在原处，表情呆滞：“你该不会把她身边的每个男人都调查了一遍吧？”

裴浠摇头，片刻后说：“女的也有。”

顾晴：前闺密后队友，不值得深交。

卢青青：前闺密，不值得深交。

阿鑫：后援，密友。

女队成员ABC……

秋樱瞠目结舌。

裴浠简直是包打听界扛把子！

她斜眼看他，目光如刀子般犀利：“指名乐葵与你合影，带她直播拉票，帮她辟谣，还去现场看她比赛，关注她的一举一动，你该不会有什么企图吧？要是被你那些疯狂的女友粉知道了……”

裴浠没等她说完，冷冷地打断：“这些资料你觉得没问题的话，我直接提交给他们。”

秋樱一肚子话被呛得噎住，裴浠那张面无表情的冰块脸越看越觉得正经严肃，她顿时有些愧疚。

也许人家只是给有实力的后辈的梦想护航，用力过猛了些，他们一个两个都想那么多，真不纯洁。

【4】

夏乐葵动作敏捷地从宿舍阳台一路顺着窗户爬到了底层，安全着陆。

今天是华盛杯《枪阵精英》女子组比赛的首日，战队全员早早出了门。被关禁闭以来，夏乐葵始终老实本分，管理层便没在她身上多留心眼。

她拍拍衣服，走出俱乐部，招了辆出租车赶往现场。

到达时，体育馆内正在进行Super Baby对VPG的第二轮比赛，夏乐葵买了张一日票，套上连帽衫的帽子，遮住大半张脸，小心翼翼地进入了内场。

她不能被一群人发现后引起骚乱，但也不能没人发现……

一行巨大的字晃入夏乐葵的视野中，是来自小瓜子的应援牌。大大小小的灯牌上都是向日葵的图案，绵延成一片不容忽视的花海。

夏乐葵鼻尖一酸，视线渐渐模糊，差点忘记了自己此行的初衷。

就在她愣神的时刻，比赛结束，SB战队惨败。场馆亮起大灯，夏乐葵站在楼梯上，眼看着观众们纷纷向她的方向转过身来，她几乎无所遁形。

身侧有人抓住了她的手腕。

夏乐葵的心脏骤然狂跳了起来，她警觉地仰起头，撞上了一双熟悉的眼睛。对方戴着黑色的口罩，高大挺拔的身影盖住了她整个人，距离有些近，她可以闻到他身上惯有的薄荷味清香。

"跟我走。"

他指尖冰凉，接触到的肌肤却开始发烫。

有种梦幻的感觉在身体里慢慢散开，每次他出现在她眼前，她都觉得格外不真实。

两人安全撤离至鲜有人知的角落，裴浠仔细查看了四周后，忽然意识到还握着她的手腕，面色一僵，连忙松开。

夏乐葵嗫嚅道："前辈，我……"

"我都知道了。"裴浠目光微动，过了许久，他安抚般轻轻拍了拍她的肩膀，动作生疏而小心，"别怕。"

夏乐葵的瞳孔缓缓放大。

他说，有我在。

突如其来的温柔击中了她的心脏，卸下全身的防备，夏乐葵双手捂住眼睛，不受控制地哭了起来。

哪怕曾经被俱乐部欠薪，要饭一样被厌恶地打发，她都没有刚才这么绝望。

她一路摸爬滚打，如今终于看到了曙光，却被生生掐断。

她想打比赛，好想打比赛，可以后就连出现在赛场上，都是灯光亮起时必须落荒而逃的命。

裴浠没料到自己的话居然会让她掉眼泪，顿时有些无措。

他平日里接触的大多是男人，队伍里唯一的女生秋樱，天仙般的美女，但在他眼里就是个性别中性的领队。

见夏乐葵越哭越凶，纤瘦的肩膀不住地颤抖，裴浠的手臂僵在她身侧，因紧张而头皮发麻。

环顾四周，他看见了街角的奶茶店。

先前一起吃烧烤时他见她点过奶茶。

裴浠嘱咐夏乐葵在原地等着，自己去店里买奶茶，被问到要点哪种口味，他选了几款卖得最好的，准备一会儿让她选。

他回去的时候，夏乐葵已经哭够了，正坐在地上，抱着膝盖抽噎。

裴浠蹲下身，垫了张纸，把四杯奶茶从袋子里拿出来，在她面前慢慢排成一排。

夏乐葵眨眨眼，长睫毛上还挂着泪珠："全是给我的？"

裴浠点头。

夏乐葵拿起最右边的那杯，轻声说："谢谢。"

裴浠垂眸看她，女孩子双手捧着杯子，刚刚哭过的脸颊显得很粉嫩，模样乖巧，让他有种投喂可爱小动物的满足感。

看来她喜欢吃布丁。裴浠郑重地在内心的本子上记下。

夏乐葵很快喝完一杯，抬头看了裴浠一眼，吸了吸鼻子，拿起第二杯。

这么渴吗?

裴浠微怔，继续在内心的本子上记下：也喜欢吃椰果。

又喝完一杯，夏乐葵再次抬头，这次看裴浠的眼神带了点歉意，然后在他毫无波澜的注视下接着喝第三杯奶茶。

三杯下肚，夏乐葵偏过头打了个嗝，目光扫过剩下的那杯奶茶，忽然泪眼婆娑地看向他。

"前辈，对不起，你买太多……我喝……喝不下了……"

裴浠："……"

翌日，一系列比赛现场照在网上火速疯传，照片的背景中赫然出现了夏乐葵的身影。

她站在观众席里，神情落寞地注视着舞台，光线昏暗，将她娇小的身影衬得楚楚可怜。

圈里迅速掀起了轩然大波。

"不是说家里有事吗！夏乐葵明明就在现场！"

"什么意思？比赛为什么不让她上？"

电竞记者们争相写新闻报道，愤怒的小瓜子们要求俱乐部给出说法，相关话题很快成为热搜。

不断有人爆出俱乐部内部的料，披露夏乐葵被雪藏的真正隐情。

五年长约，伯乐负马的故事引来各方议论纷纷。

"俱乐部签了约就该好好培养啊，不给机会就让人家转会，拿合约控制算个什么事啊！"

有人力挺，就有人反对。

同为备受关注的职业电竞女选手，卢青青的一部分粉丝始终将夏乐葵放在对立面，这些极端粉在微博建立了一个树洞号，专收咒骂挖苦夏乐葵的投稿。

“合约是她自己亲手签的啊，又没人逼她，俱乐部签新人要承担风险啊，既然当初决定牺牲一些利益换到机会，现在翅膀硬了就闹着要走，以后这种忘恩负义的人谁敢要？”

“合约纠纷多半是因为分赃不均吧！”

“恶心夏乐葵好久了，跳那猩猩舞跟个智障一样。说俱乐部没给资源，搞笑！裴浠是什么级别的大神？没资源的小透明轮得上和他开黑？”

有些小瓜子不服他们故意抹黑的发言，留言反驳，遭到卢青青极端粉围攻。

“哪家的疯狗，冲上门来撒泼，真是什么样的贱人出什么样的贱粉！整天洗地累不累，之前花样蹭热度以为大家瞎啊！回你主子那儿跪舔去！”

小瓜子们不甘示弱：“你们家青青靠的不是炒作？除去给豪门一队当啦啦队蹭曝光度，她自己打过几场比赛？！”

“青青在的俱乐部是豪门VPG！野鸡别犯了红眼病乱啄人！”

“豪门又怎样，新秀单挑赛上还不是被我们乐葵三比零！”

这话像是戳中了卢青青极端粉的痛处，他们激动得脏话满屏飞：“都说了青青那天发烧！我们在自己地盘骂她关你屁事啊！我管官方说她作没作弊，我管她有没有实力，别人不闹解约就她闹，我骂她不行？！她赢了青青我就希望她出门被车撞死！”

这句话一出，几秒间，点赞数惊人。

小瓜子们气到发抖，截图到群里，寻求应援。

这些请求都被阿鑫截住了，她不想让夏乐葵看到这些糟心的言论。

“大家圈地自萌，无视那些杂音，世界那么大，所有人的想法不可能一样。”

作为回击，小瓜子在阿鑫的组织下，自发剪辑视频、写长文、截照片，向各个平台的电竞自媒体投稿夏乐葵的精彩操作集锦，以正面积极的方式表达对偶像的支持，吸引了不少路人加入支持夏乐葵的阵营里。

过了没多久，卢青青的后援管理层接到卢青青本人的通知，劝粉丝停止对夏乐葵的攻击，卢青青的理智粉开始不断私信夏乐葵道歉，但双方粉丝骂战激烈，将事情越闹越大，无数人强烈要求她们同台对决。

然而，Super Baby战队顶着压力，硬是没有做出变动。

“谁允许你擅自去现场的？”

俱乐部老板李晟的办公室内，面对质问，夏乐葵不卑不亢地回应：“我只是去观战。”

李晟脸上已隐隐带着怒气："你还想继续打职业赛吗？"

周围站着《枪阵精英》项目组的其他成员，包括夏乐葵的队友们，大家都默契地没有吭声。

李晟眯起眼，声音愈加阴沉："有粉丝撑腰很了不起是吧？"

夏乐葵一动不动地看着他。

"我就让你把冷板凳坐穿，亲眼看看我能不能培养出新的懂事的人替代你。"

李晟紧盯着她绷得像块铁板一样的脸，扯了扯嘴角，笑容近乎残忍。

"职业选手的巅峰时期不过几年，咱们慢慢耗！"

夏乐葵的脸色终于变得煞白。

顾晴走上前，拉了拉她的衣摆，轻声劝道："你道个歉，别再闹了。"

夏乐葵还是不说话。她的额角暴出青筋，深陷入掌心的指甲几乎能将掌心掐出血来。

这副倔强又骄傲的模样终于将李晟激怒。

"跪下！"他厉声道。

所有人都露出了难以置信的表情。

"晟哥，别生气，吓唬吓唬得了啊。"

"是啊，小姑娘任性，别跟她一般见识。乐葵，快跟晟哥服个软。"

在众人的劝说中，夏乐葵仍然不为所动。李晟心中的火蓦地被煽得更盛，他指着她的鼻子怒斥："你在这儿给我摆什么臭脸！觉得特有骨气是不是？也不想想自己以前就是个没人要的倒贴货！合约期没到想走？门儿都没有！就算没有五年合约，我照样能踩死你，还想吃职业这口饭就给我跪下！"

夏乐葵身子一震，耳边轰轰直响。绝望的感觉仿佛黑压压的网，劈头盖脸地罩住她，越是反抗，勒得越紧。

过了许久，她终于很慢很慢地低下了头。

房间里弥漫着难以言喻的压抑，仿佛船逐渐沉入海底，呼吸的空气被一点点剥夺。

夏乐葵的嘴唇张开后又合上，她竭力克制住涌上眼眶的泪水，整个人都在颤抖："对……不……"

突然间，李晟的手机响了，打断了她的话。

李晟不耐烦地拿起手机，正想关掉，却在看到来电显示的那一刻立马改变了态度，忙不迭地接通，先前的气势消失殆尽。

"您也关心这件事？"李晟瞥了夏乐葵一眼，恭恭敬敬地说，"她只是个女队的成员……"

对方不知说了什么，李晟大惊失色，挥手示意经理带其他人出去。

夏乐葵被送回房间，一夜过后，她被通知禁闭解除，社交账号归还，恢复了自由。

更不可思议的是，李晟同意了某家俱乐部对她的转会申请，只要她点头，就可以开始办理手续。

这峰回路转的剧情，她连做梦都不敢妄想。

【5】

夏乐葵拖着行李箱走到俱乐部大厅时，看到了一道英俊挺拔的身影。

他没穿队服，白色的卫衣下，双腿笔直修长。

夏乐葵步子一顿，惊诧地微微张大嘴，获得了拼图缺失的最后一片，她心中的疑惑终于有了答案。

裴浠的出现引来许多人围观，可没人敢靠近。他似乎心情欠佳，虽面无表情，但毕竟是赛场上的王者，整个人站在那里就带着股压迫感。

夏乐葵在众目睽睽下走到裴浠跟前。

“前辈……”

这些时日积压的情绪太多，在看见他的那一刻蓦地冲破了心灵的堤坝，她开口时，声音忍不住带着点哭腔。

裴浠从她手中接过行李箱：“走吧。”

俱乐部的人面面相觑，感觉自己仿佛在看一场电影。

《枪阵精英》经理热情地上前搭话，却被裴浠冷漠地打断。

“请转告你们李老板，”他向来古井无波的眼瞳此刻漆黑幽暗，声音带着慑人的寒意，“在这个圈子里，如果真的有人能一句话封杀别人，这个人绝对不是他。”

《枪阵精英》经理的笑容凝在脸上。

裴浠说罢便带着夏乐葵离开，连余光都没有扫向过其他人。

他们身后一片哗然。

进入地下停车场，夏乐葵终于控制不住，轻拉裴浠的衣服下摆，额头抵上他的胸膛。

陌生的温热触感自胸口蔓延，裴浠倏地全身僵硬，耳根开始发烫。

他的喉结滚动了一下，没有推开她，手臂抬起，又收回，最终他一动不动地戳在原地。

与她接触的那一小块地方的感官突然变得无比敏感，微小的动静被无限放大，并一路震至心底。

裴浠抑制着胸腔的起伏，连呼吸都不敢用力，直到她颤抖的肩膀慢慢地不再起伏。

红晕沿着他的耳根，不受控制地往下爬至脖颈。

小姑娘情绪稳定后意识到不妥，拉开距离，咬住下唇，泪眼盈盈地说了句“对不起”。

裴浠垂眸，端详她的脸。

四目相对，夏乐葵胸口一紧，心脏毫无防备地怦怦狂跳。

两人同时有些局促地移开视线。

过了许久，裴浠抬起手，拍了拍她的脑袋，低声说：“没事了。”

没事了。

全世界忽然寂静无声。

暖流涌入四肢百骸，像暴雨中的花盆进了屋，像断了线的风筝落了地，像漂泊的船只靠了岸。夏乐葵微垂下头，像小猫一般安心地眯起了眼，感觉他覆上她头顶的手掌厚实而温暖。

“前辈，谢谢你。”

“我只是个选手，帮你的是我表哥Summer。”

回程的路上，裴浠言简意赅地同夏乐葵解释了转会的经过。Phoenix俱乐部新开了《枪阵精英》项目组，正在选拔出众的选手，而她就在备选名单中。电竞圈四大豪门之一抛出橄榄枝，加上人脉深厚的“创世神”暗中相助，李晟不想放人也难。

裴浠自动跳过了为了让Summer出手，听他念了几小时经的悲惨经历，他家的墙都快被叨出一个窟窿。

办转会手续期间，考虑到夏乐葵不适合继续住在原来的基地，裴浠提出可以借“梦旅人”的客房给她，秋樱不放心，要求接夏乐葵去Phoenix俱乐部和她一起住。

下车前往《Conquer》分部的基地时，裴浠的口袋里突然掉出了一副手套。

夏乐葵低头去捡，发现手套是粉红色的。

原来前辈喜欢粉红色。

她再仔细一看，手套是女式的。

原来前辈喜欢……呃……

裴浠的表情瞬间变得不自然，但他很快就恢复成了扑克脸：“买错了。”

夏乐葵乖乖地应：“噢。”

她暗自诧异：那你还随身带着？

裴浠状似无意地别过头："你喜欢的话，就给你。"

"嗯？"

"没什么。"

夏乐葵眼珠一转，有了答案：他大概是想送别人，然后被拒绝了吧？

"喜欢，喜欢！"

这种时刻不能让前辈尴尬，夏乐葵看向那副嵌有蝴蝶结和蕾丝花边的粉红色手套，腰杆一挺，视死如归地说："我最喜欢这种颜色和款式了！"

余光察觉她将手套郑重地戴上，翻转着手腕来回打量，裴浠垂眸，眼底带着不易察觉的笑意。

晚上帮夏乐葵整理行李时，秋樱惊呼："天哪，你怎么戴这么丑的手套？"

发现其他成员闻声好奇地往这边看，夏乐葵心虚地拉住她的胳膊，干巴巴地说："很、很好看啊。"

路过的林亦轩摇摇头，痛苦不堪地捂住眼睛。

其他人不约而同地效仿。

秋樱脸上写满了嫌弃："快扔了，我给你买新的。"

她们的身后，裴浠的手机再次啪地掉到地上，终于碎成了大花屏。

【6】

Phoenix的《枪阵精英》项目即将组成四支战队，一队、二队、青训和女队，夏乐葵转会后，将根据实力进入合适的队伍。

周末，夏乐葵去了原来的俱乐部，彻底把东西搬空，临走前，她迎面遇上了顾晴。

如今，稳坐核心位的顾晴接收了之前夏乐葵所有的资源，老板李晟甚至决定打造人设，重点营销她，成为与卢青青媲美的电竞花瓶。

想起裴浠当初说过的"零和博弈"理论，夏乐葵笑了笑："我走了，你开心了吧？"

顾晴没料到她会问得这么直接，事已至此，再说客套话毫无意义，她只能故作轻松地回复道："是啊，晟哥安排我上一档卫视的相亲节目，有你在就轮不到我。这种你不屑做的事，对我来说可是好机会。"

心底潜藏的火线被点燃，夏乐葵沉下脸，一句句念出顾晴曾对她说过的话。

"'不那么拼也没关系，收入够用，轻松地活着也很好啊''偷懒也没关系，不训练也没关系，争取曝光度，积累人气，有职业背景容易转型解说，实在不行就当主播''比起打比赛，我们还是先想好退役后的打算吧，现在能捞一笔是一笔'。"

她每说一个字，顾晴的表情就难看几分。

夏乐葵皱眉：“顾晴，你还是个职业选手吗？还记得初心吗？你早就放弃梦想了吗？”

“我没办法……”面对机关枪般的询问，顾晴慢慢后退，摇着头，“我没办法！”

她猛一跺脚，瞪大的眼睛里泛起血丝：“先不论我们是女人，就说顶尖的男选手，你知道竞争有多激烈吗？一线队就那么几支，多少人风华正茂时被迫当替补，把板凳坐穿都出不了头！多少老选手状态下滑就立马被踢！直播？不是战功赫赫笑话段子满天飞，谁来看你直播？”顾晴的声音越来越高：“都说现在时代好，打游戏也能赚钱，可真正靠打职业比赛赚钱的有几个人？只有顶峰上的那些人！剩下的，你、我，我们全是炮灰！”

夏乐葵看着她手指颤抖地抚上脸，五官痛苦地扭在一起。

“这个圈子里永远不缺更年轻、更刻苦、更有天赋的人，永远都会有更残酷的挑战……”

“竞技，只有强者才能活下来。”夏乐葵终于忍不住打断她，“说了这么多，你只是害怕了。因为自己坚持不下去，所以希望周围的朋友都跟着放弃，借此来安慰自己，不是你的错，现实就是这样的，所有人都是这样的。”夏乐葵叹了口气，“照照镜子吧，现在的你真难看。”

顾晴像被猛抽了好几个巴掌，她嘴角抽动，指着夏乐葵，目光渐渐变得凶狠。

“你不放弃因为你什么都不懂，你没变因为你什么都不想。你只知道往前走，哪怕路的尽头是悬崖！”顾晴目眦欲裂，声嘶力竭地吼道，“你就是个傻瓜！”

她的声音仿若劲风刮过走廊。

夏乐葵岿然不动。

“我看得很清楚，竞技是一将功成万骨枯。”夏乐葵死死地咬着后槽牙，眼底火光闪烁，“而我，就是战到最后的那个将！”

顾晴全身一震，神情骇然。

“我的后援说，她支持我，因为佩服我敢于选择走最艰险的路。”夏乐葵手指一下一下用力指着地板，娇小的身躯爆发出不容置疑的气势，“但是，选择走最艰险的路并不值得佩服，走到最后的才值得！”

铿锵有力的话语吹散了顾晴所有的底气，她无言反驳，嘴角勾起嘲讽的笑，睁着干涩的眼睛，一个劲地点头：“好啊，那就让我看看，你能走多远。”

离开原来的俱乐部后，夏乐葵的心情久久无法平复。

在人生的漫长旅途中，曾经高唱着“朋友一生一起走”的伙伴们，有的越走越远，有的原地踏步，有的在十字路口前往了别的地方。

时光的车轮转过一圈又一圈，大家看到的，渐渐不再是同样的风景。

有的人会大步向前，追上朋友。

有的人会望着朋友远行的背影默默祝福。

有的人则不惜绊住朋友的脚步，甚至将朋友甩到身后。

此时此刻，夏乐葵终于无奈地意识到，她和顾晴，因共同的目标相伴前行的旅途，终究到此为止了。

无所谓恨与不恨，分道扬镳，昂首莫回头。

她愿意相信，至少在那段飒飒冷风中彼此依靠着取暖的日子里，顾晴是真心对她好过。

【7】

夏乐葵顺利通过了Phoenix俱乐部《枪阵精英》项目一队的试训，成为复训选出的十二人之一。

公布最终结果的那天，所有人逐一被请去经理办公室谈话。

“一队的训练强度和你以前的女队完全不一样。军事化管理，每天十几小时枯燥单调的练习，一刻都不能松懈。”

“嗯。”

“没时间购物、化妆、看剧，不能过普通女孩子的生活。”

“嗯。”

“长期训练可能导致手伤、腰伤和眼疾。”

“嗯。”

“也许会因为一个操作失误被千夫所指，受尽谩骂诋毁，终日与高压相伴。”

“嗯。”

“很好。”经理满意地点点头，“恭喜你加入Phoenix《枪阵精英》分部主力一队。”

夏乐葵走出经理办公室时面无表情，眼神茫然，仿佛在梦游。

双腿自动行走到了大厅，电视里正在播放两位电竞职业选手高唱的大赛出征曲，她不禁驻足。

听着略带沉重又不失激昂的曲调，夏乐葵低头看向自己摊开的掌心，眼泪忽然不受控制地滑落，连带着肩膀都开始颤抖。

一滴、两滴、三滴……掉在地上，晕开水渍。

回忆一幕幕闪现——

她日以继夜地刻苦训练，遭到队友的奚落嘲讽。

她在舞台上装疯卖傻，脱下的袜子拍上了裴浠的脸。

她坐在女子职业选手粉丝见面会的席位上，对着空空的台面强颜欢笑。

她被扣上莫须有的罪名，面对网络上潮水般的恶意，忍住了回骂的冲动。

她义正词严地向老板争取自己的权利，却被曾经签下的一纸合约驳回。

她为了前程被迫接受惩罚，输入“因故缺赛”的谎言后，颤抖着按下了发送键。

……

我看见星光闪烁，却不曾注意过，夜幕下的更多，是黑的静默。

再看见流星划过，劝自己别想太多，那不过是幼稚的执着。

我告别天真，也告别自尊，学会收敛，学会妥协，却不曾学会，抛弃那些没能实现的诺言。

至少今天，至少挺起背，至少不让自己后悔。

梦渐渐，一点点，在实现。

——2017英雄联盟MSI LPL出征曲《破晓》

Chapter 09

绝 佳 拍 档

【1】

夏乐葵重开直播的第一天就被送礼物的信息刷屏了。

“乐葵不在的第N天，想她……哇！乐葵回来啦！”

“小瓜子××号前来报到！”

“欢迎回家！”

夏乐葵在镜头前不好意思地捂住脸，仿佛久别归来的游子受到了乡亲父老的迎接，激动得半天说不出话来。

微博有上万条提醒信息，私信箱里装满了关切的问候，视频网站有了她的录播专题页面。

这段时间经历了那么多事，夏乐葵忽然有些感慨，在自媒体时代，每个人都有许多种渠道发声，从而受到关注。对职业选手来说，俱乐部、赞助商、直播平台甚至各大联赛都要为自己的利益考虑，只有她的粉丝、她的支持者无私地爱着她。

茫茫网络，她不是一个人孤军奋战。

他们是她最坚强的后盾。

弹幕上，温情戏码已过，小瓜子们刷屏的画风渐渐变了。

“葵哥，到新基地得注意仪态啊，别把队友们吓着了！”

“葵哥，睡前记得锁门，听到可疑的声音立马报警，别把人揍残了！”

“葵哥，没事不要唱歌，职业选手神经衰弱会影响比赛状态的！”

夏乐葵深吸一口气，保持微笑。

很好，还是原味的粉丝。

Phoenix俱乐部《枪阵精英》分部一队的名单还缺一个位置没有公布，新的基地尚在准备中，夏乐葵暂时与秋樱合住。

《Conquer》分部的休赛期即将结束，成员陆续归队，夏乐葵便跟着秋樱，成为训练室里的常客。她每次去就在林亦轩旁边的空位上练枪，空闲时，林亦轩总爱拉她一起玩当下最火的生存类网游《荒岛求生》。

两人双排，乐葵端着枪，走在林亦轩前面探路。

耳边传来几阵枪声，林亦轩哇哇乱叫："我被打了！还在打我！哇！啊！"

他扭动着身子，用蛇皮走位一阵狂奔，听见又是几声枪响，夏乐葵笑着说："没事啦，都解决了。"

林亦轩回头一看，敌方已成几具尸体。他美滋滋地跑去搜刮装备，夏乐葵在一旁掩护，战利品让他随便拿。

林亦轩的直播间内，粉丝们嚷嚷着要换墙头。

"小姐姐男友力max，还缺女朋友吗？"

"蠢轩躲在小姐姐背后瑟瑟发抖。"

"蠢轩丢尽了职业选手的脸，爹真为你感到失望！"

"我不想看这蠢货直播，求小姐姐的房间号！"

裴浠走进训练室时，看到林亦轩递给旁边的人一瓶饮料，夏乐葵接过，拧开瓶盖又还给他，林亦轩笑着说了声谢谢，仰头就喝。

两人全程动作流畅，神情自如。

可好像有哪里不对。

见夏乐葵没有饮料，裴浠去拿了瓶新的放到她桌上。

小姑娘微蒙，抬头看了他几眼，又看了几眼，将瓶盖拧开后，迟疑地举到他面前。

裴浠嘴角一抽，淡淡道："给你的。"

夏乐葵这才反应过来，恭敬地冲他道谢，双手捧着瓶子，像在捧什么宝贝。

裴浠莫名地有些不快——她能和其他男生随意说笑，在他面前却总会秒变拘谨。

可惜夏乐葵察觉不到他冰山外壳下的情绪波动，注意力又回到了游戏上。

林亦轩开了辆破吉普经过她身边："小姑娘，什么都别说，快上车吧。"

"哇，轩哥你车技好棒！"

"那当然，大家都说我技术好。"

林亦轩正扬扬得意地操纵着方向盘花样显摆车技，突然——

"谁拔了我的显示器接口？"

裴浠拉开夏乐葵旁边的椅子，面无表情地坐下：“下把和我排。”

夏乐葵偏过头，眨眨眼：“轩哥呢？”

裴浠看着屏幕：“不带他。”

林亦轩重新接上显示器，从地上爬起来，发现游戏里的角色已经被打死了。

“裴浠，刚刚是不是你拔了我的显示器？”

他还未说完，突然全身一抖，裴浠扫向他的眼神带着毫不掩饰的警告。

先前被对方壁咚的恐惧蓦地漫上心头，林亦轩缩了下脖子，只能抱着手臂乖乖闭嘴。

【2】

大难不死，必有后福，夏乐葵入选Phoenix俱乐部《枪阵精英》一队后，喜事接踵而至，人间蒸发许久的大勇忽然出现在她的面前。

他整个人瘦了一圈，看上去十分憔悴，先前发生的种种，如今回想起来仿佛大梦一场。

“勇哥！”

夏乐葵想扑过去抱他，却被身侧的裴浠蓦地拉住运动衫的帽子，只能挥舞着手臂原地踏步：“这些日子你都去哪儿了？”

大勇眼眶泛红，别过头用手背擦擦眼睛：“烦恼事太多，找个角落修仙。”

夏乐葵心头一涩，又想扑过去，却再次被裴浠捉小猫般揪了回去，她焦急地问：“现在情况怎么样了，他们还封杀你吗？”

大勇笑笑，指了指行李箱：“我今天是来报到的。”

夏乐葵瞳孔渐渐放大，耳边传来裴浠毫无波澜的声音：“他以后是《枪阵精英》一队的领队。”

《枪阵精英》一队的领队？那岂不是……

见大勇激动地走上前，夏乐葵热泪盈眶，激动得全身发抖：“勇哥，我们终于又在一起了！”

乌云散去，暖风习习，轻浪拍礁，他越走越近，她向他张开双臂，然后——

大勇一把将她拨开，面向裴浠，高大的身躯不自然地扭来扭去：“裴皇……能、能不能给个签名？”

晚上，秋樱还未回房，夏乐葵独自在寝室上网。

白天她问起大勇，先前被俱乐部撤职的事是不是因为她，大勇摇摇头：“我和俱乐部本来就理念不合，现在正好，破而后立。”

出人意料的是，他同夏乐葵一样，也是在几近坠崖之际收到了Phoenix俱乐部的邀请。

大勇轻抚签过名的笔记本："听说是裴皇推荐我的。"

夏乐葵喃喃道："前辈真是个好人……"

大勇点头："是啊，咱们得好好感谢他！"

接下来的时间里，夏乐葵难得陷入了与电竞无关的沉思。

如何感谢前辈？

她感谢人的方式很直接，要么请吃饭，要么送零食。

前辈的吃相那么贵气，喜欢吃的东西应该也很上等吧？

夏乐葵正在胡思乱想，首页忽然刷出一条微博，来自一个发布娱乐圈资讯的大V。

"我最近看了本叫《电竞恋人》的言情小说，彻底爱上了电竞圈的小哥哥！"

配图是九张同一个人的照片。

昏黄的光线下，男人戴着耳机，垂眸沉思，侧脸线条完美，额发微微遮住眼睛，屈起的食指关节抵在嘴唇边。

下一张，男人偏过头听队友说话，鼻梁高挺，漆黑的眼瞳清冷无波。

再下一张，男人单肩背着外设包，双手插在裤子口袋里，上衣背后印着他的名字和ID：裴浠，Summit。

这条微博转发量惊人，吸引了无数圈外人。

评论区刷起了"盛世美颜""这人是谁""虽然不懂电竞，但是他好帅啊""原来打游戏的还能长成这样""他拿过什么冠军吗"……

眼见裴浠的微博、相关话题沦陷，粉丝群申请人数爆炸，裴浠的女粉们心态崩了。

"麻烦你们不要没看过比赛就叫他老公好吗！"

"连游戏规则都不知道还敢自称电竞选手的粉？！"

夏乐葵也酸了起来，像是自己心中的一片圣地受到了玷污。

甚至有粉丝开始杀敌一千，自损八百。

"裴皇素颜不好看！他的照片都是我们P的，颜粉可以撤了！"

"对，每张也就P了十多小时，跪求新来的小姐姐们别关注他！"

夏乐葵端详了这九张图一番，发现毫无PS痕迹。

一个念头在她脑海里不断地放大，放大：前辈真的很帅。

那天在俱乐部大门口看到他的时候，结合她当时的处境，他的形象简直能用"天神下凡"形容。

夏乐葵咽了下口水，在手机里新建了相册，将这些照片都存了下来。

【3】

临睡前，夏乐葵坐在床沿，秋樱在她身后，用手指按摩她脑袋上的穴位。

大勇说，男人都喜欢秋樱这样的妹子，人美声音甜，还很贤惠。

夏乐葵刚搬来时，秋樱感慨她来来回回就这么几件颜色单调的T恤短裤，第二天就带她去商场买了好多套衣服。早上帮她叠被，晚上帮她铺床，训练室里夏乐葵常用的电竞椅上，除了颈枕和腰枕外，秋樱还贴心地放上了防止屁股疼的坐垫。

夏乐葵正在妄想如果自己是个男人，看见秋樱估计满脑子都是“结婚吧”的念头，眼前冷不丁出现一部手机，秋樱告诉她：“一队的名单今天定了。”

夏乐葵定睛一看，惊呼出声：“前辈要转《枪阵精英》项目？他不是《Conquer》的国服第一吗？”

“是啊。”

夏乐葵不安地问：“该不会是因为我……”

“这倒没有。”秋樱摇摇头，“裴浠原本最擅长的就是FPS游戏，他在《枪阵精英》国服的排名也很高。”

夏乐葵不解：“那他为什么以《Conquer》出道？”

“因为一个承诺。”

具体什么承诺，秋樱不说，夏乐葵也没有追问。

“不过，你确实给了他勇气。”秋樱拍拍夏乐葵的脑袋，弯起眼睛，笑得暧昧，“他暗中观察你很久了。”

夏乐葵仿佛受惊的猫般奓开了毛：“哎？！”

秋樱一下下抚摸着她的秀发，眼前闪过询问裴浠的片段。

“你之前觉得乐葵暗恋大勇？”

“疑似。”

“那你还推荐他当《枪阵精英》一队的领队？”

“他有能力。”

听着这冷冰冰的回应，秋樱觉得，裴浠的心思太难捉摸了。

这些她没告诉夏乐葵，因为她发现，这姑娘在游戏上的天赋有多高，在感情上就有多迟钝。

话题又转回到裴浠换项目上，虽说电竞选手更换主攻游戏是很常见的事，但作为《Conquer》世界冠军队主力，国服第一，全球闻名的顶尖选手，Phoenix俱乐部同意裴浠从《Conquer》转《枪阵精英》，是顶着巨大压力的。

这消息一出，必定会引起整个电竞圈哗然。

电子竞技是一个大项，根据游戏类型有不同的分项，分项下的每个游戏为一个小项。

目前热门的有：

MOBA类：多人在线战术竞技游戏，如《Conquer》《英雄联盟》《Dota2》等。

FPS类：第一人称射击类游戏，如《枪阵精英》《CS:GO》等。

CAG：卡牌类游戏，如《炉石传说》等。

RTS：即时战略类游戏，如《魔兽争霸》《星际争霸》等。

SPG：体育运动类游戏，如《FIFA》《实况足球》等。

FTG：格斗类游戏，如《拳皇》等。

如今的电竞俱乐部，通常都会根据以上游戏分项设置相关类别的部门和项目。

在欧美，FPS第一人称射击是最风靡、最普及的游戏大类，高手云集，强者辈出；而在国内，且不说《枪阵精英》的人气和普及率远不如MOBA巨头《Conquer》，这几年在国际大赛中的成绩也无法相提并论。

《Conquer》和《枪阵精英》在中国，大概是乒乓球和篮球的区别。

《枪阵精英》世界顶尖的十支战队，没有一支是中国队，去年VPG进入前二十已经是非常巨大的进步了。

“电竞已经正式进入亚运会，届时每个项目都会派出战队，我们强项要守，弱项更得冲。”

秋樱说正事的时候表情很严肃，平时娇俏可人的模样荡然无存。

“俱乐部同意他的这次转项目，是希望有他在，建立的新队能与欧美顶尖强队一较高下，破除国外战队强大到难以战胜的幻象。”秋樱的话语铿锵有力，“以下克上，以弱挫强，或许不敌，但我可一战。”

夏乐葵听得认真，连连点头。

秋樱顿了顿，眼底露出忧色：“不过，我有点担心。裴浠并没有成功带队的经验，他的性格也不适合当队长……”

从不顾队友死活的“毒瘤”，到遇上季向崆后听从指挥成为团队利刃，如今要成为独当一面，带领队友绝地开荒的先锋队队长吗？

夏乐葵在心底暗暗为他捏了把汗。

【4】

离《枪阵精英》分部基地准备完毕还剩几天。

裴浠在《Conquer》分部休息区接了杯水，经过客厅时，看到秋樱正在帮夏乐葵涂脚指甲油。

两个妹子窝在沙发里，夏乐葵纤细的脚踝被秋樱握在手中。她似乎刚洗完澡，头发还有些湿，穿着未及膝的短裤，脚背绷紧，线条延伸向上是匀称修长的小腿，洁白光滑。

裴浠脚步渐缓，边走边喝水。

察觉到他状似无意飘来的目光，秋樱狡黠一笑，忽然捧住夏乐葵粉嫩的脸蛋重重地亲了口，发出啵一声响。

裴浠被呛得直咳嗽。

夏乐葵这才注意到他，笑嘻嘻地叫了声前辈。

裴浠淡淡颔首，转身离开。

他的身影彻底消失后，秋樱凑到夏乐葵耳边，轻声说："你之前问我他喜欢什么，我不清楚，你得自己去问他。"

夏乐葵眨眨眼："前辈会说吗？"

秋樱跟她咬耳朵："你先……"

夏乐葵点点头。

"再……"

夏乐葵点点头。

秋樱眼波流转，语调放缓："然后呢，声音轻一点，态度温柔点……"

夏乐葵正欲说些什么，冷不丁看到裴浠折返，拿来了她扔在训练室里的外套，默不作声地盖住她的腿。

她正欲开口道谢，秋樱蓦地张臂将她搂进怀里，亲昵地感慨："哇，乐葵抱着真舒服，又暖又软，腰这里的手感真好……"

"哎哎哎……好痒……"

裴浠身子微震，不自然地别过头，提脚就走，留给她们一个冷漠的背影。

秋樱松开手后，夏乐葵半捂着嘴，小心翼翼地说："前辈刚才脸色不好看。"

秋樱挑挑眉，带着丝恶作剧得逞的笑意："他在羡慕。"

夏乐葵的行动力很强，前一天晚上拟订作战计划后，翌日就付诸行动。

裴浠晨跑完毕，洗了个澡，刚刚下楼，拐角处忽然探出个小脑袋，冲他眨眨眼，又眨眨眼。反复确认四下无人后，夏乐葵偷偷摸摸地说："前辈，明晚有空吗？"

裴浠垂眸看她："嗯。"

"我想请你吃顿饭……"

她正准备将理由背出来，裴浠却先一步开口："还有谁？"

夏乐葵被打断了节奏，慌忙用手指比画了下："就、就我和你……"

裴浠依然看着她，用目光描绘她的五官，像在寻找什么答案。

顷刻后，他点头："好。"

夏乐葵如释重负地吁了口气，突然想起前辈之前说过，帮她的人是Summer大神。

于是她加了句："前辈，你表哥有空的话可以一起来。"

这次，裴浠回答得很干脆："他没空。"

夏乐葵疑惑地道："你不先问一下……"

裴浠冷冷道："不用问。"

"噢。"夏乐葵明白了，"兄弟间的心灵感应。"

裴浠没理她。

赴约前，秋樱将夏乐葵精心打扮了一番，关照道，今晚不仅是报恩，也是为接下来与新队长的战友情开个好头。

背负着如此重大的使命，夏乐葵坐上裴浠的车时，已经紧张得满脸通红。

晚餐约定的地点是风评极佳的烤肉店，夏乐葵坚信，没有什么坏心情是多吃点肉解决不了的，感谢一个人，最上等的方式就是请他吃肉。

落座后，服务员端来了两杯饮料，夏乐葵正欲直接拿起杯子喝，裴浠默默地将一旁的吸管拆开，放到她的杯子里，将管口一压，对准她。

夏乐葵吸了口饮料："前辈，我要自首。"

裴浠低头翻看菜单。

"我以前在心里把你比作土豆。"没等裴浠有反应，她又赶紧解释道，"不是一般的土豆，是那种特别高级特别上等的品种……"

裴浠的表情毫无起伏："你想说什么？"

夏乐葵没料到他这么直接，和秋樱先前写的剧本完全不一样，她心里没底，于是先糊弄道："前辈，你吃肉，吃肉。"

吃饱喝足，夏乐葵提议，去旁边的街心公园散步消食。

走到湖边的一片树荫下，见此处环境优美，黑暗隐蔽，是个当战场的好地方，她拉了拉裴浠的衣角，示意他留步。

裴浠扫了眼四周，不少情侣依偎着卿卿我我，他的对面，夏乐葵露出了罕见的羞涩表情。

"前辈，有些话我一直都想对你说……"

裴浠目光微动，这个开场十分暧昧。

"一路走来，都是你在帮我，肯定我作为职业选手的价值，给我机会海选出线，在我最危难的时候伸出援手，现在还让我和勇哥团聚……我很想报答你，但是我不知道你喜欢什么。"她有些不好意思地用食指刮了刮脸蛋，声音越来越轻，

“我没打过什么大比赛，不是很有钱……”

大勇同她说过，裴浠身价千万，从开的车到穿的衣服，统统价值不菲。

夏乐葵深吸一口气，抬头，目光灼灼地说：“不过，只要是我有的，我都可以给你！”

裴浠倏地僵在原地，一动不动。

她身上散发着女孩子特有的清香，头发已长及肩，衬得脖颈纤细洁白，精致的锁骨下，曲线延伸进领口，若隐若现。

夏乐葵眼神单纯，眼眸清澈见底：“你喜欢什么？”

裴浠沉默地看着她一张一合的嘴巴，清俊的脸上少了些冷静自持，眸色渐渐变深。

她却离得更近，眨眨眼：“你想要什么？”

裴浠的背脊一阵战栗。

喜欢……

想要……

他的喉结动了动。

理智即将散去时，他耳边毫无防备地响起了她曾说过的话。

“没有没有，你别误会，我对前辈什么想法都没有！”

裴浠抿唇，胸腔剧烈地起伏着，垂在身侧的手下意识地握紧，最终，他移开视线，冷冷地说：“不用。”

心中的火苗被吹灭了，过了好久，夏乐葵才放松般垂下肩膀：“哦。”

也是，他怎么看得上她的东西。

【5】

第二天，夏乐葵心情低落，这种单方面接受别人的恩惠却始终无以为报的感觉令她整个人陷进了莫名的挫败感中。

她在基地附近的超市买了点东西，结账后，有个男生从店里追出来：“嘿！你的东西忘拿了。”

夏乐葵回过头，正对上一张清秀的脸。对方穿着休闲运动服，头发是亚麻色的自来卷，几根呆毛有些滑稽地竖立着，笑容纯真无害，像个大学生。

夏乐葵接过漏拿的袋子：“谢谢。”

“这些送你吧。”男生递过来另一个袋子，里面装着包装精美的巧克力，“你看起来心情不好，之前我喜欢的女孩子说，不开心的时候就多吃点甜的。”

夏乐葵愣了半晌。虽然她是食肉派的，但也能从中感受到沉甸甸的心意。她胸口一热，摆摆手：“谢谢你呀，但这怎么好意思……还是留给你的心上人吧。”

“我原本是买给她的，”男生笑着摇了摇头，声音发涩，“但是，现在没必要了。”

看着他温和而落寞的神情，夏乐葵跟着难过起来。

他们在花坛边的长椅上坐下，如同两个借酒消愁的失意人。

“今天我鼓起勇气跟喜欢的女孩告白……”男生喝了口雪碧，“被拒绝了。”

夏乐葵喝了口芬达：“昨天我也鼓起勇气跟喜欢的……咳咳，跟尊敬的前辈……总之，我也被拒绝了。”试图报恩被拒。

两人对视，叹气，干杯。

男生苦笑：“这是我第十五次告白被拒，我已经习惯了。”

夏乐葵拍拍他的肩：“是啊，得习惯。”习惯前辈对谁都很冷淡。

两人再次对视，叹气，干杯。

“我妈妈说我没好好掂量自己的分量。”

“是啊，得掂量自己的分量。”

两人第三次对视，叹气，干杯。

“毕竟我们身份悬殊。”

“是啊，身份悬殊。”夏乐葵越想越鼻尖发酸，“一个天一个地。”

冷风吹得脖子发凉，他们同时仰起头，惆怅地看着夕阳西下。

过了许久，男生才幽幽地开口：“唉，这一切都是我的错。”

夏乐葵安慰道：“别多想了。”

“我妈妈说：‘你跟她告白，她肯定吓死了，她怎么配得上你呢！’”他转头看她，语调坚定而悲愤，“怪就怪，我太优秀。”

夏乐葵的表情定格数秒，她突然捏爆了易拉罐，喷涌而出的气体和着液体飞溅成好高一条水柱。

“我帮你拿吧。”

回去的路上，男生见她一个娇柔的小姑娘拎着大包小包，便提出送她一程。

夏乐葵大大咧咧惯了，平日里不是帮人开瓶盖就是扛水桶，难得遇到如此绅士的对待，眨巴着大眼睛，一时没反应过来。

走到俱乐部大门口，夏乐葵与男生道别时，他惊讶地问：“你是Phoenix的工作人员？”

想到自己还没被正式官宣，夏乐葵含糊地点点头。

“好巧啊！”男生的眼睛笑得弯起来，“我叫陆天晴，我是……我们以后就能见面了。”

这个名字好熟悉。

夏乐葵的脑子里闪现出秋樱的手机屏画面，最后一行就是陆天晴的名字。

一队的成员！将来的队友啊！

《枪阵精英》分部主力一队除了夏乐葵是层层选拔出来的新人外，其他的都是直邀的职业选手，陆天晴是这些人中最低调的那个，不开直播，没什么新闻。由于一般男人在她眼里都是普通土豆，她现在才将他的脸与照片、视频中的人对上。

她记得因为作风问题，陆天晴去年被禁赛半年，后来就消失了，在此之前，他是《枪阵精英》职业界顶尖的辅助之一。

具体他因为什么被禁赛，她向来对八卦无感，根本想不起来。

夏乐葵看着他清秀温和的脸，越来越疑惑。

作风问题？他犯了什么事？

【6】

Phoenix俱乐部《枪阵精英》分部基地终于准备完毕，各战队成员陆续集合。

夏乐葵将自己的行李从《Conquer》分部搬到新基地时，在大厅遇上了第一个来报到的陆天晴。

“那天回去后我才反应过来，你就是SF啊！”陆天晴不好意思地揉揉脑袋，笑起来温和得能把人融化，“告白被拒后我整个人浑浑噩噩的，居然没认出来。”

“正常的，我是个新人嘛。”夏乐葵摆摆手，关切地问，“你的心情恢复过来了吗？”

“好多了，反正也不是第一次。”

夏乐葵正欲再说些什么，身后突然刮过一阵冷风，冻得她脖子一哆嗦。

陆天晴先一步叫出声：“裴皇。”

裴浠淡淡颔首，看向夏乐葵：“你们认识？”

夏乐葵与陆天晴相视一笑，同时点头。

裴浠沉默地看着两人聊天。

“哦，对了，”陆天晴从行李中翻出一个袋子，递给夏乐葵，“这个是送你的桂圆红枣茶。我妈妈说，喝了对女孩子有好处，补血养颜。”

他太热情，夏乐葵推托不了，连连道谢：“又送我东西，谢谢你呀。”

“客气什么，大家以后都是队友，互相关照嘛。”

夏乐葵甜甜地笑：“嗯嗯，下次请你吃饭。”

“陆天晴。”裴浠突然打断他们，面无表情地说，“青训营的想和你打一局。”

“自来卷”答应得很快：“好啊！”

三人一起进入青训营的训练室。比起散发着生人勿近气场的裴浠，这些未成年的男孩子更愿意亲近看上去天然无害的陆天晴。

陆天晴入座后，夏乐葵在他旁边观战。他玩的是辅助位，这局选择的英雄主要负责治疗。

战斗进入中期，局势胶着，双方你来我往，难分高下，突然，一阵中气十足的吼声差点震破夏乐葵的耳膜。

“老子跟老奶奶喂孙子似的追着你加血，你跑那么快赶着投胎啊！”

夏乐葵瞠目结舌地看向身侧的人。

“快给我冲！畏首畏尾的算什么男人！”

“死那么远干什么？！痔疮复发了吗！”

“一会儿不许进食堂！就你们这抠脚操作只配吃五仁月饼！”

随着战况越来越不妙，陆天晴的素质也仿佛在不断下降，粗口不断。

……

三局结束，陆天晴摘下耳机，转过身，抬手摸了摸脖子，羞涩地对夏乐葵说：“我打比赛的时候口气比较冲……没、没吓到你吧？”

夏乐葵感觉自己仿佛经历了一场别样的洗礼，狂风暴雨劈头盖脸向她砸来，风平浪静后，连开口都变得艰难。

吓傻了好吗！

见她干瞪着眼睛不说话，陆天晴脸上的愧疚之色更深了，他低垂着脑袋：“不好意思，我以后会控制自己的情绪的。”

他起身，一一向其他选手道歉，又恢复成了先前那个温柔的大男孩。

夏乐葵忍不住感慨，赛场上，裴浠是一打九，陆天晴是一喷九。

她大概知道他告白十几次却次次被拒的理由，以及，被禁赛理由了。

夏乐葵用了好长时间才缓过神，回头看向裴浠，他抱臂斜倚着墙，表情无比平静。

不愧是前辈，早已看惯了大风大浪。

夏乐葵将椅子滑到他身边，仰着脑袋问：“前辈，你早就知道？”

裴浠垂眸看她：“嗯。”

不愧是前辈，无所不知。

夏乐葵还在内心为裴浠点赞，冷不丁听见他问：“东西都搬完了吗？”

她摇头：“还有一箱。”

裴浠弯下腰：“在哪里？”

两张脸顷刻间靠近，夏乐葵对上裴浠的视线，心头倏地一麻，他漆黑的双眼沉如深海，看不出情绪。

她带他来到摆放着自己的杂物的地方，见裴浠搬起箱子往外走，夏乐葵慌忙拉住他："前辈，我自己来吧，你帮我那么多，不能越欠越多了……"

她说罢便捂住嘴，一不当心说出了心里话。

裴浠蹙眉："欠？"

夏乐葵不知如何糊弄，只能冲他咧嘴傻笑。

可惜这招对裴浠没用，他眼中闪过一丝异样的情绪，冷冷地问："你一定要和我划分得那么清楚？"

夏乐葵顿时急得满脸通红："不不不，我不是这个意思……"

胸口又闷又胀，她也不明白自己心中这莫名其妙的难受到底是因为什么。

"我好像总惹前辈生气。"

中午，夏乐葵在餐厅遇到了林亦轩。她那句"欠太多"说完后，裴浠就脸色难看得像结了冰，再也没理她。

"你知道问题出在哪里吗？"林亦轩表情严肃，一本正经地说，"秋樱只要嗲嗲地叫一声'向崆哥哥'，季向崆立马指哪儿打哪儿，什么气都烟消云散了，这技能你得学着点。"

夏乐葵怔住了，眨眨眼："对前辈也管用吗？"

"那当然。"林亦轩抱着双臂，跷起二郎腿，"趁我有空陪你练习，叫声听听。"

夏乐葵老实巴交地喊："轩哥。"

林亦轩拧眉："你这小弟叫老大呢？"

"轩哥。"

林亦轩摇头："僵硬。"

练习了十几个回合后，夏乐葵有些上道，便对路过的秋樱做了下试验。

"樱樱。"

看着夏乐葵娇小软萌的模样，秋樱脸上泛起红晕，倏地将她抱入怀里，用下巴蹭她的头顶："哎呀，可爱到窒息！"

打了怪升了级，夏乐葵信心更足了，眼见最终boss出现在视野里，她叫道："前辈。"

向来清凉元气的声音突然变得软软糯糯，带着少女的娇俏，裴浠一不留神，撞上桌角。

他扫了眼四周，眉心皱起："谁教你的？"

熟悉的寒气拂面，夏乐葵顿觉风向不对，但她很有义气，摇摇头，没把林亦轩供出来。

“前辈，你是不是不喜欢我？”回基地时，夏乐葵怯怯地问，“我这个人嘴拙，如果说了什么让你不高兴了……”

“没有。”裴浠垂眸，“没有不喜欢。”

他在说“喜欢”这两个字的时候对上了夏乐葵的眼睛，心像是被她长而翘的睫毛扇过，很痒。

【7】

沈奇是下午来基地报到的。

《枪阵精英》新秀单挑赛后，“鹰眼”声名大噪，多家俱乐部争相抢人，最终被Phoenix俱乐部摘得这支“新生代第一狙击手”的潜力股。

他到基地的排场可谓浩浩荡荡，数辆豪车护航，人高马大的跟班排成一列，就差给他沿路铺上红地毯了。

大厅里，大勇正在向夏乐葵介绍新队友们的背景。

“你知道为什么新秀单挑赛上，沈奇是唯一不通过海选破格入围的空降兵吗？”

夏乐葵摇头。

“他是Z省首富的公子哥，和一般富二代可不一样。”

“哪里不一样？”

大勇竖起三根手指：“他很有钱，十分有钱，以及，有很多钱。”

“……”

谈话间，窗外传来刺耳的争吵声。

“说，你和他到底什么关系？”

“我是他女朋友啊！”

“你是他女朋友，那我是什么？！”

“你们两个胡说八道！我才是他女朋友！”

几个女人互相比着嗓门，一声尖过一声。

“吵死了。”这次换成沈奇开口，语气一如既往地懒散随意，“你们都不是我女朋友。”

跟班们厉声喝道：“沈哥让你们别再来找他了，听见没？”

见沈奇关上大门，将烂摊子交给别人处理，自己慵懒地坐进沙发里，跷着二郎腿漫不经心地玩手机，大勇赶紧将夏乐葵带到角落，满脸忧国忧民的凝重。

“乐葵，要记住，将来一定不能跟这种男人交往。在两性研究圈，我们给这类男性起了个学名。”大勇竖起一根手指，“跟我读，渣男。”

“渣男。”

夏乐葵的声音有点响，好在沈奇没注意这边，倒是把大勇吓出一身冷汗。

大勇嘱咐道："总之，就算是队友，平日里也要保持头脑清晰，不要轻易被迷惑。"

夏乐葵点头，心里想的却是，八强对决时她惨败于他，不管他是不是渣男，她都得找机会一雪前耻。

最后一个来基地的是顾意。

不同于裴浠的清冷寡言、陆天晴的干净阳光、沈奇的高傲痞坏，顾意是个憨厚的老实人，只不过，他的经历有些特殊。

顾意进入大厅后，路过的工作人员相互交换了下目光，窃窃私语。

他只身前来，不当心打翻了一个布袋，东西散了一地，周围却无人伸出援手。

夏乐葵匆忙跑到他跟前，一边帮忙一边试图说些什么，却迟迟不知如何开口。她越来越急，过了许久才憋出一句话："去年的事，我是相信你的！"

顾意微怔，腼腆地笑了笑："谢谢。"

夏乐葵看到，他的眼眶微微发红。

至此，《枪阵精英》一队全员集合，明天开始正式训练。

【8】

《枪阵精英》基地的宿舍有两间房单独在一层，考虑到夏乐葵是女生，便安排了一间给她，另一间最终分给裴浠。大勇的逻辑很简单，裴皇不近女色，夏乐葵的房间在他对面最安全。

夜里下起了暴雨，电闪雷鸣，裴浠正准备关电脑睡觉，忽然听见了敲门声。

"前辈，你睡了吗？"

他打开房门，低头看见穿着运动服的夏乐葵。

"前辈，我怕打雷……"她整个人都在发抖，一如他每次在角落里找到她时的模样，卸下往日的盔甲，像只柔弱的小动物，"我能进去和你聊聊天吗？"

裴浠蓦地沉下脸："不行。"

夏乐葵眼神一黯。以往打雷的时候，她都和顾晴睡，现在她想找秋樱，可秋樱今晚不在基地。深更半夜，其他人都睡了，她本想自己死撑过去的，谁知看见裴浠的房间还亮着灯，脑子一热就……

想到这里，她耷拉下脑袋，转身往回走。

"等等。"裴浠叫住她，下颌线条渐渐绷紧，"进来吧。"

房间里只有一把椅子，见裴浠合上门后站在原地，夏乐葵心里过意不去，赶紧坐上床沿，将椅子让给他。

裴浠的脸唰地白了。

夏乐葵这才想起他是个洁癖，于是冲他认真地说："前辈，我洗过澡了。"想了想她又补充道，"衣服也是新的。"

裴浠嘴角收紧，过了一会儿轻声说："没事，你坐吧。"

他从壁橱中拿出一条薄被递给她，然后回到书桌前，继续看刚才没看完的资料。

片刻后，他不放心地转过头，果然如他所预料的，夏乐葵正裹着被子坐在床上瑟瑟发抖。外面雷声依旧，宛如苍穹的咆哮，一阵阵猝然亮起的白色光芒照在她小小的身子上。

裴浠叹了口气，起身坐到她旁边，有些拘谨地伸出手，隔着被子拍着她的背，动作轻而缓慢。

他听见她絮絮叨叨，小时候有一次父母吵得厉害，先后摔门而出，晚上雷雨交加，整栋楼断电，她一个人待在大屋子里，又冷又饿，熬了一整夜，自此之后，她就害怕打雷。

为了转移她的注意力，裴浠便耐下性子，陪她有一搭没一搭地聊天。

想起他转项目的事，夏乐葵好奇地问："前辈，你最喜欢射击类游戏，为什么出道项目是《Conquer》？"

裴浠垂眸："我表哥是因为我才受伤退役的。"

"哎？"

"那时候他一手组建的战队刚刚踏上世界顶峰，失去了队长后，战队很长一段时间都陷于低谷期，从全国冠军差点跌到次级联赛……"裴浠沉吟许久，"我想接替他，重振他的战队，才开始打职业比赛。"

夏乐葵呼吸一滞。长久以来，围绕裴浠的言论永远都是"只顾自己""毒瘤""不合群"，难以想象他的初衷竟是为了别人。

裴浠的语气依旧淡淡的："可是，我失败了。"

夏乐葵竭力挤出一个微笑："我猜猜，你是个空降兵，他们叫你'太子'，都不服？"

"差不多吧。"

在裴浠遇见季向崆，加入Phoenix之前，因为天赋过人，职业生涯太过顺利，他被排挤、被诋毁、被孤立，哪怕最终练就了场场以一己之力起死回生，杀翻全场的本领，也依然无法在团队游戏中带领全队登顶，反而时常因为与队友配合糟糕，被敌方无限针对后，成为队伍的突破口。

夏乐葵的长睫毛扇了扇，脑海中渐渐浮现出一幅幅画面。

其他四个队友叉着腰抖着腿，裴浠低着头挨骂。

其他四个队友嘻嘻哈哈走成一排，裴浠跟在后面扛行李。

其他四个队友围在一起吃麻辣香锅，裴浠躲在角落啃面包。

夏乐葵的眼眶渐渐酸涩。

她真蠢，这几天纠结什么呢，好好打比赛，成为强大可靠的队友，这就是最好的报答呀！

“前辈，你别怕！”她隔着被子抓住他的手，目光灼灼，“我一定会好好保护你的！”

裴浠没有应声。

“今晚能聊一聊真开心。”夏乐葵对他露出暖洋洋的笑，感觉像是有东西在挠心口，不知如何表达，“这几天我就在想，我们都是队友了，应该更亲近些。”

身侧突然塌下去一块，裴浠单手撑在床上，倾身靠近她。

黑夜将人的感官的灵敏度无限放大——他英挺的眉骨，暗如深海的眼瞳，因压抑而变得粗重的呼吸，潮湿而滚烫的气息，以及，他哑声问：“你想怎么亲近？”

霎时间，夏乐葵从耳根烧到脖颈，脑海中炸开了，整个人都无法动弹。

Chapter 10

绝 佳 拍 档

【1】

房间里只开了一盏台灯，光线昏黄暧昧，夏乐葵抓紧被单，半分不敢动。

那张在舞台上光芒万丈的脸此刻近在咫尺，她能够清晰地听见他一次又一次的呼吸声，炙热的气息集中在她唇侧的肌肤上，只要再靠近一些，就会碰上他挺拔的鼻梁。

夏乐葵瞪大双眼，手心冒汗，心跳得快要蹦出胸口。

视野里，男人眸色暗沉，他伸出手，指腹似有若无地滑过她的脸颊。

夏乐葵睫毛轻颤，挠也挠不到的痒蔓延全身。

轰隆——

窗外一阵雷鸣打消了满屋旖旎的氛围，裴浠倏地顿住动作，别过头，缓缓站起身，表情晦暗不明。

空气仿佛透过层层阻碍回到身边，慑人的感觉终于散去，夏乐葵微张着嘴，竭力平复擂鼓般的心跳。

刚才她差点连呼吸都停止了……

她正在愣神，裴浠已经不动声色地坐回书桌边，仿佛之前发生的一切只是她的幻觉。

夏乐葵咽了口口水，试探性地轻唤：“前辈。”

裴浠平静地应了一声，好像没什么反常。

耳边响起他刚才的问题：“你想怎么亲近？”夏乐葵的脸颊莫名发烫，她晃了晃脑袋提醒自己不要多想，一本正经地说：“平时多交流，有问题及时沟通。”

裴浠凉凉地看向她，片刻后移开视线，声音有些阴沉："嗯。"

夏乐葵缓过劲，开了个新话题继续聊天，最终，睡意袭来，她不知不觉睡着了。

迷迷糊糊间，她听见他出门的声音。

第二天早上，夏乐葵是被裴浠叫醒的。她和衣而眠了一晚，睡得相当踏实，本想再赖一会儿床，却听见裴浠平静地说："领队上来叫我们了。"

意识到自己还躺在裴浠的床上，夏乐葵一个激灵，连滚带爬地冲回自己的房间，不料与走廊里的大勇撞了个正着。

两人同时一震。

夏乐葵整双眼睛都浸在了阴影里，她缓缓转过头，动作犹如卡了壳的机器人。

勇哥应该看到她从前辈的房间里走出来了。

果然，大勇的脸上浮现出忧愁的神色。

夏乐葵冷汗如瀑。

片刻后，大勇关切地问："裴皇，昨晚没睡好？"

原来，他看的一直是夏乐葵身后的裴浠。

裴浠瞥了夏乐葵一眼："没有。"

大勇吁了口气，笑得如老母亲般慈爱："那就好那就好，宿舍里有哪不满意的，你尽管跟我说。"语毕，他这才注意到表情僵硬的夏乐葵，"你也起了啊，赶紧洗漱后下楼。"

夏乐葵进餐厅时，其他队友都已经就座了。

陆天晴用一根头带绑起额发，脸上敷了张黑色的面膜。

夏乐葵在他对面坐下，吓了一跳："这东西你昨天不是涂过了吗？"

陆天晴晃晃食指："昨天是清洁用的白泥，今天是补水，我妈妈说，年轻时候不好好保养皮肤，以后老了会迅速走下坡路。"

夏乐葵听得一愣一愣的。

大勇坐在沈奇的对面。从建队起，他就担心这位身份尊贵的少爷会处处不适应，没想到他还挺接地气，吃住都不搞特殊，和其他人一致。

"你知道我为什么选Phoenix吗？"沈奇漫不经心地用勺子搅着咖啡，冲夏乐葵笑得意味深长，"我想和你一个队。"

霎时间，大勇的眼中闪过刀光剑影："咳，那个，我先说明一下，咱们战队纪律森严，队友之间不能存在不正当交往关系，严禁内部消化。"

他身旁，裴浠切水果的动作一顿。

"真可惜。"沈奇单手托腮："那我只能等你退役了。"

退役也不行!

大勇敢怒不敢言，这二世祖到底是不是认真打职业比赛的啊?

夏乐葵早饭吃了一半，突然觉得少了什么，环顾四周，在角落发现了目标："顾意干吗坐得那么远?"

大勇摊手："我叫过他了，他说习惯一个人。"

夏乐葵微怔，跑到顾意旁边，柔声问道："你不和我们一起吗?"

顾意憨笑了下，垂眸看着自己的餐盘，摇摇头。

【2】

Phoenix俱乐部《枪阵精英》分部正式官宣，裴浠转项目的消息果然在整个圈内掀起轩然大波。

《枪阵精英》官方职业联赛分为次级职业联赛和顶级职业联赛。顶级职业联赛是国内最高级别的专业赛事，代表最强的竞技水平，而次级联赛是通往顶级联赛的唯一渠道。

顶级职业联赛由春季赛、夏季赛、年度总决赛以及全球超级锦标赛组成。Phoenix主力一队作为新队，必须从次级联赛打起，争取打入前四，得到晋级顶级联赛的升降级赛参赛资格。

Phoenix官方微博的评论区一片血雨腥风。

"裴皇要离开季队了?我不接受!"

"你们自己想开分部扩大规模，别消费Summit拿他当噱头好吗!俱乐部靠什么项目打出天下，自己要清楚!"

"这几年他所有能拿的冠军都拿了，创下的50连胜纪录至今无人打破，你们现在却让他打次级联赛?"

看到公布的一队详细名单时，抗议的声音愈加强烈。

"这队友配置真是瞎了我的眼，居然还有个女人?!"

"疯了吧，找顾意这个开挂打比赛的败类进一队?!这人怎么还有脸在职业圈待着啊?!"

"陆天晴长相挺清秀，嘴巴却跟个马桶似的，别打了几局又被禁赛了。"

"那沈奇就是个花花公子，富二代想玩票，俱乐部就找全国最强的选手改项目陪他玩?"

"这支队伍集合了渣男、外挂、花瓶、喷子……我已经可以想象出裴皇一神带四腿的模样了。"

热点一出，标题为"中国《Conquer》第一人Summit转战《枪阵精英》，新队配置备受质疑”的新闻瞬间传遍全网，微博、论坛、贴吧，各大门户网站、社交平台一片哀号，仿若末日来临。

哪怕俱乐部官方以及裴浠本人都声明这是他自己的决定，阴谋论仍层出不穷。

“Phoenix为了打压王牌选手真是不择手段，是不是付不起裴皇的续约金想逼他走？！”

“裴皇一定是被迫的，现在的电竞圈为了挣钱真是什么龌龊事都干得出来！”

“我就没见过这么智障的俱乐部！”

“管理层死全家！”

其中，团体项目主力一队出现了女性成员，这在整个电竞圈是前所未有的情况。刚刚走出了与上个俱乐部解约的风暴，夏乐葵就又被推到了舆论中心。

“她之前连个二线都不能算，突然进豪门当主力？背后没少干见不得人的事吧！”

“这么好看的妹子打不久的，很快就会被富二代包养。”

“就是为了蹭热度，大家等着看好戏吧。”

对于层出不穷的质疑声，夏乐葵很坦然。

从湖跳到海，总得经历些最基本的风浪。

这一路她走得艰难，心也因此变得越来越坚硬。

《枪阵精英》虽是款团队第一人称射击游戏，但研发商美国游戏巨头D社加入了一些MOBA的元素。不同于传统的FPS枪战类游戏，《枪阵精英》现有数十位英雄，每一位都有自己标志性的武器和技能。正如足球有前锋、中锋、后卫、守门员，《枪阵精英》职业战队分为重装、突击、防御、支援以及可以担任所有位置的自由人。

Phoenix俱乐部正式官宣后，《枪阵精英》官网随即更新了战队资料。

突击，Summit，裴浠（队长）
重装，SF，夏乐葵
防御，Hawkeye，沈奇
支援，Shine，陆天晴
自由人，Yi，顾意

只要在俱乐部遇到其他项目的战队选手，夏乐葵就仿佛变成了动物园里的大熊猫，频频受到围观，一群男生嚷嚷道：“你们好幸福啊，有这么可爱的小辅助！”

裴浠纠正：“不是辅助，她是我们的主坦。”

“哎！”

众人异口同声地发出惊叹。

主坦，Main Tank，团队肉盾，由队伍中的重装英雄担任，负责吸引火力，承受伤害，保护队友的安全，以及冲锋陷阵，为己方拉扯输出空间。

看着这妹子娇小的身板和眉眼弯弯的可爱笑容，反差也太强烈了吧！

【3】

夏乐葵进Phoenix后的第一感觉是，自己这几年根本不算在打职业比赛。

除了顶尖的硬件外，俱乐部为主力一队配备了专业的教练和分析师团队，另外还有心理医生、理疗师以及层出不穷的辅助软件。

与曾经在SB女队时懒散的作息不同，新生活既严格又有规律：九点起床，饭后晨跑锻炼，随后开始练枪、训练赛、跑图、看录像复盘，一天的训练长达十几小时，每周还有三次的语言课。

秋樱去《枪阵精英》基地找夏乐葵时，正好遇上陆天晴的一套“素质十二连”，喷人的话语行云流水般顺口就来，将她吓得差点跌倒。

“都甩锅给你个弱智！别人来切也不知道帮老子挡一下！”

“对面还想跑？刚才骑我脸上捶得很凶啊，我现在咬你就是两口！”

“枪给我，刚才谁打老子，出来啊！这么欠收拾有本事别怂！”

“都给我死！”

一直沉默的裴浠忍无可忍：“你轻点行吗？”

“不行！滚！”

其他人的表情瞬间凝固了。

裴浠按下比赛暂停，整个训练室如坠冰窖。

见陆天晴眼中戾气未散，大勇往他的脑门啪地甩了一巴掌，这才将他打回了那个温和的自来卷。

意识到发生了什么，陆天晴颤抖地将双手高举过头：“裴皇……我……我不是故意的。”

沈奇懒散地往椅背上一靠：“喂，大喷子，我也不爽你很久了，注意点素质行不行？”

陆天晴结巴得更厉害了：“沈少爷……我……我真的不是故意的……”

大勇无奈地叹了口气：“天晴，官方规定职业选手不能在任何公开场合使用粗俗、无礼、辱骂、诽谤等一切具有攻击性的语言。去年为什么禁赛，你忘记了吗？”

陆天晴点头如小鸡啄米：“我知道我知道。我妈妈说，我们现在都是公众人物，不能坏了职业选手的形象。”

夏乐葵沉思片刻，认认真真地提议：“天晴，要不，你跟着裴浠前辈一起修炼不说话的本领吧？”

裴浠额角一跳，偏过头，对上小姑娘亮晶晶的眼眸。

“好啊！我妈妈说女生就喜欢话少的，没准下次告白就能成功了！”陆天晴脸上暴雨转晴，看向裴浠的眼睛也亮晶晶的：“队长，请教教我！”

裴浠选择无视他们。

这队伍真的好难带。

秋樱搬了把椅子坐到夏乐葵旁边，看着她全神贯注地练习基本功。

正如篮球有运球、投篮、传球等基础动作，《枪阵精英》职业选手也有点射、压枪、甩枪、扫射等基础动作，他们需要通过成千上万次的重复训练，将这些操作化为肌肉记忆。

游戏中，每把武器都有独特的弹道，随着后坐力变大，轨迹会偏移。秋樱看着夏乐葵小手握着鼠标，在连续射击的过程中灵巧地调整准心，最终子弹全落在几乎为一个点的范围内，精准无比。

教练说：“接下来的训练，从看见目标到开枪，你只能给自己不到0.5秒的时间。”

夏乐葵点点头，地图开启练枪模式。新的敌人不断出现，她飞快地操作着键盘，鼠标时不时一甩，击中的那一瞬间，秋樱几乎没有在屏幕上看到目标。

对秋樱这种FPS游戏的外行来说，这简直太快了。没有精确瞄准，完全只通过预判计算出甩枪的幅度和方向。

她向夏乐葵问起经验，小姑娘歪头想了想：“这就是一种感觉……”

秋樱表示理解，大概就跟练武需要自己慢慢悟一样。

“对了，樱樱，我从出道以来，一直都在练这个项目，而裴浠前辈才转来没多久，数据就比我们都高了。”夏乐葵感慨道，“前辈真是IMBA。”

IMBA，imbalance，强到无解。

秋樱不想打击夏乐葵，裴浠就是一个学什么都特别快的天才，与他同队得做好不断被虐的准备。

说曹操曹操就到，裴浠也将椅子移到夏乐葵旁边，把秋樱挤远了。

他淡淡地说：“你之前没有专业的教练，很多技巧都是根据视频学习的，我发现你学到了一些坏习惯。”

夏乐葵偏过头看他，大眼睛里闪着崇拜的亮光：“前辈，你要指导我吗？”

裴浠离得更近了些，伸出的手在她的上方停住：“用一下你的鼠标。”

夏乐葵收回手，坐得端端正正：“哦，好。”

“练枪时候的姿势也要注意，错误发力会使肌肉受伤。”

“噢。”

一番指导完毕，裴浠低眉轻语：“你的鼠标好小。”

夏乐葵向他摊开掌心：“勇哥定制的，我的手比你的小很多嘛。”

裴浠垂眸，隔空跟她比了比。

两只手不断靠近，在快要触碰时停住。

秋樱觉得气氛突然变得古怪了起来，自己仿佛在发光。

她看见夏乐葵不知说了什么话，裴浠忽然低下头，抿着嘴唇笑了。

我的天哪，冰山果然怀春了！

【4】

一周的磨合后，训练赛的结果比预想中差了一截。

原因无他，队伍缺乏一个好的指挥——陆天晴专注骂人无暇分心，夏乐葵实战经验不足，沈少爷热衷蹲角落阴人，顾意偶尔会说一两句话，而裴浠几乎全程沉默，整支队伍如同一盘散沙。

与秋樱闲聊时，夏乐葵提到目前和队友的状态：她与陆天晴关系不错；沈奇平日里总爱轻浮地招惹她，每次都被她不客气地揍回去，他却从不躲闪，还满脸坏笑；至于顾意，她必须找机会解开他的心结。

秋樱问：“那裴浠呢？”

想起雷雨天晚上他猝不及防的靠近，脸颊上仿佛再次拂过他呼出的热气，夏乐葵状似无意地缩了下脖子：“挺好的。”

她小时候在武馆经常和师兄弟睡一起，所以那夜去找裴浠聊天时没觉得哪里不妥，可事后回忆起来，总会胸口发紧，心跳加快。

意识到秋樱正疑惑地看着自己，夏乐葵甩了甩脑袋。

不行，前辈现在是队长，不能胡思乱想。

第二天是俱乐部对粉丝的开放日，在工作人员的带领下，几十位幸运粉丝参观了Phoenix各个项目的基地，轮到《枪阵精英》一队时，气氛突然变得剑拔弩张。

好几位粉丝皮笑肉不笑地问夏乐葵：“作为唯一的女选手，我相信，你不会和队友谈恋爱的吧？”“你可不可以对我们做一个保证呢？”

夏乐葵怔住了，身边的大勇连忙挡到她面前：“不会的，你们放心。”

夏乐葵嘴唇微启，双手绞在一起，下意识地偷瞄裴浠，发现裴浠也在看她，漆黑的眼眸带着看不透的情绪，令她的心莫名漏跳半拍。

两人同时移开目光。

幸好人高马大的大勇挡住了粉丝们的视线，没人注意到这样一幕。

有位男生走到顾意旁边："帮我签个名好吗？"

顾意脸上闪过惊诧，腼腆地点点头。谁知他刚刚写了一笔，男生的笑容蓦地垮下来："我想提醒自己，做人不能像你这样恬不知耻。"

这句话如同导火索，将现场伪装的融洽彻底撕开。

"你怎么还能在职业圈？别祸害Phoenix行不行啊！"

"开挂狗！真恶心！"

"滚出Phoenix！"

一人起头，数人跟风，越来越多的粉丝抑制不住情绪，开始攻击顾意。

夏乐葵忍不住想为他解释，却被大勇拦下——在场有不少媒体和主播，公众场合随便一句话都可能被拿来做文章。

粉丝的攻击开始从"点射"转换为"扫射"，沈奇和陆天晴也没幸免。为了平息风波，工作人员将裴浠推到台前与粉丝互动，大家的注意力才被转移，蜂拥而上将他团团围住。

"裴皇，你能不能笑一笑？"

"裴皇，我室友临死前想听你开口说一句话！"

形势所逼，裴浠虽然依旧散发着凛冽的寒气，但不得不紧绷着脸当一尊任人围观的冰雕。

背后的电视大屏幕上，工作人员开始播放裴浠的国际比赛精彩集锦，美国解说的声音激情澎湃。

"Double kill！Triple kill！Quadra kill！Rampage！"（双杀！三杀！四杀！暴走！）

"He is incredible！He is unstoppable！He is dominating！"（他令人难以置信！他无人可挡！他已经主宰比赛！）

"Oh My God！Summit God！"

大厅里的粉丝们也跟着尖叫："裴皇，我要嫁给你！""我要为你生猴子！"

方才的硝烟顷刻间化为粉色烟雾，其他四个人忍不住在内心暗叹，队长真是好使。

紧张地比赛了一天后，晚上，在夏乐葵的牵引下，顾意终于不再缄默，开诚布公地直面自己的心结。

去年，他作为职业新秀横空出世，惊艳了千万观众，在国际大赛的中国区选拔赛中带领名不见经传的弱旅一路过关斩将，击败数支人气极高的豪门队，打入决赛。

就在天才少年备受瞩目，即将创造另一个出道便是巅峰的奇迹时，他却被对手举报——比赛时使用外挂作弊。

电竞比赛时开挂，就像运动员服用兴奋剂，作家抄袭，是不可饶恕的罪名，足以扼杀一个选手的职业生涯。

好几段匿名举证视频被散布在全网上，一时间，圈内风向骤变，处处都是铺天盖地的唾骂。

“那时候觉得特别孤单无助，我把自己关在房间里，通宵看完了所有的评论，就想知道有没有人愿意相信我，最后却绝望地发现，各大游戏主播站队质疑我，职业选手、教练、解说发微博影射我，那些平日里玩得很好的朋友，竟然没有人站出来替我说话，有的甚至落井下石。

“玩家们说我㞞，被人骂成这样都不出来反驳，可我能有什么办法？他们一开始就不想听我解释，在官方出判断结果前，多说多错，我只能保持沉默。”训练室里，顾意苦笑了一下，摇摇头，“可结果出来了，赛事主办方和D社总部接连发出未开挂的声明，白纸黑字，他们依然不信。”

陆天晴插话道：“当时的帖子我也看了，官方的无罪声明被过度解读为‘开了挂但是技术上侦测不出来’，阴谋论层出不穷，‘骗谁呢！这么多职业选手和主播都瞎了吗？’‘主办方肯定被收买了！’‘选手后台雄厚！’只要有人帮他说话，那就是‘被权威蒙蔽，亵渎竞技精神’。透过一句话脑补出这么多，都是人才啊。”。

顾意接着说：“舆论滔天，没人敢跟我沾上关系。少数力挺我的解说顶不住压力删微博，少数帮我说话的职业选手被骂到关直播，甚至连为我的外挂事件澄清辟谣的视频，编辑都不敢挂上自己的名字。”他眼眶发红，脑袋越垂越低，“重重打击下，我在决赛阶段发挥失常，表现极差，不仅丢了冠军，更被人将此列为开挂的铁证。”

之后的境况可想而知，身败名裂，过街老鼠人人喊打，隔着屏幕传来的恶言句句诛心，线下赛出场被围堵咒骂泼冷水，频频遭遇其他战队的拒训。

也是从那时候起，他开始习惯一个人在角落吃饭，看着别的战队成员围成一桌，嬉笑打闹。面对别人善意的接近，他不敢贸然回应，生怕连累对方一起坠入深渊。

当年的事件闹得沸沸扬扬，连夏乐葵都关注了。她仔细看了那几个控诉顾意的视频，发现UP主在上百分钟的比赛中刻意剪辑了一些神经枪和巧合，无限放大抠细节，言之凿凿地定性为外挂。她没有立刻下结论，在比对了澄清视频以及顾意第一视角的录像后，她选择相信顾意，义愤填膺地发微博表态，结果被俱乐部以“不要惹事”为名下令删除了。

想起自己先前也有过被泼脏水的经历，由于当时她只是小人物，加上视频漏洞明显，事情没闹大，夏乐葵顿时感慨万千，一股怒气涌上心头：“我真的很反感现在网络上红口白牙定人罪的风气。你做不到见不到的不代表不存在，你只在一个地方见过不代表这是万物起源，你不懂的就不要下结论。疑罪从无，怎能劈头盖脸给人安一个罪名，痛骂一通后要求对方自证清白？！”

陆天晴咂咂嘴：“就算真给了解释，恐怕好多人还是‘不听不听，王八念经’。”

“事情发生后，比赛时一想到所有人都在用看罪犯的眼光看着我，我的手就会抖。”顾意低头看向自己的掌心，手指微微屈起，“如果当时我可以再坚强些，不受影响，就不会导致战队失去那次比赛的冠军，成绩一落千丈了……”

“为你说话的人都会受到百般攻击，而你能毅然站在风暴中心，为了梦想与全世界为敌。”夏乐葵走到他跟前，目光灼灼，一字一顿地说，“顾意，你已经很了不起了。”

最后一道防线终于坍陷，压抑已久的情绪喷涌而出，男生倏地抬起头，双瞳闪着火光：“他们都想逼我走，可是我不会走！没有做过的事，我凭什么要认！

“我不会退役，我不能辜负那些忍受着谩骂侮辱却依旧对我不离不弃的支持者，我不能一辈子都被刻在电竞圈的耻辱柱上！我只能继续战斗下去，打出成绩，拿到奖杯，这就是最好的自证！”

掷地有声的一番话结束后，顾意严肃地鞠了个躬：“希望大家可以相信我！”

训练室的气氛一时有些凝重，直到沈奇的笑声响起。

沈少爷吊儿郎当地窝在电竞椅里，长腿交叠搭于桌上：“如果真认为你作弊了，我怎么可能同意跟你做队友？”

紧绷的气氛终于松下来，其他人不约而同地点头。

谈话间，大勇推门而入。

“顾意……”他环顾四周，欲言又止。

顾意心中有了大致的猜想，低声道：“没关系，就在这里说吧。”

“刚才和高层开了个会，战队新组，负面舆论较多，除了露手外，俱乐部希望你能暂时露屏幕直播，避免麻烦。”

在直播画面的右下角用摄像头拍出自己的电脑屏幕，是证明自己并非代打、没开外挂的一项措施。对坦荡的职业选手来说，被提出这样的要求，要说一点儿都没觉得受伤是不可能的。

“要不，我们全队都露屏幕直播吧？”夏乐葵抢在顾意前举手，“我之前也被造过谣，谁知道哪天又被人盯上呢。”

大勇面露难色：“这……”

不料裴浠很快就应道："好。"

沈奇耸耸肩："可以啊，我无所谓。"

陆天晴附和："嗯，我妈妈说，队伍不要搞特殊。"

如同在泥地潜藏已久的螺蛳，浑身染上了腐坏的锈斑，现在终于能从淤泥中探出头，感受阳光铺天盖地的灿烂，顾意抓了抓脑袋，低声说："谢谢。"

训练结束后，顾意被裴浠单独叫住。

"我的前队长和你有过类似的经历。"谈及季向崆，裴浠的脸上露出了难掩的钦佩，"从不被理解，身负恶名，到世界冠军，拥趸无数，他使我明白，真正的强者，靠的不是结实的体魄、坚硬的铠甲，而是哪怕被残酷的现实一次次抛入深渊，仍然能够咬着牙忍着痛，再次爬回巅峰的勇气。

"这样的勇气，我在你身上也看到了。"

这是一直被认为冷漠孤傲的队长第一次同他说这么多话，顾意微张着嘴，愣了许久。

他渐渐领会了裴浠话中的含义，胸中涌起满腔热血，用力点了点头。

【5】

距离开赛日还有两周多，从队伍集结到现在，夏乐葵是全队训练最刻苦的那个。

队友们与草根出身的她不同，新人沈奇是豪门俱乐部培养出的杰作，备受争议的顾意和陆天晴都曾在顶级联赛叱咤风云，更别提换游戏没多久，各项数据就全方位碾压她的裴浠。

夏乐葵知道，每个俱乐部的二队和青训营都是潜在的后备役，主力选手一刻都不能松懈，打得不好，随时可能被换下场。

电子竞技，菜是原罪。

她好不容易争取到这个位置，不能轻易失去。

与顾意那晚的交流无形间拉近了队友间的距离，打破了不安、顾忌和疏离，有了共同的秘密和目标，整支队伍终于从散沙状态渐渐凝在一起。

又一天的训练赛结束后，夏乐葵用冷水洗了把脸，准备回座位进靶场练枪，迎面遇上陆天晴。他顶着那头标志性的自来卷，清隽的眉眼下是一副能遮住大半张脸的裴浠同款口罩。

为了备战，陆天晴决定跟裴浠修炼"闭嘴功"，整天没事就黏在裴浠身边，一口咬定裴浠散发的凛冽气息能驱除他对战时体内冒出的"煞气"。

经历了如同减肥初期那般生不如死的磨，这几天陆天晴还真做到了安静如鸡。

可惜，他不骂人的时候，发挥比平时差了一截。

“乐葵，你的头发怎么都分叉了？”

夏乐葵低头看去。不知不觉间，她的头发已经很长了，由于从不打理，发尾又硬又枯。

陆天晴看着难受，忘了“修炼”，摘下口罩，滔滔不绝地说：“这样不行啊，我妈妈说，女孩子的头发很重要，洗完后得用护发素抹一遍，最好拿毛巾包好，捂一会儿再去冲掉。”

夏乐葵如听天书：“这样啊……”

“你的发梢得修剪。”陆天晴比画了下，“从分叉点向上剪掉两厘米。”

“好的，谢谢啦。”

陆天晴温和地笑了：“小事，不会来找我，我帮你弄。”

晚上，夏乐葵站在洗手台边，在盥洗池里铺了一层纸，打算自己修理。

“别乱来。”

身后突然冒出的声音吓得她差点一刀咔嚓下去。

她回过头，看见裴浠倚在门口。他刚洗完澡，额发还有些湿润，白色的毛巾垂在颈间。

这层就住着他们俩，走道尽头的这个洗手间是公用的。

裴浠轻声道：“你等一下。”

他进入自己的房间，折返时手里拿着个盒子。

“普通的剪刀会把头发断口剪伤，更容易分叉。”

夏乐葵惊讶地看着他从盒子里拿出的东西——一把专业的理发剪刀。

前辈真厉害，用的东西都好考究。

她正想接过，他却叫她转过身，面对水池。

夏乐葵乖乖照办。

裴浠从背后隔空环住她。感觉到他的气息近在咫尺，她的鸡皮疙瘩顿时掉了一地。

他左手指间夹起她的一缕长发，右手仔细修剪，分叉的发梢轻轻掉落在水池里。不慎碰到她的肩膀，他立刻调整了位置。

透过镜子，夏乐葵看见他专注的模样：垂着眼帘，刘海儿微微遮住眼睛。

被裴浠圈在他的身体和洗手台之间，鼻间全是他身上沐浴露的香味，夏乐葵的心脏猝不及防地狂跳起来。她轻咬住下唇，手不知该往哪儿放，腿软得站不稳，稍往后一些就会靠上他的胸膛。

她可以清晰地听见身后的人因为隐忍而加重的呼吸声。

“你之前说，一直很想报答我？”

夏乐葵局促地点点头。裴浠语调清冷，气息却很热，吹在她的头顶，激起全身酥酥麻麻的痒。

他依旧剪着她的发梢，静了数秒，开口道："那就听我的话。"

"嗯？"

"在男人面前，得有防备心。"雷雨夜那天的事，不能在别的房间发生。

夏乐葵睁大眼睛，面露困惑："我觉得大家都是好人。"

裴浠将她的一缕碎发拨到耳后，回答得斩钉截铁："人不可貌相。"

夏乐葵歪过头，秀眉轻蹙："那我也要防着你吗？"

裴浠沉默许久，抬头看向镜子里她清澈的双眼，平静地说："是。"

如果双手此刻往下收拢，他就能将她不盈一握的腰搂在怀里。

裴浠无意识地抿了下唇，将剪刀放回盒子，俯身在她耳边低声道："好了。"

他的鼻尖似有若无地擦过她的耳垂。

一股电流蹿上头皮，夏乐葵的声音微微发颤："谢谢。"

不知不觉间，她双手扶着台面，生怕自己滑倒。

裴浠抬起手，却在快要覆上她腰间时停住，随后沿着腰线缓慢上移，最终放到她的脑袋上，轻轻揉了揉："早点睡。"

裴浠回到自己房间时，书桌旁的椅子转了过来："不好意思，我都看见了。"

沈奇玩味地指了指裴浠红透了的耳根："哎，既然这么害羞，就别做这种事嘛。"

"……"

"我教你？"

"……"

"根据我的经验，直接拥抱，低头吻她，效果最好。"

耳根持续升温，裴浠嘴角收紧，绷成满弓的弦。

"比如刚才你俩那姿势，你搂住她的腰，低头亲她的脖颈和耳垂，没几下保证她就喘了，或者把她翻过来后背抵在洗手台边……"

裴浠硬声打断："出去。"

"裴皇，哦不，队长，你这纯情得有点意思啊。"被人寒着脸下了逐客令，沈奇脸上却笑意未减，吊儿郎当地抛着手里的打火机，"不过，之前领队说了，各大俱乐部对男女同队的顾虑之一就是住在一起生活不便，我们作为国内首例，一定不能出事。"

心头受到重重一击，裴浠皱眉，眼底冰霜弥漫："你到底想说什么？"

沈奇挑挑眉，食指抵在唇边："别紧张，我会替你保密的。"

在对方充满敌意和警告的注视下，他的舌头缓慢地舔过下唇，勾起嘴角，露出一个挑衅的笑。

“不过，你一直忍着不下手，当心被人捷足先登。刚才说的那些，我就很想试试……”

倏地，裴浠抬脚踹向椅子，发出一声巨响，而后者抢先站起身，成功躲闪，在他跨步逼近时漫不经心地说：“开玩笑的，别那么凶啊，队长。”

沈奇故意加重了最后那两个字。

裴浠顿住动作，垂在身侧的手紧紧地握成拳。

这个人，很危险。

【6】

拍战队定妆照那天，隔壁摄影棚正巧是当初比赛时举报顾意开挂的Chaos战队，好几个前来围观的主播、记者偷偷到Phoenix的地盘窃窃私语。

“哪个是去年开挂的顾意？”

“最左边那个。”

“长得挺帅啊，端正老实。”

“可惜脸皮厚如墙，作弊的事尽人皆知，还敢赖在职业圈。”

一人越想越气，啐了一口：“呸，一个巴掌拍不响，这种容忍开挂狗的队，也不怕被雷劈死！”

中场休息时，全队在附近的餐厅吃饭。夏乐葵没见着顾意的身影，便四处寻找，最后在角落发现他正被Chaos的相关人员围攻。

“喂，下场比赛打算开哪个挂？版本更新了没啊？”

“我大天朝的FPS全靠你开挂拯救！”

顾意嘴唇紧抿，握成拳的双手迸出青筋。这样的情形他已经历过不知多少次，莽撞回击只会被抓住把柄，越闹越大，吃过几次冲动的亏后，他选择了忍耐。

不料夏乐葵突然冲上前，用娇小的身躯将人群与顾意隔开。

她义正词严地质问道：“D社没封他，联盟没封他，职业圈没把他除名，这说明什么？”

为首的人是个电竞自媒体工作者，染着一头黄毛，写过不少指控顾意开挂的文章。

“现在的技术甄别不出这个挂而已，反正他干了什么大家都知道，有脸做就得有脸承认。”

夏乐葵怒从心头起：“住嘴！我不允许任何人侮辱我的队友！”

“哟，你算老几啊？”黄毛阴阳怪气地学她刚才说话的模样，“我不允许”四个字一出，引来一片哄笑声。

顾意将夏乐葵挡到身后，面露愠色："你们骂我可以，不要波及我的队友。"

"战友情深？"其他几人嘲讽地鼓掌，"令人感动得想吐。"

"干吗那么凶，职业选手骂人打架可是会被禁赛的哦。"

"哈哈哈哈哈。"

他们肆无忌惮的挑衅还没持续多久，忽然有道高挺的身影拨开人群，径直走到为首的黄毛面前。

"道歉。"

他的语气强硬得不容反驳。

霎时间，所有起哄的人噤若寒蝉。

黄毛顿时尿了："裴皇……我们就是开开玩笑……"

"不好笑。"裴浠冷冷地重复，"道歉。"

黄毛气焰散尽，讪讪地冲夏乐葵干笑了下："美女，对不起啊。"

裴浠面无表情："继续，跟顾意道歉。"

这下，黄毛咬牙，满脸不情愿。黄毛本以为有黑历史的顾意很难融入新队伍，见他落单，便来奚落几句，谁知向来拒人千里之外的裴浠居然会为他出头。

权衡利弊后，黄毛只能心不甘情不愿地向顾意低头认错，其间还因态度不好被裴浠纠正数次，气得肺都快炸了。

Phoenix三人走后，黄毛愤恨地连踹墙壁。

有人上前拍拍他的肩："算啦，人家世界冠军是你能惹的？"

黄毛又往墙壁上重重地踹了一脚，眉头拧在一起："说实话，我真不爽裴浠，从出道开始就仗着背景雄厚目中无人，圈里看不惯他的多了去了！"

另一人撇撇嘴："反正裴浠现在换项目了，《枪阵精英》的中国最强出了国门后都是被虐，他早晚会跪着求外国爹打轻点。"

"对啊，真期待。"黄毛终于面露喜色，"要是这次他们连次级联赛都拿不到成绩，那就太精彩了！"

传奇终有破灭的时候，习惯于站在金字塔顶端的人，一朝掉落，会怎么样呢？

毕竟，站得越高，摔得越惨。

Chapter II

绝 佳 拍 档

【1】

三月，《枪阵精英》次级联赛正式拉开帷幕。前两轮小组选拔赛在线上举行，角逐出八强会师体育馆，进行线下总决赛。

Phoenix的参赛令这届收视率破了新高，次级联赛竟引得一线战队悉数重点观看。其中，裴浠吸引了百分之八十的注意力。

尽管他的比赛项目从MOBA的《Conquer》转为FPS的《枪阵精英》，他恐怖的操作和犀利的意识依旧秀翻全场，令敌人闻风丧胆。

比赛中，解说几乎全程都将焦点定在裴浠的身上。

“裴皇打出海量伤害！”

“裴皇开始收割了！”

“裴皇死了这波可以打！”

“这局能杀到裴皇一次对方就算赢了！”

弹幕上同样几乎全在刷Summit。

输了后：“打成这样不容易了，毕竟有个妹子。”

赢了后：“裴皇真厉害，带个女的都能赢。”

裴浠的粉丝更是在各地喊出口号：“一个人顶一个军团，我们只粉裴皇，与战队无关！”

熟悉的剧情再次浮现，比赛胜利后，绝大部分人都将功劳归到裴浠一个人头上；若有失利，其他队员的评论区便会沦陷。

散沙好不容易聚为一团，可看似融洽的表面下，裂缝在阴影中悄无声息地蔓延。

小组赛第三周，Phoenix逐渐展现出颓势，节奏混乱，打法单一，被次级联赛排名垫底的战队打了个0:3。

队伍原本就不被看好，争议极大，几千万双眼睛就等着看他们翻车，如今屡战屡败，战队气势被挫伤的同时也免不了被舆论夹攻，有怒其不争，也有落井下石。

“这支队伍的T位和辅助真的很有问题。”

“是啊，这辅助好几次不救裴皇，就盯着女选手奶，到底在想什么啊？”

“其他两个输出也没好到哪里去。沈奇只会玩狙击枪阴人，英雄池太浅了；那个顾意，呵呵，不开挂就不会玩。”

“真是看不下去，踢了那个女的，还有点赢的可能。”

无论是解说还是媒体，对裴浠只有夸没有踩，理由很简单，不敢得罪。

Summit是什么人？

电竞创世神Summer的表弟，《Conquer》国服第一，世界冠军，超人气偶像级选手。他愿意转攻《枪阵精英》，引来了许多资本和关注度，连运营商都不敢怠慢，一有闪失，狂热的粉丝甚至干得出集体给游戏刷负分的行为。

接下来的剧情可想而知，有客观的电竞媒体写文分析战局，指出裴浠的问题，被喷到被迫删除；战队教练发声，被痛骂俱乐部无耻。其他媒体继续以此做文章，“《Conquer》世界冠军转项目后为何沦为次级联赛提款机？”暗讽四个臭皮匠坑死诸葛亮。

Phonenix战队的官方粉丝群同样不消停，输了比赛，满屏都在吹裴浠，贬低其他人，偶尔出现几条“裴皇资源吃得多，不给队友机会”之类的异议，数量庞大的裴浠粉立刻群起而攻之，骂战一波接一波。

又一次比赛失利后，训练室内一片死寂，尽管嘴上不说，有些情绪难免在心底越积越厚。

晚上，夏乐葵跟队友们一起散步回来，在转角处听见了工作人员同裴浠的谈话声。

“裴皇，你已经尽力了，输了不怪你。”

“是啊，经理没仔细看比赛，明明每把都是你扛着整支队伍往前走。”

沈奇冷哼：“呵，都怪我们咯？”

工作人员的脸倏地白了，期期艾艾地说：“沈少爷，我们不是这个意思……”

顾意连忙拉了下他的衣角，沈奇双手插兜，吊儿郎当地耸耸肩：“无所谓，网上那些喷子说得对，我就是在玩票，不好意思坑了你们的电竞男神。”

工作人员上前解释：“你误会了……”

沈奇没理他们，对陆天晴几个说：“走啦，还待在这里碍人眼吗？”

其他队员紧绷着脸，沉默不语。

夏乐葵跟着他们走了几步，转过头，看见裴浠垂眸看着地板，嘴角平直，不知在想些什么。

四人回到训练室后，陆天晴开始进行自我反省："我妈妈说，我最近发挥得不好，大概因为不能发泄情绪。"

修炼"闭嘴功"那么多天，他快要窒息了。

沈奇窝进电竞椅里玩手机，漫不经心地说："明明是不骂人就不会打了。"

陆天晴无法反驳。

夏乐葵想了想："要不用个替换法，比如把'他×的'改成'他喵的'？"

"不行。"陆天晴严肃地说，"我是狗派。"

夏乐葵视线下移，看见他的白T恤上印着四个大字：反猫复狗。

顾意问："这衣服没见你公开穿过啊。"

"不敢。"陆天晴叹了口气，"我的女粉丝们都爱撸猫，公众人物不容易，为了宠粉，不得不牺牲点自己的爱好。"

沈奇嗤笑道："别做梦了，你哪来的女粉丝？"

陆天晴拍桌："你这么说我就愤怒了啊！"

接下来的时间里，为了证明自己有女粉丝，陆天晴去直播间找粉丝连麦，选了一个ID女性化的水友，得意地说："这应该是个妹子。"

连麦后，一个大叔用浑厚的东北腔喊道："天晴，我老稀罕你了！"

陆天晴嘴角一抽，礼貌地说了声谢谢，挂麦后继续选新对象："哼哼，这次肯定是妹子。你们等着，待会儿肯定是这样的声音……"他嗲声嗲气地道，"喂，天晴哥，人家喜欢你好久了。"

连麦后，一个小学生紧张地说："对不起，天晴哥，人家是男孩子。"

训练室里其他三人笑得前仰后合。

陆天晴不信邪，孜孜不倦地尝试，可惜都是同样的结果。

沈奇长腿踹了下他的椅子："喂，要不哪天跟我一起去泡吧，我屈尊当一把你的僚机？"

"真的吗？！"陆天晴感激涕零，将沈奇方才对自己的嘲讽抛诸脑后，狗腿无比地说，"沈少爷！沈大哥！沈大侠！"

夏乐葵不解："什么是'僚机'？"

顾意一本正经地解释："原本指跟随长机执行任务的飞机，在他们刚才的语境里，是指执行结识陌生女生任务的助攻。"

沈奇忽然问："顾意要不要一起去？"

顾意羞涩地摇摇头："我就不用了。"

大勇突然如鬼魅般出现，中气十足地吼道："我说了严禁乱搞男女关系！别说僚机，轰炸机我都击落给你看！"

他迟疑片刻，又问："天晴你没女粉丝吗？我记得我们战队很多女粉啊。"

陆天晴神情凄凉："那都是队长的唯粉，哪轮得到我。"

谈笑间，裴浠推门而入，整间训练室蓦地安静下来，大家交换了目光，各干各的事。

如同乌云过境，压抑的氛围再次在空气中散开。

夏乐葵看见裴浠默不作声地走到自己的座位坐下，眉眼低垂，神情晦暗不明。

似曾相识的画面涌入脑海中，回想起在女队被孤立的情景，夏乐葵鼻子一涩，心脏倏地像是被人用力攥紧。

她将椅子滑到裴浠身边，竭力挤出一个自然的笑："前辈，一会儿和我双排吗？"

裴浠敲击键盘的动作顿住，他偏过头看向她。女孩子长睫毛微颤，整个人小心翼翼的，像是怕击碎什么东西。

裴浠抿唇，依旧没有开口。

他们的对面，陆天晴的表情突然垮了下来，他关掉直播，一声不吭地离开了训练室。

不安的预感如同蹿起的火苗，夏乐葵迅速追了出去。

跑出基地大门，她在花坛边找到了抱着膝盖蹲在地上的陆天晴。

"我又被队长的粉丝围攻了，她们骂我上次那局推车临近目标点时，复活的是顾意不是他，导致输出不够团灭。"

陆天晴一头自来卷乱糟糟的，像只沮丧的小狗。

"他们也不看看我之前救了队长多少次。没有我在后面加血，他能硬生生扛着敌方的炮火输出吗？而且当时那种情况，就算把他拉起来，也未必能赢。"

夏乐葵安抚道："弹幕大神就是赢了夸，输了骂，别介意啦。"

陆天晴憋了一肚子委屈，脱口而出："还有，昨天下午第二盘，在B点的时候，明明是队长没和我们配合好，集火中心不统一，结果输了观众都把锅甩到我身上！"

夏乐葵拍拍他的肩："知道啦，一会儿我们开个会讨论下。"

"开会有用吗？他什么都不说，我们这样下去迟早要散！"陆天晴向来温和的脸上露出了罕见的忧虑，"我早听说了，裴皇早期打《Conquer》那会儿，战队基本都是玩命四保一战术。所有人都尽可能地将资源让给他，以保护他为第一要务，成绩不好就大换血，以他为核心再次重组。今天高层找他谈话，没准就在商量换人。"

夏乐葵不假思索地说：“前辈不会背着我们做这种事的！”

陆天晴怔了片刻，缓缓露出无奈的笑，仿佛在看一个天真的孩子：“乐葵，竞技就是这么残酷，为了能继续赢，夺冠后踢功臣的例子比比皆是。有时候哪怕个人能力再强，在战队的体系中不适应，依然会被淘汰。”

夏乐葵梗着脖子回应：“我们才刚组队，哪有一开始就无比默契的？”

陆天晴叹了口气：“裴皇不适合当队长，他只知道自己训练，对其他人的情况不闻不问。一开始我确实崇拜他，觉得他长得帅又厉害，可接触了那么久，他还是冷冰冰的，难以亲近。”

夏乐葵依旧固执地维护裴浠，急得眼眶泛红：“前辈他没你想象的那么可怕，他只是不擅长表达。”

陆天晴发泄了一通情绪，心情逐渐平静下来，好奇地问：“他那么沉默，你跟他单独在同一个空间里呼吸，不觉得很压抑吗？”

“他不说话我就说给他听呗。”夏乐葵低头笑道，“嘿嘿，我脸皮厚，他不嫌我烦就行。”

陆天晴被她逗乐，松开紧拧的眉头，打趣道：“哎，裴皇喜怒哀乐都一个样，你怎么知道他不嫌你烦？没准已经自动把你的声音屏蔽了。”

夏乐葵被他问得噎住，脑海中浮现出先前与裴浠相处的种种，耳根莫名烧了起来：“就、就是知道……”

就是知道，他冰山般冷漠的外表下藏着颗温柔的心。

【2】

之后的几场比赛，战况并未有所改善，队内僵持的氛围持续了好多天，直到训练室来了位久违的客人。

林亦轩一进门就直奔夏乐葵的座位，将她的椅子转了个圈：“乐葵妹妹，新队伍还习惯吗？有没有想我？”

紧绷的神经霎时间松了下来，夏乐葵笑得阳光灿烂：“有啊。”

林亦轩很满足，哼着小曲走到另一个位置边，拿肩膀推了推曾经的战友：“你呢，有没有想我？”

裴浠淡淡地瞥了他一眼，神色漠然：“没有。”

林亦轩也不在意，他带了大包小包的外卖，热情地招呼房间里的其他人边吃边聊天，共享圈内的奇闻轶事、狗血八卦。

林亦轩跷着二郎腿，一手握着炸鸡，一手随意地搭在裴浠的椅背上：“爆个你们队长的料。我听他表哥Summer大神说，这家伙从小就骨骼清奇，别的男生总会在卧室里贴点女艺人的海报，他的电脑旁边只有消毒喷雾。初中时校花跟他告白，他理都不理，把人家姑娘惹哭了，差点被一群女神追随者围殴。”

其他人纷纷加入话题，陆天晴咬了口西瓜，眨巴着眼问：“后来呢后来呢？打赢了吗？”

林亦轩绘声绘色地说：“没打。校花舍不得他的好皮囊，提出约一次会就两清，结果他照样无视人家，还好这时候有备胎上位，校花才没继续纠缠。之后还遇到过不良少女威胁要霸王硬上弓的……”

大家听得津津有味，裴浠全程面不改色地看着显示屏，没有搭腔。

沈奇懒洋洋地拍了拍手，揶揄道：“裴皇，能守身如玉到现在，真是出淤泥而不染哪。”

林亦轩像是想起了什么，忽然冲夏乐葵挤眉弄眼：“乐葵妹妹，别看你前辈整天裹得严严实实，其实身材很有料，要是解开两颗纽扣，那可是很性感的，想不想见识一下？”

夏乐葵双手捧瓜，点头如捣蒜。

林亦轩说罢便伸手去解，裴浠脖子往后一仰躲开了。见夏乐葵期待地盯着自己，他不自然地别过头，伸手挡在她眼前：“别闹。”

他声音低哑，还带着点拿她没辙的无奈，听得夏乐葵心一颤，低下头不敢继续起哄。

临走前，林亦轩用手指蘸上番茄酱，往裴浠脸上一抹，在他发作前逃之夭夭：“晚安小裴裴，我在梦里等你。”

“……”

“轩哥！”

林亦轩刚走到大厅就被夏乐葵叫住了，她神色匆匆，难掩的焦虑自眉间蔓延开。

还没等她开口，林亦轩便说：“你们队伍氛围不对，我进门就感觉到了。”

夏乐葵一怔，动了动嘴唇，不知该从何处讲起。

听完夏乐葵断断续续的倾诉后，林亦轩的神情出乎意料地平静。

“团队在一起相处，竞技的压力那么大，难免会有摩擦。关系产生罅隙得及时弥补，消极冷战只会越拖越崩。”他偏头看向她，笃定地说，“你是个女生，又那么开朗可爱，肯定能成功调和队员关系的。别担心，我观察过，他们都不是坏人，只是缺乏交流。”

夏乐葵纠在一起的眉头逐渐松了下来。

“裴浠这样的性格，一般人也许会觉得累吧。”林亦轩叹了口气，笑着摇摇头，“但是，‘明知你有缺点，但还是愿意忍受你，还是喜欢你’，友情不就是这么神奇的东西吗？”

夏乐葵也笑了。

林亦轩轻拍她的肩，语速放缓，郑重地说：“乐葵妹妹，帮我们照顾好他。”

“嗯！”

前辈帮了她那么多，这一次，哪怕早已自顾不暇，她也要帮他挺过去。

【3】

晚间活动结束，夏乐葵回到卧室，洗漱完毕后，她忽然心念一动，换上运动服，打开房门。对面的灯果然还亮着，她蹑手蹑脚地靠近，意外地听见里面传出说话声。

“很多是失败后的结果，而不是失败的原因。”

“大招放完队友没在时效内打出该有的伤害……但至少可以撑住上一波，如果天晴不开大招，我早就死了……”

“所以，输出位的都没打好……”

夏乐葵心里咯噔一声，深更半夜的，他房间里有人？

裴浠没有关门，透过门缝，她看见他面对白墙站得笔直，背书般说着一段段话，语毕，他皱眉沉思片刻，接着从头再来，不过将“都没打好”改成了“都有欠缺”。

夏乐葵惊诧地眨眨眼。

他在练习怎么说话，甚至写了稿子。

她被这股认真的劲打动，不禁叫道：“前辈。”

裴浠顿住，转过头。

夏乐葵激动地举起手：“我陪你练，你想说什么，对着我说吧！”

裴浠的脸上闪过一丝被人撞破后的尴尬，嘴角紧抿，思忖半天才说：“好。”

夏乐葵进屋，坐在椅子上，听裴浠继续演练明天战队讨论时的发言。他先前显然没做过赛后总结，语气硬邦邦的，时常会因为意识到措辞不当突然陷入沉默。

“前辈，你不用这么拘谨，有问题直接提就好了，大家不会介意的。”

夏乐葵站起身，为他做示范。

在她的帮助下，裴浠这段话渐渐说得流畅起来，到最后，他还能临场发挥加上一些新的观点。

“今天真高兴。”练习告一段落，夏乐葵趴在书桌上看他，美滋滋地笑出声，“我知道了，前辈也是个平凡人，也有不擅长做的事。”

裴浠轻声应道：“嗯。”

“一步步来，大家共同努力，先在次级联赛小组出线，打入八强，然后升降级赛、顶级联赛、全国冠军、世界杯……”

裴浠看着屏幕上的资料，听她絮絮叨叨展望未来，说着说着，身边没了反应，他偏过头，发现夏乐葵已经睡着了。

她在他面前似乎从来都没有防备。

原本他对融入新队伍还是心存忐忑，但有她在身边，就像在冰天雪地中靠近了暖炉。

室内光线昏暗，裴浠垂眸，向她伸出手，修长的手指小心翼翼地夹起她的一缕额发，从发尾滑到发梢，顺着这道轨迹，他屈起手指，指节轻轻抚过她的脸颊。

女孩子的皮肤光滑白皙，他眸色渐深，指腹点上她粉色的唇，却蓦地被她咬住。

裴浠的喉结滑动了一下。

小姑娘喃喃道："勇哥，我喜欢……喜欢……"

裴浠的心脏骤然收紧。

"吃……五花肉……"

裴浠松开微蹙的眉头，安静地注视着她。只有在这样的情况下，他的目光才能肆无忌惮地流连在她身上，从乖巧可爱的睡颜，到后背露出的一小截瓷白的皮肤。

裴浠不动声色地将她的上衣往下拉了拉。

她是他捧在掌心的小花苗，她呼吸的停顿、感冒的鼻音、没睡醒时惺忪的眼眸，所有关于她的细枝末节，都能牵动他心底最柔软的地方。

他听见自己的心跳声，带着从未有过的紊乱、激烈，一声声震得太阳穴微微发麻。

过了许久，裴浠深吸一口气，缓慢地闭上眼，随后起身去卫生间，用冷水冲洗自己发烫的脸。

【4】

第二天，夏乐葵是在自己的床上醒来的。她睡醒惺忪地对着天花板看了好几秒，觉得好像有哪里不对，但很快就被一个更强烈的念头盖了过去。

昨天发生的事情一扫沉积许久的阴霾，令她重拾了信心，赛程紧张，她得想办法拉近大家的距离。

夏乐葵匆匆吃了点早饭，到达训练室时离规定的起床时间还早，顾意却已经在里面了。

他正低着头，一丝不苟地整理桌子，察觉到夏乐葵的目光，男生腼腆地笑笑，"队长喜欢干净。"

两人闲聊了一会儿，夏乐葵终于问出了在心中演练过许多遍的问题。

“顾意，你会介意自己的风头全被前辈抢了吗？”

在以前的战队，顾意是绝对的核心，而如今，教练安排裴浠作为核心，他自然会得到绝大部分资源，一旦遇险，治疗和护盾都会迅速赶到，而顾意则被放养。

赛场上，作为深入敌方后排骚扰，为核心拉扯输出空间的角色，他时常会以牺牲自己的代价重创对手。每次顾意被围攻后倒下，都是裴浠大放光彩的时刻。

顾意将散开的文件拢成一摞，放入抽屉，轻轻摇摇头：“没关系。”

夏乐葵松了口气：“联赛开始以来，你的心情一直不太好，我以为你也和天晴他们一样，因为……”

“我心情不好是因为觉得自己还不够强，与别人无关。”顾意抬头看她，认真地说，“队长维护过我，谁对我好，我都记在心里。”

曾被推落过深渊，尝尽冷暖，所以如今收到一点点微光都倍加珍惜。

下午看录像讨论时，裴浠破天荒地打破沉默，站在电视屏前长篇大论地分析战局，全程没有停歇，听得其他人都惊呆了。

只有夏乐葵知道，为了做好这件对其他队长来说稀松平常的事，他花费了多少时间和精力。

录像播到比赛时陆天晴那段备受争议的操作，在他放完增加全员护甲的大招后，敌方挨过了技能时间，开启第二波攻击将他们团灭，导致他们痛失赛点。因此，他被人狂骂“大招交早了”“有了大招就放，不会计算，看不懂局势”。

裴浠按下暂停：“在这里，辅助的操作是失败后的结果，但不是失败的原因。

“判断释放技能的时机对不对，也要看其他人的配合。辅助大招放完后，队友没在时效内打出该有的伤害，在外人看来就是‘放早了’。

“虽然下波攻击没有大招只能空手接，但至少可以撑住上一波，之后也许还能靠其他方式拖延，逆转劣势。”裴浠看向陆天晴，“你当时的决定没有问题，如果不开大招，我早就死了，结果只会更糟。”

被点名肯定，陆天晴张大嘴巴满脸讶异，随后不好意思地笑了笑。

裴浠接着说：“这个点的问题其实是辅助开大后我们没打死关键人，当场就被对面反扑后团灭，所以，输出位的都有欠缺。”

顾意点点头表示赞同，沈奇收起自己懒散的坐姿，若有所思。

裴浠抿唇，下颌线条收紧后又松开：“我作为队长，没能激发你们的实力，是我的责任，抱歉。”

陆天晴顿时有些羞愧，连连摆手：“你别这么说，五根手指收紧才能握成一个拳头，输了，锅是大家的。”

夏乐葵趁机补充：“赛后总结特别重要，以后大家有什么想法就说出来，别再闷声不吭啦。”她停顿片刻，从座位下拿出块带手柄的白板，“你们看，前辈都以身作则说了那么多话，我之前还以为他只能靠举牌和大家交流呢，道具都做好了。”

脑补出裴浠面无表情地举着写着字的白板的模样，其他人哈哈大笑。

裴浠屈起指关节，在她的脑袋上敲了一下。

没过一会儿，大家便陷入了热火朝天的讨论中，建队以来，这还是头一回。

散会后，陆天晴忙不迭地走到裴浠的座位旁，为自己之前的冷暴力道歉。

“其实我也知道，不能太被网上的喷子影响，大部分人虽然现在骂得凶，但一有成绩就会开始夸，记忆只有七秒。”陆天晴挠挠头，声音越来越轻，“我就是，不清楚你的态度……”

“嗯。”裴浠淡淡地表态，“我们要赢。”

简简单单的一句话，却如同定海神针般，令大家感到安心。

【5】

周五，夏乐葵有一个单人的嘉宾活动，大勇嚷嚷着胃疼没法出门，裴浠便主动提出陪她去。

正值上下班高峰期，裴浠没有开车，和她一起坐地铁。活动结束后，由于主办方拖延了些时间，而他们与其他战队约定的训练赛即将开始，夏乐葵面露焦虑，急匆匆地想赶回基地。

裴浠用打车软件叫了辆车，谁知司机开着开着，突然转向一条陌生的路线，称自己要去接另外的客人。

裴浠提醒道：“我们点的是全单，不是拼车。”

司机面色铁青，盯着前方的路况，充耳不闻。

车厢内气氛诡异，眼看行驶得离基地越来越远，夏乐葵急得不行：“不好意思，我们还要赶时间。”

司机还是不理会他们。

一路上，无论他们如何请求，司机始终一言不发。

裴浠微皱眉头，拿起手机，想要投诉。

突然，汽车一个急转弯，飞驰上一条偏僻的小道，车轮猛地撞上路沿，发出剧烈的声响。

天色已晚，四周荒无人烟，狭窄的街道黑压压一片，只有一盏快要坏掉的路灯散发着些微的光。

裴浠见司机情况古怪，立刻拉着夏乐葵下车。

没想到司机从后备厢掏出一把三四十厘米长的刀子，恶狠狠地追砍着他们。

脚步声越来越近，夏乐葵侧身躲过一刀，下意识地将裴浠护到身后。

她在新闻里见过，美国有人开车时心情糟糕，就在等红绿灯的间隙直接下车开枪把前面的司机毙了，两人无冤无仇，素不相识……

她练过武术，揍过流氓，但没遇见过真刀真枪。

此刻继续逃跑很可能后背遇袭，夏乐葵心一横，正准备豁出去应战，裴浠高大的身影迅速挡在她前面，他厉声道："你快跑！"

语毕，裴浠动作敏捷地与司机周旋，试图将他引到别处。白晃晃的长刀在空中挥舞，金属的反光在黑夜里格外瘆人。

裴浠趁司机收刀的间隙，飞起一脚踹向他的肚子，将他踢出好远，可司机人高马大，体格健硕，不知受了什么刺激，双目发红，近乎失去理智，再次咆哮着冲向他。

夏乐葵的心提到了嗓子眼，全身骤然发寒。

刚才的动作全是幌子，司机的目标是裴浠的右手！

不行！前辈的手不能受伤！

前辈不能受伤！

面对利器，裴浠一边躲避，一边用余光注意着夏乐葵的安危，还要分心保护自己的双手，动作备受局限。

眼见司机面色狰狞地冲着裴浠的脑袋挥刀而下，引诱他抬起手臂格挡，夏乐葵找准时机向他扑去，试图徒手夺刀，不料脚底一滑，重心不稳地跌倒在地。

她的行为成功吸引了司机的注意力，他转身砍向她。刀光闪过，夏乐葵脑海一片空白。

为什么自己在节骨眼上这么没用？！

后面发生的事仿佛一场梦，她迟迟没从震惊中恢复过来。

一直到突然被人拽过手臂拖出好远，拉到怀里，夏乐葵才睁着呆滞的眼，看到司机已被打晕，倒在地上抽搐，无法动弹。

裴浠翻转过她的肩膀，额头抵住她的额头。

夏乐葵感觉到他全身都在颤抖，喘着粗气，拧着眉，向来神情淡漠的脸上满是惊慌。

"你没事吧？没事吧？伤得重吗？疼吗？"

"没……"

裴浠舒了口气，倏地将她抱入怀中。

他抱得太紧，夏乐葵无法动弹，脸颊紧贴着他的胸膛，听见了他急促而有力的心跳声。

很快，裴浠松开手臂，喘息着，用着一种从来没见过的深沉目光注视着她，他张开手掌，指腹缓缓摩挲她的脸颊。

夏乐葵感觉得到自己的身体随着他的指尖而颤动，正如她之前想象过的那样，他的手指如冰块般凉，他的怀抱却无比温暖。

裴浠漆黑的眼瞳中有火光在隐隐闪烁，手掌猛地扣在她脑后，俯下身……

一股电流蹿遍全身，皮肤随之烫了起来，夏乐葵紧张地闭上眼，全身阵阵酥麻。

他的嘴唇在离她咫尺之处停下，灼热的呼吸扑在她的鼻尖上。

夏乐葵一动都不敢动。

不知过了多久，裴浠用力将头扭到她耳边，哑声道："乐葵，你别总让我担心。"

心脏仿佛即将跳出胸腔，夏乐葵慌忙咬住下唇。

他叫了她的名字。

"前、前辈，我快喘不过气了……"夏乐葵的双眸覆着层水雾，胸腔起伏，忽然想起了什么，关切地问，"你、你的红疹好了吗？"

刚认识的时候，秋樱说过，被女人碰了，他身上会起疹子。

裴浠没答话，拉开两人的距离，抬手揉了揉她的额发。

去警察局处理完事件的后续，裴浠打了个电话。

"我叫领队安排人来接我们了。"他指向街对面的咖啡厅，"去那里等着吧。"

夏乐葵低头，瓮声瓮气地说："好。"

两人并肩而行，裴浠将手机转到左手，空出的右手不动声色地靠向她，却在小指相触的那刻收了回来。

他耳边响起沈奇先前的提醒——

"各大俱乐部对男女同队的顾虑之一就是住在一起生活不便，我们作为国内首例，一定不能出事。"

他收回的手渐渐握紧。

现在还不行。

Chapter 12

绝 佳 拍 档

【1】

“电竞职业选手遭出租车司机砍手袭击”的新闻很快便传得沸沸扬扬。

“裴皇强到无解，国外玩家想众筹买他一只手”的玩笑差点就要成真，电竞粉们在确认他和夏乐葵安然无恙后松了口气，又不禁脑补出不少大戏——

震惊！敌对俱乐部为了夺冠不惜买凶砍手毁人职业生涯？

太可怕了！质朴司机随身携带西瓜刀，身份竟是外国特工？

细思极恐！案件底下隐藏着美女选手、电竞男神、霸道糙汉的爱恨纠葛？

据警方透露，涉案司机声称自己长期患有抑郁症，那天人生遭遇巨大打击，因听到裴浠试图打电话投诉，顿时情绪失控，并无其他私人恩怨。

打车平台公开道歉，将司机账号永久封禁，并给予受害者经济赔偿和补助。

俱乐部内，领队大勇吓得不轻，差点悔恨地抱住裴浠和夏乐葵痛哭流涕。之后无论去哪儿，他都尽量安排工作人员专车接送。

经历了这场可怕的风波，夏乐葵的心情久久难以平静，为自己当时猪队友般的表现懊悔。

所幸，自从裴浠在会议室里开口与队友交流，大家开始热火朝天地分析总结赛况后，战队的次级联赛成绩渐渐有了好转，积分从吊车尾爬到了中上游。

一次活动采访中，主持人依旧没从裴浠嘴里问出什么来，无奈地将目标转向夏乐葵：“裴皇平时比赛的时候也不说话吗？”

“说话的。”夏乐葵敛起表情，认真地模仿裴浠冷冰冰的语气，“‘可以打’‘一起上’‘撤’‘救我’‘我有大’。”

安静许久，主持人试探地问：“没了？”

夏乐葵点头。

主持人想了想，这不都是系统自带音效吗……

她当然不会知道，从比赛时全程沉默用系统圆盘音效沟通到直接开口说话，这中间裴浠需要走过多少九曲十八弯的路。

【2】

这些时日憋着的一口气还没松，战队就遇上了新的麻烦。

队伍默契度虽然上升了一个层次，时常能打出精彩的配合，但阵容单调、打法单一的问题仍然没得到妥善的解决，因此，教练改变训练方针，要求沈奇拓宽英雄池（职业选手精通、可选择上场的英雄数量），练习突击英雄。

“我擅长的为什么不能上场？”沈奇双手插兜，似笑非笑地问，“安排战术也没必要把我的优势全部推翻吧？”

教练再一次耐心地解释：“不符合战队新练的体系。”

沈奇冷哼：“你直说不够配合裴浠不就行了。”

教练被他呛得动了气：“裴皇什么位置都可以打，会的英雄比你多很多！”

虽然刚转项目不久，但有扎实的射击底子在，裴浠精通英雄的时间比其他人都短。

沈奇身子一震，漫不经心的表情逐渐变得严肃，微微眯起的眼里泛起一丝愠色。

这是被戳到痛处了啊。

夏乐葵赶紧上去拉住他，生怕沈小少爷立马买下俱乐部把教练给炒了。

然而，她没有等到预想中的狂风暴雨。沈奇嘴角一撇，仰起下巴扯了扯领口，一言不发地往外走。

大勇急忙问：“你去哪儿？”

沈奇吊儿郎当地回：“找乐子。”

大勇开启念经模式：“俱乐部规定……”

沈奇驻足，转身冲他露出一个邪笑：“那么你们就开了我呗。”

众人瞠目结舌。

沈奇走远后，教练一下子瘫倒在座位上：“真是的，我们又不是陪他过家家，每次提点意见，就跟在拔孔雀的羽毛似的。”

夏乐葵知道，教练的提议并不是毫无根据。

《枪阵精英》每场比赛中，根据功能，玩家喜欢将各个位置归为三类：T，C，S。

T，Tank，肉盾位。

C，Carry，输出位。

S，Support，辅助位。

职业联赛流行的体系，除了Phoenix目前经常使用的“131”阵容，即1肉盾，3输出，1辅助的配置外，还有“221”“311”“122”“41”等。

英雄池深的选手可以随时进行位置转换，令战队体系更加丰富多变，但目前的沈奇不行。

作为一个以“狙击”出名的选手，他最擅长蛰伏在阴影中，把握时机，开瞄准镜，精准狙杀，一枪一个。

之前被人问过为什么专精狙击英雄，沈奇回答得很简单——兴趣使然，“秒杀的感觉比相互对枪磨血爽多了”。

射击游戏中，玩狙是种情怀，无形中震慑对方，生死就在一瞬间。

沈奇的操作绝对是国内顶尖，新生代狙神，盲狙、甩狙、闪镜……各种华丽技巧信手拈来。

可是，在战队里，不可能只图自己爽。

战队无法靠一套体系打天下，很容易被敌人研究后克制。

另外，在有些地形不利的地图上，目前版本的狙击英雄不适合出场。

《枪阵精英》不同于一般的FPS游戏，加入了MOBA元素，战斗意识和枪法一样重要，他不能总玩后排，也得适当练习前排。

回想起沈奇先前的种种表现，夏乐葵的心中泛起一丝忧虑：难道电子竞技对他来说，就是富二代寻求刺激的一种方式？

晚上，裴浠上楼后，发现夏乐葵的房门大敞，他状似无意地往里面瞥了一眼，见她正穿着秋樱送的泡泡袖睡裙，趴在床上看电脑，不时跷起莹白的小腿，无意识地转着脚踝。

裴浠匆忙移开视线。

作为国内第一支男女混合战队，为了不闹出绯闻被人乱做文章，俱乐部规定成员禁止内部恋爱。

平日里，大勇防狼似的防着其他几个男生，一旦有人对夏乐葵做出太过亲密的举动，他便立即如老母鸡般将她护到身后。

唯独裴浠是个例外，理由很简单，大勇深信裴浠对女人不感兴趣。

想到这里，裴浠抿唇，低头轻轻敲了敲门。

夏乐葵闻声看向他。

异样的氛围在空气中弥漫，两人的表情都不太自然。

裴浠依旧盯着地板：“你以后记得关门。”

“噢。”

夏乐葵还想说些什么，裴浠已经关上了门。

一瞬间，她有些怅然若失。

刚才听见他的声音的时候，她的心脏猝不及防地怦怦直跳。

那夜，他将她紧紧地抱入怀中，在她耳边低声念她的名字，至今想起，她依旧会忍不住悸动。

然而，回基地之后，他又恢复了先前的距离，再没有下文。

并非是播到高潮的乐章在某个特殊的节拍戛然而止，而是就这样平静地演奏到了曲终，低调安宁得令人不禁怀疑先前的场景是否真实存在。

那个拥抱到底算什么呢？

无人的时候，她反复回味他的触感、他的气息、他的声音，甜甜的喜悦过后是空荡荡的酸涩，填不满，不敢问，怕妄想过后是巨大的失落。

烦心事太多，夏乐葵在床上翻来覆去睡不着，她鬼使神差地穿上运动服，下楼去训练室晃悠，不料有了意外发现。

早已过了睡觉的点，消失了大半天的沈奇居然在训练室里。

他坐得端端正正，头戴耳机，全神贯注地盯着屏幕，手指飞快地敲击键盘，发出嗒嗒嗒的响声。

夏乐葵向他走近，揉了揉眼睛，难以置信地问：“你在练习新英雄？”

沈奇没有听见，鼠标甩动，击中好几个迎面扑来的AI敌人。

一盘自定义比赛结束，他才发现身边站了个人。

夏乐葵重复刚才的话：“你在练习新英雄？”

话音未落，沈奇紧绷的身体倏地松下来，他跷起二郎腿，漫不经心地说：“基地就像寺庙，本少爷没女人玩，只能玩游戏咯。”

这天没法聊了。

夏乐葵拉开他旁边的椅子，坐下，一本正经地说：“你别总和教练作对。游戏版本更迭很快，联赛中会不断出现新的战术和打法，他敦促我们多学习也是应该的，不是针对你一个人。”

她说话的时候，沈奇一直在低头玩手机，他忽然抬头，笑得意味深长。

夏乐葵被他盯得起了一身鸡皮：“你想干吗？”

沈奇一只手搭上她的椅背，懒懒散散地靠过来，冲她吹了口气：“深更半夜的，我还能想什么？”

耳边回响起大勇那声清脆的“渣男”，夏乐葵警觉地同他拉开距离：“滚，再过来我就揍你！”

“好啊。”沈奇指了指自己的胸口，笑得极坏，“往这儿打，使劲点。”

夏乐葵瞪他：“神经病！”

沈奇点头，嘴角弧度更深："嗯，别停，继续骂。"

夏乐葵不理他，坐回自己的位置，打算自己打几场人机，谁知沈奇揉了个纸团丢向她："喂，跟我去竞技场PK吧？"

夏乐葵目不斜视："不去。"

沈奇挑眉："哟，你该不会是怕了吧？"

夏乐葵差点摔了鼠标："谁怕你！"

两人便边打边轻声斗嘴——不敢弄出太大声响，怕被别人发现。不知不觉过了几个小时，两人回到房间时，窗外天已经蒙蒙亮。

夏乐葵匆匆睡了三四个小时就到了起床时间，整个人昏昏沉沉的。

打练习赛时，大勇看着沈奇和夏乐葵哈欠连天的模样，狐疑地问："你们两个晚上干什么去了，怎么白天都这么困？"

两人十分默契地假装没听见。

裴浠停下手里的动作，若有所思地看向夏乐葵，眉头微微拧起。

凌晨他听见了她的房门打开后又合上的声音。

这周的比赛在周五和周日，接下来的几天，夏乐葵总睡不安稳。

除了裴浠小巷里的拥抱外，现在又多了一件令她无比在意的事。

不行，沈奇在偷偷努力，她也不能落下！

她正好用训练驱散脑内乱七八糟的关于裴浠的念头。

Phoenix俱乐部采取军事化管理，对选手的作息时间安排得很严格，过了该睡觉的点后，夏乐葵偷偷摸摸地潜回训练室，生怕少练一会儿就被沈奇甩下一截。

两人排完天梯后跑图，靶场，打人机，最后相互切磋几轮，数天后果然有了效果。

对于沈奇的进步，教练十分欣喜："毕竟有天赋啊，也没见你平时怎么练。接下来继续加强针对这个英雄的……"

沈奇打断他，懒洋洋地说："不加强，我又没兴趣。"

夏乐葵举手："教练，其实他……"还没说完，冷不丁被他在桌下踢了一脚，她正要发作，看到沈少爷用口形示意："闭嘴。"

【3】

正式开始全队训练新体系后，教练发现，沈奇在偏突击的阵容中发挥依旧不算出彩。

到了晚上的"秘密时间"，夏乐葵刚进门，就看见沈奇摘下耳机，焦躁地捶了下桌面。

他将电竞椅的靠背下放到呈120度角，半躺在上面，将外套盖到脸上，平日里那拽得恨不得上天的模样仿佛被静悄悄的黑夜吞噬了，留下一股难掩的沮丧。

夏乐葵看了眼他的电脑屏幕，拿新英雄打高分天梯，连跪好几局。

对一个职业选手来说，练习一个英雄，并不是指他之前不会，而是指将他操作这个英雄的水平磨炼得等于或高于其他同位置的职业选手，直到能在比赛时使用。

夏乐葵安慰道："你才练了几天啊，哪儿有那么快就成功的。"

沈奇不吭声，过了好久才说："他也就用了几天。"

隔了层衣服，他的声音闷闷的，像是憋着一股气。

夏乐葵微怔，大概猜到了是怎么回事，想说点什么，话到嘴边，又被吞了回去。

也许深夜总能伸出无形的手，一瞬间撕开心底的防线，让内心隐藏许久的情绪倾泻而出，沈奇再次开口时，夏乐葵以为自己产生了幻觉。

"媒体一直吹我是天赋型选手，新生代狙神，吹得我都信了。

"可是他转项目没多久，狙击的实力就迅速追上了我，甚至现在比我还强……

"我一直觉得自己有天赋，别人都没我厉害，可我也是一枪枪练出来的……"

沈奇的声音越来越轻，他卸下往日狂傲的面具，如同一个被打趴后不服气的孩子。

"你知道吗，我看他的第一视角的时候，感觉太舒服了，太顺畅了。什么时刻应该做什么事，架枪的位置、奔跑的路线，我不知道该怎么说，就是……应该是这样的……好像每一秒他做的就是最正确的事。

"他看一局比赛录像能学习到的东西，是我们的好几倍，进步速度快得令人难以置信。

"这种境界，也许我花再多时间，也无法达到……"

夏乐葵目光微动，整日与裴浠一起训练，她当然知道，那种全方位被碾压的挫败感。

她时常会听到二队的男生们聚在一起感慨："裴皇那样的天才真好啊，别人想要的，他轻而易举就能得到……"

"以前我的队友也爱说你这样的话，可是，人为什么总要比较呢？"

夏乐葵叹了口气，敛起神情，垂在身侧的手渐渐收拢。

"就算别人真的比我强很多，付出的努力比我少，获得的收益比我多，可那又如何，对自己本身的实力并没有任何影响啊。"

沈奇身子动了动，陷入沉默。

"小时候读书时，有的人一点即通，我却要思考许久，一道题涂了改，改了涂，怎么做都做不对，越做越挫败。"夏乐葵拉开椅子坐下，垂着脑袋，仿佛在自言自语，"我就会对自己说，别难过，这就是你的实力。

"挫败感来源于对自己认知的偏差。承认自己能力不足，是件很残酷的事。"

她越说越被自己打动，好看的眉头微微皱起，音调都上扬了好几度。

“与其因为别人而感到挫败，自暴自弃，不如认清现实，静下心分析缘由，在原先的基础上不断进步。”

沈奇一把掀开头上的外套：“喂喂喂，打住，谁跟你说我自暴自弃了？”

“你对教练那个态度……”夏乐葵脑海中灵光一闪，“莫非，你只是不想让别人知道你很认真？希望别人觉得你随便玩玩就做得好，很酷？”

沈奇嘴角抽了一下，冷哼：“呵。”

夏乐葵认真地提议：“你自己偷偷练，当然进步不大，跟教练和前辈交流一下，让他们指导你。”

沈奇撇嘴：“我不要。”

夏乐葵怒了：“那就别在深更半夜的时候哭兮兮！”

沈奇坐起身，若无其事地整了整衣领，那表情欠得她恨不得脱下鞋把他按在地上拼命抽：“没有，你听错了。”

训练室外，裴浠在黑暗中倚墙而立，脑海中无法抑制地回想起那些日夜萦绕的指责声。

“少装模作样安慰人了，你跟我们都不一样，是不是在心底觉得我们特别卑微特别可笑？！”

“你这种不用付出什么，轻轻松松就能实现梦想的人才不会理解我们的痛苦！”

裴浠抬手揉了揉眉心，女孩子灿烂温暖的笑容猝不及防地盖过重重画面跃入脑海。

“因为前辈很强啊，我喜欢和强者在一起。”

阴霾散去，大片大片的向日葵在黑夜中盛开，耀眼的金色绵延成一片花海。

【4】

第二天，沈奇同教练搭话时，训练室里其他人的表情仿佛看到了母猪上树。

沈少爷给了他们一个“看屁看”的眼神，绷着脸，提问时语气僵硬，不时抬手轻咳几声。

与教练和数据分析师的谈话结束，沈奇坐到夏乐葵旁边，同她一起研究比赛的录像。椅子还没焐热，他的身后突然出现一道人影，带着令人背脊发凉的低气压。

裴浠将沈奇搭在夏乐葵椅背上的手拉了下来，在对方莫名其妙的眼神中推着她的椅子就往自己座位的方向走。

夏乐葵不解：“前辈？”

裴浠面无表情：“找你有事。”

鼻间传来一股甜美的果香，裴浠步子一顿，微微愣神。

“樱樱送我的发油。”夏乐葵紧张得思绪乱飘，没头没脑地说出一句话后，佯装自然地夹住一缕长发，冲他晃了晃，“好闻吗？”

裴浠俯身凑近，垂眸看她，轻声道：“很香。”

她仰着脸，他低下头，距离太近，夏乐葵的脸蓦地红了。

气氛有些粉红，可惜很快被人打破，沈奇挑了挑眉：“啧啧，对我那么凶，跟队长说话声音就这么嗲。”

夏乐葵转身冲他挥了挥拳头：“要你管！”

一旁的陆天晴和顾意笑着感慨：“你们两个关系越来越好了啊。”

夏乐葵闻言立马高声喝道：“一点都不好！”沈奇歪着脑袋，手托住下巴，一副“被你发现了”的模样。

他们没有注意到，裴浠的眼神冷了下来，脸色更难看了。

坐着“轮椅”到达目的地后，见裴浠如石雕般一动不动地凝视着电脑屏幕上的壁纸，夏乐葵忍不住开口：“你找我什么事呀？”

裴浠缓缓地将视线移向她，想了许久才开口：“今晚训练结束，跟我一起打死斗模式吧。”

死斗，《枪阵精英》新出的模式，规则酷似他们闲暇时最爱玩的生存类网游《荒岛求生》，分个人和团体赛，参赛者可以任意选择英雄，除了队友外，所有人都是敌人，活到最后的那组为胜，是个又能娱乐又能练习技巧的好方式。

没想到夏乐葵拒绝得很快：“我和沈奇一起吧。”

她的想法很简单，她和沈奇都有训练的必要，如果和裴浠组队，那就成前辈单方面陪她了，白白浪费他的时间。

很可惜她的脑回路总与裴浠不同，他沉下脸：“怕我当你的队友，你没有发挥的余地？”

夏乐葵摇头：“当然不是……”他又不能一个人打一百个。

呃……没准真的可以。

她正在幻想裴浠拿着冲锋枪一路突突突突，徒手拆坦克，手榴弹炸飞机，对方忽然戴上耳机，从眉头到下巴的线条统统如张满的弓般紧绷，然后凉飕飕地瞥了她一眼。

夏乐葵解读了一波，大概意思是：你可以滚了。

又来冷暴力。

一盆冰水从天而降，她被淋了个透心凉。

想起小巷里的拥抱和之后毫无解释的冷淡，他不知出自什么目的的举动，轻而易举地将她搅得心绪不宁。

夏乐葵心里莫名其妙烧起一把火，破天荒地卸下对他向来恭敬的态度，起身头也不回地拖着椅子跑了。

脑海中徘徊着她气鼓鼓的身影，裴浠顶着张毫无表情的脸，烦躁得只能靠排天梯虐人泄愤。

晚上夏乐葵没有秘密训练成功——才打开电脑没多久，裴浠就带着大勇来“捉奸”。

大勇撸起袖管，双手叉腰：“好啊你们两个！白天无精打采，晚上倒是精神，一天只睡几个小时，还想不想好好打比赛了？！”

夏乐葵嘴硬道：“别的俱乐部多的是凌晨睡下午起的。”

大勇差点习惯性地卷起一沓废纸抽她的脑袋，碍于裴浠在场，生生憋住，他怒喝道：“人家下午起，你几点起？知不知道睡得少会暴毙啊？！”

夏乐葵缩了缩脖子，扁着嘴不敢接话。

正在气头上的大勇，此刻哪怕他妈站在他面前都可能被一巴掌扇飞，他一扫平日里面对首富儿子的尿样，恶狠狠地指着沈奇的鼻子：“还有你！都给我睡觉去！”

沈奇都吓得一震，过了好几秒才反应过来，正想阴阳怪气地反驳，却被裴浠冷冷打断。

“回去。”

他双手插在口袋里，神情漠然，却带着股无法反驳的劲。

大勇本以为沈奇还会反抗一阵，不料他套上外套，很配合地走了。

大勇再转向夏乐葵那边，发现她和裴浠已经没了踪影。

通往卧室的楼道上，夏乐葵跟在裴浠身后，依旧生着闷气。

听见他重重的脚步声，她嘟囔道：“我们又没碍着你们，就是想多练一会儿……”

一直沉默的裴浠忽然开口：“是你想和他多待一会儿吧。”

夏乐葵愕然：“哈？”

四周的温度陡然降至冰点。

“你和他们走得太近了。以前是大勇、阿轩，现在又是沈奇。”裴浠的语气既严厉又无情，“队内禁止恋爱，你是来打比赛的，不要想些别的。”

“恋爱”这两个字从他嘴里吐出来，有种说不出的违和感。

想别的？想什么别的？

突如其来的警告犹如当头一棒，夏乐葵被砸蒙了，嘴唇微颤，不知该如何回答。

他居然怀疑她动机不纯！

他把她当成什么人了！

被冤枉的酸楚和愤怒在胸口炸开，夏乐葵不可思议地瞪着他："我才没有想别的！我们只是朋友！"

意识到声音太响，她慌忙捂住嘴，生怕吵醒别人，双眼蒙着层水雾，看上去委屈巴巴的。

裴浠转过头，面色冷峻："你知道就好。"

这句话像是戳中了夏乐葵的痛处，她藏在心底飘飘然的念头被他的目光狠狠扎破。

那天在小巷的拥抱果然什么含义都没有，这些时日她还美滋滋地反复回味，就像个傻瓜。

还好她反复告诫自己，这是不可能的，否则今天收到的就不只警告那么简单了。

眼前浮现出无数条针对她的恶毒舆论，一股莫大的委屈排山倒海般席卷而来，夏乐葵咬着下唇，声音带着浓浓的涩意。

"你是不是觉得我进战队就是为了博个名声？就像网上说的那样，我入队是为了接近一线选手，如果能成为选手的女朋友就功成名就了？"

裴浠看着她，不说话，漆黑的眼底情绪不明。

他越不吭声，她的背脊就越冷。

片刻后，裴浠摇摇头，哑声道："没有。"

夏乐葵憋着口气，眼眶通红："那你为什么这么说我？"

裴浠嘴唇紧抿成直线，无法回答。

当他发现她和沈奇每晚单独在一起，关系不断升温时，他所有的理智都烟消云散了。

不仅是在人际关系图上标注"危险"那么简单，他满脑子只有一个念头：阻止。

且不提沈奇之前说过那些挑衅的话，就算他是个正人君子，只要对她起了心思，再细小的苗头也得掐断。

可是，他还能怎么阻止？

直接告诉她，"以后离他们远一点，尤其是沈奇""陆天晴虽然看起来安全，但也难说不会被吸引"？

同在一支队伍，这种话如何能说出口。

他心口的焦躁如燎原大火，浩荡蔓延。

见裴浠态度放缓，夏乐葵也顾不得尊重前辈了，壮起狗胆"起义"："你总对我一会儿好一会儿坏，经常是我说几句话你就不高兴，倒是告诉我为什么啊，这样我下次才能注意啊，说甩脸就甩脸，我……我也是有脾气的！"

她说罢便绕过裴浠向前走，倏地被他抓住手腕，她越挣扎，他握得越紧。

拉扯间，夏乐葵重心不稳，差点往后跌下楼梯，被裴浠用力拉到身前，额头重重地撞上他的胸膛。视野翻转，他按住她的手腕，将她压上墙壁。

夏乐葵难以置信地瞪大眼睛，呼吸变得急促，裴浠双手撑在她身侧，平日里的清冷自持不复存在，五官被黑夜渲染得锐利深邃，带着股阴沉沉的压迫感。

“深更半夜，你和他单独在一起。”他声音低哑，偏过头，试图去掉一些不必要的情绪，然后再次看向她，“我跟你说过，不能对男人没有防备。”

冷不丁被粗暴对待，夏乐葵强忍的情绪忽然爆发，口不择言道：“那前辈你又算什么意思？小巷里你为什么要抱我？”

裴浠的脸上一瞬间闪过不易察觉的波动：“情况特殊。”

他只是担心她的安危。

最不想要的答案终于得到了证实。

夏乐葵心底满到快要溢出的憋屈蓦地转为恼火，不知是对他，还是对自己。

她负气地提高音调：“你放心，我绝对不会影响队友！大家没有把我当女人看，我也不会把你们当男人看！你担心的事情永远不会发生！我不会喜欢你们任何人！”

裴浠身体微震，脸色愈加铁青。

他真想咬住她的嘴巴，不让她发声。

他的心思，她一点都不懂。

身子像被钉死在墙上，夏乐葵依然梗着脖子与他对视，胸腔起伏，向来清澈无害的双瞳此刻带着倔强的火光。

他从没见过她这么生气的模样。

双方僵持许久，最终还是裴浠怕弄疼她，收了力。

夏乐葵甩开他的手，使劲哼了一声，头也不回地离开了。

裴浠没有追上去，在原地站了许久，直到她的背影在走道中消失，他手紧握成拳，用力到骨节发白。

动作僵硬地走进卧室后，裴浠关上门，靠着门板缓慢地蹲下身，手指深深埋入发丝中。

他把自己的路给堵死了。

【5】

后来的几天里，夏乐葵对裴浠的态度虽然依然恭敬，但比以前冷淡了很多。

有时候裴浠状似无意地走到她身边，酝酿着开口搭话的腹稿，可琢磨了半天，一个字都说不出，完稿时夏乐葵早已不在原位，和别的队友嘻嘻哈哈闹成一片。

大勇最先敏感地发觉他们俩之间的关系不对劲——夏乐葵向来大大咧咧的，对谁都热情友好，最近偏偏见到裴浠就端起架子，一副跟他不熟的模样，有点像在故意赌气。

八卦如他，怎能不打听。他撬不开裴浠的嘴，便去夏乐葵那儿松土，不料遭到了小姑娘的责备："我们接下来的比赛要全胜才能出线，这种关头勇哥你满脑子想着乱七八糟的事，良心不会痛吗？！"

她太正气凛然，大勇自惭形秽。其他人再问，她的回答如法炮制。

老司机沈奇自然对两人之间的反常心知肚明，不知出于什么目的，他频频与夏乐葵拉近距离，举止暧昧。

早上晨练时，夏乐葵刻意加快脚步远离裴浠，冲在队伍的第一个。

片刻后，耳边传来了沈奇惯有的懒散语调："厉害啊乐葵，腿那么短，跑得倒挺快。"

夏乐葵瞪他："你才腿短！"

"啧啧，心口不一。"沈奇挑眉，"我的前女朋友们都喜欢我的大长腿。"

夏乐葵鄙夷地斜睨过去："她们喜欢关我什么事，我又不是你女朋友。"

沈奇没应声，偏过头一眨不眨地盯着她，上扬的嘴角衔着不怀好意的笑。

夏乐葵缩了缩脖子，被他看得头皮发麻，感觉四周的氛围都变得有些古怪。

沈奇笑意更浓，还欲继续将脸贴近，忽然肩膀被人重重一撞，裴浠硬生生地从他们俩中间劈开了条裂口。

三人在狭窄的小路中并列成一排，场面无比诡异，每个人都暗中较劲，试图改变队形。

途经十字路口，夏乐葵蓦地掉转方向，往左边的道上狂奔，沈奇试图追赶，却被裴浠卡住。为了甩开他，沈奇拼命加速，谁知裴浠铆足了劲儿跟他死磕到底。

见前方三人的影子如风一般消失得无影无踪，后面的顾意、陆天晴、大勇追得气喘吁吁，满头雾水。

"搞什么啊，大清早的开始赛跑？"

上午打完两盘练习赛，由于之前跑步消耗了大量体力，夏乐葵打了个哈欠，隐隐开始犯困。

沈奇走到她桌边，特意端给她一杯现磨的热咖啡。

夏乐葵防备地眯起眼："干吗无事献殷勤？"

"瞧你这话说的。"沈奇俯身，压低音量，"经过那么多次深夜里的亲密交流，为你做这点小事算什么。"

"谁跟你深夜……"顾及四周的目光，夏乐葵窝火地吞下后半句"亲密交流"，条件反射般扬起拳头，又克制地收了回去，生怕正中他下怀。

果然，沈奇戏谑地冲她咧嘴歪笑："打呀。"

啊啊啊，这个神经病！

夏乐葵决定无视他，抱着“不喝白不喝”的念头，她拿起咖啡，刚刚凑到嘴边，身侧忽然扫过一阵冷风，冻得她打了个寒战。

下一秒，杯子被人夺走了。

夏乐葵茫然地扭过头。

不知何时，裴浠站在了她的左后方，握着咖啡杯，凉飕飕地垂眸看向她，冰块般的脸上没有任何表情。

夏乐葵匆忙移开视线。

一旁的沈奇伸手抓住杯身，往自己这边拽，皮笑肉不笑地说：“队长，你喜欢喝就自己买，这是我给乐葵的，本少爷从来不为男人买东西。”

然而裴浠并没有松手的意思，反而将杯子握得更紧。

早晨那股剑拔弩张的气氛再次弥漫在空气中，咖啡杯仿佛成为两人比试腕力的工具，一会儿往左，一会儿往右，来回平移。

见杯子里的咖啡随着他们的动作而晃动，夏乐葵心惊胆战，担心泼一地遭到大勇的唾骂。

脑海中浮现出那晚与裴浠在楼梯间的争吵，她心头涩意上涌，赌气地附和沈奇：“前辈，这是给我的，你想喝让勇哥帮你买吧。”

裴浠没有回应。

他和沈奇僵持许久都没分出高下，就在夏乐葵以为他们要保持这个姿势直到中场休息结束时，裴浠倏地以雷霆之势从沈奇手中抢过杯子，抬起胳膊急促地喝下一大口，动作犀利流畅，没给沈奇半分打断的机会。

然后，他眉头紧蹙，捂住嘴，差点把喝下去的咖啡喷出来。

陆天晴忙不迭上前：“裴皇，没事吧？烫到了？我妈妈说这种时候要捏耳垂！”

看着裴浠因疼痛而皱起的脸，夏乐葵倒吸了口冷气。

这又是哪一出？！

她小跑着去接了杯冷水，交到顾意手里，佯装无所谓地示意他传给裴浠。

察觉到裴浠投来的目光，她赶紧别开脸。

接下来的时间里，裴浠的奇怪行为依然没有停止。

只要夏乐葵和沈奇稍有亲近，他便会迅速进入警戒状态，两人就算只是在电脑屏幕前凑近看录像，都会感到背后有道目光像杆枪般顶着他们。

这样的状况出现了几回后，夏乐葵不满地冲裴浠抗议：“队长，我跟沈奇只是普通朋友，我都答应你不会影响队友了，你怎么这么不放心我啊？”

裴浠眸色深沉地看着她，忽然屈起手指，敲了下她的脑门。

“疼！”

《枪阵精英》次级联赛小组选拔赛即将进入尾声，由于小组赛初期战队发挥不佳，积分落后，临近最后冲刺，Phoenix战绩压力加重，训练室内弥漫着大战前的紧迫感。

所有人都没想到的是，关键的备战期，裴浠和沈奇之间持续许久的莫名敌意在短暂休息的间隙突然引爆。

两人原本只是在低声讨论问题，不知沈奇笑着说了些什么话，裴浠面色骤寒，蓦地扯住他的领口，似乎就要动手。

旁边的陆天晴和顾意急忙想要阻止，可裴浠周遭的气场太强，谁靠近谁死。

沈奇也不是什么好惹的主，他慢条斯理地抬手覆上裴浠的手腕，脑袋一偏："队长，注意场合。"

裴浠铁青着脸松手，孤冷的眼瞳中带着比赛时才有的戾气。他屈起手指，用力扯了扯领口，随后冲门外一仰下巴。

沈奇立刻会意。

两人一前一后疾步出了训练室，很快，不远处传来重重的摔门声。

砰!

所有人跟着一震。

大勇用了几秒才反应过来，愁得差点抓秃脑袋："我的妈，怎么又出状况了？！"

顾意讷讷地说："该不会是去别的地方打架吧？"

陆天晴吓白了脸："那就糟了，被发现的话会被禁赛的！"

谈论间，夏乐葵第一个冲了出去，她跑到紧闭的会议室门前扭动把手，发现已经上了锁。

裴浠的声音自房间里传出，语气冷到零下："离她远点。"

沈奇懒撒地回复："哎哟，咱们这是为了女队友争风吃醋？那乐葵可得成罪人了。"

"你到底想干什么？"裴浠似乎在竭力控制情绪，话语中透着说一不二的决绝，"她能走到今天这步不容易，你别惹事触犯俱乐部的规定。"

"放心，我对她没那方面的兴趣。"

"那你还再三招惹她？"

话音刚落，沈奇低笑出声，轻描淡写地说："当然是因为这么做能让你生气啊。"

"什么？"

"我看你不爽，而她是你的弱点，就这么简单。"

"……"

"别装了，你喜欢她吧？"

自己的名字突然被提及，夏乐葵呼吸一窒，忐忑地环顾四周，幸好其他人刚刚赶到，没有听见。

手指下意识地抠着门板，她紧张得无法动弹，

房间里，裴浠的声音平静如常："没有。"

冷冰冰的两个字像是尖锐的细针，将她心底最后载着妄想的小小气球戳破。

夏乐葵低下头，眼神黯淡。

整个世界像被海水淹没，又涩又冷，所有的力气都随着温度一起流逝。

回训练室的路上，她步伐缓慢，连维持正常的表情都有些勉强。

很快，裴浠和沈奇被项目经理找去谈话，好在两人并未真的动手，冲突的性质不算太过恶劣。

这场风波平息的时间比想象中的要早。

"是沈少爷主动道歉，没想到吧？"

听大勇说完在经理办公室的所见所闻，夏乐葵有些意外。

两人全程没扯上她，将矛盾归结于对某项战术理解的分歧。

"沈奇说话太恶劣欠揍，惹怒了裴皇。"大勇八卦地眯起眼，"我们分析了他搞事的起因——'被裴皇的天赋碾压后羡慕嫉妒恨，于是没事找碴'。"

夏乐葵轻声嘀咕："幼稚。"

"其实沈奇也没你想的那么糟糕，他虽然嘴上逞强，看起来很不靠谱，但还是按照队伍的战术需求做着改变，和队友之间的配合也比以前顺畅很多。不爽裴皇也就是嘴上说说，看得出来，他其实很在意裴皇。"

见夏乐葵迟迟没有反应，大勇以为她还在担心队伍的情况，安抚道："根据我这段时间的观察，对于打职业赛，沈奇是认真的。"

夏乐葵依旧沉着脸，心不在焉地嗯了一声。

晚上，她彻夜未眠，辗转反侧，最后索性起身打开笔记本电脑，观看比赛录像，以免胡思乱想。

幸好接下来的情况不断往积极的方向发展。Phoenix战队经历了先前一系列的波折，五个性格迥异，有着不同背景和故事的年轻人，终于由一盘散沙逐渐融合成一体，裂缝消失，团队愈加坚固。

之后的日子里，夏乐葵全身心投入训练，再也无暇顾及其他。

【6】

《枪阵精英》次级联赛小组选拔赛终于到了尾声，战绩不断提升的Phoenix磕磕绊绊地打入八强，得到了线下总决赛的最后一张门票。

准备的时间有两周。全队共同制订了强化训练的方案后，夏乐葵却因先前连续严重失眠，身体抵抗力下降病倒了。

陪她去医院挂水时，大勇恨铁不成钢："都跟你说了身体是革命的本钱，切忌透支体力！现在倒好，烧成这样，得耽误好几天！"

夏乐葵耷拉下脑袋，默默希望点滴打得再快一些。

回到基地，她倒在床上就睡，蒙蒙胧胧醒来后，发现床边站着一个人。

裴浠俯下身，右手手掌挡在她的眼睛上，左手打开床头灯。

夏乐葵揉了揉眼睛，看见他端着一小碗粥。

"吃点东西。"

这些天两人之间仿佛筑起了一堵无形的墙，如今独处，气氛顿时有些凝重。

耳边回响起他被问到是不是喜欢她时，那句毫无感情的"没有"，酸涩的感觉如海潮般上涌，夏乐葵嗓子很痛，将头扭到另一边："不吃。"

裴浠把她的椅子拉到床边，坐下："别闹。"

夏乐葵索性将身子都转过去，背对他。

过了好一会儿，她听见裴浠冷冷地道："你是不是线下赛不想上场了？"

拿队长的威风压她，夏乐葵只能心不甘情不愿地低头认爹。

裴浠本来将粥放在床头柜上就准备走，见她吃力地坐起身，艰难地拿起碗和勺子，不时偷瞄他几眼，心突然变得很软很软。

夏乐葵睡出了一身热汗，她烧得严重，没什么力气，差点打翻碗，幸好被裴浠敏捷地接住。

他将椅子移得更近了些，盛了勺粥，远远地吹了吹，送到她嘴边。

夏乐葵露出被土豆噎住的表情，暗地里掐了自己一把。

好疼！不是在做梦……

见她不配合，裴浠嘴唇轻启，认真地说："之前都是我不好，对不起。"

他低沉的声音太好听，夏乐葵的脸倏地滚烫，全身酥酥麻麻的，一时不知如何回应。

其实她当时会发火，也是因为心虚……

还问出了"为什么抱我"这样的傻问题……

毕竟她确实起过不该有的念头。

夏乐葵盯着自己嘴边的粥，试图缓解因为紧张而越来越剧烈的心跳。

裴浠静默片刻，接着解释："我不是不放心你……那天，是我说错话了。"

夏乐葵没吭声。

裴浠轻叹了口气，语气有些急促："你一天天的努力和进步我都看在眼里，我从没怀疑过你选择职业电竞这条路的动机。不用理会那些无聊的言论，你要相信自己是很出色的选手，也是值得依靠的队友。"

夏乐葵如同乱麻的思绪被慢慢抚平，最终她抵不住他的目光，长睫毛低垂，乖巧地张开嘴。

最近她也想了很多。自己进队是为了打职业赛，如今队伍刚刚起步，非议重重，还没得到令人满意的成绩，她却在朝夕相处间对前辈起了旖旎心思，实在违反职业道德，也辜负了俱乐部冒着巨大风险开男女同队先例的期望。

前辈对她温柔，只因他们是队友。

不该生长的春苗，一开始就得掐断。

夏乐葵握紧手指，将心中疯狂上蹿的憋屈恶狠狠地压了下去。

大赛将至，继续闹别扭会耽误训练进程，必须收拾心情，重新出发。

没什么可难过的，能够和前辈并肩作战，保持现在的关系，已经是从前连做梦都不敢想的事了。

"我知道，你是队长，担心队伍的状态很正常。我不会给你添麻烦的，我保证……"夏乐葵抿唇，心一横，说出决定，"退役前我不会交男朋友。"

裴浠动作停顿，下颌线条绷紧，嘴唇轻启，又合上。

他并不想听她的这种保证。

想起前几天参加商业活动，被问及自己的理想型时，她对着摄像头，信誓旦旦地说："四个队友，全都不是我喜欢的类型。"

那股烦闷的感觉又涌上心头，他无法直言，只能憋着。

这份心思太过压抑沉重，以至于沈奇轻描淡写的一句话就能切断他理智的神经，让他差点当着所有人的面在训练室失态。

"无所谓啊，我又不在乎队规。她是白羊座的吧，白羊座的女朋友，我好像只交过五个，估计一个月就能搞定她……"

裴浠喂她吃了几口，夏乐葵突然想到了什么，焦急地说："前辈，我要继续训练。勇哥告诉过我，战队已经开始从二队选拔合适的替补，如果这几天训练缺席，我主力的位置可能就丢了……"

因私情分散了这么久的注意力，她开始后怕。

裴浠摇头："不行。"

夏乐葵闻言，咬住勺子不放，双眼圆瞪，表达抗议。

"松开。"裴浠低不可闻地叹了口气，语气中带着点诱哄的意味，"听话。"

夏乐葵用行动表示她不听。

曾经一无所有的时候，她只知道凭着不甘心的劲拼命往前跑，如今有了资源和机会，却变得患得患失，生怕有朝一日又被打回原形。

这种时候，如果换成其他男人，也许会温柔地安慰道："没关系，有我在，战队就有你的位置，我会护你周全。"

可他是裴浠，习惯默默行动，不会说花言巧语。

“你觉得我帮了你许多，但其实，我只是给了你一个重新开始的机会。”裴浠停顿片刻，表情愈加严肃，“我之所以帮你，俱乐部之所以选你作为主力一队的成员，全是因为认可你的实力。”

夏乐葵的眼睛蓦地变得清亮，她忍不住咧嘴傻笑，他趁机收回勺子。

裴浠又盛了一勺粥喂给她：“这个位置，是你自己通过试训、复试、一场一场选拔赛打出来的，你只要保持足够强的实力，缺席这几天，不会被替代。”

夏乐葵渐渐消停下来，像只被抚顺毛的猫，把剩下的粥喝了。

裴浠将空碗搁到床头柜上，抬手揉了揉她的额发：“当务之急，把病养好。”

想到自己这段时间对前辈的态度这么不敬，夏乐葵心生愧疚。

大概这就是……恃宠而骄?

脸颊不争气地发烫，心跳声宛如擂鼓，夏乐葵躺进被窝里，将被子拉得遮住大半张脸：“噢。”

裴浠站起身，垂眸看她。

竞技不讲人情，技术上的提高他能竭力相助，剩下的，只能靠她自己。

当晚，夏乐葵做了一个梦。

梦里，他们待在一间很大的舞厅里，有很多人，大勇、林亦轩、秋樱、陆天晴、沈奇、顾意、季向崆、夏陵……

可是没有裴浠。

她心里空落落的，没有丝毫心情与其他人玩闹，站起身开始寻找裴浠的身影。

找了好久，她终于发现他一个人坐在角落的沙发上，英俊的脸被光线切割，一半在阴影里，一半泛着光。

她向他走过去，他们之间有着很长的距离。

她加快了步伐，开始向前跑。舞厅里依旧喧闹，没有人往这里多看一眼。

她在离他很近的时候猝不及防地被他的脚绊倒，整个人重重地扑进他的怀里，她想要起身，却被他扣紧了腰。

长发被拢到耳后，他捏住她的下巴，低下头，干净清冽的气息弥漫开来。

他的嘴唇很凉。

裴浠发现，夏乐葵养好了病后，看他的眼神更加不一样了，不再像以前那般清澈坦荡，现在时常会刻意躲闪，欲言又止。

早上吃饭时，夏乐葵又刻意挑了个离裴浠最远的位置。

肩膀被人拍了拍，大勇站在她身后，笑容慈祥：“你勇哥我够贴心吧，帮你定制了个专用碗。”

听见哐当一声，餐桌上其他人不约而同地倒吸了口气，什么碗，这分明是个脸盆吧！

见裴浠抬头看她，夏乐葵耳根一红，拿起旁边的小碗，支支吾吾："我用这个。"

大勇摆摆手："你每次饭都要吃大半桶，用小的得盛好几次，多麻烦啊！"

除了裴浠，其他人幸灾乐祸地开始起哄。

夏乐葵不理他们，低头小口小口吃饭。

大勇难以置信地瞪大眼："你今天抽啥风？扭扭捏捏像个女人！"他指着夏乐葵，冲裴浠说，"裴皇，你看她这做作的样子，就差把'假'字写在脸上了，哈哈哈哈哈！"

夏乐葵蓦地放下筷子，转身拍出一掌，以示自己是个柔弱的少女，却差点打断大勇半排肋骨。

笑得抱在一起的男生们瞬间安静如鸡。

饭后，夏乐葵将大勇拉到一旁。

"你别总在前辈面前损我的形象！"

大勇眯起眼，自下而上打量她："你还有形象？"

夏乐葵磨牙："信不信我抄起把AK47去你房间扫射？"

大勇不再打趣她，狐疑地问："你怎么了？"

"我们是战友啊，当然希望队长能对我有好印象！"夏乐葵心虚地缩了缩脖子，"哪里不对吗？"

大勇摸着下巴："说不出是哪里，但好像就是不对……"

他话还没说完，夏乐葵已经脚底抹油跑远了。

她躲进洗手间，用冷水拼命冲自己的脸。

真要命，她前脚刚刚保证退役前不交男朋友，后脚就做起和前辈接吻这样大逆不道的梦。

上次的教训没受够吗，这样下去她早晚会被他拉黑。

人家都明说不喜欢她了。

夏乐葵抬手捂住双眼，长长地叹了口气。

【7】

夏乐葵回到训练室时，队友们正在电脑前看着什么，见她走近，陆天晴扭头，口吻愤然："乐葵，这次线下决赛你可一定要好好发挥，让这些戴有色眼镜的人无话可说！"

夏乐葵定睛看向屏幕，发现在微博上，她和一名高人气游戏主播又被连在一起送上热搜。

这名主播叫“阿禾”，草根出身，拥有千万粉丝，是直播平台“游星”的台柱之一。

本届次级联赛线下总决赛，他曾被官方预告为解说团嘉宾，可随后，由于先前发生过的一场风波，他被主办方除名。

如今赛事临近，阿禾粉丝的反弹声愈加激烈。

其中，一篇名为《“女选手”，解说台上不能轻易触及的敏感词？》的文章传遍了各大平台，一石激起千层浪。

作为风波的另一主角，夏乐葵无辜中枪。

阿禾的粉丝们向赛事官方抗议无济于事，便掉转枪口，攻击夏乐葵实力不济，拿性别当挡箭牌，打得菜还不许人说。

扫了眼屏幕上各式各样的冷箭热炮，夏乐葵疲惫地叹了口气。

那场风波发生在几个月前。

Phoenix在《枪阵精英》次级联赛小组赛的首场比赛，官方邀请了阿禾作为解说嘉宾。

比赛开始前，解说介绍双方阵容：“Phoenix可谓是这次联赛最受关注的战队了，尤其是担任主坦的SF，夏乐葵。”

阿禾接口道：“SF这位选手很厉害啊，是位……”

解说问：“是位什么？”

阿禾轻浮地挑眉：“是位……没有……的人，对吧？”

语毕，两人笑出了声。

解说轻咳了几下，正色道：“她是位天梯排名很高的女选手，之前效力于Super Baby女队，今年新秀单挑赛以黑马之姿打入全国八强，相信大部分人都是通过这场比赛认识她的。”

阿禾摇头：“我是看她的猩猩舞集锦认识她的，当时还跟人感慨，现在的女选手为了红居然那么豁得出去。”

解说没有接话。

阿禾继续说：“我一开始以为她会打辅助，难道小姐姐的奶量不够大？”

弹幕的画风瞬间被带偏：“我就喜欢奶量小的”“定妆照上衣服宽松了点，但我觉得她至少有C”“求职业队服换成紧身衣和短裙”……

眼见弹幕越来越不堪入目，解说岔开话题，正经地评价了一番夏乐葵擅长的英雄和打法：“让我们期待一下她的发挥。”

阿禾说：“她掏出来一定是没有的。”

弹幕刷出一片：“没准掏出来比你的还大！”

这些言论激起了小瓜子们愤怒的抗议："调侃性别就算了，还拿人家的身材开玩笑，什么渣解说，吐了！""求这游戏主播下台！我们不想听他说话！"

可是，为了维护比赛秩序，他们很快就被官方直播间的房管禁言。

解说意识到不对，试图挽救局面："虽然给女选手的镜头很少，但从刚才那局的表现来看，她基本功过硬，在敌方的重火力下保持了很高的存活率，为队友的输出拉扯出了好几秒的时间。"

阿禾笑道："不要因为人家长得好看就跪舔嘛，她活得久，那是因为他们的辅助全程跟着加血。"

接下来的比赛过程中，每当镜头切换到夏乐葵这边，观众们总能听见阿禾这样的评价：

"虽然是个女的，但这操作还可以啊。"

"也太不绅士啦，怎么把人家小姑娘按地上打呢？"

"女性主坦和男性主坦的想法不一样，大家都知道，女人生气起来，是没有理智的。"

夏乐葵一旦阵亡，弹幕便跟着冷嘲热讽："让让人家啊，打哭了怎么办？""优先杀妹子，良心不会痛吗？""不懂怜香惜玉，素质极差！"

与此同时，不满的指责声也越来越大。

"反复强调是女的干什么？女选手就低人一等吗？！"

"在直播间内满嘴骚话没人管你，坐在解说台上，关注的是选手，而不是选手的性别！"

"这是遇上了个粉丝不多的新人，解说嘉宾才敢肆意拿她调侃，要换成卢青青，后援团分分钟把他喷成渣渣！"

比赛结束，Phoenix3：2击败对手，首战告捷。

阿禾的言论引得全网哗然，在连续不断的举报下，赛事官方、直播平台接连发表致歉信，决定更换嘉宾，"竞技精神以公平为主，绝不允许涉及歧视"。

阿禾也公开向夏乐葵道歉，声称自己第一次参与线下解说，平时在直播间轻松惯了，说法不分场合。

评论区争议重重。

"他错就错在坐在解说台上，不够专业、中立，有些大实话没必要明说。"

"现在'女'字是高压线，大家都敏感着呢。这些话放在男人身上，根本无所谓。"

"男选手也不能在正式比赛被开这种玩笑啊，我们要的是平权，是一视同仁！"

那个时候，在训练室复盘，看到这些闹得沸沸扬扬的言论，夏乐葵沉默不语。

裴浠坐在她旁边，试图说些什么缓解气氛，可半晌都憋不出一个字。

他有些烦躁地屈起手指，听见她轻声说："偏见不是一夜之间产生的。"

夏乐葵慢慢放松紧绷的脸，克制着自己的情绪："高分女玩家基数小，拔尖的女选手更稀少，俱乐部招人时女选手天梯分要求远比男选手低，许多女队虚报分数，靠外貌、身材炒作营销……都是这个圈子里客观存在的事实。"

大勇无奈地点头："大部分俱乐部选拔主力队员时，为了不冒风险，同等条件下肯定选择男选手。许多怀有职业梦的女高玩，正是因此一次次被残酷地拒之门外。"

裴浠忽然开口："如果团队竞技的顶级职业联赛里，能够有个成功的女选手先例，之后的情况也许会好转许多。"

其他人安静片刻，不约而同地嗯了一声。

裴浠眉心微动，注视着夏乐葵的目光愈加凝重。

从官宣开始，夏乐葵不断被各类媒体冠以"美女选手"的称号，在吸引到远超于过去的关注度的同时，质疑声亦如浪涛拍岸，一波又一波。

毕竟，任何一个由男性主导的领域内，杰出的女性一旦加上"美女"的头衔，情况就变味了。

在网上时常能看到这样的问题：

"为什么世界顶尖的电竞选手几乎都是男人？"

"为什么大型电竞国际赛事都没有女子团队？"

"为什么女子比赛的关注度和含金量远不如男子比赛？"

相应的回答五花八门。

"在宅男众多的电竞圈，一个妹子，长得好看点，技术还凑合，往那儿一坐就能靠直播赚许多钱，干吗闲着没事吃苦打职业赛？"

"竞技游戏，本身就与女性的天性不符。"

"女生能始终保持理性吗？能扛住压力吗？遇到生理期怎么办？输了比赛男生能打一架泄愤，女生能吗？"

其中，最广受认可的一句话莫过于"女的就是打不过男的"。

只能等到有朝一日，电竞圈里出现顶尖女选手已经不再是个新闻，观众和解说对此习以为常时，偏见和歧视才会消失。

在此之前，作为开拓者，她必须承受远大于常人的压力。

阿禾的粉丝们的抗议最终没能改变官方的决定，这名大人气主播无缘解说席，他的粉丝们便准备带着挑刺的心态观看Phoenix接下来的比赛。

完全可以想象，夏乐葵如果之后发挥不佳，会迎来怎样的口诛笔伐。

转眼到了启程去《枪阵精英》次级联赛总决赛的时间。

比赛场馆位于B市，大勇早早为全队打点好了出行的装备。后援阿鑫兴奋得不行，马不停蹄地张罗着接下来的应援："乐葵第一次打团体线下赛，我们小瓜子都要去捧场！"

这是自新秀单挑赛后，夏乐葵第二次参加线下的比赛。

上次她单枪匹马，初生牛犊不怕虎，如今作为战队主力，背负着俱乐部和粉丝的期望，心态早已不同。

更何况，单挑赛进入八强后，被其他职业选手场场三比零按在地上摩擦的场景依旧时不时地在噩梦中浮现，每次醒来，她都全身冷汗。

从选手走道入场的时候，听着体育馆内排山倒海般的欢呼声，面对着数不清的摄像头，夏乐葵紧张得目不斜视，差点走路同手同脚。

"乐葵，加油！"

熟悉的声音传来，夏乐葵闻声望去，阿鑫果然组织了规模更大的应援团，他们穿着统一的服装，胸口印着一朵向日葵，边喊她的名字边挥舞着手中的灯牌。

夏乐葵的眼眶蓦地红了。

曾几何时，她在网吧打着不入流的比赛，被人嘲讽阿猫阿狗都能自称打职业赛，阿鑫与他们理论，气得全身发抖，却又无可奈何。

那个时候，她就暗下决心，有朝一日，一定要令支持者满脸骄傲地叫出她的名字。

胸腔中蹿起烈火，夏乐葵既兴奋，又忐忑。

她看向走在前面的裴浠，他穿着队服，拉链拉到最上方，衣领一丝不苟地立着，外套背后印着那个令无数电竞迷疯狂的ID。

她不自觉地笑了，缓缓松了口气。只要站在这个人旁边，她就觉得安心。

Phoenix首战遇上的是八强积分倒数第二的战队。

虽然赛前做了充分的准备，但真到上万观众面前比赛，夏乐葵依旧无法做到完全平常心。

与一般的FPS游戏不同，《枪阵精英》非常强调团队配合，很难以一己之力杀翻全场。

地势复杂，战术多变，一个高手再强，也无法独自阻挡敌人的埋伏、突袭、包抄，因此，队友报告敌方位置的信息格外重要。

开局没多久，夏乐葵好几次因为紧张忘记报点，导致队友遇袭，陷入劣势。

在裴浠和顾意的连环救场中刚缓过来一口气，夏乐葵警觉地发现，她冲得太猛，已被敌人分割包围，与其他四人脱节。

她正迅速思考如何应对，耳边忽然响起阵阵枪声。

解说A大声喊道：“强行围杀！所有的控制技能都向她招呼，这真是往死里针对了啊！”

胃部阵阵痉挛，夏乐葵剧烈地颤抖了一下。

队友被隔断在后，没了辅助的支援，夏乐葵开启吸收伤害的护盾后奋力反击，疯狂紧咬敌方主C，将他的血线压到了极低状态。

她刚松了口气，不料被人从暗处射了一颗麻醉弹，失去意识倒地，

观众席上，阿鑫大吼：“后面！后面！”

最终她来不及起身，被一击爆头。

在基地复活后，夏乐葵重新奔赴战场，再次被对方设为靶心。敌队主C开启战术目镜，其他输出转移目标，无视她身为肉盾的高防和护短，枪林弹雨只冲她一个人来。

数秒后，夏乐葵再次倒地，团战还未开始便已出局！

解说A不禁感慨：“这么不惜一切代价，是想把她的心态打崩吧，之后团队便能四对五。”

解说B点头附和：“毕竟是个新人，抗压力不如其他久经沙场的老选手。她又太过激进，走位耿直的问题依旧存在。”

小瓜子们看得提心吊胆，好几个女孩子甚至互相握住彼此的手。

对敌方来说，Phoenix的其他四人实力都很强劲，正面打不过，那就将夏乐葵的SF设为突破口。

这对一个新人来说，很残忍，但也很现实。

大屏幕给了夏乐葵特写。

她眉头紧蹙，脸蛋通红，紧紧咬着下唇。

弹幕中许多观众也为她捏了把汗。

“四个人往妹子脸上疯狂地扑去！人家第一次打线下啊，好狠！”

“别像上次那样哭鼻子啊小妹妹。”

“我打谁？就盯着美女打！”

最终，由于夏乐葵阵亡过早，没有做到主T保护好脆皮后排的本职，在最后的防守点被敌人把握住提前开大招的失误，在一阵猛攻下，Phoenix团灭。

在游戏画面显示“失败”的那一刻，夏乐葵怔怔地盯着屏幕，感觉有无数根细针扎上背脊，尖锐的疼痛密密麻麻地蔓延开来。

她不知如何面对队友，更不敢看向台下的观众。

首局结束，解说A遗憾地说：“希望SF选手不要因为刚才的失误影响接下来的比赛心态。”

弹幕早已炸开，一排排刷起了：

“真替阿禾感到不值！”

“这失误没眼看，果然是个花瓶！”

“不是花瓶，是个演员！”

“这水平要是进了顶级联赛肯定会被捶爆！”

“妹子想蹭热度回女队，别来祸害职业战队行吗？”

“一到线下就这水平，之前莫非是代打？”

解说A关了麦，轻声对解说B说：“刚才真憋死我了。阿禾的事情出了后，大家都知道女选手是高压线，打得不好都不能说得太重，不然分分钟被喷性别歧视。”

解说B笑笑不说话。

“我这场早买的Phoenix输。”解说A扫了眼上场比赛夏乐葵惨不忍睹的数据，面露鄙夷，“那女的就是个噱头，刚建队拿她宣传造势，我敢打赌，没过几局她就会被换下场当替补，接下来就开始包装转型赚钱了。”

Phoenix中场休息区。

见夏乐葵坐在椅子上，哭丧着脸不发一语，沈奇拿手肘推推她：“喂，干吗啊，两个嘴角挂秤砣了？”

顾意跟着安慰：“没关系，只有一局。”

陆天晴蹲在她面前，捧着脸暖洋洋地笑：“乐葵，别紧张，照你的节奏来，我下局跟紧你。”

夏乐葵的心揪得更紧了。明明她才是该保护队友的那个，却因为被围杀次数太多，比赛后半程越来越畏首畏尾，最后甚至因为怕再被强杀而提前开了大招……

脑袋被人轻轻拍了一下，夏乐葵抬起头，看见裴浠正注视着对手休息区的方向，脸色完全沉了下来，周身散发出令人如坠冰窟的寒气。

Chapter 13

绝 佳 拍 档

【1】

中场休息结束，两队选手再次上台就位。

第二局，Phoenix拿出了全新的阵容。夏乐葵选用输出型主坦，机动性强，防御稍弱。裴浠卸下冲锋步枪，换上可以通过喷气作战服蹿至高空作战的英雄。

最出人意料的是，出道至今只玩狙击的沈奇选择了具有灵活位移能力、能切入后排、输出爆发高的突击英雄。

全场哗然。

这是要展现训练成果了吗？！

不知是不是上局失利的原因，比赛开始，向来沉默寡言的冰山大杀器裴浠居然开口指挥了。

Phoenix打得异常激进，两队在A点交火，夏乐葵开着机甲冲乱敌方阵型，果然吸引了所有的火力。眼见防御矩阵时间已过，她血量见底，对方正打算继续将她强杀，空中裴浠的身影浮现，高爆火箭在地上炸出阵阵蘑菇云，将他们轰了个措手不及。

夏乐葵抓紧时机，利用地形优势灵巧闪避，犀利风骚的走位将对方遛得满地乱转。

再次被几件武器瞄准，紧咬不放时，她掐准时机，开启防御矩阵，操纵机甲从侧翼小道绕路飞走，竟然活了下来。

看她空着层血皮，在险象环生的战局中博取生机，画面太过精彩，台下不禁发出阵阵惊呼。

阿鑫吓得紧捂心脏，生怕哪里射出暗枪将她击杀。

幸好陆天晴靠近，及时地拉起她的血量。

同一时刻，由于夏乐葵拖住了对方攻击的脚步，沈奇和顾意已经神不知鬼不觉地探入后方。

解说A高声叫道："Hawkeye绕后，对方没有察觉！"

解说B："还没有看见！射杀！"

敌方输出核心阵亡，队伍开始分散，而Phoenix这边，血量被陆天晴加满的夏乐葵再次回到战场。

阿鑫和小瓜子们屏息凝神，看见在裴浠的强力炮火正面硬攻、顾意和沈奇的后排骚扰下，夏乐葵使出看家本领，霸气地撞倒被裴浠标记为集火对象的敌方英雄，近距离扫射。

解说A激动地大喊："好火爆！左右包夹，Summit高空轰炸，SF地面收割！"

"SF势不可当！三杀！"

所有人的情绪都被调动到了最高点。

被当成突破口疯狂针对又如何，她背后还有四个队友！

双方交火激烈，爆炸巨响响彻全场，小瓜子们看得眼睛都直了，起身大叫夏乐葵的名字："SF！SF！SF！"

什么带妹打比赛！什么花瓶蹭热度！什么队伍的软肋队伍的短板！

面对卢青青极端粉的疯狂叫嚣、媒体的捧高踩低、解说的冷嘲热讽，他们的乐葵不曾辩解，而是忍到线下赛，用精彩绝伦的发挥将这些统统捶爆！

阿鑫站起身摇晃着应援灯牌，恨不得对着所有的黑子高喊："服不服？我就问你们服不服！"

旁边裴浠的粉丝们不甘示弱："Summit！Summit！Summit！"

陆天晴、沈奇、顾意的粉丝陆续效仿。

几个ID的呼喊声一声比一声高，场馆里一片嘈杂，掌声震耳欲聋。

玻璃房内，陆天晴焦急地问："队长，你那边去了三个人！我要治疗乐葵，三个人杀得了你吗？"

裴浠一脸平静："杀不了。"

其他四人唱山歌一般抑扬顿挫地赞叹了起来。

"前辈！"

"嗷裴皇！"

"哇啊裴皇！"

"不愧是裴皇！"

裴浠正想继续开口指挥，陆天晴忽然发出一连串咆哮吼得他耳朵疼。

陆天晴的大招可以使附近所有倒下的队友复活，并将生命回满，眼见队友有的阵亡有的残血，他急得不行。

“死一起！都他……他喵的给老子死一起！”

“顾意，你死到沈奇旁边去！动作麻利点！快去死快去死！”

“对面那个突击一直在切我，哎哟妈好烦！我去你喵的香蕉牛奶棒棒糖！”

为了不说脏话，这家伙也是很拼。

Phoenix抢下A点后迅速往前推进，进入见人杀人，见鬼杀鬼的强势状态。

带头冲锋的夏乐葵犹如战场女武神，以雷霆之势撕裂对方阵形，好几次在一对多的战况下犹占上风，紧咬对方关键人物，不死不休。

面对夏乐葵的亮眼发挥，解说B做出评价：“她本来就是个有着刀口舔血胆子的冲锋型选手，强在打得狠，近身极刚，如今队友几路的压力迫使对方无法集火她，加上她重装血厚防高，足以顶着炮火与敌方硬拼。”

解说A啧啧称奇，仿佛上一局结束说夏乐葵是噱头的人不是他：“一个人把两个人打残了，这妹子太凶了啊！”

解说B笑道：“整支队伍体系成熟，资源分配得当，从建队到现在，进步非常明显。”

解说A连连点头。夏乐葵此刻的表现着实令他刮目相看，倘若能保持这样的实力，也许她真的能在职业路上一直走下去。

回想Phoenix俱乐部刚刚公布《枪阵精英》主力一队名单的时候，所有人都大跌眼镜：五名选手多多少少都存在些问题，每人单独放在队伍里都是颗定时炸弹，更何况组合在一起。

面对层出不穷的质疑、嘲讽，粉丝们的分歧、争吵，这一刻，战队有了最好的回应。

看着赛场上的默契配合，一些选手唯粉不再跟别家较劲谁的声音更大，开始为整支队伍加油：“Phoenix！Phoenix！Phoenix！”

助威声很快便感染了全场，高举不同灯牌的年轻人喊出了相同的口号。

“Phoenix！Phoenix！Phoenix！”

“Phoenix！Phoenix！Phoenix！”

“Phoenix！Phoenix！Phoenix！”

这样的声音越来越大，到最后，再也没有人只呼喊选手的ID。

淙淙细流终于从四面八方汇入大海。

地图上，Phoenix离B点位置越来越近，双方再次进行激烈交火。

两位解说的声音也愈加慷慨激昂。

“裴皇这个点根本没法处理，长枪也无法将他击落！”

“Phoenix的3C把这片广场变成了坟场！

“辅助天晴选择把治疗buff交给了主坦SF！”

“SF堵门，谁敢出来就把你按在地上揍！”

“所有人都被她逼进防守点后面的小屋里，眼睁睁地看着防守点被占领！”

最终，Phoenix让一追二，拿下比赛，获得八强线下赛首胜。

夏乐葵和裴浠被评为两场的MVP。

比赛胜利的那一刻，大屏幕切换到了Phoenix选手房里。

夏乐葵和陆天晴，一个双手握拳兴奋得大叫，一个拍着桌子激动得怒吼，裴浠被夹在当中，平静地操作着鼠标，神情淡漠，毫无起伏。

解说A：“厉害，毕竟是裴皇，队友都快吃人了，他连眉毛都不动一下。”

弹幕纷纷开始调侃——

“小姐姐：队长你感动吗？裴皇：我不敢动。”

“裴皇内心：有什么好激动的，小场面而已，少见多怪。”

四个队友雀跃地站起来围在一起狂欢，裴浠仍然在座位上，低头慢慢地用纸巾擦手。

Phoenix的粉丝们在弹幕上乐成一团，打了鸡血般疯狂地刷屏送礼物。

“听说你喜欢针对我队女选手？”

“三个打一个被反杀，会不会玩？！”

“别看我们小姐姐长得萌，她超凶的！”

一条弹幕捕捉到了某个细节：“小姐姐起身后先是开心地跑到裴皇身边，想和他击掌，结果对方无动于衷，她只好尴尬地把手收回来，自己拍了拍，然后去找别人玩，好可爱！”

舞台上，两支队伍进行赛后握手。对方的主C曾公开表示过对夏乐葵的好感，轮到和她握手时，大男孩张开双臂，笑着说：“对不起啊，今天追着你打，抱一下吧？”

台下的观众们跟着起哄：“抱一个！抱一个！”

夏乐葵还没反应过来，裴浠已经将她拉到身后，陆天晴蹿上前，笑嘻嘻地抱住了那位选手。

观众们更激动了。

【2】

首局告捷，为线下比赛开了个好头，之后几场Phoenix锐不可当，顺利打入四强。

最终的总决赛，当解说大声喊出“恭喜Phoenix战队成为今年次级联赛冠军”时，舞台上灯光闪耀，彩色碎屑飞舞，全场掌声雷鸣，仿佛在欢闹的庆典中炸开了朵朵烟花。

这支战队从组队起就新闻不断，备受质疑，之前几乎无人看好，连粉丝都各自为阵。

然而，在半年的磨合训练后，他们在赛场上诠释了何为顽强。一些在解说和其他选手看来应该选择放弃的点，他们都坚持守了下来，以多敌少也绝不认怂。

其中，夏乐葵作为唯一的女选手，随着比赛经验的累积，抗压能力几何级数上升。

她从不害怕做出高风险的行为，就算失败后会被疯狂谩骂也毫不在乎，极限先手、残血反击、劣境硬扛，整个人透着股“我要赢”的气势。

比赛结束，到了主持人采访选手的环节，Phoenix选择夏乐葵为代表。

作为一名首次在次级职业联赛出现的新秀，还是个娇小俏丽的女孩子，主持人与她寒暄了几句后，好奇地问：“能告诉我们，你为什么喜欢电子竞技吗？”

“因为它公平。”夏乐葵双手握着话筒，垂眸道，“无论在现实中贫贱还是富贵，无论体格强壮还是瘦弱，无论是男是女，游戏开始的那一刻，所有人的初始条件都是一样的。”

主持人接着问：“电子游戏，男性玩家居多，作为一名女高玩，你在意被男生轻视吗？”

夏乐葵脸上因比赛胜利而兴奋的笑容还未散去：“不在意，大部分男生都不是我的对手。”

话音未落，场下的女观众们已疯狂喝彩。

出乎夏乐葵意料的是，赛事主办方在现场安排了一个小彩蛋：全场灯光熄灭后，她回过身，看见舞台大屏幕上开始播放小瓜子们制作的视频。

背景乐响起五月天的《成名在望》。

“那一年的舞台，没掌声，没聚光，只有盆地边缘，不认输的倔强。”

画面中浮现出夏乐葵刚出道时在网吧赛现场的照片：简陋的比赛环境，寥寥无几的观众，女孩子灰头土脸，宽大的旧T恤衬得身形格外瘦削。

舞台上，夏乐葵像被雷击中，一眨不眨地盯着大屏幕。

“梦是把热血和汗与泪熬成汤，浇灌在干涸的贫瘠的现实上。”

镜头转换，她穿着女队队服短裙丝袜，在观众席举着灯牌为男队加油，望向舞台的双瞳中满是憧憬。

镜头再一转换，她作为中场休息时的娱乐小丑，卖力地打着表演赛，在正赛开始前，揉着装疯卖傻时踢红的鼻梁，隐入黑暗中。

镜头继续切换，队友入睡后的深夜，她在直播间通宵单排上分，从路人高玩，到国服顶尖。

“当日常的重量让我们不反抗，倒地后才发现，荒地上，渺茫、希望、绽放——”

一篇篇新闻报道滑至屏幕中央，叠加，翻转。

她被污蔑开外挂上分，新秀单挑赛八强场场零比三出局，被俱乐部雪藏，被迫缺席比赛，偷偷出现在观众席中，灯亮后落荒而逃……

夏乐葵双手捂住嘴巴，眼底泛起泪花。

“那黑的终点可有光，那夜的尽头可会亮，那成名在望，是否风光，或者是，疯狂的火光——”

Phoenix俱乐部官网宣布《枪阵精英》主力一队的名单，她的名字引发了新一轮的风暴。

无数张评论的截图叠加成一片，鲜红的关键词滚动放大。

花瓶、噱头、炒作……

“那又该怎么样，那又能怎么样——”

大屏幕上，静态部分结束，紧接着播放起她在赛场上精彩操作的集锦，畅快淋漓地连杀、击退、爆头、扫射……一次次在敌人的炮火中救队友于危难间，一次次在绝境中用残血的身体制造机会。

“那成名在望，无关真相，如果你心始终信仰，谁又能怎样——”

Phoenix小组赛积分自绝地反弹，不断上升，最终跻身八强，成为今年次级联赛冠军。

“你就能飞翔——你就能飞翔——”

视频结束，观众席掌声雷鸣，久久不停。

夏乐葵的脸颊上不知不觉间淌满热泪，她红着眼睛向台下鞠躬，语无伦次地哽咽着道：“谢谢、谢谢大家！”

几十分钟前，看到夏乐葵从选手房里出来，和队友们一起捧起比赛的奖杯时，小瓜子们叫得撕心裂肺，一路陪她走来的老粉们号啕大哭。

他们目睹她从尘埃中冒出头，在毫无阳光的泥泞里慢慢往上爬，付出的努力被践踏，捧在掌心的梦想被嘲笑，从新秀单挑赛八强第一个被淘汰后泪洒现场，到如今成为战队最坚硬的肉盾，他们伴着她成长，给予她力量，共同为这来之不易的成功喜极而泣。

【3】

采访结束，全队回到休息室。

历经千辛万苦，终于得到了晋升顶级联赛的升降级赛参赛资格，战队成员和俱乐部工作人员们无不欢呼雀跃，激动地抱在一起庆祝。

裴浠始终倚着墙旁观，见男生们相互拥抱完毕，准备无差别对待夏乐葵时，他手疾眼快地将小姑娘拉到了自己旁边。

夏乐葵哭过一场，又狂欢了一阵，嗓子都叫哑了，澄澈的眼睛里闪着亮晶晶的光，笑容可爱得他心一颤："前辈，你不激动吗？"

裴浠想，他还是应该给她准备副手套。

"你跟我学。"夏乐葵向上挥出一拳，高高跳起，"哟嗬——好棒啊！"

裴浠面无表情地看着她。

没得到任何反馈，夏乐葵意识到自己刚才的举动对前辈来说有点傻，挫败地低下头。

裴浠极淡地笑了笑，伸手将她脸颊边的碎发轻轻捋到耳后。

回程中，夏乐葵依然没有从亢奋的模式中走出来，整间车厢都回荡着她带着娃娃音的赛事复盘，语调抑扬顿挫，像是在唱山歌，时不时夹杂一阵乐呵呵的傻笑声，笑着笑着，想起在舞台上小瓜子们准备的礼物，她又感动得带上了哭腔。

沈奇打了个哈欠，薄唇轻勾，转过头，不怀好意地冲她身旁的裴浠挑眉："队长，我想在车上睡会儿，只能麻烦你把她弄安静了。"

他故意在"弄"这个字上加重了音。

裴浠撩起眼皮，冷冷地看向他。

沈奇舌尖轻舔下唇，笑着问："需要我示范吗？"

裴浠蹙眉，目光带着警告。

他的身旁，夏乐葵忽然意识到了什么，面露歉意："前辈，我吵到你们了吗？"

裴浠垂眸，看见她的领口偏向一边，隐约露出了淡粉色的内衣肩带。

他侧身遮住其他人的视线，小心翼翼地拢了拢她的衣领，低头轻语："不吵。"

有点凉的指尖无意识地擦过她的锁骨，夏乐葵被电了一下，心脏扑通扑通直跳，视线四处乱飘，再也不吭声了。

沈奇见状，坏笑着冲裴浠比了根拇指，满脸"我就说吧"表情。

回到酒店，大家开始自由活动。晚餐前，路过一条狭窄的走道时，夏乐葵看见了沈奇和另一个人的身影。

那是一个非常漂亮的女孩子，长波浪，细吊带，化着精致的妆。

他们不知在说些什么，美女忽然啪地甩了沈奇一巴掌。

空气里仿佛冒出火花，两人随即扭打在一起，不过是美女单方面又踹又打，沈奇则是想尽办法制住她。

夏乐葵倒吸一口冷气，这渣男又在外面惹事了……

就在她犹豫着要不要去劝架的时候，黑暗中的两人画风突变。

沈奇将美女的双手高举过头按在墙上，她皱着眉头踹他，被他用膝盖抵住，然后他低头，毫不客气地咬上她的嘴唇。

激吻沿着美女的脖颈一路往下，沈奇松开钳制，美女双眼迷蒙，方才还在捶打他的手渐渐松软下来，沿着他的背缓缓上移抓住了他的肩膀，手指在他的衣服上划出了一排皱起的纹路。

含混不清的骂声被沈奇的吻吞噬，他的手熟练地掀起她的衣服下摆，伸了进去，两人喘息声渐重。

夏乐葵捂住嘴巴，脸如火烧。

她长这么大，不仅未经情事，连成人漫画都没看过。

心脏狂跳，全身的躁动令她感觉既陌生又羞耻，还有点说不出的痒。

不能再看了。夏乐葵转身，低着头逃难般跑走，刚跑到电梯间便撞入一个人的怀里。

肩膀被人扶住，熟悉的薄荷味清香在鼻间散开，头顶上方传来裴浠的声音："你怎么了？"

"哇啊！"

好在裴浠很快就被俱乐部其他工作人员叫走，夏乐葵那声鬼叫才没被深究。

她去酒店外的花园里闲逛吹风时，又遇上了刚才香艳小短片的男主角。

沈奇坐在长椅上，两边脸颊都很红，不是害羞，而是被打的，五指印依稀可见。

夏乐葵在他旁边坐下，抑制不住自己的好奇心："她是你女朋友吗？"

沈奇不答话，有些烦躁地点了一根烟，见她蹙起眉，便用力将烟掐灭。

夏乐葵默认答案是"否"，立刻鄙夷地看着他："不是你女朋友，你……你怎么还能干这种事？！"

沈奇不爽的心情尚未平复，他哂笑着勾起嘴角："所有的男人都会做这种事啊。"他将脑袋歪向她，压低音量，神情暧昧，"别看裴浠一副性冷淡的模样，没准也做过。"

夏乐葵整个人都不好了。

尽管脑袋像被板砖拍了一下，她依旧硬声反驳："勇哥说，前辈没有女朋友。"

沈奇挑挑眉："现在没有又不代表以前没交过。就算从来没交过，以后也会有啊，他这样的条件还怕没有女的往上扑？"

夏乐葵的嘴唇颤了颤，眼睛慢慢瞪大，又渐渐黯了下来。

一想到裴浠将来会像沈奇那样将她不认识的女人按在墙上，身子严丝合缝地贴在一起亲热，她的血管仿佛就要爆裂，头皮也开始发麻，胸口泛起阵阵酸楚。

夏乐葵强忍着内心的波动，不愿在沈奇面前露出破绽，憋到后来，甚至有些委屈。

脑内的妄想停不下来，她蓦地打了个冷战。前辈喜欢的不是她，难道她就希望他一辈子打光棍不成？

不可能的，他那么优秀。

委屈逐渐化为心头的一抹涩意。

如果真有那一天，她希望可以晚一点，再晚一点。

【4】

晚上是露天自助餐，所有参赛的俱乐部成员聚在一起，进行大赛落幕后的庆功，大家聊得热火朝天，有赛后讨论，也有戏闻八卦。

夏乐葵吃饱喝足，和周围人认识了一圈，四处都没见着裴浠的身影。

正巧大勇经过，告诉她："裴皇不喜欢热闹，一个人在房间里。"他向酒店楼上指了指，"我正要去给他送点吃的。"

夏乐葵便自告奋勇地去跑腿。

她进屋时，裴浠正在里面看书，灯光暖黄，窗帘紧拉，房间里静悄悄的。

沙发上放着台手提电脑，屏幕亮着，一个女生的轮廓若隐若现。夏乐葵在旁边坐下，无意间扫了眼，裴浠却抢先合上电脑，收到书桌上，挨着她坐进沙发里。

夏乐葵将大勇带来的食物在茶几上摆开，手肘搭在膝盖上，双手捧脸，默不作声地欣赏裴浠斯文的吃相。

在她探照灯般的视线下，裴浠吃不下去了。他抽了张纸巾擦擦手，拿起遥控器，打开电视，随意调着台，在一部爱情偶像剧上停下。

小姑娘却没被吸引注意力，依旧盯着他，过了一会儿，幽幽地开口。

"前辈，你和别人亲过吗？"

裴浠白皙的脸上飞起一丝红晕，但很快就恢复了冷淡的模样。

夏乐葵本以为他不会回答这种无聊的问题，没想到裴浠侧眸看她："你呢？"

回忆起先前做过的那个梦，夏乐葵倏地面红耳赤，支支吾吾。

梦里，他搂住她的腰，低头亲了下她的嘴唇，蜻蜓点水，令人心悸。

小姑娘羞涩的反应在裴浠眼里像在回味和别人的体验。

他嘴角收紧，沉默许久，忽然冷声道："我没有。"

夏乐葵微怔，才明白裴浠在回答她刚才的问题。

胸口卸下一块大石，随后便是莫名的激动，她表忠心般举手："我也没有！"

她话音刚落，气氛顿时变得无比微妙。

裴浠直直地看向她的眼睛，神色带着点探究的意味。

夏乐葵脑袋嗡嗡作响，她不敢接触他的目光，视线只能沿着他高挺的鼻梁、棱角分明的下颌往下移。裴浠外套的拉链被拉至最上方，竖起的立领严实地遮住脖颈，生生将运动款的队服穿出了禁欲气息。

黑暗中，沈奇与美女交缠的画面浮现在脑海中，炙热的躁动感再次袭来，夏乐葵喉咙干涩，无意识地咽了口口水。

她凑近，右手鬼使神差地放到了他的衣服拉链上。

裴浠不解地低头看去。

刺啦一声，拉链被她缓缓拉开，里面的T恤露了出来。

裴浠猛地抓住她，耳根泛红，哑声道：“干什么？”

黏糊糊的渴望令夏乐葵意识模糊，她瓮声瓮气地说：“我、我的外套拉链很紧……想、想试试你的好使不……”

这个解释很扯淡，好在裴浠并没有在听。

他依然将她的手攥在掌心，靠近胸口，指腹轻轻摩挲着。

她的手很软，皮肤细滑，就是这双手，在赛场上为同伴杀出了一条血路。

他一点儿都不希望看到她和别人握手，任何的碰触都令他不快，可他又没有任何阻拦的立场。

夏乐葵并未意识到裴浠的反常，耷拉下脑袋：“我……我担心……”

思绪纠结成乱麻，方才心头的干涩和酸楚令她无从开口。

以后他有了喜欢的对象，就不能像现在这样照顾她了，他的目光将会聚焦在另一个人身上，他会渐渐离她远去，渐渐变得淡漠，最终和以前一样，高不可攀。

他会和别的人……和别的人……

她越想越委屈，大眼睛覆上浅浅的水雾，秀气的眉头皱在一起。

裴浠不说话，目光停留在她轻颤的唇瓣上。

女孩子脸颊滚烫，像熟透了的桃子，看起来可口诱人。

他抬起另一只手，修长的食指轻轻抵在她的眉间，暧昧地压低音量：“别皱眉。”

没想到手腕反被抓住，小姑娘缓慢地将脸颊贴上他宽大的手掌，轻轻蹭了蹭。

裴浠全身一阵战栗。

夏乐葵抬头看着他，眸色清亮，神情眷恋。

裴浠喉咙发干，忽然手掌下移扣住她的后颈，将她用力拽向自己。

夏乐葵全身的躁动被他的反应吓得烟消云散。

完了，理智蓦然回归，她惊恐地想，他生气了。

她不该起歪念头的。

“对不起……我错了……”

她想拉开距离，可对方力气太大，她无法动弹。

裴浠的眸色越来越深，下颌线条紧绷，眼底流动着复杂的情绪，直到夏乐葵怯怯地喊道：“前辈……疼……”他才回过神，有些恋恋不舍地松开。

夏乐葵亵渎了自己心目中的高岭之花，又羞又悔，慌忙往后退了一大步，同他保持距离。

“你慢慢吃，明天见。”

没等他回应，她转身就走，却不当心摔了个狗啃泥。

裴浠伸手去扶，却被夏乐葵触电般躲开：“我、我自己来。”

她的样子如同一只受惊的兔子。

裴浠的手停在半空中。

夏乐葵头也不回地跑远了。

回到房间后，潮热渐渐散去，夏乐葵感觉心底有什么东西正叫嚣着，试图破土而出。

她用冷水拍着自己的脸。她变得这么不正常，都怪沈奇这个可恶的色魔大浑蛋！

夏乐葵越想越气，双手握拳，用力跺脚，愤恨地学大勇的语调骂了声“渣男！”。

同一时间，沈奇打了个喷嚏。

他和裴浠一间房，刚才进门时，他发现队长表情古怪，有种高中生去小树林约会，手牵手却索吻被拒的感觉。

看着茶几上另外一个使用过的玻璃杯，一个猜想渐渐成型，沈奇勾起嘴角。

裴浠这人向来冷冰冰的，全身自带生人勿近的气场，可他对夏乐葵不一样，那种不经意间流露出的温柔，自然逃不过沈奇这个情圣的眼。

只可惜，夏乐葵非常迟钝。

队里其他人对“裴浠不喜欢女人”这个事实深信不疑，认为他对她的照顾纯属战友情，沈奇不禁嗤笑：你们啊你们，真是太天真了。

不过，夏乐葵的迟钝和不解风情也未必是坏事。

在战队成绩最差，人见人欺，几乎是次级联赛吊车尾的那段时间里，极端的粉丝们天天喊着：“快解散！”在网上铺天盖地咒骂其他四个人拖累裴浠，泄愤般往夏乐葵的私信箱发送污言秽语，甚至去俱乐部基地拉横幅示威。

没有战绩，军心动荡，俱乐部高层被逼无奈，在直播平台接受了各方电竞记者的采访。

有记者提问：“战队现在成绩不佳，是否因为队内不和？女选手的存在会不会导致队内其他选手争风吃醋，甚至产生私情？”

《枪阵精英》经理摇摇头：“我们不会允许这种事情发生。夏乐葵是非常敬业的选手，以打比赛赢奖杯为唯一目标，队员们都是战友，绝对不会越雷池一步。”

记者紧追不舍：“如果队内恋情发生了呢？”

《枪阵精英》经理坚定地说：“一旦发生这种情况，我们会立即将他们隔开，并且严惩。”

这一承诺，替夏乐葵挡下了许多怀揣恶意的流言蜚语，但也截断了她的后路。

裴浠若真捅破和她之间的窗户纸，那好不容易磨合起来的战队恐怕就要换血。

不仅如此，公开恋情，她之前付出的所有努力都会被舆论归为通过他走了捷径。

这些，裴浠不可能想不到。

思及此，沈奇抬头看向裴浠在书桌边的身影。无论在什么时候，他总是背脊直挺，孤傲强大，却在这一瞬间有了软肋。

沈奇几不可闻地叹了口气。

起初，他没兴趣当助攻，更懒得搞破坏，只是带着看戏的心情捉弄裴浠，隔岸观火，可相处久了，他逐渐对队伍产生了感情。

如果沈奇知道自己今天对夏乐葵的那番话开启了潘多拉的魔盒，间接导致之后的后果，他一定会选择沉默。

【5】

Super Baby战队训练室内。

顾晴刚离开没多久，女队其他几个成员便围在了一起。

“我真是受不了她，以前就一副大姐大的模样，现在更猖狂了。”

“对，以前她总对夏乐葵冷嘲热讽，我还不觉得什么，现在夏乐葵走了，不知道顾大小姐下一个打算整谁。”

“至少夏乐葵人好啊，什么东西都让给我们，这顾晴好处全自己占。”

“你们不知道吧，老板现在全力捧她，顾晴缺席比赛这几天接广告去了，好大一笔钱呢，都是单人通告。”

女生们越说越气，用力磨着后槽牙：“凭什么夏乐葵走了，剩下的什么都是她的？”

“她当年为了把整队留下来，跟老板上床了哎。”

“真的假的？！”

“我也是听说。”一人拿出手机，放低音量，“当心隔墙有耳，微信说！”

她们建了一个除顾晴以外的微信群。

隔着几层墙，顾晴的房间内。

电脑屏幕上播放着Phoenix夺得次级联赛冠军的画面，她缓缓喝了口冰水，凉意漫过全身，心情越发苦涩。

在夏乐葵成为主力选手，征战赛场的这大半年间，俱乐部安排给顾晴大量的商业活动，她几乎没时间训练。

游戏展、粉丝嘉年华、校园争霸赛解说、cosplay秀……处处可以看到她作为美女嘉宾的身影。俱乐部甚至重金购买了直播平台的推荐位，让她跟着大主播一起玩，积累人气。

为了直播效果，她心甘情愿被其他人气主播肆意嘲讽，被喷得狗血淋头，被弹幕玩各种下三路的梗，还要笑着炒作。

这些不都是之前夏乐葵不想要，她却觊觎已久的吗？为什么年少时小心翼翼藏在心底的东西会慢慢流逝，到最后，空空如也，忘记了原本的模样？

她一点儿都不快乐。

曾几何时，国内一家女子电竞俱乐部都没有，男生听到她想打职业赛都奚落她。

然而，青春的热血并没有被浇灭，她依旧渴望能站上领奖台光荣加冕，游戏ID被载入电竞史册，成为一代传奇。

看着舞台上接受主持人采访的夏乐葵，顾晴的视线渐渐模糊。

不知不觉间，她的游戏单排分已经上不了国服的五百强。

顾晴想起和夏乐葵的第二次见面。

当时，顾晴被班上的女生排挤，她们用最刻薄的话骂她恶心，狐狸精，玩游戏只为了成天跟男生混在一起，女孩子都不想理她。

顾晴恼羞成怒，红着眼睛大吼："谁说我没有朋友！我也有！"

可放眼四周，人流涌动，三五成群，只有自己茕茕孑立。

她与夏乐葵在网上因游戏结缘，线下再次见面，顾晴忐忑地问："明天我们学校组织去图书馆参观，活动结束后，你能来接我吗？"她双手合十，脑袋垂得低低的，说话毫无底气，"拜托你，请假装一天我的朋友。"

"假装什么，"夏乐葵笑了起来，像暖冬的太阳，"我就是你的朋友啊。"

回忆渐渐淡去，钝痛沿着背脊往上爬，击得顾晴头皮发麻。

夏乐葵稚嫩的声音却在她耳边挥之不去。

"顾晴，我觉得只要跟你在一起，不被理解也没关系，什么样的难关我们都能挺过去。"

"顾晴，我们要一起赢下去哦！"

顾晴捂住眼睛，滚烫的眼泪滑了下来。

夏乐葵太耀眼，而强光会照出格外阴暗的影子。

夏乐葵的乐观照出了她的消极，夏乐葵的宽容照出了她的狭隘，夏乐葵的勇敢照出了她的懦弱。

和她在一起，顾晴觉得自己卑微到了泥土里。

她用刻薄的言语打击夏乐葵，用带刺的行动挫伤夏乐葵，可她真正恨的，是给现实下跪、早已抛弃初心的自己。

她将对自己的恨全部倾注到夏乐葵的身上，到最后，终于失去了她。

【6】

次级联赛刚结束，大勇就病倒了。他的肠胃一直不太好，却又控制不住自己犯馋的嘴。经理劝他去医院看病，他怕耽误接下来的升降级赛，不愿请假，坚持在基地边休养边工作。

毕竟在次级联赛夺冠仅仅是第一步，只有接下来通过升降级赛晋升到顶级联赛，才算跻身国内一流战队，才有资格争取全国第一，代表中国出征世界级比赛。

在此之前，大勇一刻都不敢松懈。

作为勇哥一手带大的“亲女儿”，夏乐葵不忍他过度操劳，主动替他跑腿打杂。

这天接到一个传话任务，她急匆匆爬上楼，走到裴浠的房间门口。

夏乐葵脚步越来越慢，心脏像被一只无形的手掌攥紧。自从那晚她做出大逆不道的行为后，每次遇到裴浠，心脏总会在顷刻间咚咚咚跳得跟打鼓似的。

夏乐葵想，这大概就是做贼心虚。

房门没有关，她往里探进小半个脑袋，看见裴浠坐在大理石的飘窗上，后背抵着墙，一条长腿屈起，手肘搭在上边，另一条腿笔直地伸向前。

他头戴无线耳机，闭着眼，风吹动窗帘，他的身影时隐时现。

夏乐葵敲敲门：“前辈。”

没有反应。

她蹑手蹑脚地靠近，俯下身，手掌在他面前晃了晃。

裴浠忽然抬头看向她，带着些鼻音道：“嗯？”

夏乐葵的心脏几乎骤停，她往后退了一大步，移开视线。

“下、下午多加了训练赛……大家在训练室里等你……”

她拘谨的神态像尖锐的针，扎得他难受，裴浠皱眉，十分怀念她与他赌气时任性的模样。

他一边慢条斯理地从飘窗上下来，一边打着腹稿，正准备开口，小姑娘已经溜得人影都没了。

裴浠：“……”

他微咬下唇，五指缓缓收拢成拳，心里很烦。

Phoenix在次级联赛夺冠后，顶级联赛的战队纷纷发来了切磋的约战函。

从裴浠宣布转项目的那刻起，各大俱乐部的《枪阵精英》的项目经理便时刻观望着Phoenix的动向，哪怕这支阵容莫名其妙的队伍前期战绩稀烂，他们依旧不敢掉以轻心。

两周后便是一年一度的《枪阵精英》职业升降级赛，届时将从次级联赛的四强和顶级联赛春季赛排名最末的两支队伍中角逐出两名胜者晋升顶级联赛的夏季赛。

升降级赛对Phoenix一队的每个人来说都有非同寻常的意义，尤其是顾意。

他即将遇上当初比赛时举报他开挂的Chaos战队。

去年那场震惊电竞圈的“国际比赛开挂”风波过后，他被千夫所指，万众唾骂，战队遭遇拒训、拒赛，最终被迫解散。更具戏剧性的是，作为“揭发罪行的正义使者”，吸粉无数的Chaos却没风光多久，后半年从顶级联赛夺冠热门队一路跌为保级队。

再过十几天，他们将狭路相逢。

尽管顾意最近的状态看上去并无异样，但朝夕相处了那么久，大家都能察觉暗潮涌动。

回想起Chaos的粉丝先前围堵住顾意时的嚣张气焰，夏乐葵愤怒得太阳穴突突直跳。

复仇战，绝不能输。

【7】

大赛前几天，俱乐部来了位意外的客人。

《枪阵精英》基地大门被推开的那刻，来人唰地张开双臂，用咏叹调般的语气喊道：“天晴！”

一队全员正在餐厅吃饭，听到响声，陆天晴迅速起身，冲向大厅。

其他人跟去围观，接下来看到的画面仿佛是一帧帧播放的慢动作。

陆天晴在大厅的一端停下脚步，眼眶泛红，大鹏展翅般张开双臂：“妈妈！”

陆母在门口激动得声音微颤：“儿子——”

陆天晴上前一小步：“妈妈——”

陆母上前一小步：“儿——子——”

陆天晴再上前一小步：“妈——妈——”

两人双眼饱含热泪，一边呼唤着彼此，一边缓慢地移向对方。

大家看得目瞪口呆，这对母子在演舞台剧吗？！

陆天晴不是本地人，开始打职业赛后，每年只有节假日才能回去看母亲一次。

这次陆母出差经过这里，便来基地探望一番，还带了许多吃的用的。

将队友们介绍给母亲认识后，陆天晴便带她四处闲逛。

一路上，他时不时停下来拗造型，陆母就拿手机帮他拍照，一会儿跪着，一会儿蹲着，竭尽全力寻找最好的拍摄角度。

拍了几张后，陆母精益求精，亲自上阵指导："儿子，你这样站，显腿长。"

陆天晴照办，忽然眼睛发亮："妈妈，你这口红色号选得真好，显得气质高雅。"

陆母大喜："我儿子就是这么温柔暖心。"

陆天晴乖巧地说："都是妈妈教得好。"

不远处，夏乐葵啧啧称奇："简直不敢相信，一个动不动就用禁语问候对方妈妈的人，居然是个妈宝男……"

"天晴是单亲，被母亲一手养大。"大勇向她介绍，"他们家以前条件不好，陆妈妈累死累活只为供她儿子上大学，希望他本本分分读书，毕业后找一份安稳的工作。谁知道，天晴在游戏上天赋过人，起初他只想通过代练赚点外快，后来在网吧赛中频频得奖，这才有了打职业赛的梦想。一开始，陆妈妈并不同意。"

夏乐葵理解，那个时候，"职业电竞选手"的概念远不如现在普及，又是"一将功成万骨枯"的青春饭，而父母总希望自己的孩子能过得安稳。

"但是，与天晴交流了几次，得知他的想法十分坚定后，陆妈妈便在网上发帖，列出天晴的排位赛分数和游戏履历，帮他寻求加入职业战队的方式。"大勇望着前方陆天晴母子的身影，"她在帖子里写道，'我儿子选择走一条格外艰难的路，我既然没办法阻止他，只有全力以赴地支持他。他想当职业选手，为国家赢奖牌，这是他的梦想，赢了，我为他欢呼；输了，我陪他一起扛。'"

夏乐葵心头一震，想起自己的父母至今仍视她为耻，苦涩地笑了笑。

她真的，好羡慕。

陆天晴带母亲参观训练室时，得知他们几天后就要参加升降级赛，陆母中气十足地喊了一句："儿子，Fighting！"

陆天晴跟着喊："Fighting！"

随后母子俩左手击掌，右手击掌，上击掌，下击掌。

陆母突然调转枪头，冲训练室里的其他人喊："大家也要Fighting！"

队员们面面相觑，最终抵不住她烈火般的目光："Fighting……"

陆母不满："年轻人，声音怎么这么小？"

"小帅哥，打起精神来！"陆母走向站在桌边的裴浠，见他全程没反应，突然挥手拍了下他的屁股。

啪的一声，无比响亮，裴浠蓦地全身僵硬。

其他人异口同声地在内心惊呼："我的妈！"

眼见裴浠冰封的脸开始碎裂，不断往下掉着冰碴，陆天晴立马拽住老娘的胳膊，在暴风雨降下之前赶紧跑路。

陆母怕耽误他们的日常训练，没有待太久。离开基地前，她看见客厅里摆着一张照片，是次级联赛结束后，所有八强战队的成员的合影。

照片上，大男孩们凑在一起，亲密地弯腰搂着彼此的肩。

只有夏乐葵独自站在最中间，抱着双臂，两侧的男生都将靠近她的那条胳膊背到身后，与她隔了些距离。

陆母有些疑惑："离得这么远……你们故意排挤人家小姑娘？"

陆天晴摇头："没有，这是我们队长的意思，他说这样看起来构图对称。"

"呵。"沈奇冷笑出声，瞥了裴浠一眼。

自己碰不得，就仗着特权不许别人碰。

大家说说笑笑，没有注意，大勇像是想起了什么，脸色愈加凝重。

那晚夺冠后，一群人在KTV通宵唱歌，却因为白天太累，后半夜所有人都睡着了。大勇迷迷糊糊醒来一次，隐约听见有人在唱歌。

"爱一个人是不是应该有默契，我以为你懂得每当我看着你。我藏起来的秘密，在每一天清晨里，暖成咖啡，安静地拿给你。"

声音清冷，听起来很陌生。

大勇努力睁开眼，看见在KTV向来只旁听不参与的裴浠，此刻单手握着话筒，注视着远处睡得正酣的夏乐葵，目光深沉柔软。

"愿意用一支黑色的铅笔，画一出沉默舞台剧，灯光再亮，也抱住你。愿意在角落唱沙哑的歌，再大声也都是给你，请原谅我，不会说话。"

包厢里没开灯，大屏幕的光微微打在他脸上，他的表情晦暗不明。

大勇一度以为，这只是自己的幻觉。

Chapter 14

绝佳拍档

【1】

《枪阵精英》职业升降级赛在Chaos战队所在的Z市举行，Phoenix依旧是客场。

备战时间还有三天。

大勇进训练室时，大家正热火朝天地分析着比赛录像，夏乐葵越说越投入，起身站到大屏幕旁："你们看，一开始是我去黏他，但他的队友很快就从侧翼包夹过来，这时候我身上的buff快消失了，而他们的能量槽还很满……"

她说话的时候，裴浠专注地看着大屏幕上的游戏画面，神情冷淡，目不斜视。

夏乐葵发言完毕，回到自己的座位上，讨论仍在继续。

尽管很隐蔽，但小眼聚光的大勇还是发现了，裴浠的视线时常状似无意地扫向夏乐葵，又在她察觉前迅速移开。

大勇呼吸一顿，心中的猜想变得更为明晰。

中场休息，夏乐葵在狭窄的走道与裴浠撞了个正着。她陡然停下，目光闪烁，无视裴浠的侧身让路，从另一个方向走了。

裴浠后背倚着墙，一动不动地戳在原地，过了许久才缓过神。

次级联赛夺冠后她一直很奇怪，那晚凑近他忽然问暧昧的问题，莫名其妙地拉开他外套的拉链，现在又躲着他，刻意与他保持距离。

裴浠皱眉，脸色一点一点阴沉下来。

这些画面都被暗中观察的大勇捕捉到了，联想起他们晚上睡在同一层，他脑补出了数场大戏，越想越慌，汗毛竖立，脚指头都抠紧了。

他立马决定重新安排宿舍，去办公室问工作人员索要基地其他房间的住宿表。

工作人员好奇地问："裴皇抱怨她吵到他了？"

"这倒没有，不过还是优化一下好，"大勇打哈哈，"毕竟男女有别嘛。"

"嘿，别担心，就他们俩能出什么事？"工作人员不在意地摆摆手，"自古妖女克冰山，夏乐葵就像个没性别意识的孩子，不娇不媚，怎么可能诱惑裴皇破功？"

你懂个屁！

搔首弄姿的狐狸精在裴皇面前晃，他都不会多看一眼，你又知道他喜欢有女人味的？

这要放以前，大勇绝对喜闻乐见，可如今俱乐部早已定了铁规，他也拍着胸脯保证过……

失策啊！家里养了闺女，果然得防着一切男人！

尽管内心咆哮声不断，但大勇表面依旧维持着憨厚的笑容，要到了想要的文件后，他开始准备下一步工作。

可惜他刚走出办公室的门，老毛病又犯了，胃痛恶心，吐了一顿后吃了药，被人扶进房间休息。想起队伍出行还有东西没买全，大勇挣扎着想下床，被夏乐葵按了回去。

她看着勇哥比以前消瘦许多的脸，心头一涩。

自建队以来，大勇不仅负责所有人的日常起居、行程安排，还和教练一起复盘，研究比赛数据，调整训练方案，忙得如陀螺般停不下来。战队能有如今的成绩，他功不可没。

待大勇睡着后，夏乐葵穿衣出门，坐地铁去附近的商城，替大勇完成采购的工作。

夏乐葵买东西向来迅速，直奔目的地，挑货、走人，很快便完成了任务。

斜前方闪过一对熟悉的身影，两人都戴着能遮住大半张脸的鸭舌帽，夏乐葵定睛一看，是秋樱和季向崆。

她正欲上前打招呼，走了几步后发现氛围不对。

季向崆单手提着大包小包，俯身在秋樱耳边说了些什么，大美女的脸唰地红了，又气又笑地捶了他的胸口一下。

季向崆漫不经心地挑挑眉，闲着的右手移开秋樱的帽檐，蓦地歪过头在她的唇上落下一吻。

夏乐葵瞪大双眼，愣在原地，胸口像被羽毛轻轻地挠了下，直到他们走远了才回过神。

这就是被宠着的感觉吗？

她低头看向自己手中沉甸甸的购物袋和灰扑扑的白跑鞋。

她好像没有体会过。

脚步渐渐变得有些沉重，夏乐葵买了杯奶茶，在商场休息区的长椅上坐下，拿出手机，鬼使神差地刷起了朋友圈。

最先映入眼帘的便是以前好友晒的与男友出行的旅游照。

她继续往下拉，居然都是差不多的内容——

“告白两周年纪念日！”

“谁说我没有少女心，老娘的少女心全在我男朋友这里！”

“老公还没回家，现在开始每隔十分钟就发一张他的丑照！”

夏乐葵手指一抖。她每天大部分时间都花在训练上，不太关注社交软件，没想到如今的画风已经成了“全世界都在谈恋爱，除了我”。

一种从未有过的感觉密密麻麻地蔓延上来。

自从目睹了狭窄走道上男女激吻荷尔蒙弥漫的一幕，夏乐葵感觉身体里有扇潜藏的新大门被猝不及防地踹开了。当事男主角沈奇却毫不在意：“就当免费给你上了一课，有什么不懂可以继续问我。”

夏乐葵暗骂真是脸皮厚如墙。

她的思绪渐渐放飞，一些曾经并未刻意留意的细节在脑海中播放起来，全部只与一个人有关。

他不动声色地将外套盖在她裸露的腿上。

他屈膝半蹲在她跟前，捏着棉签，擦拭她腿上的伤口。

他伸出手臂，替她挡住飞溅的热油。

他隔着被子，安抚般轻拍她的肩。

他与歹徒周旋，高大的身躯将她护到背后。

他舀起一勺粥，吹了吹，小心翼翼地喂到她嘴边。

……

淙淙暖流涌上心头，裂开的空洞倏地被填得满满当当。

夏乐葵喝了一口热奶茶，手捧杯子，感觉甜到了心底，她忍不住低头咬着嘴唇傻笑，笑着笑着又微微蹙起眉头。

他……他是对谁都这么好的人吗？

夏乐葵全身猛一哆嗦，将头摇成了拨浪鼓。

不对不对！他说过不喜欢她，还警告过她：“队内禁止恋爱，你是来打比赛的，不要想些别的。”

身为一个有信誉的职业选手，她不能忘了自己的保证——退役前不谈恋爱。

她正在胡思乱想，手机屏幕上突然弹出一条微信。

“你在哪里？我去接你。”来自裴浠。

夏乐葵的耳根倏地烫了起来，心跳得像是要蹦出胸膛，火势一路蔓延，从脸颊到脖颈烧得几乎快要冒烟。

她手忙脚乱地回："不用麻烦，我自己回去就行。"

裴浠："我已经到了。"

夏乐葵差点摔了手机，她双手捧脸，皮肤依旧烫得似可以去烤铁板烧。

妈耶！救命啊！她现在根本无法直视他啊！

【2】

裴浠找到夏乐葵时，她正在娃娃机前专心地操控着遥控杆，身边站着好几个小孩，稚嫩的小脸上写着满满的崇拜。

夏乐葵成功夹到一个大棕熊，塞到身边的小男孩的怀里。旁边扎着双马尾的小女孩怯怯地拉了拉她的衣服下摆，软软糯糯地说："姐姐，我想要那个兔兔。"

夏乐葵的声音也变得奶声奶气："是这个吗？粉兔兔？"

双马尾点点头。

夏乐葵轻车熟路地夹到目标，把玩偶塞到她怀里："送给你啦。"

双马尾喜笑颜开："谢谢漂亮的大姐姐！"

夏乐葵揉揉小女孩的脑袋："嘿嘿，嘴真甜！"

她转过头，正好撞上裴浠的视线，四目相对，她若无其事地转回去，继续跟小孩们说话。

裴浠额角一跳，被无视了。

周围人很多，他不想被认出来引发太大动静，就戴着鸭舌帽，在旁边低头站了一会儿，夏乐葵却始终不理他。

裴浠不发一语地去柜台买了游戏币，走到离她最远的那台夹娃娃机前，操纵遥控杆，却在即将夹中的那刻突然改变方向，结果当然是失败了。

他故意皱起眉头，假装夹不到，连续失败几次，终于吸引了夏乐葵的注意力。

她走到他身边，伸出食指戳戳他的手臂，有些拘谨地问："前辈，你想要哪个？我帮你。"

裴浠试图做出一个沮丧的表情，可惜五官浮动太小，看起来依旧面无表情。

见他指了个最大的，夏乐葵问："是那个黑猫猫，还是那个白狗狗？"

她的声音脆生生的，还没从哄小孩的语气中切换过来。

裴浠顶着冰山脸，认真地回答："黑猫猫。"

夏乐葵被他一本正经说童语的样子萌到，憋着笑示意他让出位置给她操作，顷刻便成功夹获目标。

她兴高采烈地将玩偶从机器中取出，听见裴浠问："你不躲我了？"

夏乐葵的心跳漏了半拍，她将脑袋藏在大黑猫的身后，小声道：“我有吗……”

裴浠伸手接过大黑猫，放到一边，直直地看向她的眼睛：“你是不是很讨厌我碰你？”

最近每次他稍微一靠近，她就会避开。

话音未落，他意识到不妥，本以为粗线条的夏乐葵不会有什么反应，谁知她破天荒地露出了害羞的表情，目光闪烁地低下头，张了张嘴，想说话却咬到了舌头：“碰……碰什么……”

气氛变得更尴尬了。

裴浠正欲补救，夏乐葵慌忙摆手：“我不讨厌，没这回事，你想碰随便碰……”

裴浠：“……”

夏乐葵：“呃……”

她定下神，解释道：“你别误会，我不是随便碰都行……是因为你……”

完蛋，越描越黑。

裴浠走到她身前，垂眸，淡淡地追问：“因为我什么？”

他的个子比她高很多，他贴近后，将她整个人罩在了阴影里。夏乐葵微微仰起脸，对上他沉沉的目光，男人眉骨英挺，神色冷峻，俯身看她时，带着股压迫感。

裴浠重复道：“因为我什么？”声音莫名有些哑。

他加重的鼻息烫热了她的脸，夏乐葵头皮发麻，咬住下唇，好不容易平静下来的心情又被搅得浪花飞溅，惊涛拍岸。

还能因为什么？

为了掐断不该有的念头，只能选择遁地走。

她局促地别过脸，却被他用食指抵上下巴，慢慢将脑袋转了回来。

裴浠抿唇，微偏过头，捕捉她的目光。

夏乐葵不断躲闪。

视线扫过她水润的嘴唇，感受到她身体微弱的轻颤，裴浠心头莫名烦闷，深深地看了她一眼，收回了手。

慑人的感觉终于散去，夏乐葵干笑几声，艰难地往后退了一小步，试图转移话题：“对啦，我刚才看到樱樱和季队了。好奇怪，俱乐部反对内部消化，为什么他们一个是队长，一个是领队，恋情却不被干涉？”

她紧张得手心全是汗。

这么烂的八卦问题，前辈估计不会接话吧……

“他们情况不一样。”裴浠沉默片刻，却如她所愿，顺着新话题继续说，“当年季向崞备受质疑，因大赛发挥失误，在全国电竞迷的压力下被战队踢除。他的女朋友秋樱那时候是超人气一线女解说，为了帮他东山再起，辞掉了工作，作为领队，在前辈的资助下建立了Phoenix战队，一路相互扶持到现在。俱乐部越做越大，成为豪门，陆续开设其他项目的分部，但没有人会忘记，当初是靠他们两人起家的。”

夏乐葵不禁感慨：“这种战友情真好。”

裴浠颔首：“嗯。”

夏乐葵忽然想到了什么，有些不好意思地刮刮脸蛋：“我之前听人说，你自降身价进Phoenix，是因为樱樱……”

她的声音逐渐变轻，小心地观察着他的反应。

裴浠微怔：“不是。最初我进入职业圈，是希望接替表哥重振他的战队，结果失败了。后来我做了其他尝试，但依然无法融入队伍。我很欣赏季向崆作为战术指挥的带队能力，后来他们邀请我，我就答应了。”

“原来是这样啊……”夏乐葵恍然大悟，暗自松了口气，“我一直以为，前辈你喜欢樱樱那种类型的女孩子，漂亮精致，细心体贴。不像我，不会打扮，毛手毛脚，房间里总弄得乱糟糟的……”

小姑娘边说边耷拉下脑袋，莹白的耳郭泛着淡淡的粉红。

裴浠低头凝视她，没吭声。

他喜欢坚强的，温暖的，阳光的，笑起来可爱得会把人融化的，身处黑夜依旧灿烂绽放的向日葵。

心里有什么从未被打动的东西慢慢地化了，裴浠喉头发紧，克制着亲近她的念头，将大玩偶重新塞到夏乐葵怀里。

他压低帽檐，漆黑的双瞳掩盖在阴影中，轻声道：“回去吧。”

夏乐葵愣愣地点头。

裴浠弯腰提起她脚边大大小小的购物袋往电梯口走，尽管看不清完整的五官，他出众的外形依旧吸引着往来人群的目光。

夏乐葵怔了数秒，脸颊又开始发热，她双手抱着娃娃，像个小女生般跟上他高大挺拔的身影。

裴浠放缓步调，等她与自己并行。

不断有举止亲密的情侣与他们擦肩而过，夏乐葵在心头默念，不能多想，不能多想……

下楼的时候，他们在商场的宣传栏中看见某款手游的粉丝嘉年华海报，海报的角落里，顾晴化着浓妆，cosplay的是游戏新出的女英雄。

见夏乐葵若有所思，裴浠问：“你和她还有联系？”

夏乐葵轻轻摇头：“没了。”

虽然顾晴早被裴浠在夏乐葵的人际关系图里打上“不值得深交”的标签，但观察到夏乐葵眉宇间流露的失落，他便思索着应景的话来安慰她。

结果同往常一样，裴浠还在心中润色底稿，夏乐葵已经开口了。

“顾晴对我有特别的意义，她和卢青青是我梦想最初的起点。没有志同道合的同伴一起努力，就没有现在的我。”夏乐葵垂下眼帘，收紧抱着娃娃的手臂，语速缓慢，“可是，大家终究走着走着就散了，一个成名后与我划清界限，一个貌合神离。到后来，明知顾晴在骗我，我还是不揭穿，宁可自己难受，因为我还当她是朋友。”

裴浠没作声，将袋子集中到一边，空出的手掌揉了揉她的脑袋。

“我……我们一定要打入顶级联赛。”夏乐葵眼眶有些发红，喃喃道，“这是当初我和她们憧憬未来时的约定。”

裴浠目光微动，轻声道：“好。”

从小到大，裴浠几乎没有什么特别喜欢的东西。极高的天资令他无论做什么事都能很快得到要领，成为个中翘楚，可正因做什么事情都能轻而易举地成功，获得成就也不会特别兴奋，反而变得没意思。

他时常觉得这样的自己很无趣。

进入职业圈后，竞技点燃了他的热血，高手过招，巅峰对决，极限翻盘，亡命一搏，紧张刺激、酣畅淋漓的比赛令他体会到了热血沸腾的快乐。

裴浠侧眸，看见夏乐葵白皙的脸蛋上铺着层层光晕，方才微拧的眉头舒展开，脸上阴霾散开，恢复了明媚的笑容，他下意识地松了一口气。

如今，他找到了另一件无比在意的事。

【3】

《枪阵精英》职业升降级赛首日，网络上硝烟弥漫。

去年因“比赛开挂”事件陨落的天才少年顾意自低谷爬出，在冲击顶级联赛的路上，再次对决当初举报他作弊的Chaos战队。

为了博眼球，不少媒体刻意将新闻标题染上“个人恩怨局”的色彩。

舆论至今仍分为两派，一派力挺顾意无辜，另一派坚持顾意开挂：“哪怕他现在确实有实力，那也无法证明去年比赛没有作弊啊！”“官方技术无法甄别外挂，主办方不处罚他，战队依旧录用他，他就能逍遥法外了吗？我们要团结起来谴责抵制，维护竞技的公平！”

顾意的死忠粉和Chaos的粉丝之间的火星再次被引爆，炸成一团。

“我队队长堂堂正正，粉丝比你们主子多，战绩比你们主子好，还需要冤枉你们主子？”

“好一个战绩强。打不过就举报对手，现在Chaos成保级队了，呵呵。”

“都是你们这帮是非不分的脑残粉咬得我队选手状态下跌！”

面对流言蜚语，顾意的心早已坚硬如磐石：“只要我在意的人相信我，那就足够了。”

升降级赛开幕式上，主持人介绍到Phoenix战队时，底下掌声和嘘声夹杂。Chaos主场作战，占据了人数优势，粉丝大肆举起了嘲讽Phoenix的灯牌。

这些人中，有部分是卢青青的粉丝。

卢青青作为嘉宾参与本次开场舞蹈的表演，她的粉丝自然到现场应援。一些极端的卢青青粉曾在新秀单挑赛时堵住夏乐葵挑衅“女子职业选手，除了我们青青，其他都是垃圾”！此刻见阿鑫组织的小瓜子应援团不再是曾经的三四十人，他们失去了人数优势，无法继续嚣张，出于对夏乐葵的敌对意识，便加入到支持Chaos的阵营中。

舞台上，开场表演结束，首日第一场比赛拉开帷幕。

主持人中气十足地喊道：“让我们有请以黑马之姿夺得次级联赛冠军，拥有国内第一位女选手的Phoenix战队！”

选手通道中，卢青青与另一位啦啦队成员带领着Phoenix战队入场。

镜头里，这两位国内知名的女子职业选手，一人妆容浓厚，额头残存着热舞后的汗滴，身着演出的短裙；另一人面容素净，身着比赛的队服。

行至入口处，夏乐葵登上舞台进入选手区，卢青青转身走向观战席。

三天的比赛后，果然如各方预料的一样，Phoenix与Chaos会师决战。

进场的那一刻，Phoenix全员的表情前所未有地严肃。

上台就座，在聚光灯下戴上耳机，看着座无虚席的观众席，看着一双双眼睛目光灼灼地注视着自己，夏乐葵咬紧嘴唇，默念道：不能输。

曾经因为弱小，她眼睁睁看着大勇被俱乐部扫地出门，被肆意污蔑，差点断了职业生涯，从那时起她就下定决心，要变得足够强大，保护想要珍惜的人。

这场比赛的解说配置极巨戏剧性，女解说在“外挂门”时顶着巨大压力坚持顾意无罪，男解说则暗讽顾意开挂，引领作弊舆论。

开局没多久，Chaos便火速拿下第一个赛点。

男解说全程将Phoenix称呼为“对方”，比赛中，一旦Chaos团战劣势，他便会详细分析原因；如果Phoenix劣势，他就开始吹Chaos怎么打得好。

“精彩！这边Chaos抓住对方高台防守的漏洞，主导了地面中心位置！”

“Chaos主C几下点射送顾意上天，漂亮！”

“对方试图集火前排，但效果不佳，Chaos轻松拿下一局！”

瘦死的骆驼比马大，Chaos虽已沦落为保底队，但毕竟是顶级联赛的战队，相比建队后只与次级联赛战队交过手的Phoenix，他们的大赛实战经验更为丰富。

一局落败后，Phoenix成员在休息区围成一圈，手掌覆在一起，用力往下一摁。

“加油！”

第二局开始，面对Chaos严谨的炮台长枪防守，Phoenix久攻不下，空中作战被全面压制，调整武器阵容后依旧无法突破，最终止步B点。

两局结束，二比零，Chaos领先。

男解说面露喜色：“Chaos状态很好，再赢一把就能顺利保级了！”

女解说笑道：“Phoenix是很有韧性的队伍，现在胜负依然未定。”

现场观众的喊声如海潮般此起彼伏，弹幕也争得热火朝天。

“见过解说偏心，没见过这么偏心的！”

“Phoenix自己作死要让一个有黑历史的人进队。”

“官方没定罪你们凭什么还抓着不放，这次比赛顾意他开挂了吗？”

“没开啊，所以输了两场呗。”

第三局比赛，当Phoenix选出地图后，全场瞬间沸腾，响起了排山倒海般的尖叫声。

这张地图……就是去年顾意被Chaos质疑比赛开挂的地图！

几秒后，所有人都倒吸了一口冷气，因为顾意居然选出了和当初那局一模一样的英雄——死神霍斯。

顾意曾被誉为“国服第一霍斯”，具有绝对的统治力，靠它打入职业圈，过关斩将，击落强敌，获得无数荣耀与赞美，直到被指控开挂，引以为傲的招牌成为耻辱，令人叹为观止的操作在一夜之间变成卑鄙的演技。

出事之后，尽管嘴上说着不在意，但顾意再也没有在比赛中使用过这个成名英雄，仿佛想将它与沉痛的伤疤一起封藏，而现在——

“Phoenix这是在复制去年那场比赛的阵容吗？”

一样的地图，一样的出场阵容，一样的战术布局，时光长河的两岸仿佛被无形的绳索连在一起。

“四保一，保的是顾意，真是好久没见到了啊！”

Phoenix推车进攻，其他四人将顾意武装成重炮，终于在Chaos坚不可摧的防御阵上生生打出了缺口。

能顽强挺过职业生涯地狱般的浩劫，顾意的抗压力早已今非昔比，泰山崩于前而面不改色，在暴力输出的同时连续甩枪击杀了三个绕后偷袭他的敌人。

一阵激烈交火后，Phoenix在顾意的五杀下获得胜利。

在精彩回放中，观众们看到，他黑衣黑裤，站在高台上，对着曾经指控他作弊的Chaos队长扣动扳机，一击爆头。

“相当精彩的比赛！”女解说激动地大喊，“他的表情就像是在告诉所有人：我在哪里倒下，我就要在哪里爬起来！”

观众席上，顾意的死忠粉们高举灯牌，热泪盈眶。

在决赛零比二的劣势之下，在曾经留下职业阴影的地图上，整个团队都在用默契的配合、强劲的实力支持他毅然跨过这道坎。

畅快扳回一局后，Phoenix士气大涨。

失去了欢呼的机会，Chaos的粉丝逐渐收了声。

接下来的时间里，沈奇选出招牌狙击手，完美演绎何为“一枪一个”。夏乐葵带盾冲锋，抓紧时机近身，利用自己的防御甲与对方交火硬拼，掩护队友正面突破。在陆天晴及时精妙的支援下，顾意和裴浠双C主宰战场，以摧枯拉朽之势力平推到底。

面对劈头盖脸的强攻，Chaos节节败退，溃不成军。

最终Phoenix让二追三，以3：2的比分击败Chaos。

女解说高声宣布：“恭喜Phoenix战队晋升《枪阵精英》顶级职业联赛！”

男解说面色不佳，关麦后喃喃道：“怎么会这样呢……”

选手房内，Phoenix的成员们亢奋地扔下耳机起身庆祝，这回，连裴浠都站起来面无表情地与同伴击掌。

他们赢的，不仅仅是比赛。

全队走到舞台中央，没有想象中雷鸣般的掌声和欢呼声，Chaos的粉丝提前退场，偌大的场馆顷刻间空了一大半，可这丝毫不影响胜利的喜悦，大家满面红光地走下台，与通道两边的支持者们热情击掌，因这历史性的一役心情澎湃。

媒体席上，记者们不约而同地感慨：“Phoenix高层很明智，没有直接花重金购买顶级联赛的名额，而是让主力一队在次级联赛经历高强度磨炼，令整支队伍脱胎换骨。”

【4】

比赛结束还有一连串的后续群访，裴浠回顾四周，没找到夏乐葵的身影。

陆天晴摸摸下巴：“她说她很累，大概去哪间休息室睡觉了吧。”

裴浠颔首：“你们先走，我去找她。”

不知为何，他对夏乐葵的行踪有过人的第六感，没走几步路便在走廊尽头的休息室里发现了她。小姑娘躺在沙发上，盖着队服外套，睡得很熟。

他走近后，隐约能闻到甜而不腻的果香。

裴浠想，秋樱又送了她新的洗发水。

这段时间赛程紧张，夏乐葵的精神压力很大，始终紧绷着弦，生怕自己会拖队伍的后腿。

如今阶段性的大战终于尘埃落定，Phoenix成功晋升顶级联赛，向所有人交出了满意的答卷，绷紧的弦一松，疲惫感便迅速席卷了四肢百骸。

裴浠站到沙发边，俯身，垂眸端详夏乐葵的睡颜。她的头发又长了，松软地披散开来，脸蛋白里透红，哪怕在睡梦里，依然有股闪闪的灵气。

他的思绪渐渐飘远。

是什么时候开始注意她的呢？

初次见面，他偶然发现她被队友孤立，小小的身躯缩在角落的阴影中。

他的心思很单纯，为幼苗遮挡一些风雨，移栽到合适的土壤中，浇花除虫，看着她长大。

相处得久了，一些自己从未意识到的情绪漫上他的心头：他想揉开她眉间的皱起，想把她捧在掌心，一起去任何地方。

他以为她喜欢大勇，但根据入队后的观察，看起来并不是那方面的喜欢。

她与其他人亲近，他便赌气地搞破坏。

他观察她的一颦一笑，收集任何关于她的信息：身边的朋友、爱吃的食物、常逛的网站，还有一个盒子装满了她用过的东西：便笺、草稿纸、没墨的笔、坏掉的耳机……

她说过对他没有想法，这没关系，他的付出不需要答谢，他心甘情愿。

倘若这份疯狂滋长的喜欢会成为她的困扰，那他可以忍着，将秘密藏在心底。

只是，每当看到她对自己露出毫无防备的亲昵，他心中总会迅速冒出把她据为己有的冲动。

裴浠喉结微滚，弯腰离得更近，手指夹起她的一缕秀发，低眉轻语："乐葵，起来了。"

平日里，他总叫她全名，除了小巷里的那次拥抱，其他时刻没有例外。

夏乐葵如扇般浓密的长睫毛轻颤，她微微睁开眼，似乎在分辨他是谁。

然后，他听见她嘟囔了一句："我又在做梦啊……"

毫无预兆地，她伸手搂住他的脖子，将他拉向自己。

裴浠倏地全身僵硬。

她的嘴唇贴上他的，柔软、温暖。裴浠的头皮过电般发麻，他惊愕地睁大眼，整个世界只剩下他震耳欲聋的心跳声。

理智上他应该立刻推开她，可行动上却放任她胡来。

"唔……"

呼吸炙热，忽然，她湿软的小舌头青涩地探入他微张的口中……

【5】

两人迟迟未到，大勇急得不行，亲自出马寻人，费了好大一番工夫才摸到休息室。

门口，裴浠蹲靠在墙边，手臂搭着膝盖，头埋在臂弯里。

“裴皇，你在这儿啊……”嗅到了空气中浮动的某种异样气息，大勇降低音调，指了指紧闭的房门，疑惑地问，“乐葵在里面吗？”

裴浠毫无回应。

大勇一脸迷茫，准备进去看看，蓦地被抓住手腕。

裴浠保持着埋头的姿势，声音低沉沙哑，带着鼻音：“让她再睡一会儿。”

大勇转身，看见他耳根通红，定睛观察，何止耳朵，他隐藏在臂弯、衣领下的脸颊和脖颈统统透出一片绯色。

夏乐葵醒来时，脸上带着吃了蜂蜜般的幸福微笑。

大勇帮她推了采访，她便优哉游哉地在战队训练房里等他们结束，忽然想起次级联赛夺冠后的某个晚上，她在秋樱的房间里看欧美爱情片，情到深处，男女主贴身激吻，舌头狂甩，从房间的一头转圈转到另一头。

夏乐葵脸颊一烫，低声道：“他们要亲多久呀，看着有点难为情……”

秋樱闻言，神色暧昧地眯起眼，凑近她问：“乐葵，你该不会觉得情侣间接吻就是那种嘴唇对嘴唇，碰一下就分开吧？”

夏乐葵眨眨眼：“不是吗？”

“当然不是了，都是像这样深吻呀。”秋樱捏捏她的脸蛋，狡黠地勾起嘴角，一本正经地道，“作为教学，我们倒回去再看一遍。”

夏乐葵傻傻地张了张嘴：“哎……”

继沈奇的现场示范后，她又被迫上了一课，从懵懂天真变为半知半解，并且开始反复做同一个梦，梦见同一个人，以至于平日里心虚得不敢面对他。

直到训练任务加重，她才无暇产生杂念。

刚才，她好像又做了同样的梦，但与之前不同。

这次的感觉无比真切，不再是简单的蜻蜓点水，而是将理论付诸实践。

他的唇一开始很凉，像滑过的冰块，但渐渐被她融化了，她按照教学示范的那样，贴合、辗转，吮吸、舔舐，与他纠缠得难舍难分……

夏乐葵一边回味一边手指轻抚嘴唇，全身的皮肤越烧越红，几乎要冒烟。

等等，刚才真的是梦吧？！

她没有做奇怪的事情吧？！

坐立不安地等到其他成员回来，夏乐葵忐忑地抓着衣服下摆，走到裴浠旁边，战战兢兢地问："前辈，我之前睡着了，你……你进过休息室吗？"

"嗯。"裴浠淡淡瞥了她一眼，神情平静，"我看你睡得很熟，就没叫醒你。"

"噢……"

夏乐葵松了口气，前辈很正常，看样子她应该是在做梦。

做出这种梦，亵渎前辈，她真是太下流太邪恶了。

她正在低头自我反省，没有看见裴浠转身往外走，却径直撞上了门板。

【6】

职业升降级赛结束后，接连发生了好几件大事。

Chaos最终保级失败，曾经的夺冠热门彻底跌下一线。

决赛时的男解说因态度不够客观中立而受到处罚，Chaos的粉丝们却去官方微博底下抗议："他只是说出了大家的心声！""我队真对不起解说。他拼了命地帮你们，打得不好，你们输了的时候他都快哭了。正义没能战胜邪恶，让那个作弊的毒瘤晋升了，解说还被那么多人骂，真是心疼……"

戏剧性的是，没过多久，因战绩不佳，Chaos俱乐部内部产生巨大分歧，爆出惊天内幕——

去年顾意的开挂事件，实为Chaos经理和战队队长恶意构陷。

爆料人发布详细证据，揭露Chaos经理命他人剪辑顾意的比赛素材，抽帧、拼凑做成失实的视频，匿名发布到各大平台上，并买通水军煽风点火。

迟到的反转终于来临，全网骇然。

聊天记录中，Chaos的经理与战队队长的话语触目惊心——

"我们这波一定要闹大！"

"视频你看了吧？是不是很像那么回事？"

"要是官方澄清，就咬定他们没有对这个挂进行技术检测。"

"往死里整，用舆论逼那小子退役！"。

隔着屏幕都能感受到冒出的浓浓恶意，夏乐葵背脊发凉。

木秀于林，风必摧之；堆出于岸，流必湍之；行高于人，众必非之。

也许这就是每一个天赋异禀的人必须经历的磨难。

然而，即便铁证如山，当事人依旧矢口否认，仗着名声大粉丝多不予正面回应，在微博上摆出一副岁月静好的模样。

部分粉丝理智脱粉，可有些死忠依旧激烈反抗，甚至倒打一耙："Chaos战队带给过我太多美好的回忆，不论做过什么，我都无条件支持你们！""人红是非多，我们永远陪伴你！”

为了证明自己支持的Chaos战队没有错，他们大声宣称：“顾意去年就是开挂了，现在爆出的这些才是污蔑！”

Phoenix俱乐部里，夏乐葵气得发抖：“所有不加思考无脑跟风造谣诽谤的，都是这个世界上最蠢最坏的人！他们伤害了别人，在真相大白的时刻，却连向受害者道歉的勇气都没有，统统是懦夫！”

她的粉丝群里，小瓜子们正在聊这件事，后援会会长阿鑫打了很长一段话。

“如果我喜欢的偶像走了弯路，我可以继续支持他，陪他渡过难关，但前提是，他必须承认错误，真心悔改，有担当、负责任，而不是心安理得地躲在粉丝的庇护下，甚至将支持者的热爱当作武器，煽动粉丝辱骂攻击受害者。”

其他人刷屏般点赞。

阿鑫：“乐葵，如果你做了错事，我一定会第一个骂醒你。”

夏乐葵发送了一个疯狂鼓掌的表情。

好在网上大部分人都认清了事实，职业选手、主播、解说、媒体纷纷公开向顾意道歉，顾意的私信箱一时间爆满，论坛、贴吧也筑起高楼，浴火重生后，他的人气暴涨不少。

几小时后，顾意发表声明：

过去的事情在我决赛时选出霍斯的那一刻已经彻底翻篇了，感谢在我被推入深渊时不离不弃的粉丝们，除了变得更加坚不可摧，我无以为报。

这个圈子有阳也有阴，有荣耀也有纷争，但有一条铁律绝不会被打破——

电子竞技，胜者为王。

另一方面，《枪阵精英》顶级联赛出现首位女选手引发了巨大的关注。

虽然一开始被认为是炒噱头的花瓶，但夏乐葵用过硬的实力证明，倘若她是花瓶，那输给她的男选手们便是各式各样的盆栽。

以阿鑫为首的后援团在社交平台上连夜狂欢。

“我们乐葵终于要走向更大的舞台了，看着你的梦想慢慢实现，小瓜子为你骄傲！我们永远陪着你！”

正当夏乐葵的游戏ID成为热搜，大批路人表白转粉之际，电竞圈“励志女神”卢青青发布微博，暗示自己有实力进一队，但身为女队的队长，舍不得并肩作战的队友，配图为女队全员在一起的亲密合影。

卢青青的粉丝趁机讽刺夏乐葵不和战队旧友联系，过河拆桥。

为了捍卫卢青青“第一女子职业选手”的荣耀，他们全军出动，占据夏乐葵相关微博下的热评，把评论区搅得乌烟瘴气。

“大家了解一下我们青青吧。她也是位女子职业选手，因为舍不得女队同伴所以没有加入一队，感兴趣的可以关注一下她的微博，关注我们应援会的官微可以了解更多哦。”

除了小瓜子外，这一行为引来了许多吃瓜路人的不满。

“卢青青的粉丝也消停点吧！这条微博的重点是我国第一位团体竞技顶级职业联赛女选手，就算你们青青真的很漂亮，鸡汤也写得很棒，但这次升降级赛，人家在赛场征战，她不过就是开场跳了支舞，有什么好吹的啊？”

“我不看比赛，就是觉得青青特别优秀，特别有正能量。”

“电竞选手没成绩哪来的正能量？卢青青每次采访就来来回回那么几句话，我看一眼就能把她的励志人生倒背如流了，粉丝们就听不腻吗？”

Phoenix俱乐部里，沈奇啧啧称奇：“这女的新秀挑战赛被我们乐葵打成那副惨样，她的粉丝还吹得下去？”

陆天晴笑道：“不要小看粉丝滤镜的魔力啊。卢青青只要不正式上场，他们吹她能登月都行，薛定谔的竞技实力。”

片刻后，阿鑫在粉丝群里发了几篇新闻稿，配上微笑的表情：《除了夏乐葵外，电竞职业圈还有哪些实力与美貌兼并的女选手》《盘点电竞人气女选手，第一不是夏乐葵》。

通稿借着夏乐葵的热度，全文重点宣传卢青青。

这熟悉的剧情发展，令小瓜子们想起了当时新秀挑战赛时的情景——

同样打入十六强，夏乐葵鲜有人提，卢青青抢尽风头，哪怕最后输给了夏乐葵，她依然用一句“身体不适”和与人气选手的绯闻，再次迅速博得关注度。

然而，夏乐葵早已不是十八线女队的成员了。

Phoenix俱乐部身为四大豪门，后台强硬，虽然《枪阵精英》主力一队刚建队时无比低调，但如今战队打入顶级联赛，官方的营销团队便开足马力，加大宣传力度。

世界冠军《Conquer》分部全队力挺夏乐葵，电竞创世神Summer推荐她，数名大神级职业选手称赞她潜力无穷，就连万年不更博的人气王裴浠都特地为她发了长达十个字的微博。

电视台专题采访，精彩操作集锦在关注度最大的自媒体平台循环播放，夏乐葵的人气如坐着火箭筒般力压卢青青。

收到下个月全国最大规模的游戏盛典的嘉宾邀请函时，大勇激动地绕着大厅里的柱子跳起舞来，边兴奋地扭屁股边说：“乐葵，我们熬到头了！你终于红了！”

Chapter 15

绝 佳 拍 档

【1】

夏乐葵，SF，中国电子竞技历史上第一位团队顶级职业联赛女选手，外形娇小甜美，打法凶狠激进。不入流的小俱乐部女队出身，长时间默默无闻，某日忽然依靠豁出形象的“猩猩舞”博得关注，之后花样蹭热度，在被大众打上“蹭电竞热度的小丑”标签后，因莫名出现在Phoenix俱乐部《Conquer》分部世界冠军选手的直播间中，全程展示了高超的操作技巧再次引起关注，在《枪阵精英》新秀单挑赛海选中出线，以黑马之姿打入八强。

好景不长，赛后她很快卷入俱乐部合约纠纷中，“过河拆桥”“外挂上分”等丑闻不断，濒临雪藏。

销声匿迹多日，她再次复出竟是在豪门Phoenix俱乐部《枪阵精英》分部主力一队的名单上!

入队时，不看好的舆论一边倒，从备受质疑，赛场上被人当成突破口疯狂针对，到独当一面，担负起保护队友的重任，通往顶级联赛的路上留下了她一步一步扎实的脚印。

这几日电竞相关的热搜中几乎都有夏乐葵的名字，她颇具戏剧性的经历被各方媒体描述得煽情感人，不仅在电竞圈，在其他各界也引起了巨大的反响。

VPG俱乐部，《枪阵精英》分部女队基地。

看着夏乐葵的微博粉丝数在短短几日内激增得超过了自己，卢青青心中五味杂陈。

与她每日微博都要发自拍、写鸡汤、秀恩爱、精心编排图文不同，夏乐葵不常打理社交账号，效力于Phoenix后，更新频率就更低了，偶尔冒泡也是记录一些日常小事、训练心得。

手机屏幕弹出VPG经理的微信信息，卢青青低头点开，看见他发来了新的微博文案，大意为：俱乐部曾盛情邀请她加入主力一队，但由于身居女队队长要位，舍不得朝夕相处的队友。她希望能与成员们共同努力，有朝一日能让女队的实力与一线队伍比肩。

卢青青冷哼。做梦吧，女队招人要求长相漂亮身材佳，能歌善舞会打扮，有实力的反被拒之门外，俱乐部压根儿就把她们当成啦啦队来培养。

经理："这是一个营销的点，我们借夏乐葵女选手进顶级联赛的热度炒一下女队，赞扬你为女队做的牺牲。最后加励志的鸡汤做好人设，强调团结和对战队粉丝的感谢。"

经理："你发完微博后，我们就在外部媒体上大量发稿。"

卢青青回："好。"

她咬住下唇，在手机上打了一句话，删了改，改了又删，过了许久，终于按下发送。

"如果我真的想加入主力一队呢？"

经理迅速回了个"你在逗我吗"的表情。

卢青青握着手机，盯着屏幕上那行字，五指渐渐收紧，握得骨节发白。

经理："别开玩笑，人家夏乐葵那是真有实力。"

卢青青呼吸慢了一拍，心脏仿佛被钝器狠狠击中。

一个场景浮现在她眼前——

新秀单挑赛被0:3碾压出局后，赛后握手时，夏乐葵在她耳边低声说："你比以前退步很多啊。"

【2】

周六，全国最具影响力的数码游戏展盛大开幕。

Phoenix俱乐部各个项目的队伍行程被安排得满满当当，作为特邀嘉宾，《枪阵精英》一队在硬件、软件、游戏厂商的展台处都有表演。群访、水友赛、赞助签约、游戏互动……随着电竞的不断普及，职业选手的商业价值水涨船高，越发受到知名品牌的青睐。

忙完了团体通告后，夏乐葵稍作休息，匆忙扒了几口饭，然后马不停蹄地赶往一年一度的《枪阵精英》女子职业选手粉丝见面会。

刚进入后台，她便被其他高人气女选手团团围住，一边热情地同她搭话，夸她皮肤好，腰细腿长技术溜，一边求微博互粉，交换联系方式。

看着这些并不陌生的脸，夏乐葵忽然有些恍惚。

去年，为了从新秀单挑赛的海选中脱颖而出，为了帮自己拉票，她硬是厚着脸皮去见面会蹭热度。

她至今犹记得当时被大咖选手冷落，正式活动开始后，全场的灯牌应援都写着其他选手的名字，自己面前则门可罗雀，尴尬得如坐针毡。

如果最终没有阿鑫他们的到来，她就彻底沦为了一个笑话。

如今，在后台，她成为话题中心，舞台下，绝大部分灯牌都变成了她的名字。

去年，她只能在大型赛事中场休息时打水友赛供人消遣，被战队经理嘱咐："他们是被邀请来打比赛的，我们是倒贴来娱乐大众的，自己几斤几两，得掂量清楚。"

如今，她还是那个SF，活动官方的宣传词却变得不一样了。

她的是："Phoenix主力一队选手SF向你们展现职业顶级操作！"

其他人的是："VPG女子战队小姐姐陪你们玩游戏！"

夏乐葵深吸一口气。在土里埋久了，面对铺天盖地的灿烂阳光，她竟有股不真实的感觉。

粉丝见面会开始，主持人介绍嘉宾时，夏乐葵毫无悬念地受到了全场最热烈的掌声。卢青青例行的鸡汤完毕，轮到夏乐葵站到台前发言。以往的战队采访她总躲在裴浠身边当吉祥物，这还是第一次独自面对台下黑压压的观众。

她并不擅长在公开场合讲述自己的奋斗史，酝酿了半天，还是紧张得说不出话来，只能露出招牌的阳光微笑，引来尖叫连连。

主持人见状，走上前与她互动，问台下的观众们："你们平时玩《枪阵精英》时，被发现是女生后，有没有听到过这样的话——'我带你吧''女生别玩输出啊，玩个能躺赢的''有妹子啊，我要挂机'？"

女玩家们大声喊道："有！"

主持人调侃道："职业圈也差不多，一听你是女选手，'哦，花瓶啊'。"

台下隐隐响起笑声。

主持人为电竞圈元老之一，曾经也是名职业选手，在女子组单人比赛中战果累累。随着团队竞技项目的兴起，职业联赛正规化后，她无缘加入男队征战顶级赛场，最终只能转型解说。

在后台准备时，她和夏乐葵私下聊了会儿天。

"竞技精神，追求更快、更高、更强，不分男女。目前电竞圈的氛围并不欢迎女选手，偏见大，精英少，导致单独组织的女子赛缺乏观赏性和关注度。"

夏乐葵深有感受，点点头，听她继续感慨。

“现在很多女队，选手们最初都是为了奖杯和荣耀而来，可由于在正规赛事很难打出成绩，女子比赛少之又少，为了维持战队的生存，只能接商业活动，开直播求订阅。”主持人苦笑了下，“我也是经历过这些的人，在追梦的途中，不断妥协，不断忍让，甚至放弃尊严。”

想起过去经历的一幕幕，夏乐葵蓦地红了眼眶。

纵使遭受过数不清的委屈和打击，她也足够幸运，终究能够被人赏识，找到好队伍，而在大家看不到的角落，还有许多高分女选手不甘心只打女子比赛，四处寻求能打职业联赛的战队。然而，认真做女队的俱乐部本已是凤毛麟角，主力队伍接受女选手的概率更是微乎及微，她们的期望一次次落空，精力不断被消耗，只能眼睁睁看着自己的黄金期被蹉跎。

美好的梦想在残酷的现实面前时常一文不值。

舞台上，在主持人的引导下，夏乐葵陆续回答了一些问题，最后将话筒移交给主持人进行收尾。

“退役后，我做过很多与电竞相关的工作——领队、解说、主播、视频制作人，收入比以前还高，粉丝也越来越多。”主持人吸了下鼻子，双眼蒙上淡淡的水雾，“但是，如果能遇到年轻时的自己，我会跟她说，请再坚持下去，趁着青春年少再多打几场比赛，再多当几年选手。”

只要曾在赛场上奋力拼搏过，就会深深爱上这样的感觉。

“几十年前，马拉松比赛不允许女选手参加，权威体育机构认为，女性在生理上无法撑住超长距离的跑步，直到世界上出现了第一位正式参加马拉松竞赛的女运动员。在著名的波士顿马拉松比赛中，她成功地与男选手们一起抵达终点。”主持人的语调因激动而微微颤抖，“如今，在电子竞技领域，终于有第一位女选手站在了团队顶级职业联赛的战场上！感谢Phoenix俱乐部给她一个机会向大家证明，男选手可以做到的，我们女选手照样可以！《枪阵精英》游戏里有一半的英雄都是女性，我们的职业圈也需要更多的女英雄！”

话音未落，掌声雷鸣，久久不绝，数不胜数的女孩子被激得热血沸腾，热泪盈眶。

“希望能在国际大赛的赛场上看到你！”

“要一直一直赢下去啊！”

镜头中，夏乐葵微笑依然，可只有她自己感觉得到，有什么沉甸甸的东西压在了肩膀上。

曾几何时，无数前辈顶着世俗的偏见、生存的压力活跃在全球的战场上，为国家赢得一个又一个奖杯，慢慢将小众的电竞推向主流的视线，而现在，全国乃至国外越来越多的玩家开始将目光聚焦在她身上，期待她并非昙花一现，而是能够不断向上攀爬，为怀揣电竞梦想的女选手们闯出一条路。

【3】

粉丝见面会活动结束后，几个女嘉宾围在一起聊天。

想起方才在舞台上，她们都沦落为夏乐葵的背景布，女嘉宾A心生不满：“什么嘛，不就是运气好了点，都快把她吹得能登月了！”

女嘉宾B笑道：“你回去也跟俱乐部申请去一队呗。”

女嘉宾A摆摆手：“我才不要，训练太苦了，比赛奖金还没我直播赚的多。”她边说边皱起眉头，“每天过得那么枯燥，赛程紧张，压力又大，输了还要被骂。”

女嘉宾C表示赞同：“对啊，职业选手周期太短了，付出和收获相差太大。”

卢青青在一旁，若有所思。

VPG经理同她说过，她虽然被炒作为美貌与实力兼备的女选手，但若真去职业赛场和男人真枪实弹地打，粉丝们会发现她离顶尖还差了很远，这励志女神的招牌估计就砸了，毕竟普通玩家和职业选手玩的根本不是一个层次的游戏。

既然有条轻松就能赚更多钱的路，她又何必受苦？

身边，女嘉宾A还在喋喋不休：“我觉得夏乐葵就是混点成绩，博个曝光度，坚持不了多久就会转行的。青青，你说呢？”

卢青青笑了笑，没接话。

在她和夏乐葵、顾晴还是队友的时候，女队由于没有比赛打，没有收益，赞助商撤资，俱乐部发不出工资，成员每天过着吃了上顿没下顿的日子。

其他人都想尽办法另谋生路，夏乐葵却忍饥挨饿，喝白开水，啃廉价的面包，不化妆不买衣服，心无杂念，日复一日地训练。

卢青青从来没见过这种人，如同在深山老林潜心修炼的武者，不为失败后可能遭遇的后果做打算，不受周围人的影响。

她的意志，强大得无法动摇，就像是自带打气筒，哪怕踩着一地的玻璃碴儿，信心和勇气呼呼往外漏，她也能迅速振作起来，积极乐观地直面一切。

所以，她才忍得住寂寞，在这条布满荆棘坎坷、看不见尽头的路上头也不回地往前走。

没有太阳，向日葵自己就是太阳。

完成了所有的商业活动后，夏乐葵疲惫不堪地回到嘉宾休息区，远远看见裴浠坐在长椅上，有几个打扮入时的女生在旁边搭讪，他微微颔首，没有回话，态度礼貌而疏离。

尽管裴浠十分冷漠，靓妹们却始终没有打退堂鼓的意思，个个儿笑靥如花，仿佛能近距离多看他一眼都是赚的。

夏乐葵扁扁嘴，不开心地决定去搞破坏。

见她靠近，一个美女主播开口道："裴皇，你队友来了呀。"

你队友……

夏乐葵手指微屈，胸口又泛上那股酸酸胀胀的感觉。

她状似无意地打量着她们的着装：V字领紧身上衣、包臀短裙、高跟鞋，衬得曼妙身材柔美迷人，她再低头看了眼自己的长裤和球鞋……心中莫名有些涩意。

早知道她今天应该稍微打扮一下。

不过前辈也不喜欢她们这种类型吧？

也许喜欢，但是不说呢？

她停下步子，在脑内掰起了花瓣，喜欢，不喜欢，喜欢……

见她傻愣着做路障，如冰雕般保持一个姿势坐了许久的裴浠终于起身，将这些不熟的人晾在一旁，径直走到夏乐葵身边，接过她手里的东西。

夏乐葵回过神，抬头，对上他温和的视线。

空气中有什么东西在无声地流动。

袋子很沉，满满地装着粉丝送的礼物、零食，还有各个展台送的玩具。

涩意迅速消失得一干二净，紧接着，从未有过的奇怪念头蹿了上来，夏乐葵笑着说："前辈，集合时间还没到，我们四处逛逛吧。"

裴浠点头："好。"

见周围女生清一色露出艳羡的神情，夏乐葵有点小骄傲，她竭力控制住不断上扬的嘴角，转身冲她们挥挥手："我们先走啦，玩得开心。"

女生们面面相觑："啊……好的……拜拜……"

裴浠完全忽略她们，连点头示意都没有，同夏乐葵并肩离开了。

直到走回内场，夏乐葵才意识到刚才做了什么，脸颊倏地滚烫。

她偷偷瞄了眼裴浠。

感觉自己像在宣誓主权……

理智回归，她抬手拍了下自己的脑袋。想什么呢，越来越无法无天了！

"你有没有觉得……那两人关系很亲密？"

"毕竟是队友嘛。"

那群女生盯着夏乐葵和裴浠离开的身影，有人狐疑地问："真的只是队友吗？"

他们身着相同款式的队服，夏乐葵仰着脑袋同裴浠说话时，他会侧头靠近她，手臂始终虚扶在她腰间。

有人笃定地说："我敢打赌，他们两个关系绝对不简单。"

她们不约而同地将手机摄像头对准他们，按下拍照键。

"我之前一直觉得男女同队挺不现实的，这种年龄的异性在一起朝夕相处，很难不出问题吧。"

"就是因为容易出问题，所以Phoenix俱乐部才信誓旦旦地对外保证，不会出现内部恋情，如果违规，到时候她肯定会被踢走。"

"她胆子真大，还敢跟裴皇贴得那么近，早晚把自己作死。"

"有了前科，她以后也很难找到另一支愿意接受女选手的顶级联赛队伍了吧。"

"等着瞧吧。"

方才不被搭理的郁闷在八卦中消散，她们边聊边低头，纷纷将刚才的照片发送到不同的群里。

【4】

"夏乐葵，你怎么还不知道管理下自己的形象？"

裴浠走到基地客厅时，正巧听见大勇的河东狮吼。

被大勇拿卷起的杂志抽了下后脑勺，夏乐葵摸摸脑袋，忽然咧嘴笑道："勇哥……你好久没这样打我了。"

大勇土匪般双手叉腰："哎哟嘿，你还很怀念啊？"

夏乐葵依旧乐呵呵的："一眨眼，我们都认识这么久了。"

"是啊……"大勇微怔，松开手，停顿片刻，指着她的鼻子破口大骂，"都那么久了你这毛病怎么还不改？没被自己之前的丑照辣瞎过眼吗？啊？！"

裴浠不动声色地上前，将小姑娘拉到身后，护着她："什么照片？"

大勇将自己的手机递给他，满脸嫌弃。

裴浠还没接稳，胸口被人重重一撞，猝不及防向后跌进沙发。

夏乐葵仿佛失了理智，将他扑倒后仍不忘抢手机，裴浠身体蓦地一僵，力气瞬间消失。听见手机滑落的声音，她急匆匆地到处摸索。

"哎，去哪儿了？"

"唔……"

找到目标后，夏乐葵像只兔子般落荒而逃，留裴浠一人僵在原处，衣衫皱乱，面色绯红。

围观全程的大勇惊得下巴都快落地了。

"夏乐葵，你给我滚回来！"

最终，裴浠还是看到了她不愿他见到的画面。

前几天的数码游戏展上，由于两个通告时间太紧，走完一场就要立刻奔赴下一场，夏乐葵抓住短暂的空闲时刻，蹲在角落里狼吞虎咽地吃盒饭，嘴上都是油，腮帮撑得鼓鼓的，被人抓拍后传到了网上，掀起新一阵讨论热潮。

“这么熟练的架势，小姐姐以前到底经历过什么？”

“她在成名前很苦吧，想想就心疼。”

“现在是公众人物，要注意仪态啊。”

见裴浠专注地刷着评论，夏乐葵怯怯地开口：“不好意思啊，我习惯了……给大家丢人了……”

裴浠没说什么，打算回房间后偷偷将照片存下来。

夏乐葵双手背在身后，乖巧地站在他身边自我反省，忽然想起了什么，眼神黯淡。

“前辈，我有点担心勇哥。”

裴浠侧低下头看她：“怎么了？”

“勇哥的力气比以前小了好多，卷起杂志抽我都不觉得疼了。”夏乐葵仰着脑袋，秀眉轻蹙，紧张兮兮地问，“他是不是生病了？”

裴浠：“……”

晚上吃饭时，夏乐葵心中的忧虑仍未散去。

看到大勇只盛了小半碗饭，面色欠佳，夏乐葵抿抿嘴唇，佯装平静地问：“勇哥，你最近瘦了好多啊，没有食欲吗？”

大勇握住勺子的动作一顿，低下头，躲开她的目光：“我在减肥。”

夏乐葵不解：“为什么要减肥？现在挺好的呀。”

她对面的陆天晴闻言放下筷子，晃晃手指，故作高深莫测状：“我妈妈说，这种情况多半是为了吸引小姐姐。”

沈奇斜眼过去：“你怎么什么都告诉你妈？难不成每天都视频？”

陆天晴昂首挺胸：“对啊。”

沈奇懒得理他，接着问大勇：“想减肥，你怎么不去健身？”

大勇回：“健身对我没啥用，我听说，还是少吃最有效。”

裴浠问：“你听医生说的？”

大勇摇头：“我听网友说的。”

饭桌上陷入沉默。

“亲测无误。”大勇站起身，得意地比画了一下，“我的上身原来就是个桶，你们瞧，现在瘦了上半截，都能看见游泳圈了。”

见大勇谈笑如常，夏乐葵松了口气，与大家一起帮他的减肥大业出谋划策。

饭毕，大勇宣布了一个惊喜：这周末，俱乐部组织全队旅游。

【5】

旅行的时间不长，行程排得满满当当。一群年轻人平时总待在基地里，除了吃饭睡觉健身，就是开会训练，难得出门透气，个个儿无比兴奋。

每到一个地方，陆天晴总会举起自拍杆直播给妈妈看。

游乐场里，大勇吵闹着要坐旋转木马，大家拒绝后他就坐地上假哭。

裴浠被春游的小学生们团团围住，又是被抱大腿又是被冰激凌抹花裤子，他嘴角紧绷，黑了脸却忍着没发作，直到被夏乐葵从“魔窟”中解救出来。

街心广场，沈奇一时兴起，脱掉外套与路人斗舞，被迷妹们认出后尖叫着索要电话号码，全队跟着急速逃跑。

晚上在酒吧，顾意千杯不倒，大勇第一个发酒疯，见人就吻，素质极差。

最后一天去看海，大勇体力已用完，窝在酒店睡觉，战队五人自驾出行。

到海边有一段陡峭的下坡路，见夏乐葵穿着秋樱送的高跟凉鞋，走起路来不太习惯，陆天晴问：“你这鞋爬下去没问题吗？”

夏乐葵比了个OK的手势：“妥妥的。”

像是为了证明自己的话，她噌噌噌往前冲，结果冲得太猛，一脚踩空。

紧跟在她身后的裴浠长臂一伸，搂住她的腰。

夏乐葵耳根发烫：“谢谢。”

其实方才她只是重心不稳，并不会真的滑倒。

夏乐葵偷瞄裴浠一眼，继续走在他前面，脑海中浮现出和秋樱一起看的电影：男主角怜香惜玉，对柔弱的女主角百般呵护……

少女的小心思冷不丁地冒出来，她故意走得摇摇晃晃，颇为吃力。

肩膀被微凉的手掌扶住，头顶上方传来期待的清冷声音：“脚扭了？”

夏乐葵抿唇，不自然地点了点头。

裴浠见状，回头对其他人说：“你们先下去，我陪她。”

沈奇和顾意很爽快地答应了，陆天晴仍然满脸忧色：“乐葵，别勉强自己啊，不下去没事，我们一会儿给你看照片，我妈妈说……”

他话音未落便被沈奇抓住领子拖走了。

三人走远后，裴浠弯下腰查看她的脚，眉头微微皱起：“疼吗？”

夏乐葵移开视线，接着说谎：“还、还好。”

裴浠抬头：“我送你回去？”

意识到这下作死作大发了，夏乐葵一个激灵，连连摇头：“没那么严重，我能下去！真的！不碍事！”

裴浠沉默不语，直起身时牵住了她的手。

电流从脚底板蹿到头顶，夏乐葵顿时全身酥酥软软。这次毫无阻碍，没有隔着手套或者衣服，他和她的肌肤切实地贴合在了一起。

心脏咚咚咚狂跳，仿佛要从胸口蹦出来。

这下，夏乐葵彻底不会走路了，熟成一只虾。

身体里漫起久违的躁动感，他的掌心好冷，她想帮他焐热。

如此想着，夏乐葵鼓起勇气，付诸行动。

裴浠微怔，不自然地别过头，耳朵从根部一路红到最顶上，五指却收紧，用力回握住她。

女孩子的手软软的，小小的，很温暖。

此时此刻的感觉，比他曾无数次想象过的还要美好。

安静地走了一段路后，夏乐葵终于忍不住打破沉默，美滋滋地畅想起未来。

经过大半年的朝夕相处，她对自己最崇拜的偶像裴浠有了进一步的了解。

他训练效率奇高，自由时间远远多于其他人，闲暇时除了长跑运动外，还喜欢一个人在房间里看书。

裴浠书橱里的书内容很杂，也很深奥，夏乐葵翻过几本，看得一头雾水。

很正常，他本是名牌大学的毕业生，学识比她渊博许多。

她有时候觉得，他们完全不是一个世界的人，有时候又觉得，他离她很近。

想到这里，夏乐葵开口道：“前辈，我退役后打算继续上学，到时候功课跟不上，我就来问你，好吗？”

裴浠专心看着前面的路，挑选着最容易走的那条：“好。”

夏乐葵眨眨眼：“要是你也不会，怎么办？”

裴浠认真地说：“我先学，学会了教你。”

“我想学唱歌！”

“……”

气氛愈加轻松，夏乐葵一改往日恭敬的态度，调皮地晃晃他的手：“前辈，一起去KTV的时候你为什么总不唱歌？明明声音这么好听。”

夏乐葵本以为他会保持面瘫脸无视她，没想到裴浠极快地弯了下嘴角：“以后唱给你听。”

哎？

唱给她听？

夏乐葵在心里放起了烟花，烟花飞上天，一朵朵绽放。

她咬住下唇，低下头。

怎么办，开心的笑根本憋不住。

这样说着未来的事，就好像，哪怕退役了，他们也能继续在一起。

遇到一段格外难走的斜坡，裴浠终于松开手，先一步爬到下方落脚的石块上，然后转过身，伸出双臂，小心翼翼地将上面的夏乐葵抱下来。

她的眼睛里满满的都是他的影子。

她想要永远、永远和他在一起。

被他像个娃娃一样轻放到地上时，她的脸颊贴着他的胸膛，听见了他急促有力的心跳声。

时间仿佛静止了，谁都不舍得分开。

夏乐葵脸烫得快要滴血，鼻尖无意识地蹭了蹭他："我重不重？"

裴浠的耳根和脖颈也是绯红一片，他低头看着她："不重。"

心尖颤动，她听见了自己心底的声音："喜欢。"

战队其他三人下至最下面，走向海滩，回头发现裴浠和夏乐葵还处于半山腰。

陆天晴嘟囔道："他们俩怎么那么慢？"

顾意说："在聊天吧。"

陆天晴摸着下巴："你看裴皇那个眼神，跟我妈妈追的偶像剧里的男主一模一样。"

"其实我早就觉得队长他对……"顾意停顿片刻，意识到了什么，将剩下的话咽了回去，改口道，"他对人挺好的。"

陆天晴的眼睛倏地瞪成了铜铃："难道……天哪……哇！他们还牵着手！"

"有什么好大惊小怪的，队友脚扭了，牵一下很正常，也就你个没谈过恋爱的那么封建。"沈奇打断他们，将两人转了一百八十度，举起手机，"来，咱们战队合个影。"

三人贴在一起冲镜头笑，裴浠和夏乐葵作为背景的一部分，出现在他们脑袋的上方。

咔嚓。

很漂亮的构图。

【6】

晚上，得知Summer也在这边游玩，还与他们住在同一家酒店里，裴浠下意识地想找个地方躲起来。

可惜还是晚了一步。

Summer斜倚在门边，怀中抱着一只慵懒的波斯猫，一边撸猫一边冲他挑挑眉：

“快，叫哥哥。”

裴浠满脸冷漠，视他为空气。

战队其他人火速上前：“哥哥！”

“哥哥，请坐这儿！”

“哥哥，想喝什么饮料？”

“哥哥，能和我合个影吗？”

……

“你们队长求人办事的时候叫得可亲热了。”在众星捧月般的热情欢迎下，Summer坐进沙发里，轻轻摇头，“被人用完了就扔，说的就是我。”

大勇谄媚地安慰：“哥哥别难过，小弟愿意温暖你的心。”

其他人捣蒜般点头。

裴浠坐在离他们最远的位置，低头玩手机，表情没有丝毫起伏。

等到Summer的故事会结束，夏乐葵终于找到机会走上前，感谢他在她被俱乐部雪藏，被老板威胁不下跪就封杀的绝境期，助她转会成功，开启了真正的职业之旅。

“我听……”Summer瞥了对角线方向的裴浠一眼，正色道，“我偶然看到你的遭遇，便顺手拉了你一把。提拔有潜力的新人，这是前辈该做的。”

裴浠为了她找他帮忙的事，summer答应过替他保密。

夏乐葵眼眶发热，又鞠了一个躬：“谢谢！”

注意到她靠近后，裴浠立刻扫向这边的目光，Summer嘴角微扬，故意凑近她的耳朵：“你一定要感谢我的话，就好好照顾下我的宝贝弟弟。”

他将“照顾”两个字的音拖得长长的，语气暧昧无比。

然而夏乐葵并没有听出哪里不对。

她稍息立正，挺直腰杆，目光灼灼地喝道：“必须的！赴汤蹈火，在所不辞！”

突如其来的宣誓吓得周围所有人的动作瞬间定格。

Summer扑哧一下笑出声：“小妹妹，你真可爱。”

他还想继续搭话，脖颈处忽然刮过一阵凉风，不知何时裴浠已经走到他们旁边，眼神中带着毫不掩饰的警告——

不许碰。

晚饭安排在酒店的露天餐厅，大家围在一起吃烧烤，玩小游戏。

陆天晴提议：“来一个真心话。你们谁还有初吻？初吻还在的请举手！”

他话音一落，没想到只有夏乐葵和他自己举了手。

陆天晴惊诧地张大嘴，有种被战友背叛的感觉，于是一个个指过去。

“顾意，深藏不露啊！”

顾意手虚握成拳抵在嘴边，轻咳了下。

“勇哥，你怎么可能？！”

大勇冷哼，自信地一甩额发。

陆天晴手指移到沈奇脑袋上，又迅速移开。

他就算了，天下皆知的老司机。

再下一个。

Summer大神可不是他能指的。

最出人意料的是，裴浠居然没举手。

所有人都很惊诧。

难以想象啊！

陆天晴八卦心起，拍着大腿：“来来来，说说说，队长你的初恋对象是谁？”

“裴皇你真的交过女朋友？”

“不会吧！”

裴浠没搭理他们。

耳畔的起哄声久久不散，夏乐葵的心蓦地沉了下去，她吃着烤串却味同嚼蜡。

她以散步为由，不发一语地捧着盘子走到僻静的角落，没过多久，有道高大的身影在她旁边坐下。

“你骗我。”闻到熟悉的薄荷清香，夏乐葵长睫毛低垂，声音闷闷的，“你之前明明说没跟人亲过……”

裴浠略侧过身，一边喝饮料，一边不动声色地看着她：“你很在意？”

不知为何，他似乎心情很好。

夏乐葵扁扁嘴，腮帮微鼓：“当然在意啊。距离上次才过去了多久呀，前辈你在外面有人了吗？”

外面有人？

裴浠一愣，心间像被羽毛撩过。

“没有。”他放软声音，“我刚才没听见问题。”

夏乐葵的眼睛顿时亮了，她期待地看向他：“真的？忘记举手了？”

裴浠的脸在路灯的照射下呈现出淡淡的橘色，整个人收起了往日凛冽的气息，透着暖意。

“嗯。”他食指轻点她的眉心，“别皱眉。”

他的初吻莫名其妙被她夺了，她却以为她的还在。

两人聊了会儿天，距离有点近，夏乐葵说话时，热气难免喷到裴浠的耳朵和脸侧上。

看着他白皙的皮肤再次攀上红晕，她好奇地问："前辈，和异性接触会起红疹的毛病，你治好了吗？"

裴浠故作镇定地捂住脖颈，低声道："我没有这种病。"

可是，初次见面时，秋樱明明说……

"樱樱开玩笑的？"

"嗯。"

夏乐葵的呼吸慢了半拍。

迟钝如她，思维终于拐向了一个从未想过的方向。

原来，之前接触时，他的那些反应都是在……害羞。

她的心怦怦直跳，忽然发现后背凉飕飕的，她伸手去摸，顿时如遭雷击。

连衣裙的拉链松了。

这是她衣柜里为数不多的漂亮裙子，好久没穿，都快积灰了。这次出游她鬼使神差地打扮了一番，没想到又在前辈面前出丑了。

头皮阵阵发麻，夏乐葵局促地站起身，双手背到身后，努力将拉链往上扯。

不远处传来了谈话声。

"乐葵在哪儿啊？"

"应该在那附近吧，你找找。"

见有人向她的方向走来，夏乐葵的动作更急，可拉链像在跟她作对，到了一个点后，她怎么拉都拉不上去。

裴浠上前一步靠近她，压着气息，哑声道："我帮你。"

夏乐葵收回手，脑袋低垂，脸红得快要渗出血来："好……谢谢……"

感觉到背后没了动静，她疑惑地扭过头。

裴浠嘴唇紧抿，身体绷得笔直，语气艰涩："卡住了，被你的……"

内衣扣。

夏乐葵意识到了什么，羞赧地解释道："原来的内衣穿不下了，就换上了樱樱送我的，可能尺寸有点大……"

裴浠握着拉链的手微微发颤。

脚步声越来越近，夏乐葵急红了脸，慌忙道："前辈，能帮我解开那颗扣子再扣上吗？扣最里面的……"

"好。"

夏乐葵将长发拢到两侧。裴浠低头，视野里是她曲线优美的后颈，以及光洁雪白的背脊，裙子敞开处露出一截粉色蕾丝文胸背带，更多的部分被布料遮挡，若隐若现。

裴浠喉结轻滚。

当他有些凉的指节似有若无地滑过她细腻的肌肤时，夏乐葵仿若被电流激到，受惊般后退，靠上他的胸膛。

这次，裴浠下意识地伸手抱住了她的腰。

女孩子的清香萦绕在鼻间，他脑海中想过无数次的念头又疯狂地冒了出来。

好想亲她。

像那天在休息室里一样……

夏乐葵浑身酥软得差点站不住，双瞳氤氲起水雾："前辈，我的裙子……"

"嗯。"

裴浠低声应着，一手依旧搂着她，另一只手探到她身后，将她的拉链一点一点、一点一点往上拉。

夏乐葵咬住下唇，耳畔是彼此加重的呼吸声，拉链的动静被暧昧地放大。

陆天晴兴冲冲地跑过来时，裴浠和夏乐葵已经隔开一些距离，各自看着不同方向的风景。

他没察觉自己打破了两人先前旖旎的氛围，忙不迭地问："乐葵，跟我跳一会儿舞呗，我不想跟男人跳啊。"

夏乐葵还未开口，裴浠已经面无表情地拒绝了："不行。"

他的语气太强硬，她只能笑嘻嘻地打圆场："前辈找我有事，我们下次吧。"

陆天晴眯起眼："你俩收着点啊，当心被人抓拍制造大新闻。"

想起刚刚那幕，夏乐葵脸如火烧，心虚地瞪他："别乱说。"

陆天晴走后，她听见裴浠冷冰冰地补充："下次也不行。"

夏乐葵偏过头，发现裴浠正注视着她，双眸很亮，像是有什么东西潜藏在漆黑的海面下，浓得化不开。

她不敢接触他的视线，低头看向自己的脚尖，心神荡漾。

临睡前，大家的兴奋劲还没过，窝在大勇的房间里打扑克，嬉笑玩闹。

顾意往床上扔了一张牌："勇哥，等拿到这个赛季的冠军，高层会不会安排咱们全队出国度假去？"

陆天晴鼓掌："好啊好啊！我要坐沈少爷的私人飞机！"

"之后还有国际赛和世界杯吧？"

"一起去亚运会！"

"私人飞机可以有，不带初吻还在的。"

"啊，浑蛋！乐葵快和我一起烧了他！"

大勇半躺在沙发上，嘴角带笑地看着他们，出奇安静。

他正打算闭上眼休息一会儿，突然被一个枕头砸中，其他人围到他身边，用顾意的自拍杆拍了张齐全的战队合影。

咔嚓。

这张合影被夏乐葵挂在了基地卧室的床头上方，一直没有拿下来。

很多年后，每当回忆起这段旅行，她总会发自肺腑地笑出声。

蓝天白云，阳光明媚，最喜欢的人和最好的朋友都在身边，未来的路仿佛明朗而敞亮。

这大概是她进职业圈以来最幸福最快乐的时光。

【7】

战队旅行结束，隔天便进入备战几周后的顶级职业联赛的集训中。

一日训练结束，大勇将夏乐葵叫到了会议室。

"乐葵，实话告诉你勇哥，你是不是喜欢裴皇？"

这段时间夏乐葵和裴浠相处时的一举一动大勇尽收眼底，加上之前一些他没注意的反常细节，多点连成一线，事实板上钉钉。

"我不是，我没有，我……"夏乐葵下意识地反驳，连连摆手，声音却越来越轻，最终她顶不住大勇审视的目光，愧疚地耷拉下脑袋，"我……我喜欢前辈……"

"不可以。"大勇眉头紧锁，表情是罕有的严肃，"你知道俱乐部的规定吧。"

夏乐葵的脑袋垂得更低了。

"倘若你们在一起后恋情曝光，俱乐部对外保证过会严惩，以裴皇的实力和地位，走的人肯定是你。

"就算俱乐部扛着压力不改阵容，战队成绩有了任何动荡，都可能被恶意解读。你现在顶着'第一女选手'的名头，媒体把你捧得有多高，就能骂得有多惨。

"撇开媒体和观众，往坏的地方想，如果分手了，你们还能一起打比赛吗？"

夏乐葵怔怔地盯着地板，脑袋开始眩晕。

大勇的话像坚硬的砖，一块接一块拍在她的胸口，很疼、很沉，可她无法反驳。

"乐葵，你要冷静。"见她像只霜打的茄子，咬着唇，娇小的身板微微颤抖，大勇轻轻叹了口气，"我们马上就要打顶级职业联赛了，别让大家的努力功亏一篑。

“你一路走来多不容易，我都看在眼里。”

良久，夏乐葵很慢很慢地点了下头：“没事的勇哥，前辈他……他之前说……不喜欢我……”

“那就好。”仿佛有只无形的手拧开了情绪的闸，大勇的眼眶顷刻间湿了，他哽咽地道，“乐葵，这支队伍里，勇哥我最放心不下你。”

接下来的时间，夏乐葵忙得几乎无暇顾及其他。

顶级职业联赛开打，面对更加强悍的战队，更加丰富多变的战术，Phoenix的成员们时刻都不能松懈。

每天的日子如出一辙，大家一起晨跑、吃饭、练枪、打练习赛、复盘、看录像、研究应对方式……默契在亲密相处中无声增进，最后几乎到了用眼神就能交流的境界。

在诸位前辈潜移默化的影响下，身为职业新秀，夏乐葵的心态也有了转变。

早期在Super Baby女队时，周围的人都不是她的对手，她坚信自己很强，却被告知进不了主力一队。不甘、不服促使她憋着一股劲发疯般往前跑，甚至有底气冲顾晴大吼：“竞技是一将功成万骨枯，而我，就是战到最后的那个将！”可是，等到真正进入职业联赛后，她才发现自己先前不过是井底之蛙。

尽管如此，她也没有气馁，在赛后采访时坚定地说：“成功需要很多因素，天赋、努力和运气。其中，掌握在我们自己手里的，只有努力。

战队经历了几场失败后做出调整，逐渐适应了节奏，联赛排名不断上升。

就在形势大好之际，大勇与教练深夜讨论新战术布置时突然吐了一键盘的血。

战队成员第二天早上才得知消息，如遭晴天霹雳。

“他的病情很严重，一直瞒着我们。”《枪阵精英》经理面色惨白，沉吟许久道，“是胃癌晚期。”

Chapter 16

绝 佳 拍 档

【1】

夏乐葵记得，去年大勇消失了一阵。

直到现在，她才得知他突然离开的原因。

那时候，大勇为了她和俱乐部高层产生激烈争执，大打出手，被连夜扫地出门，当晚胃病复发，晕倒在路边，幸好有好心人将他送去医院。

大勇被检查出胃部大面积溃疡，由于病理结果为阴性，他没有住院，独自在家休养。

丢了饭碗，积蓄微薄，俱乐部扬言封杀，昔日好友急着和自己撇清关系，甚至落井下石，人情凉薄，莫过于此。

只有夏乐葵和少数几个挚友依旧试图联系他。

看着来电显示上夏乐葵的名字，顾及自己身体状态糟糕，大勇始终没有回复，不忍她担心，更不愿连累她。

就在他深陷泥潭，以为前路漆黑看不见光时，一些与他从未有过交集的圈内人士开始帮他澄清留言，导正舆论。随后，更加不可思议的事发生了，豪门Phoenix竟然邀请低若尘埃的他担当主力战队的领队，甚至提前预支了几个月的工资，

好运来得太快，大勇几乎以为这是场骗局，后来几经打探，才得知是裴浠暗中相助。

他暗中立誓，必将殚精竭虑，绝不辜负贵人的期望。

与夏乐葵再度重逢后，大勇对这段经历闭口不言，她追问，他便用别的话题敷衍过去。

如今，终于得知当初的真相，夏乐葵心头像是被人狠狠地捅了一刀，鲜血淋漓，剧痛难忍。

经理面色凝重："活检毕竟只选取2到3块，有时候可能没取到点上，医生建议他治疗一个月后复查胃镜，结果他没有去，一直拖到现在。"

夏乐葵身子一颤。

那时，Phoenix的《枪阵精英》分部刚刚建立，是大勇作为领队最忙的时候。

经理眉头紧锁："我几乎每天都能收到他凌晨四五点发来的邮件，写满了比赛复盘后的想法、战术改进的方案、队员方方面面的情况……他睡得最晚，起得却比你们都早，熬夜、操劳、吐血了也不去医院，他把自己的身体活活搞垮了……"

在场所有人都露出了惊愕的表情。

陆天晴喃喃道："人手不够可以跟俱乐部提，他何必这样……"

经理深深地叹了口气："裴皇向我们推荐大勇的时候，说起过他的过去。"

大勇曾经也想打职业赛，可惜空有战术思路，没有操作天赋，连二三线俱乐部的青训营都进不了。

后来他终于得到了机会当领队，但俱乐部看不起他，将他分配给了女队。

他想，女队就女队吧，只要认真干，照样可以打出成绩，拿冠军。

然而，梦想是缤纷艳丽的花圃，现实是贫瘠干裂的枯土。

渐渐地，最初的热情被磨灭，渴望变成奢望，忽有一日，当遥不可及的机会突然掉落在掌心，他便下意识地拼命抓住，生怕它转瞬即逝。

他只是一个领队，做的事却远远超过了教练。

除了操心战队，大勇业余很大一部分精力都花在了提升夏乐葵的能力上。

看着厚厚一沓大勇为自己准备的资料，滚烫的泪水划过脸颊，夏乐葵五脏六腑都在抽痛。

在她心里，大勇总是嘻嘻哈哈的，像她的兄长一样亲近，然而，勇哥的内心，勇哥的过去，勇哥的身体情况，她居然一无所知。

"乐葵，我之前安排你打那些不入流的比赛，让你做那些营销博眼球的事，都不是我的本意。我与高层抗争过，努力过，可是我太弱了，我什么都要不到。"

"乐葵，答应我一件事好吗？成为了不起的职业选手，以后让现在所有看扁你的人高攀不起，好吗？"

往事袭来，夏乐葵的肩膀剧烈地颤抖着，回忆化成利箭戳向心口，每一下都飞溅出血花。

她无法想象，他在高层那儿碰壁，被拒绝、被羞辱后，是如何装出无所谓的样子，向她传达那些过分的指令，看着她难受，再次跟着痛苦的。

她曾以为自己被暴雨打湿，殊不知头顶上方早有人为自己撑起了伞，虽然这把伞残破、脆弱，但这已是他的全部。

“乐葵，大勇一直跟我们说，你非常有前途，天赋过人，坚韧勤奋，终有一天可以闪闪发光。”经理眼眶泛红，沉声道，“他把你视为了自己梦想的延续。”

一句话似无形的钝器，将夏乐葵的心脏击得粉碎。

浑身的力气刹那间消失殆尽，夏乐葵扑通一声跪倒在地，脸埋在掌心号啕大哭。

【2】

直到晚上，夏乐葵依旧失魂落魄，导致训练时失误频频，无法集中精神。

先前还欢声笑语不断的训练室此刻像是突然撞击冰山，坠入寒冷的深海。

队友们深知夏乐葵和大勇交情深厚，见她整个人被打击得面无血色，便围在她身边故作轻松地安慰她。

“勇哥在接受治疗，也许还能有转机。”

“放心吧，进了最好的病房，我都打过招呼了。”

胸口泛起阵阵酸涩，夏乐葵吸了吸鼻子，努力睁大眼睛将眼泪憋了回去。

这周还有两场线下赛要打，身为团队的肉盾主T，她不能打击队伍的士气，拖队友的后腿。

她是战士，不是娇弱的公主。

夏乐葵起身去卫生间洗了把脸，回来后精神振作了不少，露出了被乌云遮蔽了几乎一整天的笑容：“我们要加油啊。要是接下来的比赛输了，等勇哥回来后，会被他揍的。”

陆天晴一愣，随即抱紧自己：“是啊，我好怕。”

他说罢给其他人使了个眼色，裴浠和顾意还没反应过来，沈少爷已经演技拙劣地配合道：“啊，我也好怕，处在减肥期的男人都很暴躁。”

顾意僵硬地干笑了两声。

裴浠默不作声地走到夏乐葵身边，抬手揉了揉她的脑袋。

接下来仿佛一切正常，训练赛，复盘，开会讨论。裴浠很快看完了大勇前些日子研究国外战队录像时总结的心得，将内容转达给其他人。

全部结束后已临近睡觉时间，裴浠回到卧室，若有所思地看向对面夏乐葵的房门。

片刻后，他走向前，轻轻推开门。

屋里没有开灯，月色下，他看见夏乐葵抱着膝盖坐在墙角，整个人缩成了小小的一团。

他料想的没错，她刚才一直在强颜欢笑。

听到脚步声，夏乐葵抬起头，纤长的睫毛沾着泪珠，哽咽地道："前辈……"

裴浠蹲在她旁边，抽出纸巾递给她，见小姑娘只是胡乱地抹了一下，他无奈地侧过身，帮她擦拭哭成花猫般的脸。

"我为什么会察觉不到……为什么会……如果可以再早一点……"夏乐葵微闭上眼，顺从地任他摆布，抽噎着说，"勇哥的事连前辈你都知道，我却不知道……我只想着要打职业赛，只关心我自己，我太自私了……"

裴浠左手托着她的下巴，右手的动作停住。

她不能和他比。

不只是大勇，所有与她亲近的人，他统统了解得一清二楚。

裴浠指尖上移，将她的碎发一下一下捋到耳后，低声道："我知道他胃不好，没想到居然这么严重，发展到这一步，我也有责任。"

他并非爱管闲事的老好人，会对大勇出手相助，纯粹因为不想夏乐葵伤心，但接触久了，也与大勇有了感情。

裴浠时常提醒大勇不要透支健康，但一肚子理论到嘴边却成了干巴巴的几个字——"早点睡""记得去复查"，而大勇每次都是满口答应，绝不悔改。

看着夏乐葵愧疚难过的模样，裴浠的心也跟着揪紧。

如果他能像表哥Summer、前队长季向峖，或者其他战队队长那般擅长言辞，也许就可以说服大勇注意休息，早日发现病症。

如果队长不是他，结果是不是就不一样了呢？

他心里像有什么东西一点一点沉了下去。

几天后，战队全员终于有机会去病房探望大勇。

他刚做完化疗，头发掉光了，整个人看起来憔悴不堪，比以前更加消瘦，病号服罩在身上大了一圈，空落落的，似乎会透风。

想起之前旅行时，队员们还七嘴八舌教大勇如何减肥，夏乐葵心中泛起阵阵刺痛。

见大家面色沉重，无人开口，大勇从病床上坐起身，笑着安抚："还没到晚期，病情可以控制，我从小运气就好，不用担心。"他转头看向夏乐葵，"接下来的几场比赛都很关键，新战术好好练，掉链子我可不放过你啊。"

夏乐葵咬着下唇，沉默地盯着他。

"哑巴了？"大勇用没扎输液管的手卷起杂志，打她的脑袋。

这次，她一点儿感觉都没有。

铺天盖地的酸涩像是突袭的暴风雨，夏乐葵蓦地热泪盈眶，抬手按住刚才被他打到的地方："勇哥，好疼……"

大勇的眼眶跟着红了，他用力别过头，提高嗓门，抑制着声音的颤抖："疼就对了！你哭丧着脸给谁看？"

夏乐葵匆忙用手背抹掉眼泪。

"我只是在这儿养病，没离职，依然是你们的领队。"大勇指了指病房里的电视屏，"我就在这里一场场看你们的比赛。都振作起来，咱们要拿联赛冠军，勇哥我等着摸奖杯呢！"

大家齐声应道："好……"

"饭没吃饱吗声音这么小！"

"好！"

回到俱乐部后，夏乐葵训练得比以前更加疯狂，一秒都不敢停歇，只有这样，才能驱散脑海中不安的预感。

夜幕降临，各种念头便会蜂拥而至，她始终难以入眠。

察觉这点后，裴浠开始陪在她床边，直到她睡着后才离开。

没有多余的话语，他的存在就让她安心。

临睡前，夏乐葵怯怯地问："前辈，勇哥可以得救吗？"

裴浠轻手轻脚地帮她掖好被子，漆黑的眼睛里看不出任何情绪。

夏乐葵抓住他的手臂，晃了晃："勇哥会好的，对不对？"

"……"

"勇哥会没事的对吗？"

裴浠垂眸凝视着她，缓慢地点了点头。

【3】

得知大勇的病情后，战队成员们没有持续沉浸在悲伤中，而是绷紧了弦磨炼新战术、新阵容，力图赢下每场比赛，不让他失望。

一有休息时间，全队便会去医院探望大勇。他的状态比想象中的好，病情控制得不错。

希望重新被点燃，众人更是开足马力往前跑。

接下来的战绩十分令人满意，首次出现在顶级联赛上的Phoenix成功打入季后赛。

好事成双，含金量仅次于全球超级锦标赛的旧金山《枪阵精英》国际邀请赛，赛事主办方官宣直接邀请的战队名单，Phoenix取代了中国《枪阵精英》的传统强队VPG，赫然在列。

这是建队以来成员们首次面临世界级大赛，届时，他们将走出国门，与来自各国的王牌战队进行巅峰对决。

作为FPS类的热门项目，中国《枪阵精英》的成绩始终不尽人意，时常在以国家为单位的电子竞技大赛中成为团队短板。

网站上有一份中国电竞各项目在世界范围内水平的报告，对MOBA几个项目的评价为“世界一流，绝对统治力”“世界亚军，仅次韩国”，而到了《枪阵精英》，则是“世界倒数，不知道能赢谁”“垃圾，打韩国和欧美队只能叫爹”“国内最强队也就世界二线中游水平”。

对此，评论区众说纷纭，玩家们普遍认为，欧美人在FPS游戏上受众广、天赋高、创造力强，甚至还有人扯到了基因问题。

不过，就算是弱势项目，人气和战绩远不如其他热门游戏，中国《枪阵精英》职业圈也从未放弃。

网络上，玩家们对今年Phoenix代表中国出征相当乐观，期待在有“无敌”之称的裴浠的带领下，这支崭新的队伍打破国外战队不可战胜的神话。

开组会时，部门经理暂时接替了大勇的职务。

“隔壁的《Conquer》分部今年在国际赛事上依旧极具统治力，世界排名蝉联第一。俱乐部花了巨大的精力创立《枪阵精英》分部，我们一定要全力以赴，不辜负所有人的期望，将国旗早日覆盖到《枪阵精英》的赛场上！”

出国前一日，战队全员照例去大勇的病房报到。

近些时日大家苦练的战术阵容都是大勇和教练一起研发的，磨合调整后运用于实战中，效果十分出色，至今未尝一败。

电视上正在回播美国《枪阵精英》冠军Titan战队的采访。

被问及对Phoenix的看法时，Titan的队长收起了轻狂的神色：“中国的《枪阵精英》战队向来很弱，不过这次有Summit，他是我们《Conquer》分部特别敬畏的选手，期待他换项目后的表现。”

陆天晴冲屏幕挥挥拳头：“很快就让你后悔说出‘中国战队向来很弱’这种话！”

顾意附和道：“年轻人，你对力量一无所知。”

夏乐葵跟着挥拳头：“我们队长马上就能让他们知道，什么叫‘你爸爸换了项目还是你爸爸’！前辈，你说对不对？”

裴浠淡淡地瞥了她一眼，屈起食指敲了下她的脑袋。

见大家信心满满，大勇的脸上浮现出久违的发自内心的笑容。

“放心吧勇哥，你就在这儿等着我们的好消息。”

“打入四强，剑指冠军！”

裴浠走到大勇跟前，倾身嘱咐：“你好好养病，剩下的就交给我们。”

大勇应道：“嗯。”

战队离开时，夏乐葵走到门口，回过头，看见大勇正笑着冲她挥手。

窗外阳光正好，素白的窗帘随风起伏，他全身沐浴在淡淡的金色中，如同一幅安静温暖的画。

【4】

夏乐葵对第一场国际大赛的印象非常模糊。

不记得如何在粉丝的欢送和层出不穷的摄像头下拖着行李走进登机口，不记得下飞机后的异国风光，不记得酒店的沙拉牛排，不记得在各种肤色的观众的狂欢声中走过红地毯，甚至连开幕式是怎么上的台，各支队伍的选手长什么样都不记得，她的脑袋就像放空了，对周遭的一切毫不关心，只剩下斩钉截铁的三个字：不能输。

比赛首日，她起了个大早，拉开窗帘，蒙蒙亮的街上弥漫着一层薄雾，隔着玻璃都感受到了淡淡的寒意。

后台备战时，她一遍遍地看着记录的注意事项，眉头紧锁。

通往舞台的路上，她异常紧张。在无人注意的转角处，有人轻轻牵住了她的手，手掌宽大而冰凉，带着无声的鼓励。

夏乐葵狂跳的心脏一下子安静下来。

裴浠松开手，转而拍了拍她的脑袋。

就像之前的无数次，只要他在身边，她就觉得安心。

然而，之后几天的比赛结果出乎所有人的意料，Phoenix接连惨败，小组积分垫底。

战队选出大勇和教练安排的最强战术体系应战，却被敌人轻易击溃。

手指飞快地操作着鼠标和键盘，冷汗不断自额头淌下，夏乐葵终于切身体会到传言的真实性——“国内实力天花板与欧美职业战队相比仍然落后一截”。

他们时常连对方的第一个据点都久攻不下，而攻防互换后，对方能够迅速突破层层防御，将他们逼得不断后退，只能死守最后的阵地。

现实给了美好的幻想重重一击，战队来不及昂首挺胸地迈出脚步，便被捶得毫无还手的余地。

淘汰赛生死局，Phoenix众人破釜沉舟，祭出各自的绝活。

然而，敌人使用了与之前完全一致的“镜像阵容”。

个人实力、团队默契、战术配合，相同条件下，差距被不断放大。夏乐葵咬紧牙关，回想起了当初在新秀单挑赛打入八强后被对手全方位碾压的恐惧。

她以为自己不断向上攀岩，终将达到山巅，谁知一山更比一山高。

这就是竞技。

局势愈加倒向一边，中国解说到后来都只能无奈地陈述Phoenix惨痛的战况。

弹幕上熊熊燃起滔天怒火，之前有多期待，现在网民就骂得有多狠——

“相当孝顺的比赛。”

“该认的外国爹还是要认的。”

“打得太丑了，这中国区门票是怎么选出来的？还不如换VPG上呢！”

“从来没看过这么窝囊的比赛，被堵家门，被平推，被吊打，基本没有翻盘点，国内捧上天，出国就当狗！”

赛场上，夏乐葵依旧咬紧牙关，做最后的殊死挣扎。

耳边响起临走前大勇说过的话，她竭力控制着胃部的痉挛，眼眶渐渐湿润。

“加油啊，勇哥等着看你拿冠军。”

她开启大招狂暴，跳入敌方后排打乱阵形。

“不能输。”

她被敌方集火，血线飞快下降。

“不能输。”

夏乐葵一路紧追，死死咬住敌方主C不放，残血极限反杀侧翼袭来的增援。

“不能输。”

身体各个部位中枪，夏乐葵视线渐渐模糊，敌方冲入据点，全队只剩裴浠苦苦死撑。

屏幕上显示“失败”的那一刻，夏乐葵的脑袋嗡嗡作响，希望这只是一场噩梦。

Phoenix成为大赛中第一支出局的战队，依旧没有打破中国《枪阵精英》战队“人见人欺”的魔咒。

走下舞台时，全员低垂着脑袋，面如死灰。

后台的走道上，数不清的媒体主播在此蹲守，每个镜头都紧盯着他们战败后落魄的模样。

赛后群访，裴浠作为队长接受记者的提问，其他成员坐在一旁，像犯了错的学生，消沉地看向地板。

主持人问：“你们首次代表中国《枪阵精英》出征，得到了这样的结果，你有什么感想？”

裴浠沉默片刻，面无表情地说：“技不如人，今后还需更加努力。”

“你之前在《Conquer》项目是世界冠军，这次参加国际大赛一轮游，心中有落差吗？”

夏乐葵抬头看向裴浠，胸口仿佛被重重地戳了一下。

裴浠摇头："没有，对我来说，这是新的开始。"

"方才你们被0:3淘汰，很可惜未能拿下一局，请点评你们战队今天的表现。"

气氛越发压抑，看着裴浠紧抿成直线的嘴角，以及收紧后又松开的手，夏乐葵如坐针毡，恨不能挡在他前面替他回答。

弹幕上，不少粉丝开始心疼："裴皇好惨，还要被鞭尸……"

"看不下去，太难受了。"

好不容易熬过炼狱般的采访，回酒店的路上，车里传出了陆天晴低低的哭声，顾意拍拍他的肩，眼底也隐隐泛起泪光。

沈奇戴上队服的帽子，身体后仰，手背盖住了眼睛。

裴浠看着窗外，表情晦暗不明。

夏乐葵双眼失焦，将脑袋抵在前座的椅背上，灵魂像是离开了躯体，飘在空中，什么感觉都没有。

众人浑浑噩噩地下车，走进酒店，电梯门开启，到了住宿的楼层，俱乐部的工作人员围在一起说话，有几个字穿过层层阻碍钻进了夏乐葵的耳朵里。

"你们在聊什么？"她转身警觉地问，"关于勇哥吗？"

工作人员立刻噤声，面面相觑。

在夏乐葵的追问下，终于有人支支吾吾地交代："大勇今早进了手术室，他怕影响你们比赛，一直不让说。"

意识蓦地重回大脑，夏乐葵舌头开始打战："那勇哥……他现在……"

没有人回应。

寒意如细针，密密麻麻地扎入她的四肢百骸。

夏乐葵急得跺脚，圆瞪的眼睛里满是血丝："勇哥他怎么了？说啊！说啊！"

一个女工作人员终于忍不住哭出了声："我们以后……我们以后再也见不到他了。"

所有人惊愕地愣在原地。

夏乐葵张了张嘴，绝望如倾盆大雨，从头灌到脚底，四肢百骸顿时寒冷彻骨。

彻骨的钝痛将她与空气生生剥离。

世界开始天旋地转。

"乐葵——"

有的时候你看着前面的路还很长，可是它往往就会在生命中的下一个乐章即将奏起前戛然而止。

懂得太晚，悟得太迟，来不及感谢，来不及道歉，转身就那么消失了。

空留温馨片段的回忆，化成残像在脑海中一遍又一遍地倒带。

【5】

接下来的几天，全城阴雨连绵。

大勇过世的消息由Phoenix俱乐部官方宣布后，引起了巨大的关注。

除了悼念死者、安慰队员外，大家不约而同地呼吁电竞选手注意休息，定期体检，切勿在追梦的途中摧毁健康。

然而，评论区居然涌现出一批人，冷嘲热讽俱乐部“抬棺炒作”，以此掩盖国际赛失利的现实。

“打不好比赛就死领队，下次输要死谁？”

“现在的战队真厉害啊，靠死人来卖惨，博眼球吸粉。”

自媒体营销号紧跟步伐，统一推送相关报道，标题一个比一个耸人听闻。

他们抨击俱乐部文案矫揉造作，挖出了大勇去年被同行诋毁时那些所谓的“劣迹”。

毕竟，“扒皮”远比单纯的死讯更能引人瞩目。

“真得给Phoenix的公关部门点个赞，转移视线的能力真强，可是此刻再怎么掉眼泪，也掩不住新建的《枪阵精英》分部实力不济，出国比赛丢尽颜面的现实。”

“那个领队以前就是个十八线女队的领队，和夏乐葵关系很铁，能进Phoenix多半靠吃软饭。”

歪曲事实，煽风点火，人心怎么能如此恶毒？！

眼看这些人为了博取点击不惜吃起人血馒头，夏乐葵被愤怒冲昏了头脑，情绪失控，做出了无法挽回的行为。

从来不在网上与人争论的她，用大号将骂大勇的评论一条条喷了回去。

她不许任何人侮辱勇哥！

可惜在这个互联网发达的时代，人们对公众人物有一种近乎严苛的要求：我们可以肆意攻击你，但是你不能还嘴，一旦反击，说什么都是错的。

她的行为并未使键盘侠们良心发现，反而让他们像是打了兴奋剂，将事情越闹越大。

几小时后，一段标题为“Phoenix大赛惨败的真正原因”的视频在全网疯传。

匿名的UP主公布了一段场馆休息室内的监控录像。

一开始，夏乐葵躺在沙发上熟睡，随后，裴浠轻轻走了进来。

走到沙发边后，他俯下身，宽大的后背挡住了夏乐葵的身影，然而，可以清晰地看到，他的脖颈忽然被她细白的胳膊搂住，随即他被拉向下贴近她。

裴浠的反应显得很意外，双臂僵硬地横在身侧，过了好久他才不自然地回抱住她。

两人似乎亲得难舍难分，直到裴浠用力别过头，微微喘息着将她放回沙发，步伐慌乱地出了房间。

视频画面的冲击力太大，底下的评论区彻底爆炸。

“说好的战友关系呢？俱乐部一直在隐瞒恋情吗？”

“是她主动勾引！是她强吻！”

“天哪！居然对裴皇下手！”

“不可能的！我不信！裴皇根本不喜欢女人！”

不怪大家如此惊愕，这段视频连当事人都看得目瞪口呆。

训练室里，夏乐葵难以置信地捂住嘴巴，心脏突突狂跳，面如火烧。

不是梦！不是梦！她居然真的做了这种事！

战队其他人齐刷刷地将目光扫向裴浠，就见他耳根通红，抿唇不语。

陆天晴吓得下巴都快落地了，帕金森般颤抖着手指向夏乐葵，又指向裴浠：“你你你……你们两个真的在交往？”

“没有！没有在一起！”夏乐葵瞬间回过神，连连摆手，“和前辈没关系！是我睡迷糊了！”

陆天晴的表情更加震惊：“睡……睡迷糊了就要亲人吗……”

身旁的沈奇给了他一个栗暴：“你管得真宽！”

一波未平一波又起，想起俱乐部曾对外扬言严惩队内恋情，夏乐葵生怕牵连裴浠，急忙拉了拉他的衣服下摆：“前辈，你也来解释一下，告诉大家都是误会！我们不是……真的不是那种关系……”

裴浠低头，居高临下地看向她泛红的眼睛，眸色深沉，迟迟没有开口。

重磅炸弹引爆后，网上雨后春笋般爆出夏乐葵和裴浠的亲密合照。

“队内恋情”的猜测越发清晰，一时间，出道多年的绯闻绝缘体裴浠都被推到了风口浪尖。

鉴于俱乐部曾对外信誓旦旦地承诺不会发生这样的事，夏乐葵也曾在采访时公开表明队友都不是理想型，愤怒的粉丝们以为自己被欺骗，蜂拥至官网抗议，逼俱乐部出声回应。

夏乐葵先前因大勇的事没克制住情绪，在网上捅了娄子，差点因言语过激被判禁赛，俱乐部只好要求她在公关部想出完整方案前保持沉默。

手机屏不断弹出后援群的消息。

“乐葵，你和裴皇真的在一起了吗？”

“真在一起了又怎么样。职业选手也是人，也有感情啊！”

“虽然很喜欢乐葵，但国际比赛打成这样是因为恋爱分心吗？希望你能如实回答，别让我们寒心。”

夏乐葵没有遇到过这么大规模的阵仗，哪怕先前被污蔑外挂上分，也因她不出名而规模有限，而如今，几乎整个电竞圈都被惊动了。

然而，噩梦并未到头。

一夜间，数个夏乐葵相关的负面新闻空降热搜，开启了轰轰烈烈的全网黑行动。

“《枪阵精英》第一美女身陷艳照门！”

“唯一女选手竟靠潜规则上位，作风混乱与多人有染！”

“玩家们以为主力首发靠的是她的实力，真相居然是……”

配图是一些看不见正脸模棱两可的男女照片或打了厚码的裸照。

不断跳出“知情人”爆料夏乐葵的私生活。他们并不指名道姓，而是含沙射影，描述得煞有介事，什么罪名都往她身上安。

裴浠粉怒不可遏，脑补出一幕幕渣女亵渎高岭之花的史诗级大剧，发誓要将夏乐葵撕到退圈。

那么肮脏不择手段的女人，凭什么站在冠冕加身的裴浠旁边，甚至连累他坠下神坛？！

越来越多的人加入到肃清“电竞妲己”的队伍中。

大量夏乐葵的粉丝退群，不少人粉转黑，曾经信誓旦旦说着要喜欢一辈子的人，转头便将她骂得一文不值。

后援管理群成员火急火燎地通知她：

“乐葵，阿鑫再也联系不上了！”

“她是后援会会长，现在正是最需要她的时候啊！”

“以前再艰难都挺过来了，这种重要关头脱粉，她到底在想什么？！”

夏乐葵脑海中不禁浮现出阿鑫在简陋的网吧高举着应援牌同别人理论的情景，见夏乐葵被羞辱，她比自己被嘲笑还愤怒。

“是谁规定喜欢的偶像一定得是大神！我佩服你！就冲你勇于追求梦想的这股韧劲，我挺你到底！”

眼泪夺眶而出，夏乐葵狠狠地咬住下唇，颤抖着卸掉了所有的社交软件。

她从未料想过，草根时期就无条件支持她的阿鑫，在她最需要信任的时候选择了离开。

没过几小时，夏乐葵的社交账号彻底沦陷。

网络上出现了相关搜索：夏乐葵扒皮，夏乐葵潜规则，夏乐葵艳照，夏乐葵大尺度照，夏乐葵照片露内裤……

训练室里，陆天晴打开夏乐葵微博的评论区，一股浊气便迎面袭来。

“装得那么清纯，骨子里却是个骚货。”

“多少钱一次？”

“我有裸照，要的私信。”

“求种！”

“赛场上这么猛，在床上肯定也很猛吧，是不是每晚队友轮流来？”

陆天晴一把摔了鼠标，向来纯真温和的脸上迸发出比赛时才有的凶相。

“这群精虫上脑只敢躲在屏幕后满嘴污言秽语的傻×！就是活在阴沟里的蛆！不得好死！”他愤怒地起身，猛踹桌角，“大环境不给机会，给机会的俱乐部被歪曲为炒作，好不容易出一个女选手，就要被这样糟蹋？！”

“喷子总能让你看清人类的下限。”顾意叹了口气，“队长已经去法务部商量对策了。”

沈奇点头，眉头紧锁：“裴浠说了，全部截图，这些人说过什么做过什么，必须付出代价，一个都不放过。”

陆天晴的太阳穴依旧突突直跳，他捂着胸口平复心情，忽然环顾四周：“乐葵人呢？”

【6】

夏乐葵怀疑，自己真的深陷在一场永无尽头的噩梦中，不然的话，时隔多年，她与母亲的重逢怎么会是这样的场景。

听俱乐部前台说有亲人找她，她还以为长久没有联系的父母终究对她心存想念，也许是目睹了这些时日的风风雨雨，于心不忍前来表达安慰……

到了约定的地点，看见熟悉的身影，夏乐葵还未开口，对方便抬手抽了她一巴掌，半边脸顿时火辣辣地疼。

“整天跟一群男人住在一起，像什么样子！”夏母怒不可遏地指着她的鼻子痛骂，“要胡来要闹可以，别给我丢人丢到大庭广众下！”

先前遭受的一切磨炼了夏乐葵的承受力，她挺直背脊，倔强地回应：“我靠自己实力打比赛，你凭什么说我丢人？”

“靠实力？”夏母嗤笑一声，“现在全世界都知道你跟人睡觉上位，你还要不要脸？我一个堂堂企业高管，怎么养出了你这种不知廉耻的贱货？！”

脑袋像是被人用钝器狠狠砸了一下，夏乐葵死死地盯着母亲，心如刀绞，一字一顿地问："网上那些血口喷人的话你也信？"

夏母冷哼："哼，苍蝇不叮无缝的蛋。"

燃烧的愤怒顷刻间熄灭，夏乐葵整个人都震住了，如坠冰窟。

陆天晴母亲曾说过的话，此刻仿佛与母亲的声音重叠在了一起。

"我儿子选择走一条格外艰难的路，我既然没办法阻止他，只有全力以赴地支持他。"

"还实力？一帮小孩不好好读书，玩个游戏就以为自己有多了不起，动不动就是各种丑闻，我怎么知道你干了什么？"

"他想当职业选手，为国家赢奖牌，这是他的梦想，赢了，我为他欢呼；输了，我陪他一起扛。"

"人家都女孩子住一起打，哪像你和男人混一起，你们这个圈子，还找得出第二个人吗？！"

"乐葵，等你打出了成绩，你的父母就算以前不支持，到时候也会为你感到骄傲的。"

"流出那种照片，我看你以后还怎么嫁得掉！我告诉你，别给我胡扯什么荣誉梦想，你今天必须跟我离开这个地方！"

咔嚓，有什么东西断掉了。

忍耐濒临极限，这些时日积累的痛苦、不甘、委屈、愤怒如汹涌的浪涛般冲破心灵的堤坝，将她彻底击溃。

"你走！"夏乐葵抱住脑袋，歇斯底里地吼道，"我再也不想看到你！"

夏母难以置信地瞪大眼睛："叫我走？你以为自己在和谁说话？！"

夏母扬起手又想打她，蓦地被人抓住手腕，动弹不得。

裴浠声音冰冷，语气带着不容否定的决绝："抱歉，请您回去。"

【7】

处理完夏乐葵母亲的事情后，裴浠回到宿舍，被告知夏乐葵将自己反锁在房间，不吃不喝，也不说话。

他狂奔上楼用备用钥匙开了锁，看见夏乐葵蜷缩在房间的角落里，脸埋在膝盖中号啕大哭。她哭得那么惨，瘦削的肩膀不住地颤抖，像朵濒死的花。

裴浠走近，屈膝半跪在她面前，伸手抚摸她泪痕斑斑的脸。

夏乐葵怔怔地看向他，嘴唇动了动："没有了……"

一路奋斗到现在的清誉，没有了。

勇哥，职业圈里伴她最久的兄长，没有了。

阿鑫，永远支持自己的后援，没有了。

顾晴、卢青青，曾发誓做两辈子的好朋友，没有了。

这么多年潜藏在心底，隐隐期待的父母的理解，现在才发现，根本就不可能有。

夏乐葵全身被汗水浸透，双手交叉紧紧地抓着自己的肩膀，下唇都咬出了血。

“没了……都没了……”

“为什么都丢下我……为什么不再等等我……”

她哭得咬到舌头，哭得上气不接下气，漂亮的五官全皱在一起。

裴浠捧着她的脸颊的手指微微发抖。

她的眼泪落在地上，疼在他心里。

这些时日，他眼睁睁地看着笑容从她的脸上消失，看着自己最爱的花朵一点点枯萎，仿佛被万蚁噬心。

裴浠张开双臂将她用力扣入怀中，越拥越紧，她的泪水沾湿了他的衣襟。

他不会安慰人，向来冷静自持的眼中满是焦急和慌乱，却只能用行动来表达。

你还有我。

怀中小姑娘的哭声渐渐轻了下来，变成低低的呜咽，他像是抱着最珍惜的宝贝，低头一下下轻吻她头顶的发丝。

我永远陪着你。

Chapter 17

绝 佳 拍 档

【1】

“夏乐葵那双眼睛，一看就是开过眼角。”

“鼻子多半也整过。”

KTV包间里，十几个参加完活动的“电竞名媛”齐聚一堂，聊起了目前圈内最热的八卦。

其中一人刚刚从女队退出，转型游戏主播。

“之前有家一线俱乐部让我去男队试训，问我会不会为了打职业赛而陪睡，我果断回他‘不可能’。”她停顿几秒，目光扫过所有人的脸，语速放慢，“谁知，对方说：‘很好，我不希望看到下一个夏乐葵。’”

“咦——”话音未落，众人拧眉，齐齐从牙缝中挤出嫌弃的声音。

另一人面露鄙夷：“她就是靠潜规则打的职业赛，非常不择手段。看她以前跳猩猩舞装疯卖傻的那些视频就能知道了。”

“谁信真是为了打职业赛！梦想梦想，说得好听，到底图什么自己心里清楚。”

“我遇到过的女选手都不比她差，就她整天被无脑吹！”

“玉玉，你因为这事才退出职业圈的吗？”

方才爆料“夏乐葵靠潜规则陪睡”，被称为“玉玉”的女主播耸耸肩：“对。我当时又听到些她其他方面的黑料，吓坏了，就拒绝了那个男队的试训，不敢继续打职业赛了。”她叹了口气，摇摇头，“追梦没有错，可也要有底线呀。”

身边的人安慰道：“好可惜哦，我觉得你上赛场绝对比夏乐葵强。”

“是呀，我们玉玉最棒了。”

“现在夏乐葵的艳照都在网上散开了吧。我都有点同情她，身边所有的男人都把自己看光了还要朝夕相处。”

“她才不介意呢。”玉玉轻蔑地冷哼，“她就是个公交车。不骗你们，我听好几个职业选手亲口说的，他们都和她上过床……”

角落里有人倏地站起身，气势汹汹地走过来，啪地一巴掌扇向玉玉，在众人呆住之际，她又连甩了其他几个女人几巴掌。

“嘴贱就得抽，一群阴沟里的小人！”

顾晴额头青筋暴出，脖颈和脸颊因盛怒而涨得通红。

“你听谁亲口说睡过她的？有本事滚出来当面对质！”她伸手猛地拽住玉玉的领子，将人提到自己面前，目眦欲裂，“我倒想见一见，哪儿来的癞蛤蟆满嘴喷粪！”

顾晴的力气太大，几乎勒断玉玉的脖子，玉玉吓得脸色煞白，双唇打战，半天都吐不出一个字。

在座的所有人都因这突然的变故表情愕然。

“还说人家整容，你们自己满脸动刀整成蛇精都没人稀罕看！那些没有头的照片凭什么可以证明是她？我还觉得是你们这帮贱人的呢！”顾晴狠狠地将玉玉往沙发上一扔，啐道，“呸！”

旁边一人急忙护住玉玉，厉声道：“顾晴，你现在装什么姐妹情深，谁不知道当初夏乐葵被俱乐部恶整也有你的功劳！怎么，现在人家火了想继续巴结？”

“对！我不是东西！因为嫉妒、眼红，我故意打击她、排挤她，可是这个傻瓜还是愿意相信我，还是把最好的让给我，还是会对我笑！”

脑海中浮现出年少时被人欺负，夏乐葵将她护在身后的情景，顾晴瞪大通红的双眼，将几乎夺眶而出的眼泪生生憋了回去，歇斯底里地大吼：“这些年她为了打职业赛付出的努力和心血我都看在眼里！潜规则？去查查她的联赛数据后再来放屁！

“你们除了挑拨离间，抱团造谣，煽风点火，还干了什么好事？自己靠男人当上分婊，还以为别人都和你们一样！你们到处炫耀认识多少职业大腿，夏乐葵却能上赛场和你们的大腿们同台竞技！

“电子竞技要的是成绩！她有，你们没有！”

玉玉被激怒了，跳起来边蹬腿边哭着喊：“你顾晴做的龌龊事还不够多吗？！骂我们只知道造谣没有成绩，你有成绩吗？！抱团诋毁的事情你少干了？！上赶着去大神那倒贴蹭热度的不是你？！”

战火被点燃，其他人跟着情绪失控。

“你也有脸教训我们？也不照照镜子看看自己平时那副吃相难看的贱样！”

顾晴身子剧烈地一震，胸口像是被用力地捅了一刀。

方才她看着这些人疯狂诋毁夏乐葵的嘴脸，如同看着一群围绕在战士尸体边嗡嗡乱叫的苍蝇。

曾几何时，她自己就是苍蝇中的一员。

“我的事和夏乐葵无关！就算我是个卑鄙无耻的小人，也不阻碍我唾弃你们这些令人作呕的行径！”

顾晴磨着后槽牙，手指逐一指向所有人，幅度大得像是要将她们生生戳出一个窟窿。

“你们谁敢继续造谣污蔑夏乐葵，我定会不择手段，不惜一切，让你们死无葬身之地！”

“现在装什么良心发现！我呸！好大一朵白莲花！”玉玉将音调提高了八度，叫嚣道，“我们还就当着你的面说了！夏乐葵就是靠潜规则！她就是个婊子！”

顾晴怒喝：“住口！”

她反手又抽了玉玉一个巴掌，其他人尖叫着扑上来，疯了般与顾晴扭打在一起，发泄自己因嫉妒而扭曲的情绪。

“不只我们骂她，大家都在骂啊！”

“我烦死了别人整天跟我唠叨她有多强！我讨厌她！”

“是啊，我也讨厌她！”

“我们跟裴皇说上一句话都那么难，她凭什么能和他组队！”

顾晴寡不敌众，被她们抓着头发往墙上撞，鲜血顺着额角流下，她却毫无惧意，双脚赤裸，用高跟鞋的尖跟当武器，声嘶力竭地吼：“你们凭什么红口白牙泼脏水？！都给我闭嘴！”

顾晴脸上挨了一巴掌，还有人试图夺她的鞋，顾晴一口咬住对方的手臂，发丝散乱如杂草，眼底泛着猩红，冒着倔强的火光。

顶着不断落下的拳打脚踢，她目眦欲裂，声嘶力竭地吼：

“我不许你们骂她！”

“诋毁她的人都给我下地狱！”

【2】

Phoenix俱乐部内，媒体和法务部正紧锣密鼓地商议应对夏乐葵风波的方案。

他们将攻击夏乐葵的言论都截了图，公证，列为可以提交给法院的证据。

官方已出公告，夏乐葵是通过层层选拔得到的主力一队名额，艳照和潜规则实属捏造，俱乐部将严肃惩治一切恶意诋毁的行为，追究到底。

尽管官方态度强硬，网上依旧不断有人匿名“爆料”，编出各种版本的恶俗段子，还煞有介事地说，“夏乐葵的大尺度私密照片和视频我都看过，但没办法公开发布，毕竟怕一张法院传单”。

由于从起诉到法院审理、判决需要一定时间，在此之前，成员们必须顶住滔天的压力。

一名工作人员看着评论区恶毒诛心的言论，气得跺脚：“一般的喷子就算了，我真是搞不懂，圈内一些想当职业选手的女生也跟风造谣抹黑乐葵，她们其实在一个利益阵营啊！”

另一人无奈地摇摇头：“有的人就是这样，不想着如何往上爬，而是削尖脑袋试图把和自己差不多情况的往下踹。她们上不了顶尖赛场打比赛，就希望没有女的可以上场。”

然而，将顶级职业联赛唯一的女选手踩到谷底，能得到什么好处呢?

自从夏乐葵加入豪门Phoenix，开了业界先河后，许多从未考虑将女选手放入正式队伍的俱乐部也开始观望。

如今这样的事情一出，Phoenix名声骤降，舆论开始大肆否定男女混合战队的意义，大环境对主力战队采用女选手的态度变得更加消极。

好几个俱乐部怕有风险，最终开会决定，都将已经列在二队正式名单上的女选手去除了。

Phoenix官方表态后，粉丝的反应更激烈了。

他们咬定俱乐部对夏乐葵和裴浠的暧昧关系闭口不谈，避重就轻，绝对心里有鬼。

“官方是默认地下情了吗？之前的休息室接吻怎么解释？”

“是啊，豪门就要有豪门的担当，言而无信一生黑！”

抗议者将目前为止曝光的两人合照、互动视频集结成长帖，作为证据进行了全网抨击。

各大媒体平台接连疯转。

点击率最高的视频里，Phoenix战队成员们站成一排，夏乐葵手举话筒回答问题，身侧的裴浠垂眸安静地注视着她，嘴角带着不易察觉的笑意。

裴浠粉气得暴跳如雷。

“裴皇绝对是被她勾引了！我粉了他那么多年，从来没见他露出过这种眼神！”

“我们裴皇只是想好好打职业赛，绝不允许私生活混乱的破鞋玷污他！”

“不把这不要脸的女人开除，我就再也不看你们的比赛！”

想要摧毁一个人，精神攻击比肉体攻击更可怕。

《枪阵精英》顶级职业联赛依然在继续，夏乐葵的状态却不断下滑。

有时候看着屏幕，她甚至会头晕恶心，弓起身子干呕。

Phoenix线下比赛的场馆里，甚至有大批人堵住选手通道，举牌抗议，比赛期间，观众席一片嘘声。

最令她无法接受的是，由于休息室的接吻视频无法解释，俱乐部被谴责不遵守诺言，宣传片被要求下架，还给了因嫉妒而讨厌裴浠的人可乘之机。

只要夏乐葵和裴浠的距离有些接近，他们就会遭受无止境的谴责。

不仅如此，他们两人在赛场上做出的每一个操作都会被人用显微镜放大千倍万倍，稍有瑕疵便会被捕风捉影，乱箭穿心。

陆续有流言爆出裴浠转项目是为了夏乐葵。对比他在《Conquer》和《枪阵精英》两个项目中悬殊的战绩，《Conquer》圈的玩家们开始愤怒地质疑他的职业态度。

“裴皇驾崩！电竞职业选手战绩综合排名下降！”

“形象受损，赞助商或许会取消裴浠的商业代言！”

不忍裴浠遭受连累，夏乐葵找到《枪阵精英》经理，申明视频事件裴浠是无辜的，是她自己当时在做梦。

经理问：“你梦到了什么？”

夏乐葵蓦地涨红了脸，说不出话来。

最终，为了裴浠的清白，她选择豁出一切。

“我之前梦到过和前辈接吻，那天比赛后我在休息室里睡着了，他进来找我，想把我叫醒，我以为自己还在做梦，就……就伸手搂住他的脖子，亲了他……”

经理没厘清逻辑关系，怔怔地看着她。

夏乐葵眼眶泛红，急得语无伦次：“对不起……都是我的错……视频里可以清楚地看到，他的反应很意外，都是我，是我主动的……”

经理愕然：“以为是梦就亲他……为什么？难道……”

“因为我喜欢队长。”夏乐葵深吸一口气，竭力抑制住即将夺眶而出的眼泪，斩钉截铁地说，“是我偷偷暗恋，和他没有关系。”

经理沉下脸，没有回应。

夏乐葵伸手抓住他的袖管：“求求你们对外澄清吧！我不怕他们骂我作风不检点骂我贱，队长他完全是受到牵连，我不能让他因为我被喷子无端诋毁……”

经理表情凝重，过了许久才开口：“你知道告诉我这件事有什么后果吗？”

夏乐葵嘴唇微颤，缓慢地点了点头。

【3】

事态不断发酵，《枪阵精英》顶级职业联赛八进四，状态低迷的Phoenix以0∶3负于对手，在全网的痛斥声中黯淡下场。

俱乐部高层忙召开紧急会议，战队成员进入会议室后，发现夏乐葵并未到场。

还来不及询问，他们便被隔开，逐一进行长谈。

回到宿舍时已是深夜，看见对门房间变得空无一物，裴浠蓦地背脊发凉。

他的手机屏亮了一下，是经理发在战队群里的消息："夏乐葵已经离队。"

这段时间，不祥的预感潜伏心底，所有人都试图用忙碌的日程麻痹神经，然而，漆黑海面下的暗涌终究无法自动消散，该来的始终要来。

裴浠的心脏骤然一缩，他握紧手机，瞳孔渐渐放大。

没有多加思考，他立刻拨通经理的电话。

"我们没有开除她，离队是乐葵自己的意思。"经理在那头轻轻叹了口气，"保密也是她要求的，她不愿看到你们挽留。"

全身的血液直直地冲向大脑，裴浠咬紧下唇，剧烈的心跳震得全身发疼。

她在想什么？

离开Phoenix，她的职业生涯也许就此终结……

为什么这几天她还假装安然无恙？为什么不同他商量？为什么总是把担子扛在自己身上？

指甲深陷进掌心，裴浠冷声问："她在哪里？"

隔着屏幕都能感觉到刺骨的寒意，经理忙不迭地抚慰："裴皇，你先冷静一下……"

裴浠重复："她在哪里？"

"我们也不清楚……"

复杂的情绪涌上心头，莫名的焦躁和愤怒交织在一起，裴浠差点摔了手机。

挂掉电话后，他蹲下身，手指深深地埋入发丝中，手臂挡住了半张脸。

翌日一早，裴浠匆匆赶到经理的办公室，听见里面传来争执声。

"她离队也不是坏事，这段时间她的压力真的太大了，换成别的女孩子没准早已崩溃。"一个工作人员说，"状态不好还硬着头皮参战只会越来越糟。俱乐部不能以人情至上，该换人就换人。联赛没了唯一的女选手虽然可惜，但这是竞技，竞技就是那么残酷。"

另一人点头："是啊，我们《枪阵精英》分部成绩不佳，有些赞助商已经开始考虑撤资了，到时候就是解散队伍的下场。"

裴浠开门进去，正好听见沈奇嚣张地一拍桌板："撤资怕什么，我让我爸来投！"

经理偏过头看向他，无奈地说："沈少爷，我可记得你曾信誓旦旦地说，从进Phoenix俱乐部这一刻起，你就是个普通人，对吗？"

沈奇被呛到，泄愤般踹了下身旁的椅子。

当初他立志打职业赛，他父亲以为他同其他富二代一样，只是一时兴起想玩票，于是便赞助新秀单挑赛，让他成为唯一一个不通过海选，破格入围的空降兵，后来又通过人脉，招呼豪门俱乐部为他开启绿色通道，以他为核心组建新队，让他过过职业瘾。

为此，沈奇与父亲大吵一架。他想依靠自己的实力打出一片天，而不是玩满足白日梦的过家家，他想要四个渴望站到世界之巅的队友，而不是哄太子爷高兴的陪玩。

最终双方达成一致，他父亲不再插手他在电竞圈的任何事务。

如今，若因战队不顺而寻求家里帮助，就等同食言，Phoenix也会因为赞助商和选手的特殊身份遭受新一波舆论攻击。

门又被推开，陆天晴和顾意接连走入：“我们不赞同换人！”

“大勇的事情对她的打击太大了，她一直没有缓过劲，现在又被全网以莫须有的罪名无脑黑，诅咒她全家，连追随了几年的后援都不相信她……”陆天晴越说越激动，眼眶泛红，声音微微发颤，“乐葵是个很要强的人，训练赛状态不好，就会觉得浪费了所有人的时间，对不起所有人，她选择离开一定不仅仅是因为自己难受，更是害怕牵连我们……”

夏乐葵被黑得最惨烈的那阵，陆天晴在直播时被弹幕上的污言秽语激得失控，拍桌子怒骂羞辱她的喷子，差点又因言语不当而被禁赛，俱乐部担心他跟着出事，只得紧急勒令他停播，接管了他的社交账号。

陆天晴抬起手臂挡住眼睛，哽咽地道：“职业圈的聚光灯难道不该在赛场上吗？铺天盖地的恶意每年逼走了多少人？我们只不过是想好好打比赛罢了，为什么要这样……为什么要这样啊……”

顾意拍拍他的肩，郑重地对经理说：“无脑诋毁的事情我也经历过，我能理解乐葵。这条路上没有人是一帆风顺的，她在我的低谷期护过我，如今她身陷寒冬，我也不会离开。”

队员们还在与经理谈话，裴浠伫立在原地，面无表情，双目失焦。

眼前的画面渐渐模糊不清，空气中所有浮动的尘埃都似乎在叫嚣，他觉得除了滚滚而来的噪音，他好像听不清别的声音了。

不记得身体是什么时候恢复行动的，他开车驶出俱乐部大门，去所有她可能去的地方找她，商场、超市、咖啡厅、餐馆、她原来的俱乐部、接触过的朋友的住处，甚至去了她父母的家。

每一次都是无功而返。

裴浠怅然若失地走在大街上，看着前方绿灯亮了又暗，阴沉的天空下，车流涌动，行人神色匆匆。一阵扬起的烟尘呛得他喉咙发痒，他伸手捂住嘴咳嗽了几声，发现自己指尖冰冷。

他听见了源自心底的质问声。

“你不是天才吗？为什么连自己最在意的人都保护不了？”

“到头来，你渴望完成的事，还是做不到。”

【4】

考虑到队员们的心情，俱乐部特准了几天假。

在外面为寻找夏乐葵的下落奔波了一整天，回到基地后，裴浠被陆天晴拉进了训练室，顾意指了指自己的大屏幕：“队长，你快过来看！”

屏幕上正在播放最大的电竞资讯平台的首页采访，视频下方是详细的文字记录。

“Phoenix绯闻风波不断，‘电竞圈创世神’Summer发声力挺裴皇！”

“转项目是他自己的决定。”Summer端坐在沙发上，将目光扫向镜头，面对千万玩家，郑重开口，“裴浠从小最喜欢的就是枪战射击游戏，选择与我相同的MOBA类项目《Conquer》出道，起初是为了替我延续梦想，后来，他成了当之无愧的中国《Conquer》第一人。”

这段往事初次被公开提及，弹幕上一片哗然。

“去年，他在自己的职业生涯黄金期宣布转项目至《枪阵精英》。

“众所周知，《枪阵精英》是全世界最具影响力的竞技游戏之一，亚运会FPS类的入选项目，但是，它目前却是中国电竞的弱项。

“转项目之前，他告诉过我，他希望能够带领中国的《枪阵精英》战队与欧美强队一较高下，打破列强不可战胜的幻象，有朝一日让中国国旗也能飘扬在《枪阵精英》的赛场上。

“挑战霸主的路并不好走，请大家给他机会重新开始。”

他话音未落，观众席掌声雷鸣。

主持人问：“你怎么看待裴浠从世界第一到国际比赛垫底？放弃国内最热门的项目《Conquer》，人气不断被新秀追赶，他心里真的没有落差吗？”

Summer闻言，笑着摇摇头：“没有人会在巅峰永远不下来。

“在我还是职业选手的时候，我就知道，早晚会有人打败我，超过我，创造新的神话。

“然而，这就是竞技的魅力。

“虽然终究难免渐渐淡出人们的视线，被遗忘在时光的长河里，但是，我流过的汗和泪，收获的掌声和荣耀，全部真实地存在过。

“对裴浠来说，情况也是一样。

“更何况，我坚信，他一定会再次登顶。”

评论区风向骤变，源源不断地出现“裴皇对不起”“裴皇加油”等回复。

训练室里，裴浠依旧顶着白板脸，表情毫无波动。

其他人听得目瞪口呆，陆天晴甚至感动得擦了擦眼角的泪花："不愧是我们队长的表哥，真的帅！"

自打转型幕后，除了偶尔直播时玩笑般开启"故事会"模式，Summer鲜少点评电竞圈内的焦点新闻，如此严肃地参与访谈，长篇大论地公开支持某位选手，这还是头一回。

大神出马，效果立竿见影。

相关报道全方位跟进，雨后春笋般爆出裴浠出道前在其他FPS游戏里的高分纪录。

电竞圈元老陆续转发，Phoenix的冠军战队《Conquer》分部全员力挺，一夜间压下了之前关于裴浠为了私情转项目的风言风语。

去年，裴浠被夏乐葵追梦的热情打动，起了转项目的念头，可现实存在的许多因素令他迟迟不敢下决心。

他犹豫再三，才与队友和表哥商量，竟意外得到了一致的赞同。

其中，Summer的话语给了他极大的勇气。

"如果你感到迷茫，我会提供建议，帮你分析利弊，然后，无论你做出什么决定，我都站在你这边。"

裴浠抿唇，不自然地低下头，没有看他。

"唉，真是不可爱，可谁叫你是我的宝贝弟弟呢。"Summer一本正经的表情瞬间垮台，他抬手揉了揉裴浠的脑袋，"别总冷着脸，偶尔也对哥哥撒撒娇嘛。"

他的掌心宽厚温暖，裴浠僵硬地站在原地，任由他将自己的发丝弄乱。

一些尘封已久的回忆渐渐苏醒。

"我们不要带裴浠，总是被虐多没意思。"

"他好难相处啊，就像个冰块一样。"

"这种没吃过苦头的天之骄子，根本不会想跟我们在一起吧。"

……

光芒太盛，令人畏惧，鹤立鸡群，终究形影相吊。

与其等着被孤立，不如先一步远离人群。

裴浠至今记得，年少时独自坐在角落里的台阶上，用树枝在地上画着画的场景，夕阳将他的影子拉得长长的。忽然有人坐到他身边，为他画的向日葵加上了笑脸。

他偏过头，对上了同样灿烂的笑脸。

每当裴浠孤单时，这个人总会出现在他身边。

他滔滔不绝地说着两人份的话。

他胡搅蛮缠地要求比试谁进的球更多。

他编造各式各样遇难的谎言，在裴浠匆忙跑去救场时哈哈大笑。

时常遇到结伴的朋友过来邀约，他笑着拒绝："不好意思啦，我要陪我弟弟。"

对于他的好意，裴浠从不感恩，始终冷漠，一直到……

"哥哥我正式开始打职业赛了，厉不厉害？"

在他期待的目光下，裴浠点点头。

"我以后住基地，一年才能回来一次。"

裴浠的动作顿住。

Summer走出几步，转身冲他挥手："记得看我的比赛！不要太想我！"

裴浠没作声，沉默地注视着他和一群朋友越走越远，越走越远，逐渐消失不见。

一晃多年，再次重逢，Summer为了保护裴浠，被因疯狂嫉妒而前来闹事的暴徒打伤，却对外声称是车祸。

严重的手伤无法恢复，最终，Summer被迫退役，结束了职业生涯。

最后一战结束后，Summer站在舞台上向全场观众告别。冠冕加身的英雄落寞离场，粉丝们痛哭流涕，撕心裂肺地大喊着，整座场馆弥漫着悲恸的呜咽声。

裴浠坐在台下，一滴眼泪都没有流，

当晚，他拿到表哥用过的键盘和鼠标，做了一个决定。

Summer一手建立的战队损失了作为灵魂人物的队长，同一时间，裴浠以游戏ID Summit入队，新生代第一中单横空出世。

为了带领队伍重振往日风采，裴浠倾尽全力，哪怕《Conquer》并不是他的最爱。

然而，他沉默寡言、孤僻冷傲的性格，终究没能让愿望成真。

面对这样的结果，Summer并未责怪他。

"裴浠，人不能总为别人而活。"

他敛起笑容，抬手指了指心脏的位置："真正想要的东西，你找到了吗？"

那个时候，裴浠无法回答。

此时此刻，看完Summer的采访，裴浠闭上眼，脑海中无数的画面如同放映电影般一一闪现——

他将行李从《Conquer》分部搬走时，队友逐一上前轻拍他的肩膀。

季向崆："跟着我做了那么久的打手，你也是时候出去独当一面了。"

林亦轩："小裴裴，在新队伍里不适应就坐地上哭啊，哭完了可别嚷嚷着想回来。"

孙则毅："勇敢往前走吧，人生就是不断踏上新的旅途，跌倒，然后变得更强。"

夏陵："裴哥，你一定能成为季哥那样了不起的队长，我们都拭目以待。"

画面翻转，浮现出《枪阵精英》分部建队以来，每日晨跑、讲图、练枪、复盘、训练的一幕幕。

输了分析战局，相互打气，赢了击掌狂欢，消夜与高歌相伴，时而欢笑，时而落泪，跌宕起伏的情绪仿佛被谱成了激荡的乐章，奏响在通往彼岸的途中。

大勇叉着腰骂骂咧咧，见谁偷懒就卷起杂志打谁的脑袋。

沈奇双脚搭在椅子上，吊儿郎当地窝在电竞椅里看复盘。

陆天晴一边飞快地操作一边控制着爆粗口的冲动，憋得满脸通红。

顾意一丝不苟地擦拭着盆栽的枝叶，被人点名后回过头，露出憨厚的笑。

"我是战队的肉盾，保护队友是我的责任，明天的比赛，你就放心在我背后输出。"

阳光下，树影斑驳，夏乐葵屈起纤细的胳膊，目光灼灼："所有的伤害，我来扛。"

……

真正想要的东西，你找到了吗？

不知不觉间，原本阴冷偏僻的角落已经被各式各样的存在填满。

"我想和大家一起努力，在次级联赛小组出线，打入八强，然后是升降级赛、顶级联赛、全国冠军、世界杯……我们已经走了前半程，接下来也要一起走。"

训练室里，所有人都诧异地看向这清冷声音的源头。

裴浠抬头，漆黑的眼瞳中，迷雾逐渐消失。

他背光而立，站得笔挺，一字一顿地说："我是《枪阵精英》一队的队长，我不会让战队解散。"

也不会让她离开我。

【5】

两周后，美国，洛杉矶。

夏乐葵没想到，裴浠居然能这么快找到她。

在真人CS模拟野战战场上对枪时，面对她的攻击，裴浠停住动作，一下都没有还手，任由她数枪击中他的胸口，被裁判勒令出局。

对于这次看似巧合的偶遇，夏乐葵的第一反应，是找个地方藏起来。

到美国之后，落脚点是面向北美高玩的训练营，她卸除了一切社交软件，试图将大脑清空，因为只要回想起一丝战队的过往，她就会整夜失眠。

起初，她倔强地坚持每日练枪的强度，可越练越差，对游戏画面的眩晕感也更加强烈，最近几天，她甚至连看屏幕都会头疼欲裂。

再一次匹配赛失误频频后，漫无边际的焦躁、急迫、绝望如海潮般席卷而来，她突然狠狠地扔掉鼠标，躲进角落号啕大哭。

见她始终情绪低落，与她同行的工作人员便带她去打真人CS减压，谁知第一盘对面的敌人中居然有裴浠。

她现在这样狼狈的状态，真的不愿被人看到，更何况这段时间发生的种种让她无颜面对裴浠。

她曾信誓旦旦向他承诺进入战队后一心只为比赛，绝无歪念。然而，爱慕之情却在朝夕相处中疯长，无法抑制，无法扼杀，她将它小心翼翼地藏在了心底，成为想起来就开心的小秘密。

谁能料到，在训练室里，她居然做出了那般大逆不道的事，没有赛前热身，越过一垒，直达二垒……

陆天晴说得没错，正常人会在睡梦中亲别人吗？

裴浠是她心头不能被亵渎的净土，只可远观不可下饭的神圣土豆，而她居然吃了熊心豹子胆，不仅时常头脑发热试图剥掉土豆皮，还咬了他一口。

为了不让她难堪，他选择隐瞒，不计较她的轻薄举动，可是她的良心好痛啊！

裴浠当她是队友，是后辈，处处照顾她，她却越来越恃宠而骄，得寸进尺。

如今训练室的接吻视频被公之于众，连累裴浠声名受损，夏乐葵觉得自己就像个扫把星，罪孽深重，哪里还有脸继续在他身边拖累他……

想到这里，夏乐葵匆忙将装备和弹药归还，准备提前离场。然而，同往常一样，裴浠总能迅速发现她的行踪。

回过头时，他已斜倚在门边看着她，双手抱臂，没有表情。

夏乐葵头皮发麻，干笑道：“前辈……好巧……居然在这儿都能遇见你……”

裴浠依旧沉默不语。

夏乐葵挪动了一下步子，裴浠立刻直起身，高大的身影盖住了她的影子。

他的声音隐隐透着愠意：“谁允许你退队的？”

夏乐葵蓦地眼眶湿润，她耷拉下脑袋，千言万语到了嘴边，却变成干巴巴的一句：“我不想打了。”

裴浠蹙眉：“你说什么？”

夏乐葵嗫嚅道：“战队没了我，成绩会更好。”

还没等他有反应，她已灵巧地从他身侧钻过，拔腿狂奔。

远处有一群穿着迷彩服的人迎面走来，她跌跌撞撞地拨开人群，继续往前跑，像只无头苍蝇般在铁丝网围着的仿真战场间来回穿梭。鞋带松了，她也无暇顾及，只是一心往前跑，不想被他追上。

视野忽然开阔，眼前出现了一片停车场，看到方才只见过几次面的队友笑着冲自己招手，夏乐葵头脑发热地冲向了他的车。

她忙不迭地拉开副驾的车门，还没开口，身后猝然伸出一只手，将车门重重地关上。同一时刻，她被人扣住腰往后拽，后背撞上了一个结实的胸膛。

夏乐葵下意识地挣扎，扭过头，动作倏地停下。

她看见裴浠英俊的脸上罩着层阴云，面色从未有过地可怕。

在她愣神间，他抓住她的手腕，将她拽至不远处工具房背后的暗巷，转身将她抵上墙壁。

两人的距离近在咫尺，裴浠垂眸，冷声问："他是谁？"

夏乐葵被他吓到，无辜地眨着眼，老实地说："刚才匹配的队友……之前不认识……没说过几句话……"

她也不知道自己为什么要交代得这么清楚，像个犯人一样。

裴浠起伏的胸膛稍微有些缓和，抓着她的手腕的右手松开，覆上她的脑后。

"为什么一声不吭地走了？"

夏乐葵别过头，又被他掰了回来。

"什么事总想自己解决，为什么不能相信我？"裴浠的黑眸沉沉地注视着她，左手掌心缓慢地覆上她的脸颊，指腹轻轻摩挲，"知道你走了后，我多担心吗？"

"我……"

"因为休息室的录像，不想连累我？"

"对不起……"夏乐葵不敢看他，像是在强忍什么不必要的情绪，嘴角收紧又松开，眼底渐渐泛起泪光，"这么多年，前辈你连绯闻都没有，却因为我……"

没等她说完，裴浠俯身，情难自控地咬上了她的唇。

炙热的呼吸交融，柔软的触感被无限放大，躁动激起了他更多的渴望。

往昔那些让他想触碰却不得不收回手的瞬间跃入脑海：她趴在他书桌上的睡颜，修剪长发时近在咫尺的纤腰，指尖划过的细腻脖颈……

理智的高墙轰然坍塌。

裴浠狠狠吮住她的软舌，纠缠搅动，不断加深着这个极具侵略性的吻。

夏乐葵整个人都傻了，眼前的景象天旋地转，她只能脖颈后仰，任由他攻城略地，剥夺她所有的氧气。

她脚底发软，只能攥紧他胸前的衬衣，发出几不可闻的呜咽声。

不是推不开，而是……

"前辈你……你在生气吗？"过了许久裴浠才松手，夏乐葵揉了揉自己发红的嘴唇，怯怯地问，"因为我在休息室亲、亲了你，所以你……你报复我？"

裴浠压抑着喘息的声音，慢慢闭上眼："我没有生气。"

下一秒，她被他用力抱入怀中，他的两条手臂紧紧地环住她的后背，让她一动都不能动。

裴浠将下巴搁在她的肩膀上，侧过头，眷恋地轻蹭她的脖颈，哑声道：“乐葵，我喜欢你。”

夏乐葵的大脑彻底死机了。

其他的声响都被滤去，她只听见心脏擂鼓般扑通扑通直跳。

又在做梦吗？

原来……真的不是幻觉吗？

往昔的画面一一在脑海中浮现，夏乐葵想起心情最低落的那天，她在房间里痛哭，裴浠屈膝半跪在身侧，也是这样抱着她，低头轻吻她的发丝……

那时候她沉浸在悲伤中，居然迟钝地以为这只是他的安慰……

可是……可是……

抵达下榻的酒店，裴浠走在前面，夏乐葵跟在身后，离他很远。

到了她的房间门口，裴浠停下步子，转过头，看见几步之外，小姑娘动作定格，像是木头人一样。

看样子她是吓坏了。

他告白完后，她一句话都没有说。

裴浠嘴角抿成直线，胸口被翻涌而上的情绪堵住。

开门进房间后，两人默契地跳过了这个话题，夏乐葵没头没脑地开始讲自己的心路历程。

“以前我还在女队时，参加新秀单挑赛那阵，网上有人恶意污蔑我靠外挂上分，那时候我想，他们敢这样肆无忌惮地践踏我的尊严，是因为我只是个不知名的小选手。

“可是，等我真的登上了顶尖的舞台，才发现，诋毁、诽谤、谩骂依旧如影随形，不但没有消散，反而比以前更加恶意滔天。我的一言一行、每场比赛的发挥都会被无限放大，那些人不断寻找缺口，进行攻击，甚至连我身边最亲近、最在乎的人都会遭受牵连。

“我无法接受他们侮辱勇哥，一句都不行！”

听完后，裴浠平静地开口：“这些喷子不值得你在意，你要想的是如何在赛场上击败敌人。电子竞技，成绩是一切。你在乎的应该是你的粉丝、你的支持者，是他们，追随你到每一场线下赛，订阅你的直播间，关注你的训练状态，为你加油助威。”

“可是，我的后援会会长都……”

想到阿鑫，夏乐葵心中发涩。

“她没有不相信你，她……”裴浠停顿片刻，像是在思考什么，“她只是因故断网了一阵。你消失后没几天，她就在网上发了声明。”

夏乐葵眼睛亮了：“真的？”

裴浠颔首，又问：“这就是你离开的原因？”

夏乐葵摇摇头，向他坦白：“经理说暂时送我到美国进行培训，等风波过了再接我回去，但那天下午我看到他在和二队的主坦接触，我猜，他也许是想替换我，又不忍心当面直说，毕竟我的状态那么糟糕，又给俱乐部惹来了接连不断的麻烦，也许离队对大家来说是最好的。”

裴浠皱眉：“所以你就一声不吭地走了？”

夏乐葵缩了下脖子：“对不起。”

裴浠依旧一眨不眨地注视她：“你自己的想法呢？”

夏乐葵盯着自己的脚尖，没回应。

“你的心结不解开，无论如何自我安慰，如何逃避，都是徒劳。”

“我……”刚刚吐出第一个字，她的眼眶蓦地红了，她抬起头，声音带上了哭腔，“我想继续……我不想退役……”

双手渐渐紧握成拳，她的肩膀开始筛糠般发抖：“我不甘心。

“就像顾意之前说的，如果我足够强，哪怕站在风口浪尖都能毅然赢下比赛，那些质疑声就会不攻自破。

“可是我没有……”

裴浠打断她：“你还记得在比赛时被当成突破点针对，最后我们是怎么赢下来的吗？”

联赛时的场景跃入脑海，夏乐葵喉间的话语生生卡住。

“你还有我们。”裴浠缓缓地道，“俱乐部没有放弃你，法务部在准备起诉造谣诽谤者，战队暂时休整，我们都在等你回来。”

夏乐葵闻言热泪盈眶，说话的声音越来越小：“可是……我……我现在……”

裴浠抬手揉了揉她的脑袋：“你很强。我敢肯定，只要能克服心魔，你一定能回到巅峰状态。”

夏乐葵抬起头，边擦眼泪边点头。

空气安静了下来，过了许久，谁都没有开口。

裴浠拉过她的手，眼帘低垂，指腹缓慢地摩挲着她的手背。

夏乐葵倏地屏住呼吸，被他碰触的地方一阵一阵地痒。

“乐葵。”他忽然叫她的名字。

夏乐葵忙不迭地应：“哎，在！”

“我不是很清楚怎么和女生相处，也从来没有对别人……”裴浠抿唇，抬头看她，语气有些艰涩，“如果我之前做的事会给你带来困扰，我们就和以前一样，你不用顾忌我……”

他越说越局促，脖子都红透了。

虽然重逢那会儿无比主动，但现在回过神来，他又恢复成了原来的模样。

耳边回响起那句“我喜欢你”，一股甜甜的暖流在胸腔中迅速蔓延，夏乐葵紧绷的神经随之松懈下来。

这句话就像一针强心剂，顷刻间，她所有的担忧、顾虑、恐慌统统被抛到脑后，那些“如果”“万一”“可是”顿时烟消云散。

刚才她一直没有回应，因为还在消化这个不可思议的事实，毕竟还有许多思绪没有理清，可现在，长久以来狠狠按压在心底的念头终于破牢而出，再也收不回去了。

“不困扰。”夏乐葵用力回握住他，踮起脚，“前辈，我也喜欢你……之前采访时说队友都不是理想型，是跟你赌气……我、我最喜欢你了！”

女孩子白里透红的脸颊近在咫尺，嘴唇饱满水润，裴浠的喉结滚了滚，手掌倏地盖住她的眼睛，下一秒，他低头亲上她的唇。

眼前一片漆黑，夏乐葵的脑袋里再次放起了烟花。

起初他只是蜻蜓点水地接触，浅尝辄止后分开一段距离，红着脸端详她，再贴近，试探着深入。

最后，他撬开她的牙关，将她当初在休息室里做过的事情十倍奉还。

夏乐葵晕晕乎乎地想，前辈的学习能力真是相当好……

喘息低沉，呼吸炙热。

意乱情迷间，裴浠另一只手小心翼翼地隔着轻薄的衣衫轻抚她的后背，手指碰到内衣扣带，他的耳根更红了，突然改变方向，低头亲吻她的脖颈和耳垂。

电流自背脊蹿上头皮，夏乐葵浑身酥软，在他怀里不住地战栗。

裴浠越来越用力，仿佛只有这样才能舒缓憋闷的情绪，他收紧双臂，使她的身体严丝合缝地贴向自己。

偏偏事与愿违，陌生的燥热感不但丝毫没有退却，反而愈加明显。

全身滚烫，裴浠难受地扯了下衣领，屈起手指解开纽扣。

咕嘟。

夏乐葵响亮地咽了下口水。

裴浠抬头，小姑娘正期待地看着他。

他动作微顿，不自在地移开视线。

谁知夏乐葵突然凑近，柔软的嘴唇贴上他的锁骨，用力吸吮……

裴浠瞬间身体僵硬，连眼睛都忘了眨。

“樱樱说这叫种草莓。”

夏乐葵回到原处，偏过头，不敢对上他的目光，脸一点一点烧起来，

先前无意间发现秋樱脖颈上的痕迹，她好奇地询问，于是接受了一轮开启新大门的科普。

虽然后来偶尔会对着裴浠裹得严实的领口浮想联翩，但如今付诸实践，夏乐葵依旧羞赧不已。

裴浠轻抚被她“盖章”的地方，眸色愈加深沉。

就在夏乐葵忐忑地以为他会发火时，他伸手抱紧她，脑袋埋进她的颈窝里。

这香甜的味道真是要命。

夏乐葵的上衣领口很大，被他用食指勾开。

他实在忍了太久，之前只能默默地远观，时刻控制着想要亲近的念头，如今，满腔的占有欲终于盖过一切，纵容他忘情地在她身上留下属于他的痕迹。

锁骨被咬了一口，夏乐葵嘤咛出声：“前辈，疼……”

裴浠蓦地停下动作，抬起头查看她的神色。

无论何时，只要她一皱眉，他就紧张。

四目相对，夏乐葵冲他甜甜地笑：“骗你的。”

她话音未落，嘴唇又被他含住，舌尖交缠。

心间像被羽毛挠得发痒，不知不觉间，她已被他抱坐在身上，鼻间全是他干净清新的气息……

拥吻许久，裴浠终于清醒过来。

夏乐葵的嘴唇都被他亲肿了，发丝散乱，双目雾气氤氲，白皙的皮肤上，红点自脖颈密密麻麻地延伸进领口，画面无比暧昧。

裴浠偏过头调整呼吸，平静下来后，动作轻柔地将她的长发理顺，帮她整了整衣领盖住痕迹，松开后又舍不得，再次用力将她搂进怀里。

夏乐葵的耳朵紧贴上他的胸膛，听见了他擂鼓般的心跳声，急速、狂乱。

他方才失控的样子，与平时清冷的模样判若两人，倒是像极了赛场上那个打法凶狠激进的Summit。

她动作轻缓地回抱住他，又怕是在梦里，于是用力掐了自己一下，顿时疼得倒吸一口冷气，却笑出了声。

Chapter 18

绝 佳 拍 档

【1】

夏乐葵做了个久违的美梦。

这段时间经历了山呼海啸，世界仿佛都在变天，如今终于与憧憬已久的爱慕对象交换了心意，紧绷的神经慢慢松懈下来，惶恐不安的情绪在他温柔的轻抚中散去。

她在裴浠怀里大哭，将长久以来独自承担的压力和委屈倾泻一空，最后哭累了，脸颊抵着他的胸膛，沉沉睡去。

醒来时天色已晚，夏乐葵睁开惺忪的眼睛，发现自己和衣躺在床上，盖着薄薄的被子。

等到彻底清醒时，脑海中毫无防备地浮现出几小时前的画面：裴浠伸手盖住她的眼睛，微凉的嘴唇贴了上来……他屈起食指钩开她的衣领，他附在她耳边低声叫她的名字，他失控般吮吻她的脖颈留下自己的痕迹……

心跳骤快，全身滚烫，夏乐葵捂住脸，感觉脑袋正在冒烟。

调整完心情后，她穿上拖鞋下床，往外走。

夏乐葵住的单人套间靠门处是厨房，裴浠穿着白衬衫、深色长裤，身姿挺拔地站在料理台前。走近后，她看见他的衬衫因先前的亲热而有些褶皱，领口立着，纽扣又扣得严严实实。

室内光线昏黄，吸收了他身上的清冷气质，将他的轮廓渲染得格外温和。灶台上正在煮汤，他掀开锅盖，垂眸专注地轻轻搅拌，鼻梁挺拔，长长的睫毛在下眼睑上投落一层阴影。

夏乐葵看得悸动不已，发烫的脸持续升温。

香味扑鼻而来，她的肚子应景地咕噜出声。

裴浠早就注意到了她的靠近，用勺子舀了一勺汤，轻轻吹了吹，侧身递到她嘴边。

夏乐葵的眼睛噌地亮了："好喝！"

裴浠嘴角微弯，抬手揉揉她的脑袋。

夏乐葵像是长出了尾巴，开心地摇啊摇："前辈真厉害，十项全能！"

裴浠没应声，将汤锅端上餐桌，准备做收尾工作。夏乐葵想帮忙却被他拦下，只能坐在一旁的高脚凳上围观。

她难得穿裙子，裙摆刚刚到膝盖，露出一双光洁笔直的长腿，还无意识地轻晃着。

见她一眨不眨地盯着自己，裴浠的动作又变得不太自然，耳根的红晕始终没有消去，一个碗拿起来后又放下。

"别看我。"

小姑娘不配合，依旧咧嘴，傻乎乎地笑。

"前辈，我见你真人第一面就心动了呢。"她卸下往日对他的恭敬拘谨，"你知道吗，那个时候看宣传片，你白衣白裤出场，冲着镜头抬头的那一瞬间，我噎住了。"

裴浠无语地瞥了她一眼。

"可是……"她眉头微蹙，扁扁嘴，可怜巴巴地说，"勇哥警告我，咱们女队是撞了狗屎运才能和你们世界冠军拍照，我和你就像是一夜情的关系，不能有非分之想。"

裴浠拿着锅铲的手抖了一下。

夏乐葵仍然陷在回忆中，眼眸清亮："那时候我想，怎么会有你这么美好的人呢，就像梦一样。"

眼前的光忽然被遮住，裴浠弯下腰，在她的额头上落下轻轻一吻。

"你也是。"

吃饱喝足，两人并肩窝在沙发里，闲闲地聊天。

大部分时间是夏乐葵在说话，裴浠安静地听。他握着她的手，低头看得入神，动作轻缓地摸过每一根手指。看着看着，裴浠忽然闷不吭声地拿出指甲剪，帮她剪指甲。

夏乐葵知道他有洁癖，心虚地以为自己哪里出了问题，令他觉得不爽，想把手收回来，却被裴浠攥着不放。

他将她的手拉到嘴边，亲她的掌心。

夏乐葵屏住呼吸，一动都不敢动。

裴浠的眼眸漆黑幽深，忽然将她侧身抱坐到自己的大腿上。

夏乐葵微怔，随后像电影里看到的那样，青涩地搂住他的脖子。

四目相对，谁都没有说话，渐渐变成两只蒸熟的番茄。

夏乐葵接不住他的目光，蓦地抱住他——这样就能不让他看到自己的脸了。

女孩子丰满的柔软贴上他的胸膛，裴浠嘴唇紧抿，用力倒吸一口气。

他听见她喃喃道："前辈，谢谢你来找我。"

裴浠收紧僵在她身侧的双手，隔着薄薄的布料，食指划过内衣扣，规矩地停留在腰间。

"离开战队后，我一个人在这里过得很不好。"

他抬起右手，手指插入她的秀发中，慢慢地往下滑。

发梢又分叉了。

他想，理发剪刀在基地的卧室里，回去就帮她修。

"勇哥走了，以前的朋友散了，我爸妈以我为耻，最铁的粉丝都不相信我，我特别迷茫，感觉自己一路跌跌撞撞地往前跑，回过头，背后空空如也，原本陪在身边的人都不在了。"

裴浠侧首，看着夏乐葵的耳朵。

今天他才知道，她的耳垂特别敏感，稍微一吹气就会身体发颤。

他贴近她耳边，叫她的名字："乐葵。"

果然等到了意料中的反应，她的眼睛变得湿漉漉的，颤声应道："嗯……"

裴浠嗓音喑哑："你还有我。"

我一直，很想被你需要。

还没等她回应，他已经紧吻住她的嘴唇。

心跳得像是要冲出胸膛，夏乐葵气息不稳，瘫软在他怀里。

裴浠带着凉意的手掌在她的裙边徘徊许久，随着热吻渐深，终于向下覆上她光裸的腿……

夏乐葵迷迷糊糊地想，以前无法接受裴浠和别人亲热，脑海中浮现出这样的画面就会心酸难受，如今，那个对象却是她。

怎么办，幸福得想哭。

订了周末回国的机票，裴浠开始陪夏乐葵练习，帮助她慢慢恢复操作。

回国前一晚，看见夏乐葵龇牙咧嘴地与行李箱的拉链较劲，裴浠眉头轻蹙，打开装得满满的箱子，将她的衣服一件件拿出来叠好，重新放回去。

整理完她的行李，直起身后，他发现夏乐葵正捧着队服，若有所思。

裴浠走到她身旁：“别担心，我们的事回去后我会跟俱乐部交涉，所有后果我来承担。”

“前辈，我不用你保护。”

夏乐葵回过神，终于朝他露出久违的笑容，灿烂温暖。

“我们是战友啊。”

【2】

回国后的第一站，裴浠没有直奔俱乐部，而是回“梦旅人”安置了行李，调整完时差，带夏乐葵跑了趟长途。

发现行程跟预想中的完全不一致，裴浠也不给个解释，夏乐葵急得眉头拧在一起，一路上咋咋呼呼。

“前辈，我不想出去旅游。”

“前辈，这几天多亏你陪我一起练习，我的状态已经恢复一大半了！”

“前辈，我缺席了那么久，其他人肯定比我进步很多，我得加紧赶上！”

“前辈，俱乐部真的不会安排替补吗？万一经理又改变主意了呢？”

“前辈，你听到了吗？”

可惜裴浠不为所动，目不斜视地看着前方。

两人并肩走在地铁通道里，没有太过亲密的动作。

尽管戴着口罩，只露出清隽的眉眼，裴浠出众的外形依旧引得路人纷纷驻足，有几个女孩子毫不顾忌地盯着他，心痒痒地想上前搭讪。

“旁边是他的女朋友？”

“不是吧，隔着点距离。”

“这样子一看就是被骚扰了吧？”

久久得不到回应，夏乐葵有些挫败。在无人的角落对她那么热情，出了屋子就这么冷漠，冰山心，海底针，搞不懂。

可她又不敢自己单独回俱乐部，生怕惹他不高兴。

说起来，在他面前，她好像总是矮一截。

越想越憋屈，夏乐葵负气般闷头往前冲，手腕忽然被裴浠拉住，往后一拽，视线转了一百八十度，她重心不稳地扑进他怀中。

方才还跃跃欲试的女孩子们同时噤声，脸红心跳地捂住嘴。

不远处的广告牌正好刷到裴浠的代言海报，带有科技感的暗色基调下，男人孤傲清冷。

咫尺间，他的目光清澈温和。

长得好看果然是可以为所欲为的，夏乐葵顿时什么气都消了。

她仰起脸，扁扁嘴："你不理我。"

裴浠低头，揉开她眉间的皱起，将她的碎发拨到耳后："到了你就知道了。"

刚才他一直在思考该如何回答她的问题，琢磨了半天，最终还是什么都没说。

直到他看见她不高兴地走远，身体便下意识地有了动作。

察觉到路人不断扫来的视线，两人同时触电般松手，拉开距离。

裴浠手掌虚握成拳，抵在嘴边，侧头看向夏乐葵因羞涩而红扑扑的脸蛋，她正用手掌给自己降温，嘴唇水润，细密卷翘的长睫毛微微颤动。

裴浠喉头发紧。

一会儿到没人的地方再亲她。

这是一段很奇怪的旅程，飞机下来坐火车，火车换巴士，巴士换出租车。

等到车子驶入偏远的乡镇，眼前的景色变成大片大片的田野，周遭传来鸡鸣狗吠声，夏乐葵的脑袋里仍然是一团糨糊。

下车后，裴浠找了家快捷旅馆落脚，开了两间房。

房间里一股霉味，灰尘飞扬，木地板踩上去吱吱作响，墙上的油漆不规则地大块脱落，凹凸不平，靠窗边一张简陋的床，床单被套旧得发黄。

夏乐葵随意地坐上床沿，看见裴浠弯下腰，小心翼翼地伸出两根手指夹起被子，往上掀开，然后，他全身不正常地抽搐了一下。

夏乐葵目光下移，床单上有一小片没洗干净的血迹。

裴浠倏地松手，深深地闭上眼睛。

床不能睡，被不能盖，地不能躺，墙不能靠。

夏乐葵看见，他英俊的脸上浮现出因为极其痛苦而扭曲的表情。

连带着她都感受到了这份来自洁癖的绝望，正襟危坐。

黑云压境，空气骤寒，狂风扫落叶。

就在这愈加悲壮的氛围中，裴浠终于开口告诉了她此行的目的。

走出巷口，往右拐是一间小餐馆。正是饭点，店内挤满了人，门口摆着一些塑料桌椅，男人们一边喝酒一边吞云吐雾，呛得夏乐葵和裴浠同时捂嘴咳嗽。

踏入餐馆，裴浠上前同老板娘说了几句话，转身拉着夏乐葵进入后厨。

厨房阴暗狭小，弥漫着浓浓的油烟味，夏乐葵跟着裴浠往前走，上身注意不要碰倒台面上的瓶瓶罐罐，脚下还得躲避地面上堆积的餐盘。

快到尽头的时候裴浠停了下来，夏乐葵抬头看去，一个女孩子正在水池边洗碗，宽大的粗布衣服将她的身形衬得格外瘦小，腰间的围裙布满了黄色的油斑。

听到动静后，女孩子回过头，难以置信地放下手里的碗，瞳孔慢慢放大。

尽管已经做好了思想准备，但在看清她的脸的那一刻，夏乐葵的眼眶蓦地红了。

“阿鑫？”

那张苍白、憔悴、没有表情的脸，在面向夏乐葵的那一刻忽然有了生气。

“乐葵！你怎么在这里？”

夏乐葵嘴唇轻颤，不知如何回应。

印象里，阿鑫家境殷实，念名牌大学，前程似锦。在夏乐葵经济状况最差的时候，阿鑫通过直播间的打赏是她的主要收入。

夏乐葵曾担心，从线上到线下，繁重的应援活动会耽误学业，但阿鑫总能用优秀的成绩单打消她的顾虑。

她告诉夏乐葵，大学毕业后，她想进入游戏巨头D社，参与研发风靡全球的电竞游戏。

然而，眼前的女孩子似乎并没有察觉夏乐葵内心的波澜。

“我看到大家说你消失了……”阿鑫将视线移向一旁的裴浠，忐忑地问，“你要回战队了吗？”

夏乐葵依旧干戳着不说话，裴浠替她点了点头。

阿鑫的眼睛蓦地亮了，冲向前想抱住夏乐葵，忽然意识到了什么，湿漉漉的手在自己的围裙上擦了擦。

夏乐葵心头发涩。

“太好了！真是太好了！”阿鑫激动得全身颤抖，“之前传出你已经离队的消息，我好担心啊！担心你就这样被逼得退役，甚至得上抑郁症！”

夏乐葵回抱住她。曾经微胖的女孩子比以前瘦了好多，脆弱得仿佛一折就断。

“网上后援会解散的谣言都是假的！我没有脱粉！”阿鑫将头摇成了拨浪鼓，“一步步看着你走到现在，我怎么可能不相信你呢？什么作风混乱潜规则，全在放屁！你赢过那么多职业选手，那群喷子是在看不起谁？！对不起，在你这么艰难的时候，我没说一句就消失了……”

夏乐葵跟着摇头。她怎么会怪阿鑫，阿鑫早已自顾不暇了。

来餐馆找人之前，裴浠简述过阿鑫的遭遇。

家庭出现变故，父亲破产，欠下巨额债务，母亲向来爱玩，被富裕的日子养娇了双手，第一时间与父亲离婚后远走高飞。

父亲因此受到打击，卧床不起。

人生陷入噩梦，阿鑫决定与爸爸共同承担。爸爸从小把她一手养大，她不能不管他。

亲戚都劝她嫁人还债，她不肯。

几乎在夏乐葵出国比赛惨遭碾压的同一时刻，阿鑫辍学，回到老家帮忙经营亲戚的餐馆，一天还要打好几份工。

曾经活力四射的女孩，被现实磨成一摊死灰。

三人找到一处安静的地方说话，谈及这段时间经历的种种，感慨命运无常。

阿鑫告诉夏乐葵，闲暇时，她就趁着去县城的机会，到网吧看一会儿夏乐葵的比赛和新闻。

“乐葵，在最黑暗、对未来最绝望的时刻，一想到你，我就仿佛看到了光。”

“乐葵，你是我苦涩的日子里难得的快乐。”

“乐葵，你一定一定要在赛场上继续耀眼下去！”

沉默许久，夏乐葵终于艰涩地开口。

几年前，她刚刚出道，在简陋的网吧里打奖金只有几千块的比赛，为了保持状态全程空腹，饿得胃里绞痛。

赛后，她蹲在角落里休息，身边忽然来了一个人，弯腰递过来一个面包。

“你好厉害啊！”小姑娘眼里满是崇拜，“能给我签个名吗？”

“那一天，我有了第一个粉丝。”

她曾在屋顶妄想自己站在世界赛场的舞台上，慷慨激昂地发表获胜宣言，而阿鑫是台下唯一的观众。

这些年来，阿鑫为她管理直播间、社交账号和粉丝群，为她宣传拉票，为她的比赛打气，为她在硝烟弥漫的网络战场上冲锋陷阵。

“后来的职业路上，我有了越来越多的粉丝，他们每天对我说早安晚安，他们去现场为我摇旗呐喊，他们对我很好很好。

“可是，他们都不是你。”

夏乐葵拉住阿鑫的手，泪水滂沱。

“阿鑫，谢谢你，在我渺小如尘埃的时候成为我的后盾，给了我一路往前走的勇气。”

两个女孩子抱在一起，泣不成声。

后来的时间里，裴浠完全沦为背景板。

无论是茶杯上的黑点，墙上脱落到一半的墙皮，还是木桌上那道裂痕，都令他浑身不舒服，但他始终强忍着待在原地，在夏乐葵哭得涕泪纵横时轻抚她的背，给予她无声的安慰。

直到夏乐葵的情绪稍微恢复了些，见天色已晚，他才起身带她回到旅馆。

房间里没有椅子，裴浠在床上铺了层干净的衣服，两个人并排坐在床沿。

他抽出湿纸巾帮夏乐葵擦手，将每一寸皮肤都弄得干干净净，然后换了张干纸巾，轻轻擦拭她被泪水打湿的睫毛。

夏乐葵靠上他的肩膀，抽噎渐渐停了下来。

他们静静地依偎在一起，不说话，过了好一会儿，裴浠拿出手机，点开存在里面的视频。

屏幕被递到眼前，夏乐葵看见黑底的背景上滚动着白色的字幕——

夺冠是每个职业选手作为运动员的责任，而对粉丝们来说，喜欢一名选手，除却辉煌的战绩，更多的时候，还因为喜欢这个人。

隐忍、勇敢、坚韧、冷静，那一场场精彩绝伦的比赛呈现给观众的，远远不只单纯的游戏画面，还有以游戏为媒介的，活生生的人性。

这就是我们喜欢乐葵的理由。

开朗、积极，哪怕身处黑暗，向日葵依旧绽放。

然而，滔天恶意如暴雨突袭，肆无忌惮地践踏她的尊严，摧毁枝叶，撕烂花瓣，将她连根拔起，扔入深渊。

喷子们喷走了一个还能继续去祸害下一个，可是我们小瓜子就没有家了。

热泪猝不及防地滑过脸颊，夏乐葵抬手捂住嘴巴。

视频中开始播放她出道以来的一幕幕，有哭，有笑，有狂欢，有落寞。

一群小瓜子集体合唱陈奕迅的歌——

在举手投降以前，让我再陪你一段。

陪你把沿路感想活出了答案，陪你把独自孤单变成了勇敢。

一次次失去又重来，我没离开，陪伴是最长情的告白。

心弦再次被触动，夏乐葵弓起身子，眼泪大滴大滴往下落，怎么也停不下来，像是要流光这些年隐忍的所有情绪。

患难方得见真情，虽有大批粉丝退群脱粉，但更多的人没有离开。

身旁的裴浠将她拥入怀中，跟着轻唱——

陪你把想念的酸拥抱成温暖，陪你把彷徨写出情节来。

未来多漫长，再漫长，还有期待。

陪伴你，一直到故事给说完。

夜已深。

裴浠担心夏乐葵情绪再有波动，便留下来陪她，任由她哭累了，毫无防备地在他怀里坠入梦乡，将他当成一个大型抱枕。

乌黑的长发披散在他身上，裴浠低头，她敞开的领口若隐若现地显露出少女雪白的丰盈……

他微喘一口气，轻轻收拢她的衣领，强迫自己移开视线。

结果裴浠一宿没睡着。

第二天清早准备回程，夏乐葵神采奕奕，裴浠状态萎靡。

“前辈，阿鑫的事，你怎么知道得这么清楚？”

裴浠抬手揉着眉心，没有回答。

夏乐葵想到了什么，拉拉他衣服的下摆：“我想先去一趟银行。”

她话音未落，手机铃响。

电话那头传来阿鑫的抽噎声：“乐葵……不行……不行……这么多钱我不能收……”

夏乐葵惊诧地看向裴浠，

后者沉默地点点头，在手机上打了行字，将屏幕转给她看。

夏乐葵的眼眶蓦地发红，她深呼吸，平复了一下心绪，照着上面的话安抚道：“阿鑫，这些钱是我借你的，你先把书读完，以后工作了再努力挣钱还我。”

“你在哪里？我给你写个字据！”阿鑫哭得更响了，“我一定，一定会好好念书还给你的！”

在阿鑫的执着要求下，他们又折返折腾了一番，最终一步三回头地告别离开。

“前辈，你帮阿鑫父亲还的那笔钱，等我攒够了就还给你。”

裴浠的表情没什么起伏：“不用。”

夏乐葵摇头：“我怎么能欠你那么多……”

裴浠伸出食指，抵住她的嘴唇，轻声道：“欠一辈子就好了。”

【3】

阿鑫的事情实在出乎夏乐葵的意料，圆满解决后，压在胸口的重石落地，连呼吸都畅快了许多。

那种去年俱乐部纠纷解决后，甘愿为裴浠做牛做马的心情又冒了出来。

他不会安慰人，可默默为她做的每一件事都暖到了心底。

夏乐葵在回程的巴士上又睡了一觉，却做了个不好的梦——

裴浠站在舞台上，她在台下远远仰望，终于等到他下台，她兴冲冲地跑到最前方冲他挥手，他却冷漠地问：“你是谁？”

狂热的粉丝们蜂拥而上，将她越挤越远，到最后，她再也看不见他的身影。

遥不可及。

醒来后，夏乐葵拉起裴浠的手，一会儿十指相扣，一会儿比画大小，一会儿贴上自己的脸，最后吧唧一声，响亮地亲了他一口。

真不可思议，可以碰，可以捏，还可以亲，夏乐葵嘿嘿傻笑，又亲了一下。

裴浠无奈地反抓住她，哑声道："别闹。"

小姑娘眨眨眼："你不也这样？"

裴浠一怔，她竟然会顶嘴了。

"我还是不敢相信，你会对我……对我……"

她的脸颊烧了起来，害他也脸红了。

尽管在独处时有过情难自已的亲热，但两人白天又经常变得像陌生人般拘谨。

"前辈，你再说一遍好不好？"

裴浠的红晕蔓延到了脖子根："……"

"说嘛。"

"……"

夏乐葵晃晃他的手臂，学着秋樱的腔调，甜甜糯糯地叫："裴哥哥，你说嘛。"

裴浠冰封的表情开始碎裂。

自从告白后，她越来越无法无天。

其实仔细回想，她以前就有点不对劲了：莫名其妙拉他的外套拉链，被制止后落荒而逃；走路故意摇摇晃晃，不时回头偷瞄他；休息室里睡迷糊了，搂住他的脖子就亲，还把舌头伸进来……

解他扣子的动作也很熟练……

她都跟人学了些什么乱七八糟的东西。

如果那天进休息室的不是他，她难不成还……

见对方始终没有反应，脸色愈加凝重，夏乐葵大着胆子，将脑袋探到他眼前，清澈见底的眼睛睁得圆圆的，纯真无辜。

"裴哥哥……"

裴浠垂眸，忽然伸手捏她的鼻子。

"疼疼疼……"

近乡情怯，远远看见俱乐部大门时，夏乐葵的脚步逐渐变得沉重。

大勇过世的噩耗，铺天盖地的诽谤，被敌人逼入角落的炮火，舞台下的嘘声，母亲狠狠甩来的巴掌……

令人恐惧的寒意瞬间蔓延上来。

“一会儿我得先跟大家道歉，因为我的事连累队伍战绩，还害你一起被骂……”怕被俱乐部里的人撞见，夏乐葵不敢和裴浠靠得太近，只能跟他说话转移注意力，“前辈你这么优秀的人，从没受过这样的委屈吧？”

裴浠淡淡道：“有。”

夏乐葵难以置信：“你也被骂过？”

裴浠牵住了她的手，“嗯。”

哎？！

他用指腹摩挲她的手背，掌心传来的温度令人安心。

可是……

不知从哪儿听到风声，回到俱乐部后，《枪阵精英》和《Conquer》分部的一队竟然齐聚训练室。

“乐葵！”

门开后，秋樱第一个跑上前，她瞥了裴浠一眼：“你总算回来了！你不在的时候，有的人茶不思饭不想，每天满世界找你，我们刚刚得到你的消息，他转眼就订机票走了。”

夏乐葵耳根发热，想松手，却被裴浠抓得更紧。

季向崆懒懒散散地斜倚在桌边，将语调拖得长长的：“有的人哪，一边说着对妹子没兴趣，一边关注妹子的一举一动，人家交了什么朋友喜欢吃什么了解得清清楚楚，明明是个洁癖，妹子穿过的衣服送回来后说是要扔，结果却藏了起来。”

裴浠的脸蓦地黑了。

“有的人禁止别人接近妹子，美其名曰……”林亦轩板起脸，冷冰冰地说，“她想好好打比赛，别去影响人家。”

他学得太像，逗得大家笑出猪叫。

“当初纯洁的我还真的信了，现在想想，这个人还对哪个后辈这么上心过？”

众人一致摇头。

林亦轩表情幽怨：“后来因为和妹子距离太近，我被有的人踹凳子、拔显示屏接线、壁咚、冷暴力，挨了不少整。”

秋樱拍拍他的肩：“别说你个大男人了，就连我跟妹子啵一下，有的人冷飕飕的目光就扫过来了。”

“总而言之，有的人赛场猛如虎，情场怂如狗。”沈奇跷着二郎腿，掰着手指数落，“买了一堆东西不敢送，逮着个机会帮人剪头发还不敢抱，妹子生病了倒是有胆子去送饭，结果估计半点好处都没捞到。”

陆天晴的面膜都快笑裂了，他忽然一个急刹车收住表情，扭头问队友：“不会吧，你们早看出来了？”

“废话。”沈奇嗤笑道，“我又不是你这种初吻还在的小屁孩。”

陆天晴的笑容瞬间消失。

顾意老实地点头：“队……啊不，有的人……挺……挺明显的。”

在陆天晴有反应前，沈奇补刀：“可能这种爱的眼神，只有被爱过的人才能体会到吧。”

单身狗被戳中了痛点，陆天晴只能捂住胸口，拿他人泄愤：“有的人弱爆了！我妈妈说，爱要大声说出口！”

沈奇啧啧摇头：“是啊，有的人不敢碰，还不许别人碰，也是绝了。”

林亦轩嬉皮笑脸地走上前，轻推裴浠的肩：“我们说‘有的人’，你脸红什么？”

夏乐葵听懂了他们的意思，又喜又羞，挡到裴浠身前，尴尬地摆摆手：“大家别开前辈的玩笑啦。”

秋樱起哄：“哎呀，乐葵现在都帮他说话了，有的人没白疼你。”

夏乐葵更窘迫了：“哎……我……”

“那是，乐葵妹妹在有的人面前一直都很乖。”

“没错，对我凶得要命，见到有的人就变成了温驯的猫。”

“那肯定啊。”夏乐葵的脸颊越来越红，她低下头，声音一点点小下去，“我喜欢他嘛……”

整个房间忽然陷入沉默。

片刻后，秋樱一把将夏乐葵抱进怀里，用下巴蹭她的脑袋：“呜……好可爱！有的人命真好！我反对这门亲事！”

“基地里不谈私事。”裴浠打开门，冷冷地下逐客令，“外人请回。”

然而大家依旧没有消停的意思。

“我也反对这门亲事！”

“我也反对这门亲事！要有的人跳热舞才答应！”

“我也反对这门亲事！要有的人摆流水宴才答应！”

“我也反对这门亲事！要有的人赤膊绕基地后空翻一圈才答应！”

“都给我出去！”

玩闹过后，房间里只剩下《枪阵精英》分部的人。

夏乐葵才知道，裴浠已将对她的心意告诉了俱乐部高层，否认了先前她那套单相思的说辞。这个消息很快在俱乐部内传开，一队主力两情相悦、双向暗恋的真相虽出乎意料，但确实有迹可循。

陆天晴兴奋地说：“高层问及大家的看法，结果全员力挺你！”

“经理要等你回来后再做定夺。”沈奇轻拍她的肩，“你可得争气啊，拿出平时凶我的气势来，捶爆敌人的头！”

话都被队友说完了，顾意倒了杯水，放到夏乐葵的桌子上：“加油。”

夏乐葵目光闪动，过了好久才开口。

“我离开之前的那段日子，状态特别差，不仅是因为那些恶意诋毁，更多的是因为跨不过一道坎。”

她攥紧手掌，骨节发白。

“待在基地里的每分每秒，我都会想起勇哥。

“想起他已经不在了，我就胸闷、懊悔，痛恨自己。

“恨自己不争气，没能让他看到冠军的奖杯，没能打好他熬夜苦想的战术……我对不起勇哥……

“如果我再关心他一点……”

所有人的表情都凝重了起来。

“乐葵……”陆天晴张了张嘴，不知如何安慰。

就连沈奇都收起了那副吊儿郎当的模样，叹了口气。

在这令人神伤的当口，裴浠起身，告诉大家，大勇的旧友探访他时，与大勇说了一段话，旧友后来发现，自己无意中录了音。

几经波折，对方将这段录音传给了裴浠。

时间在他们出国比赛惨败之前。

“我活不了多久了。”

手机里传出第一句话时，听见大勇熟悉的声音，夏乐葵倏地热泪盈眶。

“这一生我没拿过什么好成绩，唯一的骄傲就是乐葵，她是我在职业圈存在过的证明。

“我知道，哪怕通宵看再多录像，为她准备再多资料，她也许也赢不下这次比赛。

“《枪阵精英》是中国电竞的弱项，就算她以后真的代表中国出征，将来在国际大赛夺冠的希望依然渺茫。

“可是竞技不就是这样吗，只有一个站在山顶的冠军，我们大部分人，都是拼尽全力往上爬，将汗水洒尽，将泪水流尽，最终在半山腰遗憾止步。

“这个圈子里的很多女选手，因为觉得女人打职业赛没有希望，因为畏惧艰难险阻，就纷纷转型迎合市场。她们或许活得光鲜，收获了名与利，但就在抛弃初心的那一刻，她们已经输了。

“然而乐葵顶着高压、贫困、偏见，忍受着谩骂诋毁，冒着枪林弹雨坚定地往前走，没有人可以击垮她，就算失败了，她也是站着倒下的。

“乐葵从来没有输过。

“能一路陪她走到现在，见证她的成长，我也没有输。”

霎时间，心脏像是受到重重一击，热血上涌，夏乐葵觉得全身的细胞都跃动起来。

像是有火喷涌而出，烈焰滚滚，天崩地裂，冲碎迷茫与顾虑，吞噬失意与悲伤，只剩那股横冲直撞的倔劲和那股绝境求胜的渴望。

夏乐葵抬起手背捂住眼睛，哭得声嘶力竭：“勇哥……对不起……”

裴浠轻揉她的脑袋：“不用道歉，你从未真心想过离开，不是吗？”

夏乐葵擦干眼泪，咬住下唇，狠狠地点头。

“乐葵，”裴浠、沈奇、顾意、陆天晴同时向她伸出手，“欢迎归队。”

【4】

沉寂许久，夏乐葵的回归果然引起了巨大的风波。

不过，舆论风向早已与先前不同。

所有跟风抹黑造谣的营销号、门户网站、论坛帖，统统被法院定性为诽谤，责令赔偿、删帖、公开道歉，并且置顶道歉帖。

一篇名为《是我们小瓜子拿不动刀了，还是你们这群电竞名媛太飘了？》的帖子在各大社交网站疯转，恶意中伤夏乐葵的聊天记录曝光，嫉妒到扭曲的阴暗嘴脸令人发指。

艳照、潜规则、视频，种种所谓的“黑料”被证实纯属捏造。

全网哗然。

唯一女选手因被捏造的罪名惨遭全网黑，越来越多圈内外举足轻重的人物开口为她发声。

参与造谣的俱乐部人员、选手、主播、电竞圈相关工作人员被勒令公开道歉，接受处罚，情节严重者被直接开除。

不仅是公众人物，以卢青青粉丝团为首的粉丝群体开始清理门户，将之前故意抹黑夏乐葵的极端粉全部开除粉籍，并踢出群，拉黑，永不再接纳。

关于最具争议的训练室接吻视频，Phoenix俱乐部公开了裴浠与夏乐葵两情相悦的声明。

文章最末写道：

在现在的电竞大环境下，女选手进入顶级联赛的机会十分稀有，我们迈出了第一步，为了减少风险和舆论压力，定下了内部不许出现恋情的规定。

然而，感情终不可控。

《枪阵精英》分部建立以来，主力一队从次级联赛一步步打入顶级联赛，闯进季后赛，得到旧金山《枪阵精英》国际邀请赛的名额，为国出征。战队五个人的努力大家有目共睹，虽有遗憾，但从未犯过任何违反竞技精神的错。

接下来，一切将用战绩来证明。

夏乐葵回国后，与裴浠一起向高层坦白恋情。Phoenix俱乐部打从一开始就诚心培养女选手，好不容易养大的苗子，怎么舍得随便舍弃。加上后来的训练赛夏乐葵状态神勇，发挥出原有的水平，场场碾压二队主坦，更是打消了他们所有的顾虑。

得到俱乐部的首肯后，夏乐葵终于装上卸载许久的微博，忽略掉所有陌生人的信息，发布了风波过后的第一条微博。

“感情绝对不会影响训练，性别也不是任何阻碍，我就是我，一名电竞职业选手。”

好友们迅速转发。

沈奇：别把女选手当原罪，多关注比赛操作，而不是爬过谁的床。

陆天晴：我最欣赏两位女性，一位是我妈妈，还有一位就是乐葵。

顾意：经得起多大的诋毁，才经得起多大的赞美，共勉。

秋樱：无论何时，我永远站在你这边。

林亦轩：为乐葵妹妹疯狂打call！

Summer、季向崆、夏陵、孙则毅……

鼠标不断往下拉，屏幕上忽然冒出两个ID，令夏乐葵感到意外。

卢青青：她才是当之无愧的电竞圈励志女神。

顾晴：对不起。谢谢你。

在她离队期间，卢青青撰写长文，讲述了与夏乐葵同队的那段时光。

顾晴顶着被无数人道德审判的压力，冒着被俱乐部开除的风险，图文并茂，毫无保留地揭开夏乐葵被钉在耻辱柱上的“猩猩舞”背后的辛酸真相。

鼻间忽然发涩，往昔的种种在眼前浮现，夏乐葵心中五味杂陈。

有些东西在时光长河中蒙了尘，有了裂痕，可终究存在过。

她用力深呼吸平复自己的情绪，察觉身侧裴浠担心的目光，她笑着摇摇头，接着往下看。

裴浠的转发内容只有一个字：嗯。

评论区里一片血雨腥风，迷妹们哭天抢地，撕心裂肺，同娱乐圈偶像公布恋情时如出一辙。

然而，电竞圈并非娱乐圈，理智的粉丝自发组织起来驳斥无脑的攻击。

“只是迷恋外表算什么电竞粉？无论是裴皇还是夏乐葵，他们走到这一步全靠自己的实力，不需要给你们任何感情上的交代！”

“实在需要心理慰藉，就去看电竞言情改编的偶像剧吧，那部《电竞恋人》马上就要开拍了！”

……

对当事人来说，再多的纷纷扰扰，在经历过之前的阵仗后都仿若阴天淅沥的小雨，冷，却足以无视。

夏乐葵回归后的首场线下比赛，现场座无虚席，盛况空前。

除了浩浩荡荡的小瓜子后援团外，还有一批特殊的助威团。

Phoenix选手入场时，台下的女子战队接连起立。

夏乐葵抬头望去，面露惊诧，昔日在女队时，这些选手的脸她再熟悉不过。

“华盛杯”女子争霸赛冠军。

《枪阵精英》城市争霸赛女子组冠军。

TIX全国总决赛女子组冠军。

高校电竞挑战赛《枪阵精英》女子组冠军。

……

她们从全国各地自发地会聚在一起，为她的复出应援。

夏乐葵眼底一热，视线渐渐变得模糊。

电竞女子比赛规模不大，影响力远不及传统职业联赛，然而，她们在没有密集曝光度的情况下，为了梦想默默地努力着。

为首的长发女生冲夏乐葵高声喊道：“乐葵，你是我们女选手的骄傲，我们不会放弃，也请你不要放弃，继续活跃在代表中国最高竞技水平的职业赛场上！”

语毕，“乐葵加油”的声音在选手群里蔓延开来。

夏乐葵仿佛看见了没有光的夜空中，朵朵烟花灿烂盛开。

有个矮个子的女选手情绪格外激动，说话时全身都在抖：“乐葵，我非常崇拜你！虽然我是个女生……”她蓦地眼眶通红，深吸一口气，哽咽地道，“可是，我真的真的热爱电竞！”

身侧的队友轻拍她的肩膀，她抬手抹掉眼泪，目光灼灼地说：“有朝一日，我也会登上这个舞台！请你、请你等着我！”

夏乐葵不禁笑了。这个女孩子年纪很小，说话因激动而语无伦次，可清亮的眼睛无比坚定，恍惚间让她看到了自己刚出道时的影子。

她冲她们用力挥手，然后手握成拳，按在心脏的位置。

此时此刻，她能做的，只有秀翻全场，上演王者归来。

最终，Phoenix轻松战胜对手，夏乐葵以两场MVP成为当之无愧的“全场最佳”。

聚光灯闪耀，观众疯狂呼喊她的名字，一浪高过一浪。

那个时候她还没料想到，半年后，她能作为唯一的女选手入选“《枪阵精英》世界杯”中国国家队。

那个时候她还没料想到，他们会以雷霆之势席卷全国各大比赛的冠军，在全球舞台上创造奇迹，绽放异彩，创造中国《枪阵精英》的神话。

那个时候她还没料想到，她在颁奖台上的一席话，会激励多少拥有职业梦的女玩家。

“我希望有朝一日，大家听到‘女选手’这三个字，第一反应不是花瓶，不是潜规则，我希望看到女选手，大家关心的不是长相身材，而是操作实力。

“我会一直奋斗下去，我不认输。就算失败了，我也是站着倒下的！”

【5】

归队后的第二个晚上，夏乐葵无意间发现了裴浠的秘密——

他有一个盒子装满了她用过的东西，还藏了许多女款的物件，全部崭新，没拆封。

裴浠对此的解释为：“想送你一副手套，不知道什么款式的好。其他的东西也是。”

夏乐葵的脑回路没有他那般百转千回，不解地问：“为什么要送手套？”

裴浠看着她，不说话。

夏乐葵拿起另一个小盒子，面露困惑：“这个是……谁的？”

白底的盒子里像放项链般摆着许多根头发，最左边的最短，往右依次变长。

夏乐葵盯着这些头发，表情越来越古怪。

绯色自裴浠的脸颊上散开，怕她误会，他轻声道：“都是你的。”

刚认识的时候，夏乐葵在他车里睡着了，最短的那根掉在他的副驾上，清理的时候他没有扔。

“哎？”夏乐葵一下子面红耳赤，“你、你收集这些做什么？”

裴浠抿唇，又不说话了。

关于她的一切，他都很在意，都很喜欢。

因为太过珍惜，所以不敢触碰，只好有时候趁她不注意，手指夹起她的一根秀发，轻轻一拽。

小姑娘转头，目光澄澈。

裴浠心虚地将手背到身后。

她冲他甜甜一笑，可爱得让他心都化了。

裴浠还欲解释什么，忽然被夏乐葵伸手抱住。

她在他怀里闷声说：“前辈，你那份‘人际关系图’……写得不对呀。”

裴浠头皮发麻。

“勇哥不是我的‘疑似暗恋对象’，轩哥和沈奇也不‘危险’，”她顿了下，声音越来越软，“你应该写，‘裴浠：夏乐葵最喜欢的人’。”

娇小的身体被有力的臂弯牢牢拥紧，她的声音甜得像他含在舌尖的糖。

“前辈，我一直……最喜欢你了。”

夏乐葵永远不会忘记，最初她在角落帮队友看包，默默围观光鲜亮丽的众人拍摄潮照，那个站在世界之巅遥不可及的人，手指向她，面无表情地说：“我想和她拍。”

在她为了梦想装疯卖傻，抛弃自尊，最迷茫、最唾弃自己的时候，他告诉她：“你是职业选手，不要轻易受伤。”

在她梦想破灭，被俱乐部勒令下跪的时候，他救她于泥潭，将她领入真正的职业圈。

在她以为自己被全世界抛弃而崩溃的时候，他屈膝半跪在她面前，伸手拭去她的眼泪，陪她解开一个又一个心结。

她曾卑微、渺小，捧在掌心的梦想被所有人取笑，是他将她移栽到屋檐下，给了她生根发芽的天地。

她将用一辈子的时光成为他唯一的太阳。

夏乐葵不知道的是，裴浠有另一个悄悄关注她的小号，只转发了一句话：“感谢上苍赐予的天赋和强大，让我可以护着心爱的姑娘长大。”

从未说出口的感情，其实早就已经开始。

全书完

后记

绝 佳 拍 档

这本书的初纲大约是在2016年中旬写的，时隔那么久才和大家见面，实在因为我手速太残，原来还能有四五百的时速，到了这本，时常只有一两百。

我只能安慰自己，不求多，只求精。

这是我的第二部长篇小说。上一本书着重点在于科普电竞，以及探讨天赋与逆袭；而这次的主题是：电竞圈的女选手。

我工作的领域，女工程师很少很少，很长一段时间，大组里只有我一个。

很多亲戚都说过，小姑娘不要学工科，工作压力大，强度高，三十几岁就谢顶。

我接着追问：为什么觉得女生不适合呢？

回答大约是，学的人少，你会很累。

但是，女生走这条路的人不多，与这份职业适不适合我没有关系。

写这本书时，我带着“为什么顶级职业联赛没有女选手”的想法，查阅了许多资料。

我关注的一位女主播，技术高超，却被质疑直播的时候开挂，她自证清白，又被抨击真正有实力为什么不去打职业赛。

她说，大家根本不愿相信一个女孩子会打得好，所以污蔑我开挂。我为什么不去打比赛，因为我要养家糊口，直播的钱比打职业赛的多，如果有正经的女子比赛，我会去参加的，可是，有吗？

目前的大环境，并不适合女选手的发展。

我见过许多俱乐部的招人帖，女队的申请要求下清楚地写着：“颜值高，擅长唱歌跳舞者优先。”

如果一个女生长得漂亮游戏也玩得好，开个摄像头就能有许多粉丝送礼物，她还会选择职业路吗？

竞技是一将功成万骨枯，打职业是无比艰难的选择。

是坚持加入主力队伍，冒着不被认可，时刻被喷成狗的风险，还是去女队或者当游戏女主播？

没有硬实力的选手，女子比赛的观赏性和影响力远不如男子比赛，很难拉到赞助，大力发展，健全生态链。

这是个死循环。

至于男女混合战队，俱乐部老板不是慈善家，竞争激烈，只有赢得比赛，才能生存下去，那谁又敢轻易冒险呢？

更多的想法和思考，我都写在书中。

女子电竞需要成功的先例，需要一个又一个成功的女选手，告诉俱乐部和赞助商以及所有玩家，男选手可以做到的，女选手照样可以。

上一本书希望大家能够了解电竞圈，这本书则想展示，这个世界上，有许多默默努力着的女玩家，她们有着职业梦，并愿意为此燃烧青春。

写着写着，我想要讲述的东西越来越多：友情、爱情、梦想、初心、父母的支持、自媒体时代的后援、网络暴力、合约纠纷……而这一切，都是职业选手们切身经历过的事。

其中，我个人很喜欢乐葵和小瓜子的这条支线，写到合唱《陪伴是最长情的告白》时，我一度泣不成声。

要相信，你们为喜欢的对象应援的声音，也许他无法一一回应，但是，他一定听得到。

在最绝望的时候，你们的鼓励，也许就是支持他走下去的动力。

写这本小说的时候，我自己经历了许多不愉快的事情，同朋友笑称这本书凝着我自己的血泪史。

也许这个世界充满了丛林法则，但我还是相信带着善意的人更多。

最好的反击，是足够强大，强大到无视那些曾经伤害你的人。

创作的过程中，很开心能一路见证乐葵的成长，从无名小草到战场女英雄，我为她欢呼，也为她心酸，一度想摸摸她的头，告诉她，不要怕。

写到“我们的乐葵终于要迈向更大的舞台”时，仿佛能看见她冲我甜甜地笑。

他们的路，其实才刚刚开始。

希望我心爱的小姑娘永远发光，哪怕身处黑暗，向日葵自己就是太阳。

我相信，裴前辈会把她照顾得好好的。

例行的感谢时间。

感谢我的责编小白和小许。

感谢全程给我反馈的剪风声、顾浮生和离歌不起。

感谢帮我想书名的二花。

感谢后援阿钟，感谢这一年来支持我的琳家人们。

最后，将书里我自己最喜欢的一句话分享给大家。

如果被人看轻，受到了不公的对待，“不要用‘公平’两个字来绑架别人对你的付出，他们愿不愿意寄希望于你，是他们自己的选择。你无法左右别人的选择，那就证明给他们看，他们错了”。

希望你们像乐葵一样，永远都不会输。

新文是个高科技题材的留学生故事，我们下本书见。

微博：南野琳儿Lily

读者群：438839830

阅读过程中有任何感想，欢迎找我交流哦！